COLLECTION FOLIO

Kazuo Ishiguro

Klara et le Soleil

Traduit de l'anglais
par Anne Rabinovitch

Gallimard

Titre original :
KLARA AND THE SUN

Kazuo Ishiguro, né à Nagasaki en 1954, est arrivé en Grande-Bretagne à l'âge de cinq ans. Décrit par le *New York Times* comme « un génie original et remarquable », il est l'auteur de huit romans : *Lumière pâle sur les collines, Un artiste du monde flottant* (Whitbread Award 1986), *Les vestiges du jour* (Booker Prize 1989), *L'inconsolé, Quand nous étions orphelins, Auprès de moi toujours, Le géant enfoui, Klara et le Soleil,* et d'un recueil de nouvelles, *Nocturnes.* Tous ses ouvrages sont traduits dans plus de quarante langues. En 1995, Kazuo Ishiguro a été décoré de l'ordre de l'Empire britannique pour ses services rendus à la littérature, et, en 1998, la France l'a fait chevalier de l'ordre des Arts et des Lettres. Deux de ses livres ont été adaptés au cinéma : *Les vestiges du jour* et *Auprès de moi toujours.* Les droits cinématographiques du *Géant enfoui* ont été vendus à Hollywood. Kazuo Ishiguro vit à Londres avec son épouse. Il a reçu le prix Nobel de littérature en 2017.

En mémoire de ma mère
Shizuko Ishiguro
(1926-2019)

PREMIÈRE PARTIE

Quand Rosa et moi étions neuves, on nous avait placées au milieu de la boutique, à côté de la table des magazines, ce qui nous permettait de voir la moitié de la vitrine. Et donc d'observer la rue – les employés de bureau au pas pressé, les taxis, les coureurs, les touristes, l'Homme Mendiant et son chien, le bas du bâtiment du RPO. Lorsque nous fûmes bien installées, Gérante nous laissa nous avancer peu à peu, jusqu'à la vitrine, ce qui nous permit de découvrir la hauteur du bâtiment. Si c'était le bon moment, nous voyions le Soleil poursuivre sa trajectoire entre les toits de ce côté de la rue et le sommet du RPO.

Si j'avais cette chance, je penchais mon visage vers le Soleil pour absorber le plus de nutriment possible, et si Rosa se trouvait avec moi, je lui conseillais de m'imiter. Au bout d'une minute ou deux, il nous fallait reprendre nos places, et les premiers temps, nous craignions de devenir de plus en plus faibles, car de l'endroit où nous étions, il nous était souvent impossible de voir le Soleil. Boy AA Rex, qui se tenait alors près de nous, affirmait qu'il n'y avait pas de quoi s'inquiéter parce que le Soleil pouvait nous atteindre absolument n'importe où. Il désigna les lames du parquet et ajouta : « Voici le motif du Soleil. Si vous êtes inquiètes, touchez-le, et vous serez fortes à nouveau. »

Il n'y avait pas de clients quand il prononça ces mots, Gérante était occupée à disposer des objets sur les étagères rouges et je préférai ne pas la déranger en lui demandant la permission. Je lançai un coup d'œil à Rosa, et comme elle me fixait sans réagir, je fis deux pas avant de m'accroupir, les mains tendues vers le motif du Soleil sur le sol. Mais à peine l'avais-je effleuré du bout des doigts qu'il s'estompa, et malgré tous mes efforts – je tapotai le sol à cet endroit, et n'obtenant aucun résultat, je frottai les lattes –, il ne réapparut pas. Lorsque je me redressai, Boy AA Rex dit : « Klara, tu es trop avide. Les filles AA, vous êtes toujours si goulues. »

J'étais encore neuve, il me vint aussitôt à l'esprit que je n'y étais peut-être pour rien ; le Soleil s'était sans doute retiré à l'instant où j'avais effleuré le plancher. Mais le visage de Boy AA Rex resta empreint de gravité.

« Tu as gardé tout le nutriment pour toi, Klara. Regarde, il fait presque nuit. »

L'intérieur du magasin s'était en effet assombri. Dehors, à la limite du trottoir, le panneau de stationnement interdit fixé au lampadaire était devenu gris et flou.

« Je m'excuse », répondis-je à Rex, puis, me tournant vers Rosa : « Je m'excuse. Je n'ai pas fait exprès de tout garder pour moi.

— Par ta faute, reprit Boy AA Rex, je serai plus faible ce soir.

— Tu plaisantes, dis-je. J'en suis certaine.

— Pas du tout. Il se peut que je tombe malade tout de suite. Et les AA au fond du magasin ? Il y a déjà quelque chose qui ne va pas chez eux. Leur état va sûrement empirer à présent. Tu t'es montrée trop goulue, Klara.

— Je ne te crois pas », répliquai-je, mais je n'en étais plus aussi sûre. Je regardai Rosa, dont le visage restait impassible.

« Je ne me sens pas bien du tout », reprit Boy AA Rex. Et il s'affaissa.

« Mais tu viens toi-même de le dire. Le Soleil trouve toujours le moyen de nous atteindre. Tu plaisantes, je le sais. »

Je parvins enfin à me convaincre qu'il me faisait marcher. Mais ce jour-là, je sentis que, sans en avoir eu l'intention, j'avais poussé Rex à aborder un sujet embarrassant, dont la plupart des AA du magasin préféraient ne pas parler. Et peu après, ce qui arriva à Boy AA Rex me fit penser que même s'il avait plaisanté ce jour-là, il y avait eu une part de sérieux dans sa réponse.

C'était une matinée lumineuse, et Rex ne se trouvait plus avec nous parce que Gérante l'avait installé dans le renfoncement de la vitrine. Chaque emplacement était pensé avec soin, disait-elle, et l'endroit où nous étions n'intervenait en aucune manière dans le choix des clients. Nous savions tous que le regard d'une personne entrant dans la boutique se posait d'abord sur la devanture, et Rex fut naturellement satisfait d'y être placé à son tour. Nous l'observions depuis le milieu du magasin, debout, le menton en l'air, inondé par les rayons du Soleil, et Rosa se pencha vers moi pour dire : « Oh, il est vraiment magnifique ! Il va bientôt trouver une maison, c'est certain ! »

Rex entamait sa troisième journée dans la vitrine quand une fille entra avec sa mère. À l'époque je ne savais pas encore très bien deviner l'âge des gens, mais je me souviens d'avoir estimé qu'elle devait avoir treize ans et demi, et je pense aujourd'hui ne pas m'être trompée. La mère travaillait dans un bureau, et on voyait à ses chaussures et à son tailleur qu'elle occupait un poste important. La fille alla aussitôt se planter devant Rex, pendant que la femme s'avançait dans notre direction, nous jetant un coup d'œil avant de continuer vers le fond du magasin où deux AA, perchés sur la table en verre, balançaient les jambes sur les conseils de Gérante. À un moment donné, la mère appela sa fille, mais la petite l'ignora, continuant de dévisager Rex. Elle tendit une main puis la fit glisser sur son bras. Il resta silencieux, bien sûr, et se contenta de sourire, immobile, ainsi qu'on nous avait recommandé de le faire lorsqu'un client nous portait un intérêt particulier.

« Regarde ! chuchota Rosa. Elle va le choisir. Elle l'aime. Quelle chance il a ! » Je lui lançai un coup de coude pour la faire taire car on pouvait nous entendre.

À son tour, la fille appela sa mère qui vint la rejoindre, et elles examinèrent Boy AA Rex de haut en bas, la petite se penchant de temps à autre pour le toucher. Elles discutèrent à voix basse, et j'entendis la fillette dire à un moment donné : « Mais il est parfait, maman. Il est superbe. » Un instant plus tard, elle s'écria : « Oh, maman, arrête ! »

Gérante s'était approchée sans bruit derrière elles. La mère finit par se retourner et demanda :

« C'est quel modèle ?

— Un B2. Troisième série. Pour l'enfant idoine, Rex sera un parfait compagnon. Je suis sûre qu'il encouragera une jeune personne à se montrer consciencieuse et appliquée dans ses études.

— Eh bien, cette demoiselle en aurait en effet grand besoin.

— Oh, maman, il est parfait. »

La mère dit alors : « B2, troisième série. Ceux qui ont des problèmes d'absorption solaire, c'est ça ? »

Elle prononça cette phrase l'air de rien, devant Rex, sans se départir de son sourire. Rex resta souriant lui aussi, mais l'enfant parut décontenancée, fixant tour à tour Rex et sa mère.

« En effet, reprit Gérante, la troisième série a connu quelques difficultés mineures au début.

Mais ces signalements étaient très exagérés. Dans un environnement où la luminosité est normale, il n'y a aucun problème.

— J'ai entendu dire qu'une malabsorption solaire peut causer d'autres complications, insista la mère. Même sur le plan du comportement.

— Sauf votre respect, madame, les modèles de la série trois ont procuré un immense bonheur à de nombreux enfants. À moins de vivre en Alaska ou au fond d'une mine, il n'y a pas de quoi vous inquiéter. »

La mère examina Rex avec attention. Puis elle secoua la tête. « Je suis désolée, Caroline. Je vois pourquoi il te plaît. Mais il n'est pas pour nous. Nous t'en trouverons un qui sera parfait. »

Rex continua de sourire jusqu'au départ des clientes, et même après cela, il ne laissa paraître aucun signe de tristesse. Ce fut alors que je me souvins de sa plaisanterie, et j'eus la certitude que ces questions sur le Soleil et sur la quantité de nutriment que nous pouvions en obtenir le préoccupaient depuis un certain temps.

Aujourd'hui, bien sûr, je me rends compte que Rex n'était pas le seul dans ce cas. Mais officiellement, ce n'était pas du tout un problème – chacun de nous était accompagné d'une notice garantissant que certains facteurs comme l'endroit où nous étions dans une pièce ne nous affectaient en rien. Pourtant, au bout de quelques heures sans Soleil, un AA se sentait gagné par la léthargie et la crainte d'être porteur d'une tare – d'une déficience particulière qui le priverait à jamais d'un foyer si elle venait à être révélée.

C'était l'une des raisons pour lesquelles nous étions toujours si soucieux d'être dans la vitrine. On nous avait promis de nous y exposer tour à tour, et nous attendions ce moment avec impatience. En raison de « l'honneur spécial » de représenter le magasin pour le monde du dehors, comme le disait Gérante. Et bien sûr, même si elle affirmait le contraire, nous avions plus de chances d'être choisis quand on nous voyait de la rue. Mais ce qui comptait le plus, nous l'avions tous compris à demi-mot, c'était le Soleil et son nutriment. Peu avant que vienne notre tour, Rosa évoqua le sujet en un murmure :

« Klara, est-ce que tu crois qu'avec les réserves que nous aurons emmagasinées dans la vitrine, nous ne manquerons plus jamais de rien ? »

J'étais encore très neuve et je nc sus pas quoi répondre, pourtant la même question m'avait traversé l'esprit.

Le grand jour vint enfin, et un matin je m'avançai avec Rosa dans la vitrine, prenant soin de ne renverser aucun objet, au contraire du couple de la semaine précédente. Bien sûr, le magasin n'était pas encore ouvert, et je pensais que la grille serait fermée jusqu'en bas. Mais une fois installée avec Rosa sur le canapé à rayures, je découvris une fente étroite sous la grille – Gérante avait dû la soulever en vérifiant que tout était prêt – et un rectangle ensoleillé qui s'étendait sur la plate-forme, s'arrêtant sur une ligne droite devant nous. Il suffisait d'allonger un peu les jambes pour se chauffer les pieds. Je sus alors que ma réponse à la question de Rosa importait peu, car nous allions disposer pendant quelque temps de tout le nutriment nécessaire à nos besoins. Gérante appuya alors sur l'interrupteur, la grille remonta jusqu'en haut, et une lumière éblouissante nous enveloppa.

Je dois avouer ici qu'une autre raison, indépendante de l'apport vital du Soleil ou du fait d'être choisie, avait motivé mon désir d'être en vitrine. Au contraire de Rosa et de la plupart des AA, j'ai toujours souhaité avoir un aperçu plus vaste de l'extérieur – et le découvrir très en détail. À peine la grille levée, l'idée que seule une vitre me séparait du trottoir, et que je pouvais voir de près et en entier tant de choses qui jusqu'alors m'avaient paru n'être que des angles et des arêtes, m'excita au point que je faillis oublier un instant le Soleil et sa générosité.

Je m'aperçus pour la première fois que le RPO était construit en briques séparées et qu'il n'était pas blanc comme je l'avais cru, mais jaune pâle. Je vis aussi qu'il était même plus haut que je ne l'avais imaginé – vingt-deux étages – et que chaque fenêtre répétée était garnie d'un rebord spécial. Le Soleil avait tracé sur la façade de l'immeuble une ligne diagonale qui la divisait en deux triangles, l'un presque blanc et l'autre qui paraissait très sombre, mais je savais maintenant que la façade tout entière était jaune pâle.

Je pouvais non seulement voir chaque fenêtre jusqu'au toit, mais aussi, par endroits, les gens debout, assis, allant et venant dans les locaux. Au-dessous de nous, dans la rue, j'entrevoyais les passants, leurs différentes sortes de chaussures, gobelets en carton, sacs à bandoulière, petits chiens, et si je le souhaitais, je suivais des yeux l'un d'eux au hasard, au-delà du passage piétons et du second panneau d'interdiction de stationnement, jusqu'à l'endroit où deux agents de terrassement se tenaient près d'une bouche d'égout, indiquant quelque chose. Je voyais à l'intérieur des taxis quand ils ralentissaient pour permettre à la foule de traverser – la casquette d'un client, la main d'un chauffeur tapotant le volant.

La journée s'écoula, le Soleil nous réchauffait et je vis que Rosa était très heureuse. Mais je remarquai aussi qu'elle ne prêtait guère attention au monde du dehors, et fixait constamment le panneau de signalisation placé juste devant nous. Elle ne tournait la tête que lorsque je lui montrais quelque chose, puis son intérêt retombait et elle se concentrait à nouveau sur le trottoir et le panneau.

Mais quand un passant s'arrêtait devant la vitrine, et seulement à ce moment-là, Rosa regardait ailleurs. Nous respections alors à la lettre les consignes de Gérante : un sourire « neutre » sur les lèvres, les yeux posés sur le milieu de la façade du RPO, de l'autre côté de la rue. Il était très tentant d'examiner de plus près celui qui s'approchait, mais Gérante avait expliqué qu'il était extrêmement vulgaire de croiser le regard d'un inconnu à un moment pareil. Quand un passant nous adressait un signe spécifique, ou nous parlait à travers la vitre, et seulement alors, nous avions le droit de répondre.

Parfois, les gens qui s'arrêtaient ne s'intéressaient pas du tout à nous. Ils voulaient juste retirer leur chaussure de sport pour une raison quelconque, ou tapoter leur oblong. Mais certains venaient se coller à la vitre pour regarder à l'intérieur. C'étaient surtout des enfants, de l'âge pour lequel nous étions le mieux adaptés, et ils avaient l'air contents de nous voir. L'un d'eux s'approchait tout excité, seul ou avec son adulte, il nous pointait du doigt, riait, faisait une grimace, et tapotait le verre en agitant la main.

De temps à autre – et je ne tardai pas à m'améliorer, feignant de regarder le RPO tout en les observant du coin de l'œil – un enfant nous dévisageait, les yeux pleins de tristesse, ou parfois de colère, comme si nous avions fait quelque chose de mal. Son humeur pouvait changer en une seconde, et il éclatait de rire ou nous saluait de la main. Mais à la fin de notre seconde journée en vitrine, j'avais appris à saisir la différence.

J'essayai d'en parler à Rosa, la troisième ou quatrième fois que se produisit ce genre d'incident, mais elle sourit et dit : « Klara, tu t'inquiètes trop. Je suis sûre que cette fillette était parfaitement heureuse. Comment ne le serait-elle pas par une aussi belle journée ? La ville tout entière est si joyeuse aujourd'hui. »

J'abordai ce sujet avec Gérante, le soir de notre troisième journée. Elle s'était répandue en éloges, déclarant que nous avions été « dignes, magnifiques » face au public. L'éclairage du magasin était tamisé à présent, et nous étions appuyés contre le mur du fond, certains occupés à feuilleter les intéressants magazines avant de dormir. Rosa se trouvait à côté de moi, et je vis à la position de ses épaules qu'elle était déjà à moitié assoupie. Donc, lorsque Gérante me demanda si j'étais satisfaite de ma journée, je saisis l'occasion pour lui parler des enfants tristes que j'avais vus devant la vitrine.

« Klara, tu es vraiment extraordinaire, dit-elle tout bas, afin de ne pas déranger Rosa et les autres. Tu remarques et tu absorbes tant de choses. » Elle secoua la tête, l'air émerveillée. Puis elle reprit : « Ce que tu dois comprendre, c'est que notre magasin est très spécial. Il y a beaucoup d'enfants là-dehors qui adoreraient pouvoir te choisir toi, ou Rosa, ou n'importe lequel d'entre vous. Mais ils ne le peuvent pas. Vous êtes hors de leur portée. C'est pourquoi ils s'approchent de la vitrine, et rêvent de vous avoir. Et ça les rend tristes.

— Gérante, un enfant de cette sorte. Est-ce qu'un enfant de cette sorte prendrait un AA chez lui ?

— Peut-être pas. Mais pas un AA comme toi, en tout cas. Donc s'il arrive qu'un enfant te regarde bizarrement, avec de l'amertume ou de la tristesse, s'il te dit quelque chose de désagréable à travers la vitre, n'y attache pas d'importance. Un enfant comme lui est sûrement frustré.

— Cet enfant-là, sans AA, doit se sentir très seul.

— Oui, répondit Gérante d'une voix douce. Très seul. »

Elle baissa les yeux et se tut. J'attendis. Soudain elle sourit et, tendant la main, me reprit délicatement l'intéressant magazine que j'avais dans les mains.

« Bonne nuit, Klara. Sois aussi magnifique demain que tu l'as été aujourd'hui. Toi et Rosa, vous nous représentez aux yeux de toute la rue. »

■

Vers le milieu de notre quatrième matinée dans la vitrine, je vis le taxi ralentir, et le chauffeur déboîter de sa file pour que ses collègues lui permettent de franchir les voies, afin de se garer devant notre magasin. Les yeux de Josie étaient rivés sur moi quand elle descendit sur le trottoir. C'était une fille pâle et frêle, et en la voyant s'approcher, je remarquai que sa démarche était différente de celle des autres passants. Elle n'était pas vraiment lente, mais paraissait faire le point après chaque pas pour s'assurer qu'elle ne courait aucun danger et ne risquait pas de tomber. Selon moi, elle devait avoir quatorze ans et demi.

Lorsqu'elle fut assez près pour que tous les piétons puissent la contourner, elle s'arrêta et me sourit.

« Salut, dit-elle à travers la vitre. Hé, tu m'entends ? »

Rosa continua de fixer le RPO, respectant les consignes. Mais à présent que l'inconnue m'avait adressé la parole, j'étais autorisée à la regarder en face, et à lui retourner son sourire en hochant la tête d'un air encourageant.

« Vraiment ? » demanda Josie – mais bien sûr je ne savais pas encore son nom. « Je m'entends à peine *moi-même.* Tu m'entends vraiment ? »

J'acquiesçai de nouveau, et elle secoua la tête comme si je lui avais fait une forte impression.

« Waouh. » Elle jeta un coup d'œil par-dessus son épaule – un mouvement simple, mais empreint de prudence cette fois encore – en direction du taxi d'où elle venait à peine de sortir. Elle avait laissé sa portière grande ouverte sur le trottoir, et on voyait deux silhouettes encore assises sur la banquette arrière, en train de discuter et de faire des gestes vers un lieu situé au-delà du passage piétons. Josie semblait ravie que ses adultes ne soient pas pressées de la rejoindre, et elle fit encore un pas, touchant presque la vitre avec son visage.

« Je t'ai vue hier », dit-elle.

J'essayai de me remémorer la journée précédente, mais ne retrouvant aucun souvenir de Josie je la regardai, surprise.

« Oh, ne culpabilise pas, surtout, tu n'as pas

pu me voir. Je passais en taxi, on roulait même assez vite. Mais je t'ai aperçue dans ta vitrine, et c'est pour ça que j'ai demandé à maman de s'arrêter juste ici aujourd'hui. » Elle lança un regard derrière elle, avec la même précaution. « Waouh. Elle est encore en train de parler avec Mme Jeffries. Une conversation qui coûte cher, hein ? Le compteur de ce taxi continue de tourner. »

Je vis alors que son visage rayonnait de gentillesse quand elle riait. Mais curieusement, je me demandai à cet instant précis, pour la première fois, si Josie était l'une de ces enfants esseulés dont j'avais parlé avec Gérante.

Elle lança un coup d'œil à Rosa, dont les yeux restaient sagement rivés sur le RPO, puis elle reprit : « Ton amie est vraiment mignonne. » À peine avait-elle dit ces mots qu'elle me fixait de nouveau. Elle m'examina en silence pendant plusieurs secondes, et je craignis que ses adultes ne sortent du taxi sans lui laisser le temps de dire autre chose. Mais elle reprit :

« Tu sais quoi ? Ton amie sera parfaite pour quelqu'un là-dehors. Hier, nous sommes passées par ici en voiture et je t'ai vue *toi*, et j'ai pensé, la voilà, l'AA que je cherchais ! » Elle rit encore. « Désolée. Ça te paraît peut-être irrespectueux. » Elle se tourna une fois de plus vers le taxi, mais les silhouettes à l'arrière ne faisaient pas mine d'en descendre. « Tu es française ? demanda-t-elle. Tu as l'air un peu française. »

Je souris en secouant la tête.

« Il y a eu ces deux Françaises, expliqua Josie, qui sont venues à notre dernière réunion. Elles étaient toutes les deux coiffées comme toi, avec les cheveux coupés court. Super jolies. » Elle me fixa sans rien dire un moment, et je crus entrevoir un autre signe de tristesse, mais j'étais encore très neuve à l'époque et je ne pouvais pas en être certaine. Puis son visage s'éclaira et elle s'exclama :

« Hé, vous crevez pas de chaud assises là comme ça ? Vous voulez quelque chose à boire ? »

Je secouai la tête et levai les mains, paumes en l'air, pour désigner le Soleil et la merveilleuse nourriture qu'il nous prodiguait.

« Ah oui. J'oubliais. Vous aimez rester en plein Soleil, c'est ça ? »

Elle pivota de nouveau, cette fois pour examiner le sommet de l'immeuble. Le Soleil brillait à cet instant dans le carré de ciel. Josie plissa aussitôt les yeux et se tourna vers moi :

« Je ne sais pas comment tu fais pour ne pas être éblouie. Moi je ne tiens pas une seconde. »

Elle porta une main à son front, puis se tourna encore, cette fois pour fixer un point situé en haut du RPO. Au bout de quelques secondes, elle me fit face de nouveau.

« Je suppose que de l'endroit où vous êtes, le Soleil doit descendre derrière ce grand immeuble ? Ça signifie que vous ne voyez jamais où il se couche *en réalité*. Ce bâtiment vous cache la vue en permanence. » Elle jeta un rapide coup d'œil par-dessus son épaule pour s'assurer que les adultes se trouvaient encore dans le taxi, puis elle continua : « Là où on habite, il n'y a aucun obstacle. De ma chambre à l'étage, on peut suivre la trajectoire exacte du Soleil. L'endroit précis où il disparaît le soir. »

Je dus paraître surprise. À la limite de mon champ de vision, j'aperçus Rosa qui, s'oubliant, fixait Josie avec stupéfaction.

« Mais je ne peux pas voir où il se lève le matin, dit Josie. Les collines et les arbres m'en empêchent. C'est un peu comme ici, je suppose. Il y a toujours des obstacles. Mais le soir c'est différent. De ce côté, là où donne ma chambre, l'espace est vaste, dégagé. Si tu viens vivre chez nous, tu le verras. »

Une adulte, puis l'autre, descendit du taxi. Josie ne les avait pas vues, mais elle avait peut-être entendu du bruit, car le débit de ses paroles s'accéléra.

« Croix de bois croix de fer. Tu peux voir l'endroit précis où il se couche. »

La tenue vestimentaire des deux femmes indiquait qu'elles occupaient des postes importants. Je devinai que la plus grande était la mère dont avait parlé Josie, car elle continua d'observer sa fille en échangeant un baiser sur la joue avec sa compagne qui partit ensuite, se mêlant à la foule des passants. La mère se tourna face à nous. L'espace d'une seconde, son regard se détacha du dos de Josie pour se poser sur moi, et je m'empressai de lever les yeux vers le RPO.

Josie se remit à me parler à travers la vitre, d'une voix assourdie mais encore audible :

« Je dois y aller maintenant. Mais je reviendrai bientôt. Nous reprendrons cette conversation. » Puis elle ajouta, en un murmure que j'entendis à peine : « Tu ne vas pas t'en aller, hein ? »

Je secouai la tête en souriant.

« Super. OK. Alors on se dit au revoir. Pour l'instant. »

À présent la mère se tenait juste derrière Josie. Elle avait des cheveux noirs et était très mince, mais pas autant que sa fille, ou que certains coureurs. Maintenant qu'elle était plus près et que je distinguais mieux son visage, j'évaluai son âge à quarante-cinq ans. Ainsi que je l'ai précisé, j'avais alors une idée assez floue de l'âge des gens, mais dans ce cas j'avais vu plus ou moins juste. De loin, je l'avais crue plus jeune au début, mais à cette distance, je voyais les rides profondes autour de sa bouche, et dans ses yeux, un épuisement où se lisait la colère. Je remarquai aussi que lorsque la mère voulut toucher Josie, son bras resta suspendu en l'air et faillit retomber, avant de venir se poser sur l'épaule de sa fille.

Elles se mêlèrent au flot des passants, se dirigeant vers le second panneau de stationnement interdit, Josie d'un pas prudent, le bras de sa mère l'enveloppant tandis qu'elles s'éloignaient. Avant de disparaître de ma vue, Josie se retourna et, n'hésitant pas à perturber la cadence de leurs pas, m'adressa un dernier signe de la main.

■

Plus tard dans l'après-midi, Rosa me dit : « Klara, tu ne trouves pas ça bizarre ? J'ai toujours pensé qu'une fois dans la vitrine, nous verrions beaucoup d'AA dehors. Tous ceux qui ont déjà trouvé des maisons. Mais il n'y en a pas tellement. Je me demande où ils sont. »

C'était l'une des qualités les plus extraordinaires de Rosa. Il y avait tant de choses qu'elle ne remarquait pas, et même quand je lui en montrais une, elle n'en voyait pas l'intérêt ni la singularité. Mais de temps à autre, elle faisait une observation de ce genre. Dès qu'elle eut prononcé ces mots, je me rendis compte que je m'étais attendue à voir beaucoup plus d'AA dans la rue, marchant gaiement avec leurs enfants, ou bien vaquant seuls à leurs occupations, et que, même si je ne m'en étais pas fait la réflexion, j'avais moi aussi été surprise et un peu déçue.

« Tu as raison, dis-je en regardant de droite à gauche. En ce moment précis, il n'y a pas un seul AA parmi tous ces gens.

— Et ce garçon là-bas ? Qui passe devant l'immeuble des escaliers de secours ? »

Après l'avoir examiné attentivement, nous secouâmes la tête en même temps.

C'était elle qui avait abordé le sujet des AA dans la rue, mais selon son habitude, elle s'en désintéressa aussitôt. Lorsque je repérai enfin un adolescent et son AA qui passaient devant le kiosque de jus de fruits de l'autre côté de la rue, elle les regarda à peine.

Mais je continuai à penser à ce que Rosa avait dit, et chaque fois qu'un AA s'approchait, je prenais soin de l'étudier de près. Je ne tardai pas à remarquer quelque chose de curieux : il y avait toujours plus d'AA sur le trottoir opposé. Souvent, si un AA marchait vers nous, en compagnie d'un enfant, et dépassait le second panneau de stationnement interdit, il empruntait le passage piétons afin d'éviter notre magasin. S'ils longeaient la vitrine, ils se comportaient presque toujours d'une manière étrange, accélérant le pas et détournant la tête. Je me demandais alors si notre existence – la boutique tout entière – leur inspirait de l'embarras. Et si Rosa et moi, une fois installées dans notre maison, serions gênées d'être ainsi renvoyées au fait que nous n'avions pas toujours vécu avec nos enfants, mais dans un magasin. J'avais beau essayer, je ne pouvais pas imaginer que nous éprouverions un jour un tel sentiment de rejet à l'égard de ce lieu, de Gérante et des autres AA.

Alors que je continuais d'observer le monde du dehors, une autre possibilité me vint à l'esprit : les AA ne ressentaient pas de la gêne, mais de la peur. Car nous étions de nouveaux modèles, et ils craignaient que leurs enfants ne décident bientôt qu'il était temps de se débarrasser d'eux pour les remplacer par des AA comme nous. C'était pour cette raison qu'ils renâclaient autant à passer de notre côté, refusant de nous regarder. Et cela expliquait pourquoi les AA se faisaient rares sur notre trottoir. D'après nos informations, la rue suivante – *derrière* le RPO – en fourmillait. Les AA faisaient des pieds et des mains pour choisir un itinéraire leur permettant de nous éviter, car ils souhaitaient empêcher à tout prix leurs enfants de nous voir et de s'approcher de la vitrine.

Je ne partageais aucune de ces pensées avec Rosa. Au lieu de cela, chaque fois que nous repérions un AA dans la rue, je ne manquais pas de me demander tout haut s'il était heureux avec son enfant et dans sa maison, ce qui plaisait à Rosa et l'excitait toujours. Elle prenait ça comme un jeu, et les désignait : « Regarde là-bas, disait-elle. Tu les vois, Klara ? Ce garçon adore son AA ! Oh, regarde-les rire tous les deux ! »

Certes, beaucoup de ces duos paraissaient heureux ensemble. Cependant, de nombreux signaux échappaient à Rosa. Souvent, elle s'exclamait enchantée au passage de l'un d'eux, et je me rendais compte en les observant que même si la fille souriait à son AA, elle était en réalité furieuse contre lui, et formulait peut-être à cet instant des pensées cruelles à son égard. Je remarquais constamment ce genre de détails, mais je n'en disais rien à Rosa, la laissant croire ce qu'elle voulait.

Une fois, le matin de notre cinquième jour dans la vitrine, je vis deux taxis qui roulaient au pas du côté du RPO, si proches l'un de l'autre qu'un novice aurait pu s'imaginer qu'il s'agissait d'un seul et même véhicule – une sorte de taxi double. Puis le premier accéléra un peu, et dans l'espace ainsi dégagé, je vis sur le trottoir d'en face une fille de quatorze ans, vêtue d'un T-shirt Cartoon, qui allait en direction du passage piétons. Elle n'était accompagnée ni de ses adultes ni d'un AA, mais semblait sûre d'elle et un peu impatiente, et comme elle avançait à la même vitesse que les taxis, je pus l'observer un moment dans l'intervalle qui continuait de s'élargir entre eux. Je vis alors qu'en fait elle n'était pas seule, car un AA marchait trois pas derrière elle. Je compris en ce bref instant qu'il ne s'était pas attardé par hasard ; la fille avait décidé qu'ils devaient toujours se déplacer de cette façon : elle devant et lui en retrait de quelques mètres. Le garçon AA l'avait accepté, sachant que les personnes assistant à la scène concluraient que la petite ne l'aimait pas. Je perçus la lassitude dans la démarche du garçon AA, et je me demandai quelle impression cela faisait d'avoir trouvé une famille et de découvrir que l'enfant ne voulait pas de vous. Avant d'avoir observé ce duo, il ne m'était pas venu à l'esprit qu'un AA était capable d'accompagner un enfant qui le méprisait et souhaitait son départ, et qu'ils pouvaient néanmoins rester ensemble. Le premier taxi ralentit à cause du passage piétons, l'autre s'arrêta derrière et je ne vis plus la fille ni son AA. Je les guettai, pensant qu'ils allaient traverser avec la foule, mais je ne les aperçus nulle part, et maintenant tous les autres taxis me cachaient le trottoir d'en face.

■

Je n'aurais voulu personne d'autre que Rosa à mes côtés pendant ces journées, même si cette période fit ressortir nos différences d'attitude. Comme elle, je n'étais pas pressée de m'informer sur le monde extérieur : elle se montrait, à sa manière, intéressée et attentive, aussi soucieuse que moi de se préparer à être une AA aussi gentille et serviable que possible. Mais plus j'observais, plus je voulais apprendre, et au contraire de Rosa, j'étais intriguée, et de plus en plus fascinée, par les émotions mystérieuses que les passants laissaient paraître devant nous. Je me rendis compte que si je ne comprenais pas au moins certaines de ces choses impénétrables, je ne serais jamais capable, le moment venu, d'aider mon enfant du mieux possible. Je me mis donc à chercher – sur les trottoirs, à l'intérieur des taxis qui passaient, parmi les foules qui attendaient au carrefour – quel comportement je devrais étudier.

Au début je voulais que Rosa agisse comme moi, mais je m'aperçus bientôt que c'était absurde. Le troisième jour de notre séjour dans la vitrine, alors que le Soleil s'était déjà caché derrière le RPO, deux taxis s'arrêtèrent le long de notre trottoir, les chauffeurs descendirent de voiture et commencèrent à se battre.

Ce n'était pas la première fois que nous assistions à une bagarre : encore très neuves à cette époque, nous nous étions regroupées dans la vitrine pour mieux voir les trois policiers qui tentaient de maîtriser l'Homme Mendiant et son chien devant la porte condamnée. Ce n'était pas une bagarre provoquée par la colère, et Gérante nous avait expliqué par la suite que les agents s'étaient inquiétés pour le Mendiant parce qu'il avait bu et qu'ils avaient seulement cherché à l'aider. Mais les deux chauffeurs de taxi ne ressemblaient pas aux policiers. Ils se battaient comme si leur priorité était d'infliger les coups les plus dévastateurs possible à l'adversaire. Leurs visages se contorsionnaient d'une horrible façon, au point qu'un novice ne se serait même pas rendu compte que c'étaient de vraies personnes, et pendant tout le temps où ils se frappaient, ils hurlaient des paroles cruelles. Les passants furent si choqués au début qu'ils restèrent à l'écart, mais ensuite des employés de bureau et un coureur s'interposèrent. L'un des hommes avait du sang sur le visage, mais chacun remonta dans son taxi, puis tout redevint normal. Un moment plus tard je remarquai même les deux taxis – dont les chauffeurs venaient de se bagarrer – attendant patiemment, l'un derrière l'autre, dans la même voie de circulation, que le feu passe au vert.

Mais lorsque j'essayai de parler à Rosa de ce que nous avions vu, elle prit un air perplexe et répondit : « Une bagarre ? Je n'ai rien vu de tel, Klara.

— Rosa, ce n'est pas possible que tu n'aies rien remarqué. Ça vient de se passer juste sous nos yeux. Ces deux taxis.

— Ah. Tu parles des chauffeurs ! Je n'avais pas compris qu'il s'agissait d'eux, Klara. Oh, je les ai vus, bien sûr. Mais je ne crois pas qu'ils se battaient.

— Rosa, bien sûr que si.

— Mais non, ils faisaient semblant. Ils s'amusaient.

— Rosa, ils se battaient.

— Ne sois pas idiote, Klara ! Tu as des idées tellement bizarres. Ils s'amusaient, c'est tout. Et ils y prenaient du plaisir, comme les passants. »

À la fin je dis seulement : « Tu as peut-être raison, Rosa », et je pense qu'elle n'accorda plus une pensée à cet incident.

Je ne parvins pas aussi aisément à oublier les chauffeurs de taxi. Je suivais des yeux une personne en particulier le long du trottoir, me demandant si elle serait capable d'être aussi en colère qu'eux. Ou bien j'essayais d'imaginer à quoi pourrait ressembler un homme ou une femme marchant dans la rue avec le visage déformé par la rage. Surtout – et Rosa ne l'aurait jamais compris – j'essayais de ressentir la rage qu'avaient éprouvée les deux adversaires. Je tentai d'imaginer que Rosa et moi serions un jour fâchées au point de nous battre de cette façon, dans le but de nous infliger les pires blessures possible. L'idée semblait ridicule, mais j'avais vu ces hommes à l'œuvre, et je m'efforçais de puiser dans mon esprit la source d'un pareil sentiment. Mais c'était inutile, et je finissais toujours par me moquer de mes propres pensées.

Il y avait pourtant d'autres choses à voir depuis la vitrine – d'autres sortes d'émotions que je ne comprenais pas au début – dont je parvenais à trouver certaines versions en moi, même si elles ressemblaient peut-être à l'ombre des lustres sur le sol une fois la grille baissée. Il y eut, par exemple, l'épisode de la Dame Tasse à Café.

Cela se passa deux jours après ma première rencontre avec Josie. La matinée avait été très pluvieuse, et les gens plissaient les yeux en marchant, protégés par des parapluies ou des chapeaux trempés. Le RPO n'était pas très différent sous ces trombes d'eau, mais beaucoup de ses fenêtres s'étaient éclairées comme à la tombée de la nuit. Juste à côté, une grosse tache mouillée dégoulinait sur la partie gauche de la façade du bâtiment des escaliers de secours, donnant l'impression que du jus de fruits avait coulé depuis un angle du toit. Soudain le Soleil perça, illuminant la rue et le toit des taxis, les passants affluèrent aussitôt et je repérai dans la bousculade qui s'ensuivit le petit homme en imperméable. Il était devant le RPO, et j'estimai qu'il devait avoir soixante et onze ans. Il criait en agitant les bras, et s'approcha si près du bord du trottoir que je craignis de le voir s'élancer au milieu des taxis. À cet instant,

Gérante se trouvait avec nous dans la vitrine, en train d'ajuster le panneau devant le canapé, et elle repéra elle aussi l'homme qui faisait de grands signes. Il portait un imperméable marron dont la ceinture pendait, touchant presque sa cheville, mais il ne parut pas s'en apercevoir, continuant d'appeler en gesticulant dans notre direction. Une masse de gens s'était rassemblée devant notre magasin, pas du tout pour nous regarder, mais parce que le trottoir était soudain si encombré que personne ne pouvait bouger. Puis cela changea, la foule devint plus clairsemée, et je vis une petite femme qui nous tournait le dos et regardait l'homme s'agiter de l'autre côté des quatre voies où circulaient les taxis. Je ne distinguais pas son visage, mais à en juger par son maintien et sa silhouette, je pensai qu'elle devait avoir soixante-sept ans. Je la surnommai mentalement Dame Tasse à Café parce que vue de dos, avec cet épais manteau en lainage, elle semblait petite et ample, avec les épaules rondes, comme les tasses à café en céramique posées à l'envers sur les étagères rouges. L'inconnu continuait de gesticuler en criant, et elle l'avait très bien vu, mais elle ne bougeait pas et ne répondait pas à ses appels. Elle resta figée, même quand un couple de coureurs s'approcha d'elle, se séparant pour la contourner avant de se rejoindre, leurs chaussures de sport déposant de petites flaques sur le trottoir.

Elle se décida enfin. Se dirigeant vers le passage piétons – ainsi que l'homme l'avait encouragée à le faire – lentement au début, puis accélérant le pas. Elle dut s'arrêter de nouveau pour attendre au feu comme tout le monde, et il cessa de s'agiter, mais il l'observait avec une telle anxiété que je crus encore qu'il allait s'élancer au milieu des taxis. Il se calma et l'attendit. Quand les taxis s'arrêtèrent, et que la Dame Tasse à Café commença à traverser avec les autres, je vis l'homme lever le poing vers l'un de ses yeux, comme j'avais vu des enfants le faire dans le magasin lorsqu'ils étaient perturbés. La Dame atteignit le trottoir du RPO, et ils se jetèrent dans les bras l'un de l'autre, se serrant si fort qu'ils semblaient s'être changés en une seule personne, et le Soleil, les remarquant, déversa sur eux son nutriment. Je ne voyais toujours pas le visage de la Dame Tasse à Café, mais l'homme fermait les yeux et je n'arrivais pas à savoir s'il était très heureux ou très perturbé.

« Ces gens paraissent très contents de se voir », dit Gérante. Je me rendis compte alors qu'elle les avait observés avec la même attention que moi.

« Oui, ils ont l'air tellement heureux, répondis-je. Mais c'est étrange parce qu'ils semblent aussi perturbés.

— Oh, Klara, dit doucement Gérante. Rien ne t'échappe, n'est-ce pas ? »

Elle resta silencieuse un long moment, sa pancarte dans une main, regardant le trottoir d'en face, bien après que le couple eut disparu.

« Peut-être qu'ils ne s'étaient pas vus depuis

longtemps, dit-elle enfin. Depuis très, très longtemps. Peut-être qu'ils étaient encore jeunes la dernière fois qu'ils se sont embrassés ainsi.

— Vous voulez dire qu'ils se sont perdus de vue, Gérante ? »

Elle se tut à nouveau. Puis elle dit : « Oui. C'est sûrement ça. Ils se sont perdus. Et peut-être qu'ils viennent juste de se retrouver, tout à fait par hasard. »

La voix de Gérante était différente de sa voix habituelle, et même si ses yeux étaient tournés vers la rue, je vis qu'elle ne regardait rien de précis. Je commençai même à me demander ce que penseraient les gens en la voyant rester aussi longtemps dans la vitrine avec nous.

Puis elle fit demi-tour et passa devant nous, m'effleurant l'épaule.

« Quelquefois, dit-elle, à des moments particuliers comme celui-ci, les gens ressentent une douleur dans leur joie. Je suis heureuse que tu sois aussi sensible à tout ce que tu observes, Klara. »

Une fois qu'elle fut partie, Rosa demanda : « C'est vraiment bizarre. Qu'est-ce qu'elle entendait par là ?

— C'est sans importance, Rosa, lui répondis-je. Elle parlait juste du monde extérieur. »

Rosa se mit à discuter d'autre chose, mais je continuai de songer à la Dame Tasse à Café, à son Homme à l'Imperméable, et aux paroles de Gérante. J'essayai d'imaginer ce que je ressentirais si un jour lointain, bien après que chacune de nous aurait trouvé sa maison, je revoyais Rosa par hasard dans la rue. Ressentirais-je, moi aussi, une douleur dans ma joie ?

■

Un matin, au début de notre seconde semaine dans la vitrine, je parlais à Rosa de quelque chose que j'avais vu près du RPO, et je m'interrompis en découvrant Josie debout sur le trottoir d'en face. Sa mère était avec elle. Cette fois-ci, aucun taxi n'était garé derrière, mais elles avaient pu descendre d'une voiture qui avait ensuite poursuivi sa route sans que je m'en aperçoive, car un groupe de touristes se trouvait alors devant la vitrine et m'empêchait de les voir. À présent la circulation des passants était redevenue fluide, et Josie me fixait, rayonnante de joie. Son visage, pensai-je à nouveau, débordait de gentillesse quand elle souriait. Mais elle ne pouvait pas encore s'approcher de la vitrine car sa mère se penchait pour lui parler, une main posée sur son épaule. Elle portait un manteau léger, sombre, élégant, que le vent soulevait autour de son corps, et elle me fit penser un instant à ces oiseaux noirs perchés au sommet des feux de circulation au milieu des violentes bourrasques. Josie et sa mère continuaient de me fixer tout en parlant, et je vis que Josie était impatiente de venir vers moi, mais sa mère ne la lâchait pas et poursuivait la conversation. Je savais que j'étais obligée de fixer le RPO, exactement comme

Rosa, mais je ne pouvais pas m'empêcher de glisser un œil dans leur direction, craignant de les voir disparaître dans la foule.

La mère se redressa enfin, et bien qu'elle s'obstinât à me dévisager, inclinant la tête chaque fois qu'un passant lui bouchait la vue, elle retira sa main et Josie s'avança de son pas prudent. Je trouvai encourageant qu'elle l'autorise à s'approcher seule, mais son regard, qui resta dur et impavide, et sa posture, les bras croisés sur sa poitrine, les doigts agrippés au tissu de son manteau, m'indiquèrent qu'il existait encore beaucoup de signes que je ne savais pas interpréter. Puis Josie apparut de l'autre côté de la vitre.

« Hé ! Comment ça va ? »

Je souris en hochant la tête, et je levai le pouce en l'air – un geste que j'avais souvent remarqué dans les intéressants magazines.

« Désolée de ne pas être revenue plus tôt, dit-elle. Je crois que c'était… quand ? »

Je levai trois doigts, puis j'en ajoutai un demi de l'autre main.

« Trop longtemps, reprit-elle. Je suis désolée. Je t'ai manqué ? »

J'acquiesçai d'un air triste, prenant soin de montrer que je plaisantais, et n'étais pas du tout contrariée.

« Tu m'as manqué à moi aussi. J'ai vraiment cru que je reviendrais plus tôt. Tu as sans doute pensé que j'étais partie pour de bon. Désolée, vraiment. » Son sourire faiblit quand elle ajouta :

« Je suppose qu'un tas d'autres ados sont venus te voir. »

Je secouai la tête, mais Josie ne parut pas convaincue. Elle jeta un coup d'œil à sa mère, non pour se rassurer, mais plutôt pour vérifier qu'elle ne s'était pas approchée. Puis, baissant la voix, elle dit :

« Je sais, c'est bizarre que maman nous surveille comme ça. C'est parce que je lui ai expliqué que c'était toi que je voulais. J'ai précisé que ce serait toi et personne d'autre, alors maintenant elle te jauge. Désolée. » Je crus alors entrevoir, comme la fois précédente, une pointe de tristesse. « Tu viendras, hein ? Si maman dit que c'est OK et tout ça ? »

J'acquiesçai pour l'encourager. Mais l'incertitude se lisait encore sur son visage.

« Parce que je ne veux pas que tu viennes contre ton gré. Ce ne serait pas juste. Je veux vraiment que tu viennes, mais si tu me dis, Josie, je n'en ai pas envie, je répondrai à maman, OK, on ne peut pas l'avoir, c'est impossible. Mais tu veux bien venir, hein ? »

Je hochai de nouveau la tête, et cette fois elle parut rassurée.

« C'est génial. » Son sourire revint. « Tu vas adorer. Je ferai tout pour. » Elle se retourna, triomphale cette fois, appelant : « Maman ? Tu vois, elle dit qu'elle veut venir ! »

La mère fit un petit signe de tête, mais n'eut pas d'autre réaction. Elle continuait de m'examiner, pinçant l'étoffe de son manteau entre ses doigts. Lorsque Josie se tourna vers moi, son visage s'était de nouveau assombri.

« Écoute », commença-t-elle, puis elle se tut plusieurs secondes avant de dire : « C'est vraiment formidable que tu acceptes de venir. Mais je veux que les choses soient claires entre nous dès le début, alors voilà ce que je vais te dire. Ne t'inquiète pas, maman n'entend pas. Écoute, je pense que notre maison va te plaire. Je pense que tu aimeras ma chambre, et c'est là que tu seras, et pas au fond d'un placard ou ailleurs. Et nous ferons toutes ces choses formidables pendant que je grandirai. Le seul problème, c'est que, euh… » Elle jeta un regard rapide derrière elle, et baissant encore la voix, elle continua : « C'est que certains jours je ne me sens pas très bien. Je ne sais pas. Mais je pense qu'il se passe quelque chose. Je ne sais pas exactement quoi. Je ne sais même pas si c'est inquiétant. Mais quelquefois ça devient, euh, presque flippant. Comprends-moi bien, la plupart du temps tu ne t'en rendras même pas compte. Mais je voulais être franche avec toi. Parce que tu sais, c'est vraiment nul quand les gens te disent que tout va être parfait et qu'ils ne sont pas sincères. C'est pour ça que je t'en parle maintenant. Je t'en prie, dis-moi que tu veux toujours venir. Tu vas adorer ma chambre, j'en suis sûre. Et tu verras où le Soleil se couche, comme je te l'ai expliqué la dernière fois. Tu veux toujours venir, hein ? »

J'acquiesçai, prenant mon air le plus sérieux. Je voulais aussi lui dire que s'il fallait affronter chez elle une quelconque situation difficile ou effrayante, nous le ferions ensemble. Mais je ne savais pas comment transmettre sans mots, à travers la vitre, un message aussi complexe, aussi je nouai mes mains et je les levai en les balançant un peu, ainsi que j'avais vu un chauffeur de taxi le faire à l'intention d'un passant qui l'avait salué, lâchant le volant alors qu'il continuait de rouler. J'ignore comment Josie interpréta mon geste, mais elle parut contente.

« Merci, dit-elle. Comprends-moi bien. Peut-être que ce n'est rien du tout. Peut-être que c'est juste moi qui me fais des films. »

Sa mère l'appela alors, s'apprêtant à la rejoindre, mais elle dut laisser passer des touristes, et Josie eut juste le temps de me dire : « Je serai de retour très bientôt. Promis. Demain si je peux. À plus tard. »

■

Josie ne revint pas le jour d'après, ni le surlendemain. Puis, au milieu de notre seconde semaine, le moment vint de céder notre tour dans la vitrine.

Pendant cette période, Gérante s'était montrée chaleureuse et encourageante. Chaque matin, alors que nous nous préparions sur le canapé rayé, attendant que la grille se lève, elle nous disait par exemple : « Vous avez été formidables hier. Essayez de faire aussi bien aujourd'hui. » Et à la fin de chaque journée, elle nous félicitait en souriant : « Bravo à toutes les deux. Je suis très fière de vous. » Il ne m'était donc jamais venu à l'esprit que nous avions pu commettre une faute, et quand elle baissa la grille le dernier soir, je pensais qu'elle allait de nouveau nous féliciter. Je fus donc surprise lorsqu'elle s'éloigna simplement, sans s'occuper de nous. Rosa me lança un regard perplexe, et nous restâmes un instant sur le canapé rayé. Nous étions à présent dans une obscurité presque totale, et au bout d'un moment nous nous levâmes pour descendre de la plate-forme.

Nous étions alors face au magasin, et je pouvais même voir la table en verre tout au fond, mais l'espace avait été divisé en dix boîtes, de telle sorte que je n'avais plus une vision d'ensemble de ce qui se trouvait devant moi. L'alcôve de façade était dans la boîte la plus éloignée à ma droite, comme prévu ; pourtant la table des magazines, la plus proche de l'alcôve de façade, était divisée en plusieurs boîtes, si bien qu'une section de la table était visible dans la boîte la plus éloignée sur ma gauche. À présent, les lumières étaient éteintes, et je repérai les autres AA se préparant à dormir au fond de plusieurs boîtes placées le long des murs, au milieu du magasin. Mon attention fut attirée par les trois boîtes du milieu, contenant à cet instant des facettes de Gérante en train de se tourner vers nous. Dans une boîte, seul son dos était visible, de la taille jusqu'au sommet de la nuque, tandis que la boîte voisine était presque entièrement occupée par ses yeux, pleins de bonté et de tristesse. L'œil le plus proche de nous était beaucoup plus grand que l'autre. Une troisième boîte contenait un fragment de sa mâchoire et une bonne partie de sa bouche, où je décelai de la colère et de la frustration. Puis elle fit demi-tour et vint vers nous, et le magasin m'apparut de nouveau comme une image unique.

« Merci à toutes les deux, dit-elle, tendant la main pour nous tapoter le bras tour à tour. Merci infiniment. »

Même ainsi, je sentis que quelque chose avait changé, que nous l'avions déçue d'une façon ou d'une autre.

■

Alors commença notre seconde période au milieu du magasin. Rosa et moi étions encore souvent ensemble, mais à présent Gérante nous changeait de place constamment, et il m'arrivait de passer une journée debout à côté de Boy AA Rex ou de Girl AA Kiku. La plupart des jours, cependant, je pouvais encore voir une partie de la vitrine et continuer de m'instruire sur le monde du dehors. Lorsque la machine Cootings fit son apparition, par exemple, je me trouvais du côté de la table des magazines, face à l'alcôve centrale, et je voyais la rue presque aussi bien que si j'avais été dans la vitrine.

Il était évident depuis des jours que cette machine allait être un engin hors du commun.

D'abord, les agents de terrassement vinrent préparer son installation, délimitant une section particulière de la rue avec des barrières en bois. Cela ne plut pas du tout aux chauffeurs de taxi, qui firent beaucoup de bruit avec leurs klaxons. Puis les agents de terrassement se mirent à percer et à défoncer le sol, et même des parties du trottoir, ce qui effraya les deux AA exposés dans la vitrine. Un jour où le vacarme devint vraiment horrible, Rosa plaqua les mains sur ses oreilles et malgré la présence de clients dans le magasin, elle refusa de les retirer. Gérante s'excusa auprès de chaque personne qui entrait, bien que le bruit n'eût aucun rapport avec nous. Un client se mit à parler de la pollution, et désignant les agents de terrassement dans la rue, il dit à quel point elle était dangereuse pour tout le monde. Lorsque la machine Cootings arriva, je pensai qu'elle était peut-être destinée à combattre la pollution, mais Boy AA Rex répondit qu'au contraire, elle était spécialement conçue pour polluer encore plus. Je rétorquai que c'était faux, et il dit : « Très bien, Klara, c'est ce qu'on verra. »

Bien entendu, il avait raison. La machine Cootings – je la baptisai ainsi mentalement parce que ce mot était écrit en grosses lettres sur le côté – démarra avec un gémissement aigu, bien moins désagréable que les perceuses, et pas plus intenable, en tout cas, que l'aspirateur de Gérante. Mais il y avait sur son toit trois courtes cheminées en saillie, d'où la fumée commença à s'échapper par petites bouffées blanches. Puis elle noircit, et à la fin, au lieu de s'élever sous la forme de nuages isolés, elle jaillit en une colonne dense, ininterrompue.

Lorsque je regardai de nouveau, la rue était divisée en plusieurs panneaux verticaux – de ma place, j'en voyais trois très distinctement sans me pencher en avant. Le volume de fumée noire semblait varier d'un panneau à l'autre, ce qui donnait l'impression que des nuances de gris contrastées étaient exposées en vue d'une sélection. Mais je pouvais discerner de nombreux détails, même quand la fumée devenait presque opaque. Dans un panneau, par exemple, il y avait un fragment de la barrière en bois de l'équipe de maintenance auquel était rattaché, selon toute apparence, l'avant d'un taxi. Une barre métallique, que je reconnus comme faisant partie de l'un des feux de circulation suspendus, traversait en diagonale l'angle supérieur du panneau voisin. En l'examinant plus attentivement, je parvins à déchiffrer le contour obscur d'un oiseau perché dessus. Je vis un coureur passer d'un panneau à l'autre, et sa silhouette changer de trajectoire et de taille à cet instant. Puis la pollution empira au point que de ma place près de la table des magazines, je ne distinguais plus le coin du ciel, et la fenêtre, que les laveurs de vitres nettoyaient si fièrement pour Gérante, était tachetée de poussière noire.

Je plaignais du fond du cœur les deux garçons AA qui avaient attendu si longtemps leur tour dans la vitrine. Ils restaient assis là avec une bonne posture, mais à un moment donné je vis l'un d'eux lever un bras devant son visage comme si la pollution pouvait s'infiltrer à travers la vitre. Gérante monta alors sur la plate-forme pour lui chuchoter des paroles rassurantes. Quand elle en redescendit enfin, elle commença à redisposer les bracelets exposés sur la vitrine roulante, je remarquai qu'elle était contrariée elle aussi. Je crus qu'elle allait peut-être même sortir pour parler aux agents de terrassement, mais elle nous aperçut et dit en souriant :

« Écoutez-moi tous, s'il vous plaît. C'est malheureux, mais il n'y a pas de quoi vous inquiéter. Nous allons supporter ça quelques jours, et ensuite ce sera terminé. »

Mais le lendemain, et le surlendemain, la machine Cootings poursuivit son labeur, et le jour se mit à ressembler à la nuit. À un moment donné, je cherchai les motifs du Soleil sur le sol, les alcôves et les murs, mais ils avaient disparu. Le Soleil faisait de son mieux, je le savais, et vers la fin du deuxième après-midi obscur, alors que la fumée était plus dense que jamais, ils reparurent sous une forme atténuée. Je commençai à m'inquiéter, et quand je demandai à Gérante si nous allions recevoir tout le nutriment dont nous avions besoin, elle éclata de rire et répondit : « Cette horrible machine est venue ici plusieurs fois déjà et dans le magasin personne n'en a souffert. Chasse cette pensée de ton esprit, Klara. »

Même ainsi, après quatre jours de pollution continue, je sentis que je perdais mes forces. Je m'efforçai de le dissimuler, surtout quand des clients se trouvaient dans le magasin. Peut-être à cause de la machine Cootings, il y avait de longues périodes sans personne, et je m'autorisais quelquefois à relâcher ma posture, si bien que Boy AA Rex devait me toucher le bras pour que je me redresse.

Puis, un matin, la grille se leva, et non seulement la machine Cootings avait disparu, mais toute sa section spéciale s'était volatilisée. La pollution s'était dissipée, le coin de ciel bleu scintillait, et le Soleil déversait son nutriment dans le magasin. Les taxis roulaient de nouveau sans à-coups, les chauffeurs étaient de bonne humeur. Même les coureurs souriaient en passant. J'avais craint, tout le temps où la machine Cootings était restée là, que Josie eût tenté de revenir au magasin, et en eût été empêchée par la pollution. Mais c'était oublié à présent, le moral était au beau fixe à l'intérieur comme à l'extérieur, et je sentais que si Josie devait revenir, ce serait sûrement aujourd'hui. Vers le milieu de l'après-midi, cependant, je me rendis compte à quel point cette idée était déraisonnable. Je cessai de la chercher dans la rue, et je me concentrai pour apprendre plus de choses sur le monde du dehors.

■

Deux jours après le départ de la machine Cootings, la fille aux cheveux courts hérissés vint dans le magasin. Elle devait avoir douze ans et demi. Ce matin-là, elle était vêtue comme une coureuse, avec un débardeur vert vif, ses bras trop fins nus jusqu'aux épaules. Elle entra avec son père qui portait un costume de bureau décontracté, très chic, et ne dit pas grand-chose au début pendant qu'ils faisaient un tour dans la boutique. Je vis tout de suite que la petite s'intéressait à moi, même si elle m'avait seulement lancé un rapide coup d'œil avant de repartir vers l'entrée. Mais au bout d'une minute, elle revint et feignit de contempler les bracelets de la vitrine roulante, juste devant moi. Puis, regardant autour d'elle pour s'assurer que ni son père ni Gérante ne la surveillaient, elle s'appuya contre la vitrine pour me tester, la faisant avancer de quelques centimètres sur ses roulettes tout en me fixant avec un petit sourire, comme si son geste était un secret spécial entre nous. Puis elle remit la vitrine à sa place, me sourit de nouveau, et appela : « Papa ? » Comme il ne répondait pas – absorbé par les deux AA assis sur la table en verre au fond – la fille me lança un dernier coup d'œil, puis alla le rejoindre. Ils engagèrent une conversation à voix basse, sans cesser de me regarder. Ils parlaient donc de moi, cela ne faisait aucun doute. Gérante, le remarquant, se leva de son bureau et me rejoignit, croisant les mains devant elle.

Enfin, après d'interminables chuchotements,

la fille revint et, passant devant Gérante, vint se placer carrément en face de moi. Elle effleura chacun de mes coudes tour à tour, puis elle prit ma main gauche dans sa paume droite et resta ainsi, fixant mon visage. Son expression était très sérieuse, mais sa main pressait la mienne avec douceur, et je compris qu'elle entendait ainsi partager un autre petit secret avec moi. Mais je ne lui souris pas. Le visage fermé, je projetai mon regard au-dessus de sa tête hérissée, vers les étagères rouges sur le mur opposé, et en particulier vers la rangée de tasses à café en céramique posées à l'envers le long du troisième rayonnage. La fille m'étreignit encore la main à deux reprises, avec moins de douceur la seconde fois, mais je ne baissai pas les yeux vers elle et je ne lui souris pas.

Pendant ce temps, le père s'était avancé vers nous, marchant sans bruit pour ne pas interrompre ce qui était peut-être un moment spécial. Gérante s'était elle aussi rapprochée, et se tenait juste derrière lui. Je remarquai tous ces détails, mais je gardai les yeux rivés sur les étagères rouges et les tasses à café en céramique, la main inerte entre ses doigts, de telle sorte qu'elle retomberait le long de mon flanc si la fille lâchait prise.

Je sentais le regard de plus en plus insistant que Gérante posait sur moi. Puis je l'entendis qui disait :

« Klara est excellente. C'est l'un de nos meilleurs éléments. Mais peut-être que cette demoiselle serait intéressée par les nouveaux modèles B3 qui viennent de rentrer.

— Les B3 ? s'exclama le père, enthousiaste. Vous les avez déjà ?

— Nous avons une relation exclusive avec nos fournisseurs. Ils viennent juste d'arriver et ne sont pas encore calibrés. Mais je serais ravie de vous les montrer. »

La fille aux cheveux hérissés exerça de nouveau une pression sur ma main. « Papa, je veux celle-ci. Elle est parfaite.

— Mais ils ont reçu les nouveaux B3, ma chérie. Tu ne veux pas y jeter un coup d'œil ? Des comme ça, personne n'en a. »

Il y eut une longue attente, puis la fille relâcha ma main. Je laissai mon bras retomber et je continuai de fixer les étagères rouges.

« Alors, qu'est-ce que ces nouveaux B3 ont de si génial ? » demanda-t-elle en suivant son père.

Je n'avais pas pensé à Rosa pendant que la fille me tenait la main, mais je me rendis compte à cet instant de sa présence à ma gauche, et du regard stupéfait qu'elle posait sur moi. Je voulais l'obliger à détourner les yeux, mais je décidai de rester concentrée sur les étagères rouges jusqu'au moment où la petite, son père et Gérante furent dans l'arrière-boutique, assez loin de nous. J'entendis le père rire après une remarque de Gérante, et lorsque je jetai enfin un coup d'œil dans leur direction, elle ouvrait la porte réservée au personnel tout au fond du magasin.

« Excusez-moi, disait-elle. C'est un peu fouillis dans cette pièce.

— Nous sommes privilégiés d'y avoir accès, répondit le père. N'est-ce pas, chérie ? »

Ils entrèrent, la porte se referma derrière eux et je ne distinguais plus leurs paroles, mais à un moment donné j'entendis le rire de la fille aux cheveux hérissés.

Le reste de la matinée fut animé. Tandis que Gérante remplissait les formulaires de livraison avec le père pour leur B3 neuf, d'autres clients entrèrent. Ce fut donc dans l'après-midi, quand il y eut enfin une accalmie, qu'elle s'approcha de moi.

« Ton attitude m'a surprise ce matin, Klara, dit-elle. En particulier venant de toi.

— Je suis désolée, Gérante.

— Qu'est-ce qui t'a pris ? Ça ne te ressemble vraiment pas.

— Je suis très très désolée, Gérante. Je ne voulais pas être une source d'embarras. J'ai juste pensé que pour cette enfant-là, je ne serais pas forcément le meilleur choix. »

Elle continuait de m'observer.

« Peut-être que tu as vu juste, répondit-elle enfin. Je crois que cette petite sera heureuse avec son B3. Mais tout de même, Klara, j'ai été très surprise.

— Je suis très désolée, Gérante.

— Je t'ai soutenue cette fois. Mais je ne le ferai plus. C'est le client qui doit choisir son AA, jamais l'inverse.

— Je comprends, Gérante. » Puis j'ajoutai tout bas : « Merci beaucoup pour ce que vous avez fait aujourd'hui.

— Pas de problème, Klara. Mais souviens-toi. C'est la dernière fois. »

Elle fit quelques pas, puis se retourna et revint vers moi.

« Ce n'est pas possible, Klara. Tu t'imagines avoir conclu un accord ? »

Je crus qu'elle était sur le point de me réprimander comme elle l'avait fait une fois avec deux garçons AA qui s'étaient moqués de l'Homme Mendiant. Mais elle posa une main sur mon épaule et reprit d'une voix plus douce :

« Laisse-moi te dire quelque chose, Klara. Les enfants font tout le temps des promesses. Ils s'approchent de la vitrine, et ils font toutes sortes de promesses. Ils disent qu'ils vont revenir, ils te demandent de n'autoriser personne d'autre à t'emmener. Ça arrive tout le temps. Mais le plus souvent, l'enfant ne revient jamais. Ou pire encore, il revient et ignore le pauvre AA qui l'a attendu, et il en choisit un autre à la place. Les enfants sont comme ça. Tu as tellement observé et appris de choses, Klara. Eh bien, c'est une autre leçon pour toi. Tu comprends ?

— Oui, Gérante.

— Bien. N'en parlons plus alors. » Elle m'effleura le bras, puis s'en alla.

■

Les B3 neufs – trois AA – furent bientôt calibrés et se placèrent. Deux d'entre eux allèrent directement dans la vitrine, avec une grande pancarte toute neuve, et le troisième eut droit à l'alcôve de façade. Un quatrième B3, bien sûr, avait été acheté par la fille aux cheveux hérissés et expédié sans qu'aucun de nous l'eût rencontré.

Je restai avec Rosa au milieu du magasin, mais on nous plaça du côté des étagères rouges après l'arrivée des B3 neufs. Depuis la fin de notre séjour dans la vitrine, Rosa avait pris l'habitude de répéter une phrase prononcée par Gérante : à savoir que chaque emplacement dans le magasin était opportun, et que nous pouvions aussi bien être choisis dans la partie centrale que dans la vitrine ou l'alcôve de façade. Eh bien, dans le cas de Rosa, elle avait vu juste.

Rien, dans la routine du début de cette journée, ne semblait annoncer qu'un événement aussi magistral allait se produire. Tout était comme d'habitude : les taxis et les passants, le lever de la grille et la manière dont Gérante nous avait salués. Pourtant ce soir-là, Rosa avait été achetée, et elle avait disparu derrière la porte réservée au personnel pour se préparer à être expédiée. Je suppose que j'avais toujours cru qu'avant le départ de l'une de nous, nous aurions le temps de parler. Mais tout se passa très vite. J'eus à peine le loisir de noter quelque chose d'utile au sujet du garçon qui était entré avec sa mère et l'avait choisie. Et tout de suite après leur départ, Gérante confirma que Rosa avait été achetée, et elle devint si excitée qu'il nous fut impossible d'avoir une conversation sérieuse. Je voulais passer en revue les nombreuses consignes dont elle devrait se souvenir pour être une bonne AA ; lui redire tout ce que Gérante nous avait enseigné, et lui expliquer ce que j'avais appris sur le monde du dehors. Mais elle passait sans arrêt d'un sujet à l'autre. La chambre du garçon aurait-elle un haut plafond ? De quelle couleur serait la voiture de la famille ? Aurait-elle l'occasion de voir l'océan ? Lui demanderait-on d'emballer un pique-nique dans un panier ? J'essayai de lui rappeler à quel point le nutriment du Soleil était important, et je me demandai à voix haute si l'exposition de sa chambre lui serait favorable, mais ça n'intéressait pas Rosa. Très vite, elle dut s'éclipser dans la pièce du fond, et je la vis me sourire une dernière fois par-dessus son épaule avant de disparaître derrière la porte.

■

Les jours qui suivirent le départ de Rosa, je restai au milieu du magasin. Les deux B3 de la vitrine avaient été achetés à un jour d'intervalle, et Boy AA Rex avait lui aussi trouvé une maison durant cette période. Bientôt arrivèrent trois autres B3 – encore des garçons AA – et Gérante les plaça presque en face de moi, du côté de la table des magazines, près des deux

AA de l'ancienne série. La vitrine roulante me séparait du groupe, aussi je ne conversai pas beaucoup avec eux. Mais j'eus tout le temps de les observer, et je constatai à quel point les AA se montraient accueillants, donnant toutes sortes de conseils utiles aux B3 neufs. Je supposai donc qu'ils s'entendaient bien. Ensuite je remarquai quelque chose d'étrange. Au cours d'une matinée, les trois B3 se déplaçaient peu à peu, s'éloignant des deux AA plus anciens. Parfois ils faisaient de minuscules pas sur le côté. Ou bien l'un d'eux s'intéressait à ce qui se passait dehors, s'approchait pour regarder, et allait se mettre à un endroit à peine différent de celui que Gérante lui avait attribué. Au bout de quatre jours, il n'y eut plus aucun doute : les trois B3 neufs s'écartaient délibérément des anciens AA, de telle sorte qu'aux yeux des clients qui entraient, ils semblaient former un groupe à part. Au début je refusai de croire que des AA – en particulier des AA triés sur le volet par Gérante – étaient capables de se comporter ainsi. Je plaignais les anciens AA, mais je me rendis compte alors qu'ils n'avaient rien vu. Et au contraire de moi, qui ne tardai pas à m'en apercevoir, ils ne remarquèrent pas les regards ni les gestes sournois échangés par les B3 quand l'un des anciens AA prenait la peine de leur expliquer quelque chose. Les B3 neufs, disait-on, comportaient toutes sortes d'améliorations. Comment pourraient-ils être de bons AA pour leurs enfants s'ils étaient capables d'inventer ce genre de ruses ? Si Rosa avait été là, j'aurais pu en discuter avec elle, mais elle était partie à présent.

■

Un après-midi où le Soleil pénétrait jusqu'au fond du magasin, Gérante vint me rejoindre et dit :

« Klara, j'ai décidé de t'accorder une nouvelle chance dans la vitrine. Tu seras seule cette fois, mais je sais que ça ne te dérangera pas. Tu es toujours si intéressée par le monde extérieur. »

J'étais tellement surprise que je la regardai sans répondre.

« Ma chère Klara, reprit-elle. Et dire que je m'inquiétais toujours pour Rosa. Tu n'es pas préoccupée, n'est-ce pas ? Tu ne dois pas l'être. Je suis sûre que tu trouveras une maison.

— Je ne suis pas inquiète, Gérante. » Je faillis ajouter quelque chose sur Josie, mais je m'interrompis à temps, me rappelant notre conversation après le passage de la fille aux cheveux hérissés dans le magasin.

« À partir de demain, donc, annonça Gérante. Juste pour six jours. Et je te donne un prix spécial, aussi. Souviens-toi, Klara, tu vas de nouveau représenter le magasin. Alors fais ton maximum. »

Ma seconde période dans la vitrine fut différente de la première, mais l'absence de Rosa n'en était pas la seule cause. La rue était aussi animée qu'avant, mais je m'aperçus que je devais redoubler d'efforts pour être passionnée par son spectacle. Quelquefois un taxi ralentissait, un passant se penchait pour parler au chauffeur, et j'essayais de deviner s'ils étaient amis ou ennemis. À d'autres moments j'observais les petites silhouettes qui allaient et venaient derrière les fenêtres du RPO et je tentais de comprendre le sens de leurs mouvements, d'imaginer ce que chaque personne faisait juste avant d'apparaître dans son rectangle, et ce qu'elle ferait ensuite.

L'événement le plus important auquel j'assistai pendant ce second laps de temps concernait l'Homme Mendiant et son chien. Le quatrième jour, par un après-midi si gris que les taxis avaient allumé leurs veilleuses, je remarquai que l'homme n'était pas à sa place habituelle, saluant les passants depuis le seuil désert entre le RPO et le bâtiment des escaliers de secours. Je ne m'en inquiétai pas outre mesure au début parce que l'Homme Mendiant s'éloignait souvent, parfois pour de longues périodes. Mais ensuite je regardai en direction du trottoir d'en face et je m'aperçus qu'il était bien là, allongé sur le sol avec son chien, et que je ne les avais pas vus pour cette raison. Ils s'étaient calés contre le seuil désert pour être à l'écart de la foule, et d'ici, on aurait pu les confondre avec les sacs que les agents de terrassement de la ville abandonnaient quelquefois. Je continuai de les observer entre les passants, et je découvris que l'Homme Mendiant ne bougeait pas plus que le chien dans ses bras. Parfois quelqu'un le remarquait et s'arrêtait, puis repartait. Le Soleil s'apprêtait à disparaître derrière le RPO, l'Homme Mendiant et le chien n'avaient pas changé de position depuis le matin, et je me rendis compte qu'ils étaient morts, même si les passants ne le savaient pas. Je ressentis de la tristesse, mais ils avaient eu la chance de mourir ensemble, l'un contre l'autre, en essayant de se soutenir. J'aurais voulu que quelqu'un s'en aperçoive, et qu'on les emmène dans un endroit plus calme et approprié, et j'envisageai d'en dire deux mots à Gérante. Mais quand le moment vint pour moi de descendre de la vitrine avant la nuit, elle paraissait si fatiguée et si sérieuse que je préférai me taire.

Le lendemain matin la grille se leva sur une journée splendide. Le Soleil déversait son nutriment sur la rue et dans les immeubles, et lorsque je regardai l'endroit où l'Homme Mendiant et son chien étaient morts, je vis qu'ils avaient ressuscité – grâce à une sorte particulière de nutriment solaire qui les avait sauvés. L'Homme Mendiant ne s'était pas encore mis debout, mais il se redressait, souriant, le dos calé contre le seuil désert, une jambe allongée, l'autre repliée de façon à poser le bras sur son genou. De sa main libre, il caressait le cou du chien, ressuscité lui aussi, qui tournait la tête pour suivre les passants du regard. Tous les deux absorbaient avidement le nutriment spécial du Soleil, reprenant des forces à vue d'œil, et je vis que très bientôt, peut-être même cet après-midi, l'Homme

Mendiant serait à nouveau debout, converserait gaiement avec les passants, selon son habitude.

Mes six jours prirent fin et Gérante me dit que j'avais fait honneur au magasin. Un nombre de clients exceptionnel, m'apprit-elle, était venu pendant cette période, et je fus ravie de l'apprendre. Je la remerciai de m'avoir accordé cette faveur, et elle sourit, me répondant que je n'aurais plus longtemps à attendre, elle en était sûre.

■

Dix jours plus tard, je fus reléguée dans l'alcôve du fond. Gérante, sachant à quel point j'aimais avoir une vue de l'extérieur, m'assura que cela ne durerait que quelques jours, et qu'ensuite je pourrais retourner au milieu du magasin. De toute manière, ajouta-t-elle, cet emplacement était très favorable, et en effet, je m'y habituai très bien. J'avais toujours apprécié les deux AA assis à présent sur la table en verre calée contre le mur, et j'étais assez près d'eux pour avoir des conversations prolongées en élevant la voix pour me faire entendre, à condition qu'il n'y eût pas de clients. Mais l'alcôve du fond était située derrière la voûte, et non seulement je ne voyais pas la rue, mais je distinguais à peine l'avant du magasin. Si je voulais voir les clients qui entraient, je devais me pencher le plus en avant possible pour glisser un coup d'œil sur le côté, et ensuite, même si je faisais quelques pas, les vases en argent sur la table des magazines et les B3 debout au milieu du magasin me bouchaient la vue. Par ailleurs, peut-être parce que nous étions plus éloignés de la rue, ou à cause de la pente du plafond à l'arrière du magasin, j'entendais les sons plus distinctement. C'est ainsi que je sus, au seul bruit de ses pas, bien avant qu'elle commence à parler, que Josie venait d'entrer.

« C'était quoi tout ce parfum ? J'ai failli étouffer.

— C'était du savon, Josie, dit la voix de la mère. Pas du parfum. Du savon de luxe, coupé à la main.

— Eh bien, ce n'était pas ce magasin-là. Mais celui-ci. Je te l'ai dit, maman. » Je l'entendis faire quelques pas prudents. Elle dit ensuite : « C'est bien ici. Mais elle n'est plus là. »

Je m'avançai de trois petits pas et découvris, entre les vases en argent et les B3, la mère en train de fixer une chose que je ne voyais pas. Je ne distinguais que son profil, mais elle me parut beaucoup plus lasse que la fois où je l'avais vue sur le trottoir, ressemblant à l'un de ces oiseaux haut perchés dans le vent. Je devinais qu'elle observait Josie, et que celle-ci examinait la nouvelle fille B3 dans l'alcôve de façade.

Pendant un long moment il ne se passa rien. La mère voulut savoir :

« Qu'est-ce que tu en penses, Josie ? »

La petite ne répondit pas, et j'entendis Gérante qui s'approchait d'elles. Je perçus ce silence particulier dans le magasin, à l'instant où tous les AA tendent l'oreille, se demandant si une vente va être conclue.

« Sung Yi fait partie de la série B3, bien sûr, expliqua Gérante. C'est l'une des B3 les plus parfaites que j'aie jamais vues. »

J'apercevais à présent l'épaule de Gérante, mais je ne voyais toujours pas Josie. Je reconnus alors sa voix :

« Tu es vraiment fantastique, Sung Yi. Alors je t'en prie, ne le prends pas mal. C'est juste que… » Elle n'acheva pas sa phrase, j'entendis à nouveau ses pas prudents, et je pus la voir pour la première fois. Elle promenait son regard dans tout le magasin.

« J'ai entendu dire que ces B3 neufs ont de bonnes capacités cognitives et de la mémoire, dit la mère. Mais qu'ils peuvent quelquefois manquer d'empathie. »

Gérante émit un son qui tenait à la fois du rire et du soupir.

« Au tout début, peut-être, un ou deux B3 se sont révélés un peu têtus. Mais je peux vous assurer que Sung Yi ici présente ne posera absolument aucun problème de cet ordre.

— Puis-je m'adresser directement à Sung Yi ? demanda la mère à Gérante. Il y a quelques questions que je souhaiterais lui poser.

— Mais maman, intervint Josie, qui sortit cette fois encore de mon champ de vision, à quoi bon ? Sung Yi est super, je suis d'accord. Mais ce n'est pas elle que je veux.

— Nous ne pouvons pas continuer de chercher éternellement, Josie.

— Mais c'était son magasin, je te le répète,

maman. Elle était là. On a trop tardé à venir, c'est tout. »

C'était vraiment dommage que Josie arrive au moment précis où je me trouvais au fond du magasin. Pourtant, j'étais certaine qu'elle finirait par y venir. Ce fut la raison pour laquelle je restai à ma place, sans émettre un son. Mais peut-être existait-il une autre raison. Car j'avais été gagnée par la terreur à l'instant même où j'étais submergée par la joie d'entendre le pas de Josie dans le magasin, une terreur liée à ce que m'avait expliqué Gérante à propos des enfants qui faisaient souvent des promesses, puis ne revenaient pas, ou pire encore, ignoraient cet AA pour en choisir un autre. Je préférai donc attendre en silence.

Puis j'entendis Gérante, une intonation nouvelle dans la voix :

« Excusez-moi, mademoiselle. Si je comprends bien, vous cherchiez un AA particulier ? Un AA que vous aviez vu ici auparavant ?

— Oui madame. Vous l'aviez exposée en vitrine il y a quelque temps. Elle était vraiment mignonne, et très intelligente. Elle avait presque l'air française ? Les cheveux courts, très foncés, et tous ses vêtements, très foncés aussi et des yeux pleins de gentillesse et si intelligente !

— Je crois savoir de qui vous parlez, répondit Gérante. Si vous voulez bien me suivre, mademoiselle, nous allons la trouver. »

À ce moment-là seulement, je m'avançai à un endroit où elles pourraient me voir. J'avais passé toute la matinée loin des motifs du Soleil, mais à l'instant où Gérante, suivie de Josie, s'approchait de la voûte, je vins me placer à l'intérieur de deux rectangles lumineux qui se chevauchaient. Quand elle me vit, la joie éclaira son visage, et elle accéléra le pas.

« Tu es toujours là ! »

Elle avait encore maigri. Elle continua d'avancer, la démarche incertaine, et je crus qu'elle allait me serrer dans ses bras, mais elle s'arrêta au dernier moment et leva les yeux vers mon visage.

« Ça alors ! J'ai vraiment cru que tu étais partie !

— Pourquoi serais-je partie ? dis-je tout bas. Nous nous étions fait une promesse.

— Oui, répondit Josie. Oui, sans doute. C'est moi qui ai tout gâché, je crois. En attendant aussi longtemps, je veux dire. »

Je lui souris, et elle lança par-dessus son épaule : « Maman ! C'est elle ! Celle que je cherchais ! »

La mère s'approcha lentement vers la voûte, puis s'immobilisa. Et pendant un moment, elles me regardèrent toutes les trois : Josie devant les autres, rayonnante de bonheur ; Gérante, juste derrière elle, souriant elle aussi, mais avec une retenue dans le regard que j'interprétai comme un signal important de sa part ; ensuite la mère, les yeux plissés comme les gens sur le trottoir qui essaient de repérer si un taxi est libre ou déjà occupé. Et quand je vis comment elle me fixait, la terreur qui s'était dissipée lorsque Josie avait crié « Tu es toujours là ! » me ressaisit.

« Je ne voulais pas mettre autant de temps, disait Josie. Mais j'ai été un peu malade. Je suis guérie maintenant. » Puis elle appela : « Maman ? On peut l'acheter tout de suite ? Avant que quelqu'un d'autre vienne la prendre ? »

Il y eut un silence, puis la mère dit doucement : « Celle-ci n'est pas une B3, je présume.

— Klara est une B2, précisa Gérante. De la quatrième série, qui selon certains n'a jamais été surclassée.

— Mais ce n'est pas une B3.

— Les innovations des B3 sont vraiment magnifiques. Mais certains clients pensent que pour une sorte particulière d'enfant, un B2 haut de gamme peut malgré tout être un choix très heureux.

— Je vois.

— Maman. C'est Klara que je veux. Et personne d'autre.

— Un instant, Josie. » Puis elle demanda à Gérante : « Chaque Ami Artificiel est unique, n'est-ce pas ?

— C'est exact, madame. Et surtout à ce niveau-là.

— Donc, en quoi celle-ci est-elle unique ? Cette… Klara ?

— Klara a tant de qualités uniques que nous pourrions y passer la matinée. Mais si je devais en souligner une seule, ce serait son goût pour l'observation et son désir d'apprendre. Sa capacité d'absorber et d'assimiler tout ce qu'elle voit autour d'elle est stupéfiante. Par conséquent, elle a aujourd'hui une intelligence plus sophistiquée que tous les AA de ce magasin, y compris les B3.

— Vraiment. »

La mère me regardait encore en plissant les yeux. Elle fit trois pas de plus vers moi.

« Puis-je lui poser quelques questions ?

— Je vous en prie.

— Excuse-moi, Josie. Peux-tu t'écarter un moment pendant que je parle à Klara ? »

Je me retrouvai seule avec la mère, et j'eus beau essayer de garder le sourire, ce n'était pas facile, et je craignis de laisser paraître ma peur.

« Klara, commença la mère, je ne veux pas que tu te tournes vers Josie. Maintenant dis-moi, sans la regarder. De quelle couleur sont ses yeux ?

— Gris, madame.

— Bien. Josie, je veux que tu restes absolument silencieuse. Klara. La voix de ma fille. Tu viens de l'entendre parler à l'instant. Comment définirais-tu son timbre ?

— La tessiture de sa voix parlée s'étend du *la* bémol au *do* aigu.

— Vraiment ? » Il y eut un autre silence, puis la mère reprit : « Une dernière question, Klara. Qu'as-tu remarqué à propos de la démarche de ma fille ?

— Elle a peut-être une faiblesse dans la hanche gauche. Et son épaule droite est susceptible de provoquer des douleurs, donc Josie marche d'une manière qui la protège d'un mouvement brusque ou d'un choc inutile. »

La mère médita cette réponse. Puis elle dit : « Bien, Klara. Puisque tu sembles en savoir beaucoup là-dessus. Veux-tu, s'il te plaît, reproduire pour moi la démarche de Josie ? Tu ferais ça pour moi ? Tout de suite ? La démarche de ma fille ? »

Derrière l'épaule de la mère, je vis les lèvres de Gérante s'entrouvrir, comme si elle voulait intervenir. Mais elle ne dit rien. Au lieu de cela, croisant mon regard, elle m'adressa un hochement de tête imperceptible.

Je commençai donc à marcher. Je me rendis compte que dans le magasin, tout le monde observait et écoutait la scène, comme la mère et Josie. Je passai sous la voûte, je franchis les motifs du Soleil déployés sur le sol. Puis je m'avançai vers les B3 debout au milieu de la boutique, en direction de la vitrine roulante. Je fis de mon mieux pour imiter le pas de Josie tel que je l'avais étudié, la première fois où je l'avais vue sortir de ce taxi quand Rosa et moi étions en devanture, puis quatre jours plus tard, quand sa mère lui avait lâché l'épaule et qu'elle s'était approchée de la vitre, et enfin, telle que je venais de la voir un instant plus tôt, se hâtant vers moi, soulagée, les yeux pleins de joie.

Lorsque j'atteignis la vitrine roulante, je commençai à la contourner, prenant soin de ne pas perdre l'esprit de la démarche de Josie alors même que je m'efforçais de ne pas frôler le B3 debout à cet endroit.

Mais tandis que je me préparais à faire demi-tour, je levai les yeux, j'aperçus la mère devant moi, et ce que je vis me pétrifia. Elle m'observait encore avec attention, mais le regard qui me fixait semblait me traverser, comme si j'avais été la vitre de la devanture et qu'elle essayait de voir bien au-delà. Je restai figée à côté de la table roulante, un pied en équilibre, le talon en l'air, et un étrange silence enveloppa le magasin. Puis Gérante dit :

« Comme vous le voyez, Klara a une extraordinaire capacité d'observation. Je n'ai jamais connu quelqu'un comme elle.

— Maman ? » Cette fois la voix de Josie était assourdie. « S'il te plaît.

— Très bien. Nous la prenons. »

Josie se précipita vers moi. Elle me prit dans ses bras et m'étreignit. Quand je regardai par-dessus sa tête, Gérante souriait gaiement et la mère, sérieuse, les traits tirés, se penchait pour fouiller dans son sac à bandoulière.

DEUXIÈME PARTIE

Naviguer dans la cuisine était particulièrement difficile parce que tant d'éléments changeaient d'interaction d'un instant à l'autre. Je me rendais compte à présent que dans le magasin – sans doute par égard pour nous – Gérante avait pris soin de laisser chaque objet, même les plus petits comme les bracelets ou le coffret des boucles d'oreilles en argent, à sa place exacte. En revanche, dans la maison de Josie, et surtout la cuisine, Gouvernante Melania déplaçait constamment les objets, m'obligeant à réviser tout ce que j'avais appris. Un matin, par exemple, elle modifia la position du robot ménager quatre fois en quatre minutes. Mais dès que j'eus établi l'importance de l'îlot, les choses devinrent beaucoup plus faciles.

L'îlot était situé au centre de la cuisine, et peut-être pour souligner son caractère immuable, ses carreaux marron clair imitaient les briques d'un immeuble. Placé au milieu, un évier profond, étincelant, et face au rebord le plus long, trois hauts tabourets où pouvaient s'asseoir les résidents. Les premiers temps, quand Josie était encore assez solide, elle s'installait souvent là pour faire ses devoirs, ou juste pour se détendre avec son crayon et son carnet de croquis. Au début j'avais de la peine à m'asseoir sur les hauts tabourets de l'îlot parce que mes pieds ne touchaient pas le sol, et si j'essayais de les balancer, une barre traversant le cadre du siège m'en empêchait. Je m'inspirai alors de la méthode de Josie qui appuyait ses coudes sur l'îlot, et je me sentis alors plus en sécurité – bien sûr, Gouvernante Melania pouvait à tout instant surgir derrière moi, atteindre le robinet et faire couler un jet d'eau puissant. La première fois que cela se produisit, je fus si saisie que je faillis perdre l'équilibre, mais Josie, assise près de moi, bougeait à peine, et je compris très vite qu'il n'y avait rien à craindre de quelques taches d'humidité.

La cuisine était très bien exposée pour recevoir le Soleil. Les larges baies donnaient sur un ciel immense, et le plus souvent, il n'y avait ni voitures ni passants. Debout derrière les fenêtres, on pouvait voir la route franchir la colline, au-delà des arbres lointains. La pièce était souvent inondée par le meilleur nutriment du Soleil, et en plus des grandes baies, il y avait dans le haut plafond un puits de lumière qu'on pouvait découvrir ou dissimuler avec une commande à distance. Au début, je m'inquiétais parce que Gouvernante Melania tirait souvent le store de la lucarne au moment où le Soleil déversait son nutriment. Mais je m'aperçus ensuite que Josie souffrait rapidement de la chaleur, et j'appris moi-même à utiliser l'appareil si le rayonnement du Soleil devenait trop intense pour elle.

Au commencement, je fus déroutée non seulement par le peu de circulation et de passants, mais aussi par l'absence d'autres AA. Bien sûr, je ne m'étais pas attendue à en voir d'autres dans la maison, et j'étais sur beaucoup de plans ravie d'être la seule, puisque je pouvais me concentrer uniquement sur Josie. Mais je me rendis compte à quel point je m'étais habituée à observer les autres AA autour de moi, à les évaluer, et voilà que je devais m'adapter à une situation nouvelle. Les tout premiers jours, à mes moments perdus, je regardais souvent la route qui franchissait la colline, ou la vue sur les champs depuis la fenêtre arrière de la chambre, et je compris que je cherchais des yeux la silhouette d'un AA à l'horizon, avant de me souvenir que, si loin de la ville et des autres bâtiments, c'était hautement improbable.

Les premiers jours dans la maison, je crus bêtement que Gouvernante Melania pouvait être une personne assez semblable à Gérante, et cela provoqua quelques malentendus. Par exemple, j'avais cru qu'elle était tenue de m'initier aux divers aspects de ma nouvelle vie et, bien entendu, elle avait jugé ma présence fréquente à ses côtés à la fois incompréhensible et agaçante. Lorsqu'elle finit par se retourner vers moi en colère, criant « Arrête de me suivre, AA, fiche-moi la paix ! », je fus prise de court, mais je ne tardai pas à constater que son rôle dans la maison était très différent de la fonction de Gérante, et que j'avais commis une faute.

Même en admettant de telles erreurs, il est encore difficile de ne pas croire que Gouvernante Melania s'était opposée dès le début à ma présence. J'avais beau lui témoigner une politesse constante et essayer de faire de petites choses afin de lui être agréable, jamais elle ne me rendait un sourire, et elle ne me parlait que pour me donner une directive ou me réprimander. Aujourd'hui, quand je rassemble ces souvenirs, il apparaît que son hostilité avait un rapport avec une peur plus grande de ce qui risquait d'arriver à Josie. Mais à ce moment-là je n'étais pas en mesure de comprendre sa froideur. Elle semblait souvent vouloir abréger le temps que je passais avec Josie – ce qui allait bien sûr à l'encontre de ma mission –, et elle chercha même d'emblée à m'empêcher d'entrer dans la cuisine pour le café rapide de la mère et le petit déjeuner de Josie. Celle-ci dut insister fortement – et la mère intervenir en ma faveur au bout du compte – pour que je sois enfin autorisée à me trouver dans la pièce chaque matin à ces instants charnières. Gouvernante Melania essaya néanmoins d'exiger que je reste debout près du réfrigérateur pendant que la fille et la mère étaient assises face à l'îlot, et je n'eus le droit de les rejoindre qu'après de nouvelles protestations de Josie.

Le café rapide de la mère était, je le précise, un moment important le matin, et l'une de mes tâches consistait à réveiller Josie à temps pour y assister. Souvent, malgré mes efforts répétés, elle ne se levait qu'à la dernière minute, et se mettait ensuite à crier depuis sa salle de bains personnelle : « Dépêche-toi, Klara ! On va être en retard ! » alors même que je me tenais déjà sur le palier, l'attendant nerveusement.

Nous trouvions la mère assise devant l'îlot, consultant son oblong tout en buvant son café, Gouvernante Melania debout près d'elle, prête à remplir sa tasse. Le plus souvent, la fille et la mère n'avaient guère de temps pour une conversation, mais je ne tardai pas à apprendre combien il était important pour Josie d'être assise auprès de sa mère à cet instant. Un matin où sa maladie avait perturbé son sommeil, je la laissai se rendormir après l'avoir réveillée, pensant qu'elle avait besoin de se reposer encore un peu. Lorsqu'elle ouvrit les yeux, elle me cria des mots de colère, et en dépit de son état de faiblesse, elle se hâta de descendre au rez-de-chaussée. Mais à l'instant où elle sortait de sa salle de bains, nous entendîmes la voiture de la mère démarrer sur les cailloux, et nous précipitant vers la fenêtre de devant, nous la vîmes se diriger vers la colline. Josie ne cria plus après moi, mais dans la cuisine, elle ne sourit pas une seule fois en prenant son petit déjeuner. Je compris alors que si elle arrivait trop tard pour le café rapide de sa mère, un sentiment de solitude risquait de s'insinuer dans sa journée, malgré les autres événements qui l'absorbaient.

Il y avait parfois des matins où la mère n'avait pas besoin de se presser ; où, même si elle portait une tenue élégante et avait posé son sac contre le réfrigérateur, elle buvait lentement son café, se levant même de son tabouret avec la tasse et la soucoupe dans les mains. Parfois elle se tenait devant les larges baies, enveloppée des motifs du Soleil matinal, disant par exemple :

« Tu sais, Josie, j'ai l'impression que tu as renoncé à utiliser des crayons de couleur. J'aime beaucoup tes dessins en noir et blanc. Mais je regrette ceux en couleurs.

— Maman, j'ai décidé que mes dessins en couleurs me faisaient trop honte.

— Trop honte ? Allons donc !

— Maman, je suis aussi nulle pour travailler la couleur que toi au violoncelle. Pire, en fait. »

Lorsque Josie fit ce commentaire, un sourire illumina les traits de sa mère. Cela arrivait rarement, mais dans ces moments-là, elle ressemblait étonnamment à sa fille : son visage débordait de gentillesse, et les rides qui créaient d'habitude une expression si tendue se redéployaient dans l'humour et la douceur.

« Je dois le reconnaître. Ma façon de jouer du violoncelle, même au sommet de sa gloire, sonnait aussi faux que la grand-mère de Dracula. Mais ton usage de la couleur évoque plutôt, disons, un étang par une soirée d'été. Une image de ce style. Tu fais des merveilles avec la couleur, Josie. Des choses dont personne d'autre n'a jamais eu seulement l'idée.

— Maman, les dessins d'enfants donnent toujours cette impression à leurs parents. Ça fait partie du processus d'évolution.

— Tu sais quoi ? Je pense que ça date de la fois où tu as apporté à cette réunion le super flyer que tu avais fait. L'avant-dernière réunion. Et la petite Richards a fait un commentaire un peu ironique. Je sais que je te l'ai déjà dit, mais je le répète. Cette demoiselle était jalouse de ton talent. C'est pour ça qu'elle s'est permis cette remarque.

— OK. Si tu le penses vraiment, maman, je pourrais même me remettre à la couleur. Et peut-être qu'en échange, tu reprendrais ton violoncelle.

— Oh non. Tout cela est derrière moi à présent. À moins que quelqu'un ait désespérément besoin d'une bande-son pour son film de zombies amateur. »

Mais il y avait d'autres matins où la mère restait sombre et tendue, même si elle n'avait pas besoin d'avaler son café rapide en toute hâte. Si Josie parlait de ses professeurs oblongs, s'efforçant de faire de l'humour à leur sujet, la mère l'écoutait d'un air grave, puis l'interrompait pour dire :

« Nous pouvons en changer. Si tu n'aimes pas ce type, il est toujours possible d'en prendre un autre.

— Non, maman, s'il te plaît. Je disais ça comme ça, OK ? En fait, celui-ci est tellement mieux que celui d'avant. Et il est drôle.

— C'est bien, répondait la mère en hochant la tête avec sérieux, que tu sois toujours disposée à donner leur chance aux gens. C'est une qualité. »

À cette époque, où Josie était en très bonne santé, elle aimait bien prendre son repas du soir une fois que sa mère était rentrée du travail. Cela signifiait que nous remontions dans sa chambre pour l'attendre – et voir le Soleil se coucher.

Ainsi qu'elle l'avait promis, la fenêtre arrière de la chambre donnait directement sur les champs, jusqu'à l'horizon, nous permettant de voir le Soleil s'enfoncer dans le sol à la fin de sa journée. Josie parlait toujours du « champ », mais il s'agissait en réalité de trois champs contigus et, si on regardait attentivement, on pouvait voir les piquets qui les délimitaient. L'herbe était haute dans les trois champs, et quand le vent soufflait, elle bougeait comme si d'invisibles promeneurs se hâtaient de la traverser.

Vu de la fenêtre arrière, le ciel était beaucoup plus vaste que le coin entraperçu depuis le magasin – et capable de variations surprenantes. Parfois il avait la couleur des citrons dans la coupe à fruits, puis il virait au gris des planches ardoise. Quand Josie était souffrante, il avait la teinte de son vomi ou de ses selles pâles, ou il était traversé de stries rouge sang. Parfois le ciel se divisait en une série de segments carrés, dont chacun était d'une nuance de violet différente.

Il y avait à côté de la fenêtre arrière de la chambre un canapé crème moelleux que je baptisai mentalement « le canapé Bouton ». Il était tourné vers l'intérieur de la pièce, mais Josie et moi aimions nous y agenouiller, les bras calés contre son dossier capitonné, pour contempler le ciel et les champs. Josie était enchantée que j'apprécie autant cette dernière phase de la trajectoire du Soleil, et nous faisions en sorte d'y assister le plus souvent possible. Une fois où la mère était rentrée plus tôt que d'habitude, Josie et elle se mirent à bavarder, perchées sur les tabourets de l'îlot et, par discrétion, je me retirai près du réfrigérateur. Ce soir-là, la mère était pleine d'énergie, le débit rapide, racontant des anecdotes pleines d'humour sur ses collègues de bureau, interrompue de temps à autre par de grands éclats de rire qui lui coupaient presque le souffle. Au milieu de cette conversation, alors que sa mère semblait au bord d'un nouvel accès d'hilarité, Josie l'interrompit :

« Maman, c'est vraiment génial. Mais est-ce que ça t'ennuie si Klara et moi on monte un instant dans ma chambre ? Klara adore regarder le coucher du Soleil et si on n'y va pas tout de suite ce sera trop tard. »

Lorsqu'elle prononça ces mots je regardai autour de moi et je vis que la clarté du couchant avait envahi la cuisine. La mère fixait Josie, et je crus qu'elle était sur le point de céder à la colère. Mais son visage se radoucit et elle sourit avec gentillesse, disant : « Bien sûr, ma chérie. Vas-y. Ne manquez pas votre coucher de soleil. Nous dînerons après. »

À part les champs et le ciel, depuis la fenêtre de la chambre nous pouvions voir quelque chose d'autre qui éveilla ma curiosité : une forme noire qui ressemblait à une boîte, à l'extrémité du champ le plus éloigné. Elle ne bougeait pas au milieu des herbes qui ployaient sous le vent, et lorsque le Soleil descendit si bas qu'il les frôlait presque, la forme noire resta immobile face à son rougeoiement. Ce fut le soir où Josie prit pour moi le risque de mettre sa mère en colère que je la lui montrai. Elle se hissa plus haut sur le canapé Bouton et mit ses mains en visière.

« Oh, tu dois parler de la grange de M. McBain.

— Une grange ?

— Pas vraiment puisqu'elle est ouverte sur deux côtés. Plutôt un abri, je suppose. M. McBain y range du matériel. J'y suis allée une fois avec Rick.

— Je me demande pourquoi le Soleil irait se reposer dans un endroit comme celui-là.

— Oui, dit Josie. On pourrait croire que c'est un palais qu'il lui faut, au minimum. Il se peut que M. McBain ait fait de gros travaux depuis la dernière fois que j'y suis allée.

— Je voudrais savoir quand c'était.

— Oh, il y a longtemps maintenant. Rick et moi on était encore très petits. Avant que je tombe malade.

— Vous avez vu quelque chose d'inhabituel dans les environs ? Un portail ? Ou peut-être des pas descendant au fond de la terre ?

— Mmh non. Rien de tout ça. Juste la grange. Et on en était bien contents, parce qu'on était petits et vraiment fatigués d'avoir marché aussi loin. Remarque, le Soleil était encore haut dans le ciel. S'il y a une entrée de palais, elle est peut-être cachée. Et les portes s'ouvrent juste quand Il arrive ? Une fois j'ai vu un film comme ça, tous les méchants avaient leur QG au fond d'un volcan, et ce qui ressemblait à un lac de lave à l'entrée s'ouvrait pile au moment où ils descendaient en hélicoptère. Peut-être que c'est pareil pour le palais du Soleil. En tout cas, Rick et moi, on n'a pas cherché. On était venus là pour le fun, ensuite on a eu chaud et on s'est mis à l'ombre. On a passé un moment dans la grange de M. McBain et puis on est rentrés. » Elle m'effleura le bras. « J'aurais aimé en voir plus, mais ça n'a pas été le cas. »

Le Soleil n'était plus qu'un trait brillant à travers les herbes.

« Il s'en va, dit Josie. J'espère qu'il va bien dormir.

— Je me demande qui était ce garçon. Ce Rick.

— Rick ? Mon meilleur ami, c'est tout.

— Ah, je vois.

— Hé, Klara, j'ai dit quelque chose de mal ?

— Non. Mais… à présent il est de mon devoir d'être la meilleure amie de Josie.

— Tu es mon AA. C'est différent. Alors qu'avec Rick on… on va passer toute notre vie ensemble. »

Le Soleil était à peine une touche rose dans l'herbe.

« Rick ferait n'importe quoi pour moi, dit-elle. Mais il s'inquiète trop. Il craint toujours que des obstacles se mettent en travers de notre chemin.

— Quelle sorte d'obstacles ?

— Oh, tu sais. L'amour, les sentiments, tous ces trucs-là à gérer. Et je suppose qu'il y a encore l'autre chose.

— Quoi donc ?

— Mais il s'inquiète pour un rien. Parce que moi et Rick, c'est décidé depuis longtemps. Ça ne va pas changer.

— Où est ce Rick en ce moment ? Il habite dans le coin ?

— Dans la maison voisine. Je te présenterai. J'ai hâte que tu le rencontres ! »

■

Je fis la connaissance de Rick la semaine suivante, le jour où je vis pour la première fois l'extérieur de la maison de Josie.

Nous avions eu Josie et moi de nombreuses discussions amicales sur la façon dont les parties de la maison étaient reliées entre elles. Par exemple, elle refusait d'admettre que le placard de l'aspirateur était situé juste au-dessous de la grande salle de bains. Puis un matin, après l'une de ces conversations, Josie déclara :

« Klara, tu me rends folle avec ces histoires. Dès que j'en aurai fini avec le professeur Helm, je t'emmène dehors. On vérifiera tout ça à ce moment-là. »

J'étais tout excitée par cette perspective. Mais Josie avait d'abord son cours en ligne, et je la regardai étaler ses papiers sur l'îlot et brancher son oblong.

Pour lui permettre de travailler tranquille, je m'assis en laissant entre nous un haut tabouret. Je ne tardai pas à comprendre que la leçon ne se déroulait pas sans heurts : la voix du professeur qui s'échappait de son casque semblait la réprimander fréquemment, et elle ne cessait de gribouiller distraitement sur ses feuilles, les poussant parfois trop près de l'évier. À un moment donné je remarquai qu'elle était distraite par ce qu'elle voyait à travers les baies et n'écoutait plus le professeur Helm. Un peu plus tard, elle lança à l'écran, furieuse : « OK, je l'ai fait. Vraiment. Pourquoi vous me croyez pas ? Oui, exactement comme vous l'avez dit ! »

Le cours dura plus longtemps que d'habitude et s'acheva enfin lorsque Josie dit doucement : « OK, professeur Helm. Merci. Oui. Je n'y manquerai pas. Au revoir. Merci pour la leçon d'aujourd'hui. »

Elle éteignit l'oblong avec un soupir et retira son casque. Puis, me voyant, elle s'illumina aussitôt.

« Je n'ai pas oublié, Klara. On va sortir, d'accord ? Je dois juste reprendre mes esprits. Ce professeur Helm, ouah, je suis si contente de ne plus être obligée de le regarder ! Il vit dans un endroit où il fait chaud, c'est évident. Je le voyais transpirer. » Elle descendit de son tabouret et étira les bras. « Maman dit qu'on doit prévenir Melania chaque fois qu'on sort. Tu veux bien aller lui dire pendant que j'enfile un manteau ? »

Je vis que Josie était excitée elle aussi, mais dans son cas je devinai que c'était à cause de ce qu'elle avait vu par les baies pendant son cours. Néanmoins, je me rendis au Plan Ouvert pour parler à Gouvernante Melania.

C'était la pièce la plus grande de la maison. Elle contenait deux canapés et plusieurs rectangles moelleux où pouvaient s'asseoir les résidents ; et aussi des coussins, des lampes, des plantes et un coin bureau. Lorsque j'ouvris les portes coulissantes ce jour-là, le mobilier se composait d'une série de grilles encastrées, et j'eus de la peine à distinguer la silhouette de Gouvernante Melania au milieu de leurs motifs complexes. Puis je parvins à la repérer, assise très droite au bord d'un rectangle moelleux, occupée à faire quelque chose sur son oblong. Elle leva vers moi un regard hostile, mais quand j'expliquai que Josie voulait sortir, elle posa son oblong et passa devant moi pour quitter la pièce d'un pas décidé.

Je trouvai Josie dans l'entrée, en train d'enfiler

sa veste marron capitonnée, une de ses préférées, qu'elle portait quelquefois aussi à l'intérieur quand elle se sentait moins bien.

« Hé, Klara. J'en reviens pas que tu aies passé tout ce temps dans cette maison sans jamais mettre le nez dehors.

— Non, je ne suis jamais sortie. »

Josie me dévisagea une seconde, puis elle reprit : « Tu veux dire que tu n'es jamais allée *à l'extérieur* ? Pas seulement ici, mais n'importe où ailleurs ?

— C'est exact. J'étais dans le magasin. Ensuite je suis venue ici.

— Ouah. Alors ça va être tellement incroyable pour toi ! Tu n'as rien à craindre, hein ? Pas d'animaux sauvages, rien du tout. Juste notre cour. Allez viens, on y va. »

Quand Gouvernante Melania ouvrit la porte d'entrée, je sentis l'air frais – et le nutriment du Soleil – s'engouffrer dans le vestibule. Josie me sourit, le visage plein de douceur, mais Gouvernante Melania vint se mettre entre nous, et avant que j'aie compris ce qui se passait, elle s'empara du bras de Josie et le glissa sous le sien. Josie parut surprise mais ne protesta pas, et je pensai que Melania avait jugé que je ne serais pas capable de veiller sur Josie à l'extérieur en raison de mon manque d'expérience. Elles se mirent donc en route toutes les deux, et je leur emboîtai le pas.

Nous traversâmes les cailloux, conservés en l'état, supposai-je, dans l'intérêt de la voiture.

Le vent était léger et agréable, et je me demandai comment son souffle suffisait à faire ployer et tournoyer les grands arbres au sommet de la colline. Mais je dus bientôt me concentrer sur mes pieds, à cause des traces creusés par les pneus qui sillonnaient la zone pierreuse.

La vue qui s'offrait à moi me parut familière car, dans la chambre, c'était celle de la fenêtre de devant. Je suivis Josie et Gouvernante Melania sur la route, lisse et dure comme un plancher normal, et nous marchâmes quelque temps, même quand il y eut de l'herbe coupée de chaque côté. J'aurais voulu me retourner vers la maison – pour la voir avec les yeux d'un passant et confirmer ce que j'avais anticipé – mais Josie et Melania continuaient bras dessus bras dessous, et je n'osai pas m'arrêter.

Au bout d'un moment je n'eus plus besoin de faire attention à l'endroit où je posais les pieds, et en levant les yeux, j'aperçus un monticule herbeux qui s'élevait à notre gauche, et un garçon qui se déplaçait près du sommet. J'estimai qu'il avait quinze ans, mais je ne pouvais pas en être sûre parce qu'il n'était qu'une silhouette contre le ciel pâle. Josie s'avança dans cette direction, et Gouvernante Melania prononça une phrase que j'aurais pu entendre à l'intérieur de la maison, mais pas au-dehors, où le son circulait autrement. En tout cas, je vis qu'elles étaient à présent en désaccord. J'entendis Josie qui disait :

« Mais je veux que Klara le rencontre. »

Il y eut un autre échange que je ne parvins

pas à saisir, puis Melania dit : « Bon, mais pas longtemps », et elle libéra le bras de Josie.

« Bien, Klara, me dit-elle. On va monter pour voir Rick. »

Tandis que nous gravissions la pente du monticule verdoyant, elle eut de la peine à respirer et se cramponna à moi. Par conséquent je ne pus me retourner qu'un bref instant, et je me rendis compte que derrière nous il n'y avait pas seulement la maison de Josie, mais une autre maison, construite plus en retrait dans les champs – qui n'était visible d'aucune des fenêtres de la chambre de Josie. Je désirais étudier l'apparence des deux habitations, mais je dus rester concentrée pour m'assurer qu'il n'arrive rien à Josie. En haut de la colline, elle s'arrêta pour reprendre son souffle, mais le garçon ne nous salua pas, et ne regarda même pas vers nous. Il avait dans les mains un objet circulaire et fixait le ciel entre les deux maisons, où un groupe d'oiseaux volait en formation, et je compris aussitôt qu'il s'agissait d'oiseaux mécaniques. Il ne les quittait pas des yeux, et lorsqu'il toucha sa commande à distance, ils réagirent en changeant de direction.

« Ouah, ils sont magnifiques, dit Josie, peinant encore à retrouver son souffle. Ils sont neufs ? »

Rick continua de les observer, mais il répondit :

« Les deux derniers, oui. On voit qu'ils ne sont pas vraiment assortis. »

Les oiseaux fondirent sur nous et se mirent à planer juste au-dessus de nos têtes.

« Oui, mais quand ils sont vrais, ils ne se ressemblent pas non plus, dit Josie.

— Sans doute, oui. Au moins j'ai réussi à faire en sorte qu'ils obéissent tous aux mêmes ordres. OK, Josie, regarde ça. »

Les oiseaux mécaniques se mirent à descendre, atterrissant l'un après l'autre dans l'herbe. Mais il en restait deux dans l'air, et Rick, fronçant les sourcils, appuya de nouveau sur sa commande à distance.

« Mince ! Y a encore un problème.

— Ils sont superbes, Rick. »

Josie se tenait étonnamment près du garçon, sans le toucher, mais les mains levées derrière son dos et son épaule gauche.

« Ces deux-là ont besoin d'un recalibrage complet.

— Ne t'inquiète pas, tu vas y arriver. Hé, Rick, t'as pas oublié pour mardi, hein ?

— J'ai pas oublié. Mais écoute, Josie, je n'ai pas dit que je viendrais.

— Allez… Tu étais d'accord !

— Sûrement pas. De toute manière, je crois pas que tes invités m'apprécient.

— C'est moi qui reçois, donc je peux inviter qui je veux. Et maman sera ravie de te voir. Allez, Rick, on en a déjà parlé. Si on veut vraiment réaliser notre projet, on doit s'épauler pour ce genre d'événement. Tu dois être capable de le gérer aussi bien que moi. Et pourquoi je devrais affronter ces gens seule ?

— Tu ne seras pas seule. Tu as ton AA maintenant. »

Les deux derniers oiseaux avaient atterri. Il appuya sur sa commande à distance et ils se mirent tous en mode sommeil sur l'herbe.

« Mince alors, je ne t'ai même pas présentée ! Rick, voici Klara. »

Rick resta concentré sur son appareil et ne regarda pas dans ma direction.

« Tu avais dit que tu ne prendrais jamais d'AA, se plaignit-il.

— C'était il y a longtemps.

— Tu avais dit que tu n'en prendrais jamais.

— Eh bien, j'ai changé d'avis, OK ? De toute manière, Klara n'est pas *n'importe quel* AA. Allez, Klara, dis quelque chose à Rick.

— Tu avais dit que tu n'en prendrais jamais.

— Ça suffit, Rick ! On ne fait pas toujours ce qu'on a promis quand on était petits. Pourquoi je n'aurais pas d'AA ? »

Elle avait les deux mains sur l'épaule gauche de Rick, y reposant tout son poids comme si elle essayait de le rapetisser pour avoir la même taille que lui. Rick ne semblait pas dérangé par cette promiscuité – en fait, il paraissait juger cela normal – et il me vint l'idée que ce garçon était peut-être, à sa manière, aussi important que la mère de Josie, que ses objectifs et les miens étaient presque parallèles sous certains aspects, et que je devais l'observer avec attention afin de comprendre comment il s'intégrait dans le cadre de la vie de Josie.

« Je suis ravie de rencontrer Rick, dis-je. Je me demande s'il habite dans la maison d'à côté. C'est étrange, mais je ne l'avais pas remarquée auparavant.

— Ouais, répondit-il, toujours sans me regarder en face. C'est là que je vis. Avec ma maman. »

Nous nous tournâmes alors vers les deux habitations, et, pour la première fois, je pus examiner l'extérieur de celle de Josie. La façade était un peu plus petite et les arêtes du toit un peu plus vives, mais dans l'ensemble elle correspondait à ce que j'avais imaginé de l'intérieur. Les murs avaient été construits avec des bardeaux encastrés, tous peints en blanc cassé. La maison même était composée de trois boîtes séparées, reliées en une seule forme complexe. Celle de Rick semblait moins spacieuse car plus éloignée, mais pas seulement pour cette raison. Elle avait aussi été construite avec des bardeaux, et sa structure était plus simple : une boîte unique, plus haute que large, debout dans l'herbe.

« Je pense que Rick et Josie ont grandi côte à côte, dis-je à Rick. Exactement comme vos maisons. »

Il haussa les épaules : « Ouais. Côte à côte.

— Je pense que Rick a l'accent anglais.

— Peut-être. Oui. Juste un peu.

— Je suis heureuse que Josie ait un aussi bon ami. J'espère que ma présence ne viendra jamais interférer dans une aussi belle amitié.

— J'espère bien. Mais beaucoup de choses interfèrent dans les amitiés.

— Bon, ça suffit maintenant ! cria la voix de Gouvernante Melania au pied du monticule.

— On arrive ! » hurla Josie en retour. Puis elle dit : « Allez, Rick, cette réunion ne m'amuse pas plus que toi. J'ai besoin que tu sois là. Tu dois venir. »

Rick se concentrait de nouveau sur sa commande à distance, et les oiseaux s'élevèrent ensemble dans l'air. Josie les regarda, les mains encore posées sur son épaule, de telle sorte qu'ils formaient une silhouette unique se détachant contre le ciel.

« Allez, on se dépêche, cria Gouvernante Melania. Le vent est trop fort ! Tu veux mourir là-haut ou quoi ?

— OK, on y va ! » Puis Josie dit doucement à Rick : « Mardi à l'heure du déjeuner, d'accord ?

— OK.

— C'est bien mon garçon. Tu as promis maintenant, Ricky. Et Klara est témoin. »

Retirant ses mains de son épaule, elle s'écarta. Puis, s'emparant de mon bras, elle m'entraîna dans la descente du monticule.

Nous empruntâmes un chemin différent de celui que nous avions pris à la montée, et je vis qu'il nous conduirait juste devant la maison de Josie. La pente était plus escarpée, et tout en bas, Gouvernante Melania se mit à protester, puis renonçant, se hâta de contourner le monticule pour nous retrouver. Tout en marchant dans l'herbe coupée, je jetai un coup d'œil derrière moi et j'aperçus à nouveau la silhouette de Rick contre le ciel. Il ne regardait pas dans notre direction mais observait ses oiseaux qui planaient dans la grisaille.

Une fois de retour, Josie retira sa veste capitonnée, Gouvernante Melania lui prépara une boisson au yaourt, et nous nous assîmes ensemble devant l'îlot pendant qu'elle sirotait son verre avec une paille.

« Je n'arrive pas à croire que c'est ta première sortie, dit-elle. Alors, qu'est-ce que tu as pensé ?

— J'ai adoré. Le vent, l'acoustique, tout était si intéressant. » Puis j'ajoutai : « Et bien sûr c'était formidable de rencontrer Rick. »

Josie pinçait sa paille près de l'endroit où elle dépassait de son verre.

« Je suppose qu'il n'a pas fait une grande impression. Il est empoté quelquefois. Mais c'est quelqu'un de spécial. Quand je suis malade et que j'essaie de penser à des choses positives, j'imagine tout ce qu'on va faire ensemble. Il va venir à cette réunion, aucun doute là-dessus. »

■

Ce soir-là, comme souvent pendant le dîner, elles éteignirent toutes les lampes, sauf celles qui éclairaient directement l'îlot. J'étais présente, ainsi que le souhaitait Josie, mais afin de ne pas troubler leur intimité, je me tenais dans l'ombre, le visage tourné vers le réfrigérateur. Pendant plusieurs minutes je les écoutai échanger des remarques enjouées tout en mangeant. Puis, sans se départir de cette légèreté, Josie demanda :

« Maman, si mes notes sont si bonnes, est-ce que je suis vraiment obligée d'accueillir cette réunion interactive ?

— Bien sûr que oui, ma chérie. Être intelligente ne suffit pas. Tu dois t'entendre avec les autres.

— Je sais très bien le faire, maman. Mais pas avec cette bande.

— Il se trouve que cette bande est constituée de personnes de ton âge. Et quand tu iras à l'université, tu auras affaire à toutes sortes de gens. Moi, quand je suis entrée à la fac, j'avais déjà passé des années à fréquenter chaque jour d'autres jeunes. Mais pour toi et ta génération, ça va être difficile si tu n'y mets pas du tien aujourd'hui. Les étudiants qui ne réussissent pas sont toujours ceux qui ne participent pas assez aux réunions.

— L'université, c'est encore loin, maman.

— Pas autant que tu le crois. » Puis la mère dit, plus doucement : « Allons, chérie. Tu pourras présenter Klara à tes amis. Ils seront ravis de la rencontrer.

— Ce ne sont pas mes amis, maman. Et si je dois organiser cette réunion, je veux que Rick soit présent. »

Il y eut un silence derrière moi. Au bout d'un moment, la mère répondit : « OK. Bien sûr, nous pouvons l'inviter.

— Mais tu penses que c'est une mauvaise idée.

— Non, pas du tout. Rick est quelqu'un de très bien. Et c'est notre voisin.

— Donc il vient, c'est d'accord ?

— Seulement s'il en a envie. Ça doit être son choix.

— Tu penses donc que les autres jeunes seront désagréables avec lui ? »

La mère marqua encore un temps avant de répondre : « Je ne vois pas pourquoi ils le seraient. Si quelqu'un se conduit de manière inappropriée, cela prouvera seulement qu'il a encore beaucoup de chemin à faire.

— Donc il n'y a aucune raison pour que Rick ne vienne pas.

— La seule raison, Josie, c'est qu'il n'en ait pas envie. »

Plus tard dans la chambre, quand nous fûmes seules toutes les deux, Josie qui était couchée dans son lit, prête à s'endormir, dit tout bas :

« J'espère que Rick va venir à cette horrible réunion. »

Malgré l'heure tardive, je fus heureuse de l'entendre aborder le sujet de la réunion interactive, parce que je me posais beaucoup de questions là-dessus.

« Moi aussi je le souhaite, répondis-je. Les autres jeunes gens viendront-ils avec leur AA ?

— Mmh non. Ça ne se fait pas. Mais l'AA qui vit dans la maison y assiste d'habitude. Surtout s'il est nouveau comme toi. Ils voudront t'examiner sous toutes les coutures.

— Josie souhaite donc que je sois présente.

— Bien sûr que oui. Mais ça risque de ne pas être très drôle pour toi. Ces réunions puent, c'est ça la vérité. »

■

Le matin de la réunion interactive, Josie était très anxieuse. Elle retourna dans sa chambre après le petit déjeuner pour essayer différentes tenues, et même quand elle entendit ses invités arriver, et que Gouvernante Melania eut appelé pour la troisième fois, elle continua d'arranger ses cheveux. Alors que le brouhaha des voix montait du rez-de-chaussée, je lui dis enfin : « Il est peut-être temps que nous allions rejoindre les invités de Josie. »

À ce moment-là seulement elle laissa tomber sa brosse sur la coiffeuse et se leva de son siège. « Tu as raison. C'est l'heure d'affronter la tempête. »

En descendant l'escalier, je vis que l'entrée était remplie d'inconnues en train de parler avec des voix amusantes. C'étaient les adultes – toutes des femmes – qui accompagnaient leurs enfants. Des voix plus jeunes résonnaient dans le Plan Ouvert, mais les portes coulissantes avaient été fermées et les invités de Josie n'étaient pas encore visibles.

Josie, qui me précédait dans l'escalier, s'arrêta quatre marches avant le vestibule. Elle aurait même fait demi-tour si l'une des invitées ne l'avait pas appelée : « Bonjour Josie ! Comment ça va ? »

Josie leva une main, puis la mère, se frayant un chemin parmi les femmes, fit un geste en direction du Plan Ouvert : « Rejoins tes amis, lança-t-elle. Ils t'attendent. »

Je crus qu'elle allait dire autre chose pour étayer son argument, mais d'autres personnes s'étaient regroupées autour d'elle et lui parlaient en souriant, elle fut donc obligée de se détourner de nous. Josie parut alors reprendre courage, et elle descendit les dernières marches pour plonger dans la foule. Je la suivis, croyant qu'elle irait vers le Plan Ouvert, mais au lieu de cela elle traversa la pièce envahie d'adultes pour gagner le seuil de la porte d'entrée qui était ouverte et apportait un souffle d'air frais. Josie s'avançait comme si elle avait un objectif précis, et un passant aurait pu penser qu'elle était chargée d'une course importante pour ses invités. En tout cas, personne ne la retint, et en la suivant, j'entendis beaucoup de voix autour de moi. Quelqu'un disait : « Ce professeur Kwan enseigne peut-être très bien la physique mathématique à nos enfants, mais il pourrait tout de même s'offrir le luxe d'être plus poli », et une autre voix déclara : « L'Europe. Les meilleures employées de maison viennent encore d'Europe. » D'autres voix saluèrent Josie au passage, puis nous franchîmes la porte, respirant l'air du dehors.

Un pied sur le seuil, Josie jeta un coup d'œil et cria à quelqu'un : « Alors ! Qu'est-ce que tu fabriques ? » Puis elle agrippa le chambranle et se pencha de côté. « Dépêche-toi ! Tout le monde est déjà là ! »

Rick apparut dans l'encadrement de la porte et Josie lui prit le bras, l'attirant dans le vestibule.

Il portait les mêmes vêtements que sur le monticule herbeux, un jean et un sweat banals, pourtant les adultes parurent le remarquer tout de suite. Les voix ne s'interrompirent pas, mais leur intensité baissa. Puis la mère traversa la foule.

« Rick, bonjour ! Bienvenue ! Entre. » Elle posa une main dans son dos, l'entraînant vers les invitées. « Mesdames, je vous présente Rick. Notre voisin et ami. Certaines d'entre vous le connaissent déjà.

— Comment ça va, Rick, dit l'une d'elles. C'est super que tu aies pu venir. »

Puis elles se mirent toutes à le saluer en même temps, lui disant des mots gentils, mais je perçus une curieuse réserve dans leurs voix. La mère, parlant plus fort qu'elles, demanda : « Alors, Rick. Est-ce que ta mère se porte bien ? Ça fait un moment qu'elle n'est pas venue nous voir.

— Elle va bien, merci, madame Arthur. »

Pendant qu'il parlait, l'assistance se tut. Une grande femme derrière moi demanda : « Il paraît que vous habitez tout près, Rick ? »

Le garçon chercha des yeux le visage de la personne qui lui avait adressé la parole.

« Oui madame. En fait, c'est la seule maison que vous voyez en sortant. » Il eut un petit rire et ajouta : « À part celle-ci, bien sûr. »

Tout le monde s'esclaffa bruyamment à ce mot d'esprit, et Josie, à côté de lui, eut un sourire nerveux comme si c'était elle qui avait fait cette remarque. Une autre voix lança :

« L'air est très pur par ici. C'est un bon endroit où grandir, je parie.

— C'est un lieu très agréable, merci beaucoup, répondit Rick. Tant qu'on n'a pas besoin d'une livraison rapide de pizza. »

Les rires fusèrent, plus bruyants encore, et cette fois Josie fit chorus, rayonnante.

« Allons, Josie, dit la mère. Emmène Rick avec toi. Tu dois aussi accueillir tous tes autres invités. Vas-y maintenant. »

Les adultes s'écartèrent, et Josie, sans lâcher le bras de Rick, l'entraîna vers le Plan Ouvert. Ils n'eurent pas un regard pour moi, et j'hésitai à les suivre. Puis ils disparurent, les adultes se regroupèrent dans l'entrée, et je restai debout près de la porte. Une nouvelle voix lança :

« Un garçon charmant. Il a dit qu'il habitait à côté ? Je n'ai pas entendu.

— Oui, Rick est un voisin, intervint la mère. Lui et Josie sont des amis de toujours.

— C'est merveilleux. »

Une grosse femme en forme de robot de cuisine dit alors : « Il a l'air aussi très intelligent. Quel dommage qu'un garçon comme lui ait dû laisser passer sa chance.

— Je ne l'aurais même pas deviné, dit une autre voix. Il présente si bien. Il a un accent britannique ?

— Ce qui compte, reprit la femme robot, c'est que cette génération apprenne à être à l'aise avec toutes sortes de gens. C'est ce que Peter dit toujours. » Il y eut des murmures d'approbation, et elle demanda à la mère : « Est-ce que ses parents ont simplement... décidé de ne pas aller jusqu'au bout ? Manqué de cran ? »

Le sourire aimable de l'hôtesse s'évanouit et toutes celles qui avaient entendu la question restèrent sans voix. La femme robot se figea, horrifiée. Puis elle tendit une main vers la mère.

« Oh, Chrissie. Qu'est-ce que j'ai dit ? Je ne voulais pas...

— Pas de problème, répondit la mère. Je vous en prie, n'en parlons plus.

— Oh, Chrissie, je suis vraiment désolée. Je suis parfois si stupide. Je voulais juste...

— C'est ce que nous redoutons le plus, articula une voix plus proche d'un ton ferme. Chacune de nous ici présente.

— Tout va bien, reprit la mère. Passons à autre chose.

— Chrissie, insista la femme robot, je voulais juste dire qu'un gentil garçon comme lui...

— Certaines d'entre nous ont eu de la chance, et d'autres pas, intervint une dame à la peau noire qui s'avança pour toucher gentiment l'épaule de la mère.

— Mais Josie va bien à présent, n'est-ce pas ? demanda une autre voix. Elle a l'air beaucoup mieux.

— Elle a des bons et des mauvais jours, répondit Chrissie.

— Elle a vraiment meilleure mine.

— Elle va s'en sortir, j'en suis sûre, dit la femme robot. Vous avez été si courageuse, après tout ce que vous avez traversé. Josie vous en sera très reconnaissante un jour.

— Pam, ça suffit », intervint la dame à la peau noire qui tendit le bras pour l'entraîner plus loin. Mais la mère, fixant la femme robot, dit tout bas :

« D'après vous, Sal voudrait me remercier ? »

La femme robot fondit en larmes à ces paroles.

« Écoutez, je suis désolée, vraiment désolée. Je suis si stupide, j'ouvre la bouche et… » Elle se mit à sangloter, puis reprit, parlant plus fort : « Et vous le savez toutes, je suis la pire des imbéciles ! C'est seulement que ce gentil garçon, ça paraît si injuste… Chrissie, je regrette…

— Je vous en prie, n'en parlons plus. » La mère, faisant à présent un effort, s'avança pour étreindre un bref instant la femme robot qui se serra contre elle en continuant de pleurer, le menton sur son épaule.

Il y eut un silence embarrassé, puis la dame à la peau noire s'écria gaiement : « Eh bien, tout semble très bien se passer à l'intérieur. Pas de pugilat en vue. »

Tout le monde éclata de rire, puis la mère changea de ton :

« Voyons, ne restons pas là ! Suivez-moi dans la cuisine, je vous en prie. Melania a confectionné pour nous les délicieuses pâtisseries de son pays. »

Quelqu'un lança, feignant de chuchoter : « À mon avis, nous nous sommes attardées ici... pour écouter aux portes ! »

Cela provoqua un nouvel accès d'hilarité, et la mère sourit encore.

« Allons, dit-elle. S'ils ont besoin de nous, ils sauront se manifester. Venez donc avec moi. »

Quand les adultes commencèrent à se diriger vers la cuisine, le bruit des voix dans le Plan Ouvert me parvint plus clairement, mais je ne distinguais pas les paroles. Une femme passa près de moi, disant : « Notre Jenny est revenue très perturbée de la dernière réunion. Nous avons passé tout le week-end à lui expliquer qu'elle avait tout compris de travers. »

« Klara, tu es encore là. »

La mère se tenait devant moi.

« Oui.

— Pourquoi n'es-tu pas avec les autres ? Avec Josie ?

— Mais... elle ne m'a pas proposé d'entrer.

— Vas-y. Elle a besoin de toi auprès d'elle. Et ses amis veulent te rencontrer.

— Oui, bien sûr. Pardonnez-moi. »

Le Soleil, remarquant qu'il y avait un grand nombre d'enfants au même endroit, déversait son nutriment par les larges baies du Plan Ouvert. J'avais mis beaucoup de temps à me familiariser avec ce quadrillage de canapés, de rectangles moelleux, de tables basses, de plantes en pot et d'albums de photographies, mais il était si changé aujourd'hui qu'on aurait dit une autre pièce. Il y avait des jeunes partout et je vis leurs sacs, vestes et oblongs éparpillés sur le sol et les multiples surfaces. En outre, l'espace avait été divisé en vingt-quatre boîtes disposées sur deux niveaux jusqu'au mur du fond. À cause de cette compartimentation, j'avais de la difficulté à obtenir une vue d'ensemble de ce qui se trouvait devant moi, mais je reconstituai peu à peu la scène. Au milieu de la pièce, Josie était en train de parler avec trois de ses invitées. Leurs têtes se touchaient presque, et à cause de leur posture, le haut de leurs visages, y compris leurs yeux, avait été placé au niveau supérieur d'une boîte, et leurs bouches et leurs mentons, comprimés dans une boîte plus basse. La plupart des enfants étaient debout, certains se déplaçant entre les boîtes. Près du mur du fond, trois d'entre eux étaient installés sur le canapé modulable, assis séparément les uns des autres, et pourtant leurs têtes avaient été placées ensemble à l'intérieur d'une boîte unique, tandis que la jambe tendue du garçon le plus proche de la fenêtre traversait la boîte voisine, et pénétrait même dans celle d'après. Les trois boîtes contenant ces enfants avaient une couleur déplaisante – un jaune maladif – et une bouffée d'anxiété m'envahit. Puis d'autres gens s'approchèrent, me cachant la vue, et mon attention se porta alors sur les voix qui m'environnaient.

Lorsque j'étais entrée, quelqu'un s'était

exclamé : « Oh, voici la nouvelle AA, elle est mignonne », mais presque toutes les voix que j'entendais parlaient de Rick. Josie, me sembla-t-il, l'avait rejoint depuis quelques instants à peine, et lui avait tourné le dos pour converser avec ses invitées, et il se retrouvait tout seul, sans personne à qui parler.

« C'est un ami de Josie. Il habite tout près, disait une fille derrière moi.

— Nous devrions être gentilles avec lui, intervint une autre. Ça doit être bizarre pour lui d'être ici avec nous.

— Pourquoi Josie lui a demandé de venir ?

— On pourrait lui offrir quelque chose. Pour le mettre à l'aise. »

La fille – qui était mince et avait des bras incroyablement longs – prit un plat métallique rempli de chocolats et s'approcha de Rick. Je m'avançai moi aussi dans la pièce, et je l'entendis lui dire :

« Excuse-moi. Tu veux un chocolat ? »

Rick observait Josie en train de parler aux trois filles, puis il se tourna vers la petite aux longs bras.

« Sers-toi, dit-elle en levant le plat. Ils sont très bons.

— Merci beaucoup. » Il se pencha et en choisit un enveloppé dans du papier vert brillant.

Le brouhaha des voix continuait dans la pièce, mais je me rendis compte que tout le monde, y compris Josie et ses invitées, observait maintenant Rick.

« Nous sommes tous ravis que tu sois venu, poursuivit la fille aux longs bras. Tu es le voisin de Josie, c'est ça ?

— C'est ça. J'habite à côté.

— À côté ? Elle est bien bonne. À part ta maison et celle-ci, il n'y en a aucune autre à des kilomètres à la ronde ! »

Les trois invitées qui bavardaient avec Josie se joignirent à la petite, sans cesser de sourire à Rick. Pour sa part, Josie resta là où elle était, surveillant la scène avec nervosité.

« Sans doute, oui. » Rick eut un petit rire. « Mais j'habite quand même à côté.

— Oui bien sûr ! Je parie que ça te plaît de vivre ici. Ça doit être tranquille.

— C'est le mot juste. Tout est absolument parfait jusqu'au jour où tu as envie d'aller au cinéma. »

Je compris qu'il espérait que son public éclaterait de rire comme les adultes un instant plus tôt, lorsqu'il avait fait allusion aux livraisons de pizzas. Mais les quatre filles se contentèrent de l'observer avec bienveillance.

« Donc tu ne regardes pas de films sur ta console DS ? demanda enfin l'une d'elles.

— Ça m'arrive quelquefois. Mais j'aime bien aller dans un vrai cinéma. Le grand écran, les glaces. Ma mère et moi on adore. Le problème, c'est que c'est vraiment loin.

— On a un cinéma au bout de la rue, dit la fille aux longs bras. Mais on y va rarement.

— Hé ! Il aime le ciné !

— Missy, s'il te plaît ? Désolée, il faut excuser ma sœur. Donc, tu aimes aller au cinéma. Ça te détend, c'est ça ?

— Je parie que tu regardes des films d'action », reprit la fille qui s'appelait Missy.

Rick la dévisagea. Puis il sourit et dit : « Ça peut être sympa. Mais ma mère et moi, on préfère les vieux films. Tout était si différent alors. Si tu vas voir ces films, tu découvres à quoi ressemblaient les restaurants. Les vêtements que les gens portaient.

— Mais l'action, ça doit te plaire, non ? insista la fille aux longs bras. Les courses-poursuites et tout ça.

— Hé, s'exclama une autre fille derrière moi. Il dit qu'il va au cinéma avec sa mère. C'est plutôt mignon.

— Ça ne plaît pas à ta mère que tu y ailles avec tes *amis* ?

— Ce n'est pas exactement ça. C'est juste que… c'est quelque chose qu'on aime faire ensemble.

— Tu es allé voir *Gold Standard* ?

— Ça ne plairait sûrement pas à ma mère ! »

Josie s'avanca alors vers lui.

« Vas-y, Rick. » Il y avait de la colère dans sa voix. « Dis-leur ce que tu aimes regarder. C'est tout ce qu'elles demandent. Quels sont les films que tu vas voir ? »

Plusieurs invités s'étaient regroupés autour de Rick, me le cachant en partie. Mais à cet instant je perçus un changement chez lui.

« Vous savez quoi ? » Il ne parlait pas à Josie, mais à tous les autres. « J'adore les films où il se passe des choses horribles. Où des insectes sortent de la bouche des gens, ce genre de trucs.

— Vraiment ?

— Puis-je demander, dit Rick, la raison de cette curiosité pour le genre de films qui me plaît ?

— Ça s'appelle faire la conversation, répondit la fille aux longs bras.

— Pourquoi il ne mange pas son chocolat ? dit Missy. Il le garde dans sa main. »

Rick se tourna vers elle et lui tendit la friandise encore enveloppée dans son papier.

« Je vous l'offre. Peut-être vous fait-il envie ? »

Missy rit mais s'écarta.

« Écoute, dit la fille aux longs bras. Il s'agit d'une réunion amicale, d'accord ? »

Rick lança un bref coup d'œil à Josie qui le fixait, les yeux pleins de colère. La seconde d'après il se tourna à nouveau vers les invités.

« Amicale. Bien sûr. Je me demande si ça vous plairait d'apprendre que j'aime les séries B des années cinquante ?

— Les séries B ? intervint quelqu'un d'autre. C'est quoi, des films de genre ?

— Ne vous moquez pas de lui, reprit la fille aux longs bras. Hé, arrêtez, soyez aimables. Il s'en tire très bien.

— Ouais, lança une voix, il s'en tire bien », et plusieurs invités rirent bêtement. Rick fit volte-face, et Josie en profita pour tendre la main et s'emparer du chocolat.

« Hé, tout le monde, s'écria-t-elle. Je vais vous présenter Klara. Voici Klara ! »

Elle me fit signe de venir plus près et quand je m'avançai tous les regards se tournèrent vers moi. Rick me fixa lui aussi, mais juste une seconde, avant de s'éloigner vers un petit espace dégagé à côté du bureau d'angle. Personne ne se préoccupait plus de lui car j'étais à présent au centre de l'attention. Même la fille aux longs bras avait laissé tomber et me dévisageait à présent.

« Eh bien, voici une AA très chic », déclara-t-elle avant de faire un pas de plus vers Josie, se penchant vers elle comme pour lui confier un secret, et je crus qu'elle allait dire autre chose sur moi, mais au lieu de cela elle s'écria :

« Tu vois Danny là-bas ? À peine arrivé, il annonce qu'il a été arrêté par la police. Pas un bonjour, rien. Quand on lui a expliqué qu'il devait d'abord nous saluer poliment, il n'a pas compris. Il a continué de se vanter de cette histoire avec la police.

— Ouah. » Josie regarda les garçons sur le canapé modulable. « Donc il croit que c'est classe d'être un criminel ? »

La fille éclata de rire, et Josie s'intégra dans la forme composée par ses cinq invitées.

« Alors son frère, là-bas, a craché le morceau. Trop de bière, c'était ça le problème.

— Chut. Il sait qu'on parle de lui, intervint quelqu'un.

— Tant mieux. Les flics l'ont trouvé évanoui sur un banc et l'ont ramené chez lui. Et il nous raconte qu'il a été arrêté et tout ça.

— Pas un bonjour, rien.

— Hé, je t'ai pas entendue saluer Josie, Missy. T'es aussi nulle que Danny.

— C'est pas vrai. Je t'assure que je l'ai fait.

— Josie ? Tu as entendu ma sœur te saluer quand tu es entrée ? »

Missy parut visiblement embarrassée. « J'ai dit bonjour à Josie. Mais elle n'a pas fait attention.

— Hé, Josie ! » Le garçon qui s'appelait Danny – vautré sur le canapé, une jambe allongée sur les coussins – l'interpellait depuis le fond de la pièce. « Hé, Josie, c'est ta nouvelle AA ? Dis-lui de venir par ici.

— Vas-y, Klara, dit Josie, va saluer ces garçons. »

Je ne m'exécutai pas tout de suite, en partie à cause du ton de Josie qui m'avait surprise. Il ressemblait à celui qu'elle employait parfois en s'adressant à Gouvernante Melania, mais en aucun cas à la voix qu'elle prenait d'habitude pour me parler.

« Qu'est-ce qu'elle a ? » Danny se leva du canapé. « Elle n'obéit pas aux ordres ? »

Josie me fixait d'un air sévère, aussi je commençai à me frayer un chemin en direction des garçons. Mais Danny, qui était plus grand que tous les autres, se faufila entre les invités, et je n'étais pas encore au milieu de la pièce quand il m'attrapa les deux coudes, m'empêchant de bouger à ma guise. Il me toisa des pieds à la tête, et dit :

« Alors. T'as pris tes marques ?

— Oui. Merci.

— Hé ! Elle parle ! Miracle ! s'écria l'un des garçons vautrés sur le canapé du fond.

— Ferme-la, Scrub », répliqua Danny. Puis il me demanda : « Alors, on t'appelle comment déjà ?

— Son nom est Klara, répondit Josie derrière moi. Lâche-la, Danny. Elle n'aime pas qu'on la tienne de cette façon.

— Hé, Danny, cria encore Scrub. Balance-la par ici.

— Si tu veux la voir, dit Danny, lève-toi de ce canapé et viens ici.

— Balance-la-moi. On va tester sa coordination.

— Ce n'est pas ton AA, Scrub. » Les mains de Danny enserraient toujours mes coudes. « Tu dois demander la permission de Josie pour ce genre de chose.

— Hé, Josie, appela Scrub. C'est bon ? Ma B3, on peut la lancer en l'air, elle retombe sur ses pieds à tous les coups. Allez, Danny. Lance-la vers le canapé. Elle va pas s'abîmer.

— La brute, dit tout bas la petite aux longs bras, et plusieurs filles, Josie comprise, se mirent à rire.

— Ma B3, poursuivit Scrub, elle fait un saut périlleux et atterrit sur ses pieds. Le dos droit, nickel. Alors on va voir ce que celle-ci est capable de faire.

— Tu n'es pas une B3, hein ? » demanda Danny.

Je ne répondis pas, et Josie dit derrière moi : « Non, mais c'est la meilleure.

— Ah oui ? Alors elle peut faire ce que Scrub raconte ?

— Moi aussi j'ai un B3 maintenant, annonça une voix de fille. Vous le verrez à la prochaine réunion.

— Pourquoi t'as pas pris un B3, Josie ? demanda une autre voix.

— Parce que… celle-ci m'a plu, répondit Josie d'un ton hésitant, puis sa voix devint plus assurée. Tout ce que fait un B3, Klara est capable de le faire. »

Je sentis un mouvement dans mon dos, et la fille aux longs bras vint se mettre à côté de Danny. Il parut à la fois excité et effrayé d'être près d'elle, et il me lâcha les coudes. La fille m'agrippa alors le poignet gauche, mais en exerçant une pression moins brutale que Danny.

« Salut, Klara, dit-elle, m'examinant de nouveau avec attention. Alors, voyons voir. Klara, peux-tu me chanter la gamme mineure harmonique, s'il te plaît ? »

Je ne savais pas comment Josie souhaitait que je réponde, et j'attendis qu'elle s'exprime. Mais elle resta silencieuse.

« Ah ? Tu ne chantes pas ?

— Allez, insista le garçon qui s'appelait Scrub. Lance-la par ici. Si elle ne peut pas coordonner ses mouvements, je vais la rattraper.

— Elle n'est pas très bavarde. » La fille aux longs bras s'approcha et me regarda dans les yeux. « Peut-être qu'elle est en manque d'énergie solaire.

— Elle n'a aucun problème. » Josie prononça ces mots si doucement que je fus sans doute la seule à l'entendre.

« Klara, reprit la fille aux longs bras. Dis-moi bonjour. »

Je gardai le silence, attendant que Josie parle de nouveau.

« Non ? Rien du tout ?

— Hé, Josie, appela une voix dans mon dos. T'aurais pu te prendre un B3. Alors pourquoi tu l'as pas fait ? »

Elle rit et répondit : « Maintenant je commence à penser que j'ai eu tort. »

Cela provoqua d'autres rires, puis une nouvelle voix observa : « Les B3 sont bluffants.

— Allez, Klara, insista la fille aux longs bras. Au moins un petit bonjour. »

J'avais fixé une expression agréable sur mon visage et je regardais au loin, comme Gérante nous avait appris à le faire au magasin dans des situations analogues.

« Une AA qui refuse de dire bonjour. Josie, tu peux demander à Klara de dire quelques mots ?

— Jette-la par ici. Ça va la réveiller.

— Klara a une mémoire extraordinaire, dit Josie derrière moi. Aussi bonne que celle de n'importe quel autre AA.

— Vraiment ? répondit la fille aux longs bras.

— Et ce n'est pas tout. Elle remarque des choses que personne d'autre ne voit et les met de côté.

— Bien. » La fille aux longs bras me tenait toujours le poignet. « Bien, Klara. Voilà ce qu'on va faire. Sans te retourner pour regarder. Décris-moi ce que porte ma sœur. »

Je continuai de fixer les briques du mur, derrière la fille aux longs bras.

« Elle a l'air figée sur place. Mais elle est mignonne, je te l'accorde.

— Demande-le-lui encore, intervint Josie. Vas-y, Marsha. Demande-le-lui.

— OK. Allez, Klara, tu peux le faire. Dis-moi comment Missy est habillée.

— Je regrette, répondis-je, regardant toujours derrière elle.

— Tu regrettes ? » La fille aux longs bras s'adressa alors à l'assistance : « Ça veut dire quoi ? » et les gens éclatèrent de rire. Puis elle me fit les gros yeux et demanda : « Tu veux dire quoi, Klara ? Ça veut dire quoi, que tu regrettes ?

— Je regrette. Je regrette de ne pas pouvoir aider.

— Elle ne va pas aider. » La fille aux longs bras se radoucit et me lâcha enfin le poignet. « OK, Klara. Tu peux te retourner et regarder. Jette un coup d'œil à la tenue de Missy. »

Cela pouvait paraître impoli, mais je ne me retournai pas. Car si je l'avais fait, je n'aurais pas vu seulement Missy – je savais bien sûr ce qu'elle portait, jusqu'à son bracelet violet et son minuscule pendentif – mais aussi Josie, et nous aurions dû alors échanger des regards.

« Je renonce, dit la fille aux longs bras.

— OK, reprit Danny. Alors nous allons faire le test de Scrub. Rien que pour lui faire plaisir. Phil, viens ici et aide-moi à la lancer. Scrub, reste là où tu es, sois prêt à la recevoir. Tu es d'accord, Josie ? »

Derrière moi, Josie se taisait, mais une voix de fille s'exclama :

« Jeter des AA à travers la pièce. C'est mal.

— En quoi c'est mal ? Ils sont conçus pour gérer ce genre de situation.

— Ce n'est pas ça la question, répliqua la voix. C'est juste méchant.

— T'es trop sensible, dit Danny. Phil, prends les bras. Je vais attraper les jambes.

— Qu'est-ce que tu as là dans ta poche ? »

C'était la voix de Rick et tout le monde se tut.

« T'as dit quoi, mon pote ? »

Rick se faufila entre les invités, s'arrêtant un peu à ma droite. Il ne laissa paraître aucune peur en désignant la poche de poitrine de la chemise de Danny. J'avais remarqué l'objet plus tôt – un chien en peluche assez petit pour tenir dedans. J'avais vu des enfants de sept et huit ans avec des jouets de cette sorte dans leurs poches quand ils entraient dans le magasin.

« Un doudou, d'après moi, dit Rick.

— Sûrement pas, répliqua Danny.

— Je dirais que c'est ton doudou. Pour t'aider à rester calme dans des réunions comme celle-ci.

— C'est quoi ces conneries ? On t'a demandé quelque chose ?

— Si ce n'est rien de spécial, peut-être que tu accepterais de me le montrer. » Rick tendit la main. « Ne t'inquiète pas. J'en prendrai grand soin.

— Spécial ou pas, ça te regarde pas.

— S'il te plaît, prête-le-moi. Juste une minute.

— Ce n'est rien pour moi, mais il n'est pas question que *toi* tu y touches.

— Non ? Pas même un petit coup d'œil ?

— Jamais je te prêterais quelque chose. Pourquoi je le ferais ? Tu devrais même pas être ici. »

Rick tendait encore la main, le silence régnait dans la pièce.

« Peut-être bien que tu es toi-même un peu sensible, Danny ? dit-il. Du moins, quand il s'agit de jolies petites choses dans ta poche.

— Ça suffit ! Fiche-lui la paix ! »

C'était la voix d'une adulte, et les jeunes gens autour de moi battirent en retraite lorsque la femme entra à grands pas dans la pièce. « Et Danny a raison, dit-elle. Tu ne devrais pas du tout être ici. »

La mère surgit alors derrière elle, et je vis par la porte d'autres adultes glissant un regard à l'intérieur du Plan Ouvert.

« Allons, Sara, dit-elle. On ne s'en mêle pas, rappelle-toi. »

La mère posa son bras autour des épaules de Sara, qui continuait de fusiller Rick du regard.

« Allons, Sara, répéta la mère. On respecte la règle, c'est aux enfants de gérer ! »

Elle avait encore l'air en colère mais se laissa entraîner hors de la pièce, vers le murmure des voix dans l'entrée. « Il n'y a que comme ça qu'ils apprendront », dit quelqu'un, puis les adultes s'éloignèrent, et le silence revint dans le Plan Ouvert.

Danny était peut-être encore plus embarrassé par l'intervention de son adulte que par l'incident du petit jouet. Il continua de cacher sa poche de poitrine avec ses deux mains et regagna le canapé, le dos un peu voûté, sans regarder derrière lui.

« OK, s'exclama la fille aux longs bras. Et si on allait dehors ? Le temps s'est arrangé. Regardez ! »

Un chœur de voix approuva bruyamment, et j'entendis Josie s'écrier : « Génial ! On y va ! »

Les enfants sortirent à la queue leu leu, conduits par Josie et la fille aux longs bras. Danny et Scrub partirent avec eux, et je me retrouvai seule avec Rick dans le Plan Ouvert.

Il passa en revue les vestes jetées ici et là, les coussins déplacés, les canettes de soda, les sachets de chips, les magazines, mais il ne se tourna pas vers moi. Je me demandai si des adultes allaient nettoyer maintenant que les enfants étaient partis, mais personne ne vint, et le brouhaha continua dans la cuisine.

« Vous avez défié ce garçon dans mon intérêt, je crois, dis-je enfin. Merci. »

Rick haussa les épaules. « Il devenait vraiment agaçant. En fait, ils l'étaient tous. » Puis il ajouta sans se tourner vers moi : « Je suppose que ce n'était pas particulièrement agréable pour toi non plus.

— J'ai fini par être très mal à l'aise et je suis reconnaissante que Rick soit venu à mon secours. Mais cela m'a paru aussi très intéressant.

— Intéressant ?

— C'est important pour moi d'observer Josie dans beaucoup de situations. Et j'ai trouvé très intéressant, par exemple, d'observer les différentes formes que prenaient les enfants en passant d'un groupe à l'autre. » Il ne fit aucun commentaire, continuant de regarder de l'autre côté, et j'ajoutai : « Peut-être que Rick a envie de sortir maintenant pour les rejoindre. Se réconcilier avec eux. »

Il secoua la tête. Puis il traversa le motif du soleil – je remarquai que le Plan Ouvert n'était plus segmenté dans l'espace – et s'assit sur le canapé modulable, étendant les jambes sur le parquet.

« Je crois qu'ils ont malgré tout raison sur un point, dit-il. Je n'ai pas ma place ici. C'est une réunion de jeunes relevés.

— Rick est venu parce que Josie tenait beaucoup à sa présence.

— Elle a insisté pour que je sois là. Mais je suppose qu'elle est maintenant trop occupée pour revenir ici et voir combien j'apprécie ce moment de la fête. » Il se cala dans le canapé jusqu'à ce que le motif du Soleil recouvre son visage, l'obligeant à fermer les yeux. « Le problème, poursuivit-il, c'est qu'elle ne reste pas la même. J'ai pensé que si je venais aujourd'hui – c'était stupide, en réalité –, j'ai cru qu'elle serait peut-être la même. La même Josie. »

Lorsqu'il prononça ces mots, je revis les mains de Josie à différents moments de la réunion interactive – des mains accueillantes, des mains généreuses, des mains crispées – et son visage, et sa voix lorsqu'on lui avait demandé pourquoi elle n'avait pas choisi un B3, et qu'elle avait ri en disant « Maintenant je commence à penser que j'ai eu tort ». Et les paroles de Gérante résonnèrent dans mon esprit, sa mise en garde au sujet des enfants qui faisaient des promesses derrière la vitrine mais ne revenaient jamais, ou pire encore, revenaient pour choisir un AA tout à fait différent. Je songeai au garçon AA aperçu entre les deux taxis qui roulaient au pas, longeant le RPO d'un air découragé, à trois pas de son adolescente, et je me demandai si Josie et moi, nous marcherions un jour ainsi.

« Peut-être que tu comprends maintenant, dit Rick, ouvrant les yeux malgré le motif du Soleil. Tu comprends pourquoi je dois sauver Josie de cette bande.

— Je vois : Rick craint que Josie devienne comme les autres. Mais même si elle vient de se comporter étrangement, je suis convaincue que Josie est gentille au fond. Et ces autres enfants. Ils ont des manières brusques, mais ils ne sont peut-être pas si méchants. Ils redoutent la solitude et c'est pourquoi ils se conduisent de cette façon. Josie aussi, peut-être.

— Si Josie passe plus de temps avec eux, elle ne tardera pas à ne plus être elle-même. Elle en a conscience en fait, et c'est pour ça qu'elle parle sans arrêt de notre plan. Elle l'avait oublié depuis une éternité, mais à présent elle y revient constamment.

— J'ai entendu Josie mentionner ce plan l'autre jour. C'est un plan à propos de l'avenir de Rick et de Josie ? »

Il regardait par la fenêtre du Plan Ouvert, et je crus que son hostilité à mon égard était revenue. Mais il dit alors :

« C'est juste quelque chose qu'on a décidé quand on était petits. Avant de comprendre ce qui allait se passer. Et qu'il y aurait tous ces obstacles en travers de notre chemin. Mais Josie y croit encore.

— Et Rick y croit lui aussi ? »

Il tourna les yeux vers moi.

« C'est ce que je disais. Sans le plan, elle va finir par devenir comme eux. Je ferais mieux d'y aller. » Il se leva brusquement. « Avant que ces gosses reviennent. Ou cette mère cinglée.

— J'espère que nous pourrons bientôt reparler de ces sujets. Car je suis convaincue que sous beaucoup d'aspects Rick et moi avons des objectifs similaires.

— Écoute, l'autre jour. Quand j'ai dit que j'avais demandé à Josie de pas prendre d'AA. Ça n'avait rien de personnel. C'était juste… euh, comme si autre chose allait se mettre en travers de notre chemin.

— J'espère que non. En fait, maintenant que je comprends mieux la situation, je voudrais faire de mon mieux pour aider le plan de Rick et de Josie. Peut-être aider à écarter les obstacles dont vous parlez.

— Je ferais mieux d'y aller. M'assurer que ma mère va bien.

— Certainement. »

Il passa devant moi et quitta le Plan Ouvert. Je fis quelques pas pour le voir franchir la porte d'entrée et s'éloigner dans la clarté du Soleil.

■

Ainsi que je l'avais dit à Rick, la réunion interactive avait été une source d'informations précieuses. D'abord, j'avais découvert la capacité de Josie à « changer » – selon la formule de Rick – et je guettai les signes d'un tel comportement. Je me demandai si elle regrettait vraiment de n'avoir pas choisi un B3. Elle avait sans doute voulu faire de l'humour, afin d'éviter qu'un désaccord vînt troubler l'harmonie de la réunion. Même ainsi, les B3 avaient effectivement plus de ressources que moi, et je devais admettre l'éventualité que des idées de cette sorte traversaient parfois l'esprit de Josie.

Les jours suivants, je m'inquiétai aussi de la manière dont Josie réagirait à mon incapacité à répondre aux questions de la fille aux longs bras. Dans la situation qui s'était présentée, et en l'absence de signaux clairs de la part de Josie, j'avais choisi la solution qui m'avait semblé la meilleure. Mais il m'apparut que si elle y réfléchissait, Josie pourrait m'en vouloir.

Pour toutes ces raisons, je craignis que la réunion interactive ne jetât une ombre sur notre amitié. Mais les journées passèrent, et Josie resta aussi gaie et gentille avec moi qu'elle l'avait toujours été. J'attendis qu'elle abordât le sujet des événements de la réunion, mais elle ne le fit jamais.

Ce furent donc des leçons utiles pour moi. Non seulement j'avais découvert que les « changements » faisaient partie de Josie, et que je devais apprendre à m'y adapter, mais je commençais à comprendre que ce trait de caractère ne lui était pas propre ; car les gens ressentaient souvent le besoin de présenter aux passants un aspect particulier de leur personne – comme dans une vitrine de magasin – et il ne fallait pas prendre cela trop au sérieux une fois qu'ils étaient redevenus eux-mêmes.

Je fus donc heureuse que rien n'eût changé entre nous du fait de la réunion. Mais peu après se produisit un autre événement qui rendit notre amitié moins chaleureuse pendant un temps. Ce fut le voyage à Morgan Falls, et cet épisode me perturba car je ne parvenais pas à comprendre comment il avait pu provoquer cette froideur entre nous, ni de quelle façon j'aurais pu l'éviter.

■

Tôt un matin, trois semaines après la réunion interactive, je me tournai vers Josie et je vis, à sa posture et à sa respiration, qu'elle ne dormait pas comme d'habitude. J'utilisai le bouton d'alarme et la mère arriva immédiatement. Elle téléphona au Dr Ryan, et j'entendis ensuite Gouvernante Melania le rappeler un peu plus tard pour lui demander de se dépêcher. Lorsqu'il arriva, il examina Josie avec attention et dit ensuite qu'il n'y avait aucune raison de s'inquiéter. La mère fut soulagée, et après le départ du médecin, ses manières devinrent brusques. Elle s'assit au bord du lit de Josie et lui déclara : « Tu dois renoncer à cette boisson énergisante. J'ai toujours dit que c'était mauvais pour toi. »

Josie répondit, sans lever la tête de l'oreiller : « Je savais que je n'avais rien. J'ai eu un coup de fatigue, c'est tout. Ce n'était pas la peine de t'inquiéter pour moi. Et maintenant tu vas être en retard au travail.

— Mon travail, Josie, c'est de m'inquiéter pour toi. » Puis elle ajouta : « C'est aussi le travail de Klara. Elle a bien fait de m'alerter.

— J'ai juste besoin de dormir encore un peu. Ensuite je promets que j'irai bien, maman.

— Écoute, chérie. » La mère se pencha pour parler à l'oreille de Josie. « Écoute. Tu dois te rétablir pour moi. Tu m'entends ?

— Je t'entends, maman.

— Bien. Je n'étais pas sûre que tu m'écoutais.

— Je t'écoute, maman. Je garde les yeux fermés, c'est tout.

— OK. Donc voilà le marché que je propose. Si tu es remise ce week-end, on ira à Morgan

Falls. Tu aimes toujours cet endroit, n'est-ce pas ?

— Oui maman. Je l'aime toujours.

— Bien. Marché conclu. Dimanche, Morgan Falls. Si tu es en forme. »

Il y eut un long silence, puis j'entendis Josie répondre, d'une voix qui semblait étouffée par son oreiller :

« Maman ? Si je vais bien, on pourra emmener Klara ? Lui montrer Morgan Falls ? Elle n'est sortie qu'une seule fois. Et c'était tout près d'ici.

— Bien sûr que Klara peut venir. Mais tu devras aller mieux, sinon ça ne marchera pas. Tu comprends, Josie ?

— Je comprends, maman. Je dois dormir encore maintenant. »

■

Elle se réveilla juste avant le déjeuner, et je m'apprêtais à en informer Gouvernante Melania ainsi qu'on m'avait priée de le faire, mais Josie me dit d'une voix lasse :

« Klara. Tu es restée là pendant tout le temps où je dormais ?

— Bien sûr.

— Tu as entendu ce que maman disait à propos de notre voyage à Morgan Falls ?

— Oui. Et j'espère vraiment que nous pourrons y aller. Mais votre mère a dit que nous n'irions que si vous étiez assez en forme.

— Ça ira. Si je le voulais, je pourrais y aller cet après-midi. Je suis juste fatiguée, c'est tout.

— C'est quoi ce Morgan Falls, Josie ?

— C'est très beau, voilà ce que c'est. Ça va te paraître incroyable. Je te montrerai des photos plus tard. »

Josie resta fatiguée une bonne partie de la journée. Mais à la fin de l'après-midi, une fois que j'eus relevé les stores de la chambre pour permettre au motif du Soleil de se déposer sur elle, je vis qu'elle avait repris des forces. Gouvernante Melania monta pour la voir et dit que Josie pouvait s'habiller, mais seulement si elle promettait de se tenir tranquille jusqu'au soir. Nous étions donc encore dans la chambre à l'heure du crépuscule quand Josie sortit un carton de sous le lit.

« Je vais te montrer », dit-elle, et elle renversa la boîte. Une quantité de photos papier de formats variés se déversa sur le tapis, certaines à l'endroit, d'autres retournées. Je compris que c'étaient les images favorites du passé de Josie, rangées sous son lit pour lui procurer le plaisir de les regarder chaque fois qu'elle le voudrait. Beaucoup de ces images se mélangeaient maintenant mais je vis que c'étaient surtout des photos de Josie plus jeune. Parfois avec la mère, ou avec Gouvernante Melania, ou en compagnie de personnes que je ne connaissais pas. Josie continua de les étaler sur le tapis, puis elle en prit une et sourit.

« Morgan Falls, dit-elle. C'est là que nous irons dimanche. Ça te plaît ? »

Elle me tendit la photo. J'étais maintenant agenouillée sur le sol, et je vis une Josie plus jeune assise en plein air à une table construite, comme le banc fixé au sol, en planches de bois rustique. La mère, moins maigre et les cheveux coupés plus court qu'aujourd'hui, était assise à côté d'elle. Je découvris avec intérêt une troisième silhouette à la table, une fille qui selon moi devait avoir onze ans, et portait une veste courte en coton léger. L'inconnue tournait le dos au photographe, aussi je ne pus voir son visage. Les motifs du Soleil étaient visibles sur elles trois et sur le dessus de la table. Derrière Josie et sa mère, je remarquai un motif noir et blanc vaporeux. Je l'inspectai attentivement, puis je dis :

« C'est une cascade.

— Oui. Tu as déjà vu une cascade, Klara ?

— Oui. Dans une revue au magasin. Et regardez ! Vous êtes en train de manger, juste devant la cascade.

— On peut le faire à Morgan Falls. Déjeuner sous l'écume de la cascade. Tu manges ton repas et puis tu te rends compte que le dos de ta chemise est trempé.

— Ce n'est sûrement pas bon pour vous, Josie.

— Ça va quand il fait chaud. Mais tu as raison. Si la journée est froide, il vaut mieux s'installer plus loin. Il y a plein de place parce que les gens ne savent pas grand-chose sur Morgan Falls. »

Elle tendit la main, et je lui rendis la photo. Elle la regarda de nouveau et dit : « Peut-être que maman et moi nous sommes les seules à trouver cet endroit spécial. Et c'est pour ça qu'il n'y a jamais beaucoup de monde. Mais on passe toujours un très bon moment là-bas.

— J'espère que vous serez assez forte ce week-end.

— Le dimanche c'est le meilleur jour pour aller à Morgan Falls. Il y a une bonne atmosphère le dimanche. Comme si la cascade savait que c'est un jour de repos.

— Josie. Qui est votre compagne sur la photographie ? La fille assise avec vous et votre mère ?

— Oh… » Son visage s'assombrit, puis elle répondit : « C'est Sal. Ma sœur. »

Elle laissa tomber la photo sur les autres, puis se mit à glisser les mains sur les images, les faisant tourner sur le tapis. Je vis des images d'enfants – dans des champs, des terrains de jeux, devant des immeubles.

« Oui, ma sœur, dit-elle au bout d'un long moment.

— Et où est Sal maintenant ?

— Sal est morte.

— C'est très triste. »

Josie haussa les épaules. « Je n'ai pas beaucoup de souvenirs d'elle. J'étais petite quand c'est arrivé. Ce n'est pas comme si elle me manquait et tout ça.

— C'est triste. Vous savez ce qui s'est passé ?

— Elle est tombée malade. Pas la même maladie que moi. Quelque chose de bien pire, et c'est comme ça qu'elle est morte. »

Je crus que Josie cherchait une autre photo avec l'image de sa sœur, mais elle rassembla brusquement les clichés et les remit dans la boîte en carton.

« Tu vas adorer cet endroit, Klara. Toi qui n'es allée dehors qu'une seule fois, tu vas te retrouver d'un seul coup *là-haut* ! »

■

Josie devint plus forte chaque jour, et à l'approche du week-end rien ne semblait indiquer que nous ne pourrions pas aller à la cascade. Le vendredi soir, la mère rentra tard à la maison, longtemps après que Josie eut fini de dîner, et m'appela dans la cuisine. Josie était montée dans sa chambre, et la cuisine était plongée dans l'obscurité, éclairée seulement par la lumière du couloir. La mère paraissait heureuse d'être là, face aux larges baies, à contempler la nuit en buvant son vin. Je me plaçai à côté du réfrigérateur, assez près pour entendre son bourdonnement.

« Klara, dit-elle au bout d'un moment. D'après Josie, tu souhaites venir avec nous dimanche. À Morgan Falls.

— Si je ne dérange pas, j'aimerais beaucoup vous accompagner. Je crois que c'est aussi ce que souhaite Josie.

— Certainement. Josie s'est beaucoup attachée à toi. Et si je peux me permettre, c'est aussi mon cas.

— Je vous remercie.

— En vérité, je n'étais pas sûre au début de ce que je ressentirais. T'avoir ici, allant et venant dans la maison toute la journée. Mais Josie est tellement plus calme, tellement plus gaie depuis ton arrivée.

— J'en suis ravie.

— Tu t'en sors très bien, Klara. Je veux que tu le saches.

— Merci beaucoup.

— Tu seras à l'aise à Morgan Falls. Beaucoup d'enfants y emmènent leurs AA. Ça va de soi. Tu devras être vigilante, à la fois pour toi et pour Josie. Le terrain peut être imprévisible. Et il arrive que Josie soit surexcitée dans des lieux comme celui-là.

— Je comprends. Je serai prudente.

— Klara, tu es heureuse ici ?

— Oui, bien sûr.

— C'est une chose étrange à demander à une AA. En fait, je ne sais même pas si cette question a un sens. Le magasin te manque ? »

Elle but encore du vin et s'avança vers moi, de sorte que je pus distinguer une partie de son visage éclairée par la lumière du couloir, bien que l'autre côté, son nez y compris, restât dans l'ombre. L'œil que je voyais me parut fatigué.

« Je pense parfois au magasin, répondis-je. À la vue depuis la vitrine. Aux autres AA. Mais pas souvent. Je suis très contente d'être ici. »

La mère me regarda un moment. Puis elle dit : « Ce doit être merveilleux. De n'avoir rien à regretter. De ne pas avoir envie de revenir en arrière. De ne pas songer sans cesse au passé… Tout doit être tellement plus… » Elle s'interrompit et ajouta : « OK, Klara. Tu viens avec nous dimanche. Mais rappelle-toi ce que je t'ai dit. Nous ne voulons pas d'accidents là-bas. »

■

Il y avait sûrement eu des signes avant-coureurs, car même si l'événement de ce dimanche matin m'affligea par la suite et me rappela que j'avais encore beaucoup à apprendre, ce ne fut pas une vraie surprise.

Le vendredi, Josie était persuadée qu'elle se sentirait assez forte pour l'expédition et elle passa de longs moments à essayer différentes tenues, et à s'examiner dans le long miroir de sa garde-robe. Elle me demandait mon avis de temps à autre, et je lui souriais, me montrant aussi encourageante que possible. Pourtant j'avais dû, même alors, être attentive à ces signes, car tout en la félicitant pour son élégance, je prenais toujours soin de surveiller mes paroles.

Je savais déjà que les petits déjeuners du dimanche pouvaient être tendus. Les autres matins, même si la mère s'attardait après son café rapide, demeurait l'impression que chaque échange pouvait être le dernier de la journée, et si cela entraînait parfois Josie et sa mère à se parler durement, le petit déjeuner n'était jamais chargé de signaux. Mais le dimanche, quand la mère ne devait se rendre nulle part, planait le sentiment que chacune de ses questions risquait de conduire à une discussion désagréable. Lorsque j'étais encore nouvelle dans la maison, je croyais qu'il existait pour Josie des sujets particulièrement risqués, et que s'il était possible d'empêcher la mère de les aborder, les petits déjeuners du dimanche resteraient détendus. Mais je continuai de les observer, et j'en conclus que même si les sujets à risque étaient évités – tels que les devoirs scolaires de Josie, ou ses compétences relationnelles – le malaise demeurait parce qu'en réalité il était lié à un problème *sous-jacent* à ces questions ; et que les sujets à risque étaient eux-mêmes des moyens élaborés par la mère pour déclencher certaines émotions dans l'esprit de Josie.

Je m'inquiétai donc lorsque, le dimanche matin où nous devions précisément nous rendre à Morgan Falls, la mère demanda à Josie pourquoi elle aimait jouer à un jeu particulier sur son oblong, dans lequel les personnages mouraient sans arrêt dans des accidents de la route. Josie lui répondit d'abord d'un ton enjoué :

« C'est comme ça que le jeu est conçu, maman. On fait monter de plus en plus de gens dans le superbus, mais si on n'a pas mis au point les itinéraires, on peut perdre tous ses meilleurs éléments dans un accident.

— Pourquoi jouer à ce genre de jeu, Josie ? un jeu où il se passe quelque chose d'aussi horrible ? »

Josie continua de répondre patiemment à la mère pendant un moment, mais le sourire de sa voix ne tarda pas à disparaître. À la fin, elle répéta que c'était juste un jeu qui l'amusait, tandis que la mère posait de plus en plus de questions à ce sujet et semblait sur le point de se fâcher.

Puis la colère de la mère parut s'évanouir d'un seul coup. Elle n'était pas encore d'humeur joyeuse, mais elle regarda Josie avec douceur, et un tendre sourire transforma son visage tout entier.

« Je suis désolée, chérie. Je ne devrais pas aborder cela aujourd'hui. Je suis vraiment injuste. »

Elle descendit de son tabouret haut, alla vers celui où était juchée Josie, et la serra dans ses bras, une étreinte qui parut si interminable qu'elle fut contrainte d'y introduire un mouvement de bascule pour en masquer la durée. Je vis que la longueur de l'étreinte ne dérangeait pas du tout Josie, et lorsqu'elles se séparèrent – je ne me détournai pas du réfrigérateur avant d'en être certaine – leur différend était réglé.

Mes craintes s'envolèrent, le petit déjeuner qui aurait pu être un ultime obstacle à notre départ s'acheva dans l'harmonie, et je fus gagnée par l'excitation. Au dernier moment seulement, alors que la mère et Gouvernante Melania étaient déjà allées à la voiture, je vis Josie s'interrompre alors qu'elle enfilait les manches de sa veste capitonnée, gagnée par un accès de fatigue. Elle finit de mettre sa veste, et remarquant ma présence à l'autre bout de l'entrée, elle sourit gaiement. Puis nous entendîmes la voiture et le bruit des roues sur les cailloux. Gouvernante Melania revint dans la maison en tenant ses clés et nous fit signe de sortir. Mais à présent que j'étais au courant, je perçus un autre signe infime, quelque chose dans le pas précipité de Josie qui marchait devant moi sur les cailloux.

La mère était au volant, nous observant à travers le pare-brise, et je fus gagnée par la peur. Josie ne laissa paraître aucun autre signe – elle parvint même à sauter de joie en traversant les cailloux – et elle ouvrit la portière passager toute seule.

Je n'étais jamais entrée dans une voiture, mais Rosa et moi avions observé tant de gens le faire, étudiant leurs postures et leurs techniques, leur façon de s'asseoir une fois que le véhicule commençait à rouler, que rien ne me surprit lorsque je m'installai sur la banquette arrière. Le coussin était plus moelleux que je ne l'avais anticipé, et le siège passager, où Josie venait de prendre place, était si proche que je ne distinguais pas grand-chose devant moi, mais je ne m'y attardai pas. Je n'eus pas le temps d'observer en détail l'intérieur de la voiture car je me rendis compte qu'il y régnait encore une atmosphère délétère. Josie se taisait, évitant de regarder la mère assise à côté d'elle, fixant la maison et Gouvernante Melania qui s'avançait sur les cailloux, chargée du sac informe qui contenait, entre autres choses, les médicaments d'urgence de Josie. La mère avait les deux mains sur le volant, comme si elle était impatiente de partir, et elle tournait la tête du même côté que sa fille, mais je vis qu'elle ne regardait ni la maison ni Gouvernante Melania, mais Josie. La mère écarquillait les yeux, et par contraste avec son visage mince et osseux, ils paraissaient plus grands que nature. Gouvernante Melania mit le sac informe dans le coffre et referma le couvercle d'un coup sec. Puis elle ouvrit la portière arrière, et se glissa sur le siège près de moi en me disant :

« AA. Mets ta ceinture. Sinon tu vas t'abîmer. »

J'essayais de comprendre le système de la ceinture, que j'avais vu beaucoup de passagers pratiquer, quand la mère dit :

« Tu me prends pour une idiote, ma fille, c'est ça ? »

Il y eut un silence, puis Josie demanda : « Qu'est-ce que tu racontes, maman ?

— Tu ne peux pas le cacher. Tu es de nouveau malade.

— Je ne suis pas malade, maman. Je vais bien.

— Pourquoi tu me fais ce coup-là, Josie ? Encore et encore. Pourquoi faut-il que ça se passe comme ça ?

— Je ne sais pas de quoi tu parles, maman.

— Tu crois que je ne me réjouis pas à l'idée de faire ce voyage ? Mon seul jour de congé en compagnie de ma fille. Une fille que j'aime tendrement, qui me dit qu'elle va bien alors qu'en réalité elle est malade ?

— Ce n'est pas vrai, maman. Je vais vraiment bien. »

Je perçus le changement dans la voix de Josie. Renonçant à l'effort qu'elle avait soutenu jusqu'à cet instant, cédant brusquement à l'épuisement.

« Pourquoi fais-tu semblant, Josie ? Tu crois que ça ne m'affecte pas ?

— Maman, je me sens bien, je le jure. S'il te plaît, démarre. Klara n'a jamais vu de cascade et elle attend ce moment avec impatience.

— *Klara* attend ce moment avec impatience ?

— Maman, s'il te plaît.

— Melania ? dit la mère. Josie a besoin de vous. Sortez de la voiture. Faites le tour, s'il vous plaît, et aidez-la. Elle risque de tomber si elle essaie de sortir toute seule. »

Il y eut un autre silence.

« Melania ? Que se passe-t-il là-derrière ? Vous êtes malade vous aussi ?

— Peut-être que mademoiselle Josie y arrive.

— Pardon ?

— Je l'aide. AA aussi. Mademoiselle Josie bien. Peut-être.

— Donc je résume. C'est ce que vous pensez ? Que ma fille va assez bien pour passer la journée dehors ? À la cascade ? Vous m'inquiétez, Melania. »

Gouvernante Melania se taisait, mais elle ne bougea pas.

« Melania ? Dois-je comprendre que vous refusez de sortir pour aider Josie à descendre de voiture ? »

Gouvernante Melania regardait la route entre les sièges avant. Son visage avait une expression perplexe, comme si elle avait de la peine à identifier quelque chose en haut de la colline. Puis elle ouvrit brusquement la portière et sortit.

« Maman, dit Josie. S'il te plaît. On peut y aller ? S'il te plaît, ne fais pas ça.

— Tu crois que ça me fait plaisir ? Tout ça ? OK, tu es malade. Ce n'est pas ta faute. Mais ne rien dire à personne. Garder ça pour toi, nous laisser monter dans la voiture, toute la journée devant nous. Ce n'est pas gentil, Josie.

— Ce n'est pas gentil non plus de me dire que je suis malade alors que je suis bien assez forte… »

Gouvernante Melania ouvrit la portière de Josie. Elle se tut, puis se tourna vers moi d'un air triste, me fixant par-dessus le dossier de son siège.

« Je suis désolée, Klara. On ira une autre fois. Promis. Je suis vraiment désolée.

— C'est sans importance, répondis-je. Nous devons faire ce qui est le mieux pour Josie. »

Je m'apprêtais à sortir moi aussi, mais la mère intervint :

« Une seconde, Klara. Comme l'a dit Josie, tu étais impatiente de voir la cascade. Alors reste là où tu es !

— Je regrette. Je ne comprends pas.

— Eh bien, c'est simple. Josie est trop malade pour voyager. Elle aurait pu nous le dire plus tôt, mais elle a choisi de ne pas le faire. OK, donc elle reste à la maison. Melania aussi. Mais il n'y a aucune raison, Klara, que nous ne partions pas toi et moi. »

Je ne pouvais pas voir le visage de la mère à cause de la hauteur des sièges. Mais le visage de Josie était encore tourné vers moi. L'éclat de ses yeux avait terni, comme si ce qu'ils voyaient ne comptait plus.

« OK, Melania, dit la mère d'une voix plus forte. Aidez Josie à sortir. Faites bien attention. Elle est malade, rappelez-vous.

— Klara ? demanda Josie. Tu vas vraiment à la cascade avec elle ?

— La suggestion de la mère est très généreuse, dis-je. Mais peut-être vaudrait-il mieux que cette fois…

— Attends, Klara », me coupa la mère. Puis elle continua : « Qu'est-ce qui te prend, Josie ? Il y a un instant, tu te souciais de Klara, parce qu'elle n'avait jamais vu de cascade. Et maintenant tu essaies de l'obliger à rester à la maison ? »

Josie continuait de me fixer. Gouvernante Melania resta debout près de la portière, la main tendue vers elle.

« OK, dit enfin Josie. Peut-être que tu devrais y aller, Klara. Avec maman. Ça n'a pas de sens de gâcher une journée entière juste parce que… Je suis désolée. Désolée d'être malade tout le temps. Je ne sais pas pourquoi… » Je crus que ses larmes allaient jaillir, mais elle se contrôla et poursuivit tout bas : « Désolée, maman, vraiment.

Je suis une rabat-joie. Klara, vas-y. Tu vas adorer la cascade. » Puis son visage disparut derrière le dossier du siège.

Une seconde, je me demandai quoi faire. Mais la mère et Josie m'avaient encouragée à rester dans la voiture et à participer à cette sortie. Si je me conformais à leur décision, je pourrais acquérir des données inédites et peut-être cruciales sur la situation de Josie et sur la meilleure manière de l'aider. Mais quand elle s'éloigna sur les cailloux, sa tristesse me sauta aux yeux. Sa démarche, à présent qu'elle n'avait plus rien à cacher, était mal assurée, et elle accepta le soutien de Gouvernante Melania sans opposer de résistance. Nous regardâmes la femme déverrouiller la porte d'entrée et rentrer avec Josie. Puis la mère démarra et nous partîmes.

■

Comme c'était ma première fois dans une voiture, je ne pouvais estimer notre vitesse avec précision. Il me sembla que la mère conduisait anormalement vite et je fus un instant gagnée par la peur, puis je me souvins qu'elle gravissait cette pente chaque jour et ne risquait pas de nous mettre en danger. Je me concentrai sur les arbres qui défilaient et sur les larges trouées qui surgissaient de part et d'autre, me laissant entrevoir la cime des pins en contrebas. Ensuite la route cessa de monter et traversa un grand champ vide, à l'exception d'une grange, assez semblable à celle qu'on voyait de la fenêtre de Josie.

Puis la mère parla pour la première fois. Elle ne se retourna pas vers moi car elle conduisait, et si je n'avais pas été la seule passagère présente dans la voiture, je n'aurais pas deviné qu'elle s'adressait à moi.

« Elles font toujours ça. Elles jouent avec vos sentiments. » Et un instant plus tard : « Je donne peut-être l'impression d'être dure. Mais sinon, comment apprendront-elles ? Elles doivent comprendre que nous aussi nous avons des sentiments. » Et encore : « Elle croit que ça me *plaît* d'être loin d'elle chaque putain de journée ? »

Il y avait maintenant d'autres voitures, et au contraire de ce que j'avais remarqué devant le magasin, elles circulaient dans les deux sens. Un véhicule apparaissait au loin et fonçait vers nous, mais les conducteurs ne commettaient jamais d'erreurs et parvenaient toujours à nous éviter. Bientôt le paysage changea si rapidement autour de moi que j'eus de la peine à y mettre de l'ordre. À un moment donné, les autres voitures remplirent une boîte, tandis que dans les boîtes qui vinrent se placer immédiatement à côté s'empilaient des segments de la route et du champ alentour. Je fis de mon mieux pour préserver la ligne fluide de la route qui se déplaçait d'une boîte à l'autre, mais avec la vue qui changeait constamment, je décidai que ce n'était pas possible, et je laissai la route se briser et repartir de zéro chaque fois qu'elle franchissait une frontière. Malgré tous ces problèmes, le paysage à perte de vue et l'immensité du ciel étaient très excitants. Le Soleil était souvent caché par les nuages, mais je voyais parfois ses motifs se déposer sur une vallée ou une étendue sauvage.

Quand la mère se remit à parler, il était évident qu'elle s'adressait à moi.

« Ça doit être agréable de n'avoir pas de sentiments. Je t'envie. »

Je réfléchis avant de répondre : « J'ai beaucoup de sentiments, j'en suis persuadée. Plus j'observe, et plus les sentiments auxquels j'ai accès sont nombreux. »

Elle rit de façon inattendue, me faisant sursauter. « Dans ce cas, tu ne devrais peut-être pas être aussi empressée d'observer. » Puis elle ajouta : « Je suis désolée. Je ne voulais pas être grossière. Je suis sûre que tu as toutes sortes de sentiments.

— Quand Josie a dû renoncer à venir avec nous tout à l'heure, j'ai ressenti de la tristesse.

— Tu as ressenti de la tristesse. OK. » Elle se tut, peut-être pour se concentrer sur sa conduite et sur les voitures qui venaient dans le sens opposé. Puis elle dit : « Il y a eu une période, il n'y a pas si longtemps, où j'ai pensé que je sentais de moins en moins les choses. Un peu moins chaque jour. Je ne sais pas si j'en étais heureuse ou pas. Mais à présent, depuis quelque temps, il me semble que je deviens ultrasensible à tout. Klara, regarde à ta gauche. Tu te sens bien à l'arrière ? Tourne-toi entièrement à gauche et dis-moi ce que tu vois. »

Nous traversions des terres qui ne montaient ni ne descendaient, et le ciel était encore très vaste. Je vis des champs plats, sans granges ni véhicules de ferme, qui s'étendaient dans le lointain. Mais près de l'horizon j'aperçus ce qui semblait être une ville entièrement fabriquée avec des boîtes en métal.

« Tu le vois ? demanda la mère sans détourner les yeux de la route.

— C'est très loin, dis-je. Mais je vois une sorte de village. Peut-être un de ceux où sont fabriqués les voitures ou d'autres objets similaires.

— Ce n'est pas une mauvaise idée. En réalité c'est une usine chimique de haute technologie. Kimball Refrigeration. Mais ça fait des dizaines d'années qu'ils n'ont plus rien à voir avec un réfrigérateur. C'est pour cette raison que nous sommes venus nous installer ici. Le père de Josie y travaillait. »

Le village de boîtes en métal était encore éloigné, mais je pouvais à présent distinguer les tuyaux qui reliaient un bâtiment à l'autre, et d'autres tuyaux pointés vers le ciel. Ce spectacle me rappela l'horrible machine Cootings, et le risque de pollution me traversa l'esprit. À cet instant la mère dit :

« C'est un endroit sûr. Une énergie propre qui entre, une énergie propre qui sort. Le père de Josie y était autrefois une célébrité. »

Puis le village de boîtes en métal disparut, et je me calai sur mon siège.

« Nous nous entendons bien à présent, reprit la mère. On pourrait presque dire que nous sommes amis. C'est une bonne chose pour Josie, bien sûr.

— Je me demande si le père travaille encore dans le village de réfrigération.

— Comment ? Oh non… Il a été… substitué. Comme tous les autres. C'était un talent brillant. Il l'est encore, bien sûr. Nous nous entendons mieux maintenant. C'est ce qui compte pour Josie. »

Nous nous tûmes un moment, et la route devint très escarpée. Puis la mère ralentit et tourna dans une voie étroite. Lorsque je regardai entre les deux sièges, la nouvelle route parut à peine plus large que la voiture. Devant nous je vis, creusées dans la boue du chemin, des lignes parallèles tracées par d'autres roues, et des arbres qui nous enserraient de chaque côté, comme les immeubles d'une rue en ville. La mère continua de rouler sur cette voie étroite, et bien qu'elle conduisît plus lentement, je me demandai ce qui se passerait si une autre voiture arrivait en face. Puis nous prîmes un dernier tournant et la voiture s'arrêta.

« Nous y sommes, Klara. À partir de là il faut marcher. Ça va aller ? »

Quand nous sortîmes, je sentis le vent froid et j'entendis les cris des oiseaux. Je vis d'autres arbres sauvages autour de nous pendant que nous escaladions un chemin jonché de pierres et de paquets de boue. Je devais rester prudente mais je parvins à suivre la mère, et au bout d'un moment nous franchîmes une trouée entre deux piquets de bois avant d'emprunter un autre sentier qui continua de monter. La mère dut fréquemment s'arrêter pour me permettre de la rattraper, et je me dis alors qu'elle avait peut-être eu raison de penser que ce voyage serait trop fatigant pour Josie.

À cet instant précis, je jetai un coup d'œil à ma gauche, par-dessus la clôture qui longeait notre chemin, et je vis dans le champ un taureau qui nous observait avec attention. J'avais vu des photos de taureaux dans des magazines, mais bien sûr jamais dans la réalité, et même si celui-ci était assez éloigné de nous et ne pouvait pas franchir la clôture, je fus si paniquée par son apparition que je poussai une exclamation et me figeai sur place. Je n'avais jamais vu un animal capable de transmettre tout à la fois un si grand nombre de signaux de colère et le désir de détruire. Sa face, ses cornes, ses yeux froids me terrorisaient mais j'éprouvai un autre sentiment, plus étrange et plus profond. J'eus l'impression qu'on avait commis une énorme erreur en autorisant cette créature à s'exposer au motif du Soleil, car ce taureau venait des profondeurs de la terre, très loin dans la boue et les ténèbres, et sa présence dans le champ risquait d'avoir de terribles conséquences.

« Tout va bien, dit la mère. Il ne peut pas nous toucher. Viens. J'ai besoin d'un café. »

Je me forçai à détourner les yeux du taureau

et je suivis la mère. Très vite, le chemin devint plat et j'aperçus autour de nous les tables en bois rustique que j'avais vues sur la photographie de Josie. J'en comptai quatorze, disposées dans le champ avec, fixés de part et d'autre, des bancs en planches de bois. Des adultes, des enfants, des AA étaient assis aux tables, couraient et marchaient tout autour, ou restaient simplement debout. La cascade était juste là. Plus large et plus déchaînée que celle du magazine, remplissant huit boîtes à elle seule. Je cherchai le Soleil mais je ne le voyais plus dans le ciel gris.

« On va se mettre ici, dit la mère. Viens, assieds-toi. Attends-moi. J'ai besoin d'un café. »

Je la regardai se diriger vers une cabane construite du même bois rustique, à vingt mètres de là. Il y avait un comptoir ouvert, comme dans un magasin, et les passants y faisaient la queue.

Je fus heureuse de pouvoir m'asseoir et m'orienter, et en attendant le retour de la mère, je m'aperçus que l'environnement se mettait en ordre. La cascade n'occupait plus autant de boîtes, et je regardai les enfants et leurs AA passer aisément d'une boîte à l'autre sans interruption.

Bien qu'aucun d'eux ne manifestât la moindre curiosité à mon égard, et que chacun parût très concentré sur son enfant, je fus ravie de me trouver de nouveau en présence d'autres AA et je les observai un moment avec bonheur, les suivant du regard les uns après les autres. Puis la mère revint et s'assit devant moi. Je me tournai face à elle et à l'impétueuse cascade qui se déversait en arrière-fond. Elle porta à ses lèvres son gobelet de café en carton. Je me souvins de Josie me disant que si on s'asseyait près de la cascade, on pouvait se retrouver avec le dos trempé sans même s'en apercevoir, et je faillis le répéter à la mère. Mais quelque chose dans son attitude m'indiqua qu'elle ne souhaitait pas entendre ma voix pour l'instant.

Elle me dévisageait comme elle l'avait fait depuis le trottoir quand Rosa et moi étions en vitrine. Elle but son café sans me quitter des yeux un seul instant, jusqu'au moment où son visage occupa six boîtes à lui tout seul, ses yeux plissés reparaissant dans trois d'entre elles, chaque fois sous un angle différent. Elle dit enfin :

« Alors, ça te plaît ici ?

— C'est magnifique.

— Donc à présent tu as vu une vraie cascade.

— Je vous suis reconnaissante de m'avoir amenée ici.

— C'est curieux. J'étais juste en train de penser que tu n'avais pas l'air très contente. Je ne vois pas ton sourire habituel.

— Je m'excuse. Je ne voulais pas avoir l'air ingrate. Je suis très heureuse de voir la cascade. Mais je regrette peut-être aussi que Josie ne puisse pas être avec nous.

— Moi aussi. Ça me rend triste. » Puis elle ajouta : « Mais je ne me sens pas trop triste parce que *toi* tu es là.

— Merci.

— Peut-être que Melania avait raison. Peut-être que Josie aurait pu venir. »

Je me tus. La mère sirota son café et continua de me regarder.

« Qu'est-ce que Josie t'a raconté sur cet endroit ?

— Elle a dit que c'était beau et qu'elle avait toujours pris beaucoup de plaisir à y venir avec vous.

— Elle a dit ça ? Est-ce qu'elle t'a raconté que nous venions toujours ici avec Sal ? À quel point Sal aimait être ici ?

— Josie a mentionné sa sœur. » Je continuai : « J'ai vu la sœur de Josie sur la photographie. »

La mère me fixa si intensément que je crus avoir commis une erreur. Mais elle dit alors : « Je pense que je connais la photo dont tu parles. Celle avec nous trois assises là-bas. Je me souviens que Melania l'avait prise. Nous étions sur ce banc, juste là. Moi, Sal, Josie. Il y a un problème, Klara ?

— J'étais très triste d'apprendre que Sal était morte.

— Triste est une jolie façon de l'exprimer.

— Je suis désolée… Peut-être que je n'aurais pas dû…

— Ça ne fait rien. Ça fait longtemps qu'elle nous a quittés maintenant. Dommage que tu n'aies pas connu Sal. Différente de Josie. Josie dit toujours ce qu'elle pense. Peu lui importe de dire une bêtise. C'est agaçant quelquefois mais je l'aime pour cela. Sal n'était pas comme ça. Sal avait besoin de bien réfléchir avant de dire quoi que ce soit, tu comprends ? Elle était plus sensible. Peut-être qu'elle n'a pas géré sa maladie aussi bien que Josie.

— Je me demande… pourquoi Sal est morte. »

Les yeux de la mère changèrent et sa bouche prit un pli cruel.

« C'est quoi, cette question ?

— Je suis désolée. J'étais seulement curieuse de savoir…

— La curiosité ne fait pas partie de tes attributions.

— Je suis très désolée.

— En quoi est-ce que ça te regarde ? C'est arrivé, c'est tout. »

Au bout d'un long moment, le visage de la mère se radoucit.

« Je pense qu'il vaut mieux ne pas avoir emmené Josie aujourd'hui, dit-elle. Elle ne se sentait pas bien. Mais à présent que nous sommes assises ici, elle me manque. » Elle regarda autour d'elle et jeta un coup d'œil à la cascade. Puis elle se retourna et, m'ignorant, elle posa les yeux sur les passants, les chiens et les AA. « OK, Klara. Puisque Josie n'est pas là, je veux que tu sois Josie. Juste un petit moment. Puisque nous sommes là.

— Je suis désolée. Je ne comprends pas.

— Tu l'as fait pour moi une fois déjà. Le jour où nous t'avons prise au magasin. Tu n'as pas oublié ?

— Je m'en souviens, bien sûr.

— Je veux dire, tu n'as pas oublié comment faire. Marcher comme Josie.

— Je peux marcher à sa façon. En fait je la connais mieux maintenant, et je l'ai vue dans un plus grand nombre de situations, je serais donc en mesure de produire une imitation plus élaborée. Cependant…

— Cependant quoi ?

— Je suis désolée, je ne voulais pas dire cependant. »

La mère me regarda et elle dit : « Bien. Mais je n'allais pas te demander d'imiter cette démarche de toute manière. Nous sommes assises là toutes les deux. Un endroit agréable, une journée agréable. Et j'attendais avec impatience de m'y retrouver avec Josie. Alors je te le demande, Klara. Tu es intelligente. Si en ce moment même elle était ici à ta place, comment serait-elle assise ? Je ne pense pas qu'elle aurait la même position que toi.

— Non. Josie serait plutôt… comme ceci. »

La mère se pencha au-dessus de la table pour me voir de plus près et son visage remplit huit boîtes, laissant seulement les boîtes périphériques pour la cascade, et j'eus l'impression un instant que son expression variait d'une boîte à l'autre. Dans l'une d'elles, par exemple, ses yeux riaient cruellement, mais dans la suivante, ils étaient pleins de tristesse. Les bruits de la cascade, des enfants et des chiens s'estompèrent pour laisser place aux paroles de la mère.

« C'est bien. C'est très bien. Mais à présent je veux que tu bouges. Fais quelque chose. Continue d'être Josie. Bouge un peu pour me montrer. »

Je souris comme l'aurait fait Josie, prenant une posture décontractée, le dos avachi.

« C'est bien. Maintenant dis quelque chose. Je veux t'entendre parler.

— Je regrette. Je ne suis pas sûre…

— Non. Ça c'est Klara. Je veux Josie.

— Salut, maman. C'est Josie.

— Bien. Encore. Vas-y.

— Salut maman. Pas de quoi s'inquiéter, hein ? Je suis arrivée ici et je vais bien. »

La mère se pencha encore plus loin au-dessus de la table, et je vis de la joie, de la peur, de la tristesse, du rire dans les boîtes. Autour de nous tout était devenu silencieux, et je l'entendais répéter tout bas : « C'est bien, c'est bien, c'est bien.

— Je t'ai dit que j'y arriverais, continuai-je. Melania avait raison. Je n'ai aucun problème. Un peu fatiguée, c'est tout.

— Je suis désolée, Josie, dit la mère. Je suis désolée de ne pas t'avoir emmenée ici aujourd'hui.

— Ça ne fait rien. Je sais que tu étais inquiète pour moi. Je vais bien.

— J'aimerais que tu sois là. Mais tu n'es pas là. Je voudrais t'empêcher d'être malade.

— Ne t'inquiète pas, maman. Je vais guérir.

— Comment peux-tu dire une chose pareille ?

Qu'est-ce que tu en sais ? Tu n'es qu'une enfant. Une enfant qui aime la vie et qui croit que tout peut s'arranger. Qu'est-ce que tu en sais ?

— Ça ne fait rien. Maman, ne t'inquiète pas. Je vais bientôt aller mieux. Je sais aussi que ça va arriver.

— Quoi ? Qu'est-ce que tu racontes ? Tu crois en savoir plus long que les médecins ? Plus que moi ? Ta sœur aussi a fait des promesses. Mais elle n'a pas pu les tenir. Ne fais pas comme elle.

— Mais maman. Sal avait une autre maladie. Je vais guérir.

— OK, Josie. Alors dis-moi comment tu vas aller mieux.

— Il y a une aide spéciale qui va arriver. Quelque chose à quoi personne n'a encore pensé. Ensuite j'irai bien de nouveau.

— C'est quoi cette histoire ? Qui parle à présent ? »

À présent, dans une boîte après l'autre, je distinguais les pommettes de la mère qui saillaient sous la peau du visage.

« Je t'assure, maman. Je vais guérir.

— Ça suffit. Assez ! »

La mère se leva et s'éloigna. Je vis à nouveau la cascade, et son tumulte – ainsi que le brouhaha des voix derrière moi – redevint plus assourdissant que jamais.

La mère s'arrêta près de la rampe en bois qui marquait l'endroit où la terre s'arrêtait et où la cascade jaillissait. Je voyais la bruine en suspension dans l'air et je pensai qu'elle serait trempée en quelques secondes, mais elle ne bougea pas. Enfin, elle se retourna et agita la main.

« Klara. Viens jeter un coup d'œil. »

Je me levai du banc et j'allai vers elle. Elle m'avait appelée « Klara » et je sus que je n'avais plus besoin d'imiter Josie. Elle me fit signe de venir encore plus près.

« Viens jeter un coup d'œil. Tu n'as jamais vu de cascade. Alors regarde bien. Qu'en penses-tu ?

— C'est magnifique. Beaucoup plus impressionnant que dans le magazine.

— Très spécial, n'est-ce pas ? Je suis contente que tu l'aies vue. Maintenant rentrons. Je m'inquiète pour Josie. »

La mère resta silencieuse pendant tout le trajet jusqu'à la voiture. Elle marchait vite, toujours avec au moins quelques pas d'avance, et je devais veiller à ne pas commettre d'erreur en descendant le sentier abrupt. Lorsque nous passâmes devant l'endroit où nous avions vu le taureau, je scrutai le fond du champ, mais la terrible créature n'était visible nulle part, et je me demandai si on l'avait ramenée sous terre.

■

En atteignant la voiture, je me préparai à reprendre ma place habituelle, mais la mère dit :

« Mets-toi devant. Tu verras mieux. »

Je m'installai donc à côté d'elle et j'observai la même différence qu'entre le milieu du magasin et la vitrine. La route descendait entre les champs, le Soleil était visible au milieu des nuages, et je remarquai les grands arbres regroupés à sept ou huit sur l'horizon alors que l'espace était vide autour d'eux. La voiture suivait une longue ligne droite dans les terres, et je vis que ce que j'avais cru être un fragment du motif d'un champ lointain était en réalité un troupeau de moutons. Nous longeâmes un champ avec plus d'une quarantaine de bêtes, et je pus constater, malgré la vitesse de la voiture, que chaque animal respirait la bonté – au contraire du terrible taureau aperçu plus tôt. Mon regard se posa sur quatre moutons qui paraissaient encore plus doux que les autres. Alignés en rang d'oignons sur l'herbe, ils avaient l'air de faire un voyage. Mais je vis, même brièvement, qu'ils se tenaient très immobiles, mis à part les petits mouvements de leur bouche qui broutait l'herbe.

« Je te suis reconnaissante, Klara. Grâce à ta compagnie, je me suis sentie moins malheureuse.

— J'en suis très contente.

— Peut-être que nous pourrons recommencer de temps en temps. Si Josie est trop malade pour sortir. »

Je me tus, et elle ajouta : « Tu n'y vois pas d'inconvénient, Klara, n'est-ce pas ? À ce que nous faisions une autre promenade de ce genre ?

— Non, bien au contraire. Si Josie ne peut pas venir.

— Tu sais quoi ? Je pense que nous ferions

mieux de ne rien dire à Josie. Sur ce que tu as fait là-haut. En l'imitant. Elle pourrait mal le prendre. » Puis, au bout d'un autre moment, elle demanda : « Donc nous sommes d'accord ? Pas un mot à Josie à ce sujet.

— Comme vous voudrez. »

Je vis de nouveau les boîtes en métal dans le lointain, à notre droite cette fois. Je crus qu'elle en dirait un peu plus là-dessus, ou à propos du père, mais elle continua de conduire en silence, et ensuite le village de boîtes en métal disparut. Elle dit alors brusquement :

« Les enfants peuvent être blessants quelquefois. Ils croient que si on est un adulte, rien ne peut nous atteindre. Mais elle a mûri depuis que tu es là. Elle est devenue plus prévenante.

— J'en suis heureuse.

— C'est un changement notable. Elle est beaucoup plus attentive aux autres à présent. »

Je vis un arbre dont le tronc se composait de trois troncs minces entrelacés qui semblaient n'en faire qu'un. Je l'observai en détail au passage, me retournant sur mon siège pour le regarder plus longtemps.

« Ce que tu disais tout à l'heure, reprit la mère. Sur l'amélioration de son état. Sur une aide spéciale à venir. C'était juste pour parler, n'est-ce pas ?

— Vous devez m'excuser. Je sais que vous, le médecin et Gouvernante Melania, avez tous réfléchi à l'état de Josie, qui est très préoccupant. J'espère néanmoins qu'elle ira mieux très bientôt.

— Tu espères seulement ? Ou tu envisages quelque chose de plus concret ? Que nous n'aurions pas vu ?

— Je suppose… que c'est juste un espoir. Mais un espoir sincère. Je crois que Josie va bientôt aller mieux. »

Après cela, la mère se tut de longues minutes, les yeux fixés sur le pare-brise, l'air si absorbée par ses pensées que je me demandai si elle voyait la route. Puis elle dit doucement :

« Tu es une AA intelligente. Peut-être que tu peux voir des choses que nous autres ne voyons pas. Peut-être que tu as raison d'espérer. Peut-être que tu as raison. »

■

À notre retour, Josie n'était ni dans la cuisine ni dans le Plan Ouvert. La mère s'arrêta dans l'entrée pour parler tout bas avec Melania, et je compris que d'après Gouvernante, Josie s'était sentie bien pendant notre absence. La mère hochait la tête en l'écoutant, puis elle traversa le vestibule jusqu'au pied de l'escalier et appela sa fille. Quand Josie répondit avec un simple « OK », la mère resta immobile un bon moment. Puis elle haussa les épaules et se dirigea vers le Plan Ouvert. J'étais maintenant seule dans le vestibule, et je gravis l'escalier pour aller voir Josie. Elle était assise sur le tapis, adossée au lit, un carnet de croquis calé contre ses genoux repliés. Concentrée sur ce qu'elle dessinait avec son crayon, elle ne leva pas les yeux lorsque je la saluai. Éparpillées autour d'elle, il y avait d'autres feuilles arrachées à son carnet, certaines abandonnées après quelques traits rapides, d'autres très chargées.

« Je suis si heureuse que Josie se soit sentie bien, dis-je.

— Ouais, ça va. » Elle ne leva pas les yeux de son croquis. « Alors, c'était comment, l'excursion ?

— Merveilleux. Quel dommage que Josie n'ait pas pu venir.

— Ouais. Vraiment dommage. Tu as découvert la cascade ?

— Oui. C'était magnifique.

— Ça a plu à maman ?

— Je pense que oui. Bien sûr, elle a beaucoup regretté que Josie ne soit pas là. »

Elle regarda enfin vers moi, me lançant un rapide coup d'œil par-dessus son carnet de croquis, et je découvris dans ses yeux unc expression que je ne lui avais jamais vue auparavant. Je me souvins de la voix demandant à Josie, le jour de la réunion interactive, pourquoi elle n'avait pas choisi un B3, et de sa réponse, avec un rire : « Maintenant je commence à penser que j'ai eu tort. » Puis elle détourna le regard et se remit à dessiner. Je restai un long moment debout à l'entrée de la pièce. Je dis enfin :

« Si j'ai fait quelque chose qui a contrarié Josie, j'en suis très désolée.

— Tu ne m'as pas contrariée. Qu'est-ce qui te fait croire ça ?

— Alors nous sommes encore de bonnes amies ?

— Tu es mon AA. Donc nous devons être de bonnes amies, n'est-ce pas ? »

Mais il n'y avait aucun sourire dans sa voix. Il était clair qu'elle souhaitait être seule pour continuer de dessiner, donc je quittai la chambre, et je restai debout sur le palier.

TROISIÈME PARTIE

J'espérais que l'ombre de l'excursion à Morgan Falls serait dissipée le lendemain matin, mais je fus déçue, et la froideur de Josie perdura longtemps encore.

Plus déroutant fut le changement produit par Morgan Falls sur le comportement de la mère. J'avais cru que l'excursion s'était bien passée, et que l'atmosphère se réchaufferait entre nous. Mais la mère, comme Josie, devint plus distante, et si elle me rencontrait dans le vestibule ou sur le palier, elle ne me saluait plus comme avant.

Tout naturellement, les jours qui suivirent, je me demandai souvent pour quelle raison la réunion interactive n'avait laissé planer aucune ombre, alors que pour Morgan Falls, dont l'effet se révélait aussi désastreux, je m'étais conformée aux souhaits de Josie et de la mère. De nouveau me vint à l'esprit la possibilité que mes limites, au regard des performances d'un B3, avaient dû être une évidence ce jour-là, faisant regretter leur choix à Josie et à la mère. Dans ces conditions, je savais que la meilleure méthode serait de m'employer de toutes mes forces à être une bonne AA pour Josie jusqu'à ce que l'ombre se dissipe. D'ailleurs, je commençais à discerner à quel point les humains, dans leur désir d'échapper à la solitude, entamaient des manœuvres très complexes et insaisissables, et je compris que le contrôle des effets en cascade de l'excursion à Morgan Falls m'avait sans doute totalement échappé.

En fin de compte, j'eus très peu de temps pour m'attarder sur l'ombre de Morgan Falls car, quelques jours après la sortie, la santé de Josie se détériora.

■

Elle devint trop faible pour descendre le matin à l'heure du café rapide de la mère. Au lieu de cela, la mère montait dans la chambre et se tenait au-dessus de la forme endormie de Josie, le dos très droit, même quand elle buvait son café et regardait le lit.

Une fois la mère partie pour la journée, Gouvernante Melania prenait le relais, rapprochant le fauteuil du lit pour s'asseoir avec son oblong sur les genoux, posant les yeux tour à tour sur l'écran et sur Josie endormie. Un de ces matins-là, alors que je me tenais à l'entrée de la chambre, prête à apporter mon aide, Gouvernante Melania se retourna et dit :

« AA. Toujours dans mon dos. Moi flipper. Va dehors. »

Elle avait dit « dehors ». Je me tournai vers la porte avant de demander tout bas : « Excusez-moi, Gouvernante. Vous voulez dire en dehors de la maison ? »

« En dehors chambre, en dehors maison, peu importe ! Reviens vite si j'envoie signal. »

Je n'étais jamais sortie seule auparavant. Mais en ce qui concernait Gouvernante Melania, il était clair que je ne devais pas m'en priver. Je descendis prudemment l'escalier, l'excitation submergeant mon esprit malgré mon inquiétude au sujet de Josie.

Lorsque je mis un pied sur les cailloux, le Soleil était haut, mais paraissait las. J'hésitai à refermer la porte derrière moi, mais comme il n'y avait pas de passants, et parce que je ne voulais pas déranger Josie en faisant sonner le carillon à mon retour, je tirai la porte sans enclencher le mécanisme de verrouillage. Puis je m'avançai au-dehors.

À ma gauche je voyais le monticule herbeux où j'avais rencontré Rick en train de faire voler ses oiseaux. Après le monticule, il y avait la route que prenait la mère chaque matin – et que j'avais moi-même empruntée en direction de Morgan Falls. Mais je me détournai de ce paysage et je marchai dans le sens opposé, traversant les cailloux pour atteindre l'endroit d'où j'aurais une vue dégagée sur les champs derrière la maison.

Le ciel était pâle, immense. Les champs s'élevaient peu à peu dans le lointain, et je voyais la grange de M. McBain, même si je ne bénéficiais plus de la perspective qu'offrait la fenêtre de la chambre de Josie. Les brins d'herbe étaient plus distincts vus d'ici, mais je voyais à présent la maison de Rick au milieu du pré, ce qui changeait tout. Je me rendis compte que si la fenêtre de derrière avait été placée un tout petit peu plus à gauche, la maison de Rick aurait été visible depuis la chambre.

Je ne m'attardai pas sur le sujet, car j'étais une fois encore submergée par l'inquiétude que m'inspirait l'état de Josie, et en particulier par la question de savoir pourquoi le Soleil n'avait pas encore envoyé son aide spéciale, comme pour l'Homme Mendiant et son chien. Au début, j'avais compté sur l'aide du Soleil les jours où Josie s'était affaiblie, avant Morgan Falls. J'avais alors reconnu qu'il avait peut-être raison d'attendre à ce moment-là, mais aujourd'hui l'état de Josie s'était fortement aggravé, tant de choses demeuraient incertaines au sujet de son avenir, et j'étais déconcertée par ce retard prolongé.

J'avais déjà beaucoup réfléchi à cette question, et une fois seule dehors, si près des champs, avec le Soleil au-dessus de moi, je pus formuler plusieurs hypothèses. Je comprenais qu'en dépit de toute sa bonté le Soleil était très occupé ; que beaucoup d'autres gens que Josie avaient besoin de son attention ; que même le Soleil pouvait parfois laisser passer des cas individuels comme celui de Josie, surtout si elle semblait bien soignée par une mère, une gouvernante et une AA. Il me vint alors l'idée que pour qu'elle reçoive l'aide spéciale du Soleil, il serait peut-être nécessaire d'attirer son attention d'une façon notable.

Je marchai sur la terre molle jusqu'à la clôture du premier champ, et un portail en bois qui ressemblait à un cadre. Il suffisait, pour ouvrir le portail, de soulever la boucle du cordon accroché à son piquet, et je vis que je pouvais alors entrer dans le champ sans encombre. L'herbe du champ avait l'air très haute – et pourtant Josie et Rick, lorsqu'ils étaient petits, avaient réussi à la franchir jusqu'à la grange de M. McBain. Je voyais le début d'une piste non balisée, créée par les pieds des passants, et s'enfonçant dans les herbes, et je me demandai s'il me serait possible d'entreprendre le même voyage. Je pensai aussi à la fois où le Soleil avait offert son nutriment spécial à l'Homme Mendiant et son chien, et j'étudiai les différences entre cette situation et celle de Josie. D'abord, beaucoup de passants connaissaient l'Homme Mendiant, et lorsqu'il avait été pris de faiblesse, il se trouvait dans une rue animée, où les chauffeurs de taxi et les coureurs pouvaient le voir. N'importe quel passant aurait pu attirer l'attention du Soleil sur son état et celui de son chien. Plus important encore, je me souvins de ce qui s'était produit juste avant que le Soleil eût donné son nutriment spécial à l'Homme Mendiant. La machine Cootings avait fabriqué son horrible pollution, obligeant le Soleil à se retirer quelque temps, et c'était pendant l'ère toute neuve qui avait suivi le départ de l'effroyable machine que le Soleil, soulagé et rayonnant de bonheur, avait accordé son aide spéciale.

Je restai un moment devant le portail en forme de cadre, regardant l'herbe se pencher d'un côté, puis de l'autre, me demandant quels autres chemins s'y cachaient et comment je pouvais sauver Josie de sa maladie. Mais je n'étais pas encore habituée à être seule dehors, et je commençai à me sentir désorientée. Je tournai le dos aux champs et je repris le chemin de la maison.

■

Le Dr Ryan fit des visites fréquentes durant cette période où Josie passait une bonne partie de ses journées à dormir. Le Soleil déversait son nutriment quotidien, déposant son motif sur la forme assoupie, mais aucun signe de son aide spéciale ne se manifestait. Pourtant, cette fois encore, le Soleil avait peut-être eu raison d'attendre, car Josie reprit peu à peu des forces, jusqu'au moment où elle put enfin s'asseoir dans son lit.

Le Dr Ryan lui avait recommandé de ne pas reprendre ses cours d'oblong, et à présent il y avait des jours où, calée au milieu de ses oreillers, elle prenait son carnet de croquis et créait un grand nombre de dessins avec ses crayons pointus. Chaque fois qu'elle en terminait un, ou décidait de l'abandonner, elle le déchirait et le jetait en l'air, le laissant flotter jusqu'au tapis, et mon travail consistait alors à ramasser ces feuilles pour en faire des tas réguliers.

Lorsque le Dr Ryan espaça ses visites, Rick vint plus souvent. Gouvernante Melania s'était toujours méfiée de lui, mais elle put constater elle aussi que sa venue mettait Josie de bonne humeur. Elle l'autorisa donc à la voir, insistant pour qu'il ne reste pas plus d'une demi-heure. Le premier après-midi où il fut introduit dans la chambre, je fis mine de sortir pour ne pas troubler leur intimité, mais Gouvernante Melania m'arrêta sur le palier, chuchotant : « Non, AA ! Reste là. Pas de galipettes, tu entends ? »

Je pris donc l'habitude de rester pendant les visites de Rick, qui me faisait de temps à autre les gros yeux pour me chasser, et ne s'adressait jamais à moi, même pour dire bonjour ou au revoir. Si Josie m'avait fixée de cette façon, je serais partie malgré les recommandations de Gouvernante Melania. Elle semblait heureuse de ma présence – j'eus l'impression que cela lui inspirait du réconfort – mais jamais elle ne m'incluait dans leurs conversations.

Je faisais de mon mieux pour ne pas troubler leur intimité, aussi je restais assise sur le canapé Bouton, le regard posé sur les champs. Je ne pouvais m'empêcher d'entendre ce qui se disait derrière moi, et même s'il me venait parfois à l'esprit que je n'aurais pas dû écouter, je me souvenais que j'avais le devoir d'en apprendre le plus possible sur Josie, et que de cette manière je pourrais recueillir de nouvelles observations inaccessibles autrement.

À cette période, les visites de Rick dans la chambre se répartirent en trois phases. Au cours de la première, il jetait des regards inquiets autour de lui en arrivant et se comportait pendant les trente minutes comme si le moindre mouvement intempestif de sa part risquait d'endommager le mobilier. Ce fut dans cette phase qu'il prit l'habitude de s'asseoir sur le sol devant la garde-robe moderne, le dos appuyé aux portes. Depuis le canapé Bouton, je voyais leurs reflets dans la fenêtre : Rick et Josie, lui par terre, elle perchée dans son lit, donnant presque l'impression qu'ils étaient assis côte à côte.

Pendant cette première phase, il régnait une atmosphère paisible, et souvent, les trente minutes se déroulaient sans que fût prononcée une parole sérieuse. Les enfants partageaient souvent des souvenirs de l'époque où ils étaient plus jeunes, et ils échangeaient des plaisanteries à ce sujet. Il suffisait d'un mot ou d'une référence pour raviver un tel souvenir, ensuite ils s'y immergeaient totalement. À ces moments-là ils conversaient dans une langue qui ressemblait à un code, et je crus que c'était à cause de ma présence, mais je ne tardai pas à comprendre que c'était dû à une familiarité avec la vie de l'autre, et qu'ils n'avaient nulle intention de me cacher quelque chose.

Au début, Josie ne dessinait pas quand Rick lui rendait visite. Mais quand l'atmosphère devint plus détendue, elle consacra souvent la totalité des trente minutes à faire des croquis, arrachant les feuilles à mesure, et les laissant flotter vers lui. Ce fut ainsi – très innocemment au début – que le jeu de bulles commença.

La séance du jeu de bulles marqua le début de la phase suivante des visites de Rick. Ils avaient sans doute inventé ce jeu longtemps auparavant, au cours de leur enfance. En tout cas, lorsqu'ils se mirent à y jouer cette fois-ci, ils n'eurent pas besoin d'en rappeler les règles. Josie se contenta de lancer ses croquis à Rick sans interrompre le fil de leur conversation, et il finit par en examiner un, disant :

« OK. C'est le jeu de bulles ?

— Si tu veux. Seulement si tu veux bien, Rick.

— Je n'ai pas de crayon. Lance-moi un des noirs.

— J'ai besoin de tous les crayons noirs. C'est qui l'artiste, d'après toi ?

— Comment veux-tu que j'écrive les bulles si tu me prêtes pas un crayon ? »

Même le dos tourné, je n'eus pas de difficultés à deviner les grandes lignes du jeu, et une fois Rick parti au bout d'une demi-heure, je pouvais étudier les pages que je ramassais sur le sol. Je commençai ainsi à apprécier l'importance croissante de ce jeu pour Rick et Josie.

Les dessins de Josie étaient habiles, représentant d'ordinaire une, deux ou parfois trois personnes, dont les têtes étaient délibérément trop grosses pour leurs corps. Pendant ces premières visites, les visages étaient empreints de gentillesse, et dessinés uniquement avec des crayons noirs pointus, tandis que pour les épaules, les corps et le cadre, Josie avait utilisé des crayons de couleur pointus. Sur chaque image, elle laissait une bulle vide planer au-dessus d'une tête ou d'une autre – parfois deux bulles sur deux têtes – pour que Rick y écrive des mots. Je compris très vite que même si les visages ne ressemblaient pas à ceux de Rick ou de Josie, dans le cadre de ce jeu, toutes sortes de filles pouvaient représenter Josie, et tous les garçons pouvaient être l'image de Rick. De même, d'autres silhouettes représentaient sans doute différentes personnes de la vie de Josie – la mère, par exemple, ou les enfants de la réunion interactive, et d'autres gens que je n'avais pas rencontrés. Il m'était difficile de comprendre à qui correspondaient la plupart des visages, mais Rick n'avait apparemment aucun problème de ce genre. Il ne demandait jamais de précisions au sujet des dessins qui flottaient vers lui, et il écrivait les mots à l'intérieur des bulles sans la moindre hésitation.

Je compris bientôt que ces mots exprimaient les pensées, et parfois le langage, des personnages des dessins, et que la tâche comportait un risque. Dès le début, je craignis qu'un dessin de Josie, ou une bulle écrite par Rick, ne crée des tensions. Mais pendant cette phase, le jeu de bulles parut être source de joie et de réminiscences, et je voyais Rick et Josie se refléter dans la vitre, riant et pointant leurs index l'un vers l'autre. S'ils s'étaient concentrés uniquement sur leur jeu comme au début – et avaient orienté leur conversation sur les dessins et rien d'autre – peut-être que les tensions ne se seraient pas insinuées dans leur relation. Mais Josie continua de dessiner, et Rick de remplir les bulles, et ils se mirent à aborder des sujets sans aucun rapport avec les dessins.

Un après-midi ensoleillé, où le motif du Soleil touchait les pieds de Rick alors qu'il était assis contre la garde-robe moderne, Josie dit :

« Tu sais, Ricky, je me demande si tu deviens jaloux. C'est cette façon que tu as de me poser toujours des questions sur ce portrait.

— Je ne comprends pas. Tu veux dire que tu fais un vrai portrait de moi ?

— Non, Ricky. Je parle de ta façon de mettre *mon* portrait sur le tapis. Celui que fait ce type en ville.

— Ah, ça. Eh bien, j'y ai fait allusion une fois, oui, c'est vrai. On ne peut pas dire que j'en parle tout le temps.

— Tu le fais sans arrêt. Hier à peine, à deux reprises. »

La main de Rick cessa d'écrire, mais il ne leva pas les yeux.

« Je suis curieux, je suppose. Pourquoi je serais jaloux parce qu'on fait ton portrait ?

— Ça paraît stupide. Mais c'est vraiment l'impression que tu donnes. »

Ils restèrent silencieux quelques instants, poursuivant leurs tâches respectives. Puis Rick répondit :

« Je ne dirais pas que je suis jaloux. Je suis préoccupé. Ce type, cet artiste. Tout ce que tu racontes sur lui… c'est *glauque.*

— Il fait juste mon portrait, c'est tout. Il est toujours respectueux, toujours soucieux de ne pas me fatiguer.

— Y a un truc pas net. Tu dis que je reviens toujours là-dessus. Eh bien, c'est parce que chaque fois que j'aborde le sujet, tu dis encore quelque chose qui me fait penser : Bon sang, ça devient trop glauque.

— En quoi c'est glauque ?

— D'abord, tu es allée dans son atelier, quoi, quatre fois ? Mais il ne te montre jamais rien. Pas de croquis, rien. Tout ce qu'il fait, apparemment, c'est des photos en gros plan. Tel morceau de toi, tel autre morceau de toi. C'est vraiment comme ça que les artistes travaillent ?

— Il préfère les photos parce que ça me permet de ne pas m'épuiser en gardant la pose des heures, à l'ancienne. Du coup je ne reste pas plus de vingt minutes chez lui pour chaque séance. Il prend les photos dont il a besoin étape par étape. Et maman est toujours là. Écoute, ma mère n'engagerait pas un pervers pour faire mon portrait, hein ? »

Rick ne réagit pas. Puis Josie continua :

« Je pense que ça c'est une forme de jalousie, Ricky. Mais tu sais quoi ? Ça ne me dérange pas. Ça montre que tu as la bonne attitude. Tu es mon protecteur. Ça montre que tu penses à notre plan. Alors ne t'inquiète pas.

— Je ne suis pas inquiet. C'est une accusation vraiment ridicule.

— Ce n'est pas une accusation. Je ne dis pas que c'est sexuel ou quoi que ce soit. Je dis que ce portrait fait juste partie du vaste monde, et que tu crains qu'il ne vienne en travers de notre chemin. Quand je dis que tu es jaloux, c'est seulement dans ce sens.

— D'accord. »

Leur « plan », quoique très souvent évoqué, était rarement discuté en détail. Néanmoins, ce fut pendant cette phase encore paisible des visites que je commençai à élaborer une analyse cohérente sur la base de leurs diverses remarques. Je finis par comprendre que ce plan n'avait pas du tout été mis au point avec soin, mais que c'était seulement un vague projet d'avenir. Je me rendis compte aussi de ce que ce plan signifiait pour mes propres objectifs ; car à mesure que l'avenir se déploierait, même si la mère, Gouvernante Melania et moi pourrions rester constamment aux côtés de Josie, elle n'échapperait pas à la solitude.

■

Alors vint un moment où le jeu de bulles cessa de provoquer des rires et inspira de la peur et de l'incertitude. Aujourd'hui, avec le recul, je pense que cela marque la troisième et dernière phase des visites de Rick à cette période.

Il est à présent difficile d'établir lequel des deux modifia l'ambiance le premier. Dans les phases du début, les croquis de Josie étaient souvent créés à dessein pour rappeler des incidents amusants ou joyeux qu'ils avaient partagés dans le passé. C'était la raison pour laquelle Rick pouvait remplir les bulles rapidement et sans hésitation. Il y eut ensuite un changement dans les réactions de Rick lorsque les feuilles flottaient jusqu'à lui. De plus en plus, il les fixait de longs moments en soupirant ou en fronçant les sourcils. Puis, quand il écrivait ses mots, il le faisait lentement et d'une manière plus concentrée, souvent sans répondre à Josie avant d'avoir terminé. Et les réactions de Josie, une fois que Rick lui avait rendu les feuilles, devenaient difficiles à prévoir. Parfois elle examinait une feuille, le regard vide, avant de la glisser sous ses draps sans commentaire. Ou bien elle envoyait promener sur le sol un dessin achevé, hors de portée de Rick.

De temps à autre, l'humeur retrouvait sa légèreté d'avant, et ils riaient ou discutaient d'un ton amical. Mais de plus en plus, soit le dessin de Josie, soit les mots de Rick provoquaient un échange hostile. Même ainsi, l'atmosphère était le plus souvent redevenue conviviale lorsque Gouvernante Melania appelait à la fin des trente minutes.

■

Une fois, Rick tendit la main pour prendre une feuille, il l'examina attentivement, puis posa son crayon pointu. Il continua de le regarder un moment, et Josie, le remarquant depuis son lit, s'arrêta de dessiner.

« Qu'est-ce qu'il y a, Rick ?

— Hum. Je me demande ce que ces gens sont censés être.

— Ils ressemblent à quoi ?

— Ces personnages autour d'elle. Je dois en conclure que ce sont des extraterrestres ? On dirait qu'à la place de la tête, ils ont… un globe oculaire géant. Je suis désolé si j'ai tout compris de travers.

— Tu n'as rien compris de travers. » Il y avait de la froideur dans sa voix, mais aussi une petite peur. « Enfin, pas vraiment. Ce ne sont pas des extraterrestres. Ils sont juste… comme ça.

— D'accord. C'est une tribu du globe oculaire. Mais ce qui est assez troublant, c'est la manière dont ils la regardent tous.

— Qu'est-ce que ça a de troublant ? »

Le silence se prolongea derrière moi, et dans le reflet de la fenêtre, je vis que Rick continuait de fixer la feuille.

« Donc, demanda encore Josie, qu'est-ce qu'il y a de troublant ?

— Je ne sais pas. Il y a une bulle géante que tu as dessinée pour elle aussi. Je ne sais pas quoi écrire.

— Écris ce qu'elle pense selon toi. Comme pour les autres. »

Il y eut un autre silence. À cause du Soleil sur la vitre, il m'était difficile de voir les reflets, et je fus tentée de me retourner, au risque de faire intrusion dans leur intimité. Mais avant que je me décide, Rick répondit :

« Leurs yeux sont vraiment très bizarres. Et plus bizarre encore, elle donne l'impression d'avoir envie qu'ils continuent de la regarder.

— C'est débile, Rick. Pourquoi elle aurait envie d'une chose pareille ?

— Je ne sais pas. À toi de me le dire.

— Comment je le saurais ? » Le ton de sa voix était agacé à présent. « Qui est chargé de rédiger les bulles ?

— Elle a un sourire en coin. Comme si ça lui plaisait en secret.

— Non, Ricky, c'est faux. C'est trop tordu.

— Je suis désolé. Je dois l'interpréter de travers.

— En effet, tu l'interprètes de travers. Alors dépêche-toi et écris sa bulle. Voici le suivant, presque terminé. Rick ? Tu es là ?

— Je propose de laisser tomber celle-ci.

— Tu plaisantes ! »

Le Soleil s'était retiré, et je vis dans la vitre le reflet de Rick lâchant le croquis qui se déposa sur le tas de feuilles s'accumulant en désordre près du lit de Josie.

« Je suis déçue, Rick.

— Alors ne fais pas de dessins comme celui-là. »

Il y eut encore un silence. Je voyais Josie sur le lit, feignant d'être absorbée par le croquis suivant. Je ne distinguais plus très bien Rick dans le reflet, mais je savais qu'il restait très immobile, appuyé contre la garde-robe moderne, et fixait la fenêtre du fond derrière moi.

■

Après le départ de Rick, Josie était habituellement fatiguée, elle jetait ses crayons pointus, son carnet de croquis et les pages volantes, et se tournait sur le ventre pour se reposer. À ces moments-là, je quittais le canapé Bouton pour ramasser les divers objets éparpillés sur le sol, et je pouvais alors voir ce qu'ils s'étaient raconté pendant la visite.

Josie, même avec la joue posée sur l'oreiller, ne dormait pas vraiment, et elle continuait souvent de faire des remarques les yeux fermés. Donc elle savait parfaitement que j'examinais les dessins tout en les rassemblant, et de toute évidence, elle n'y voyait pas d'inconvénient. En fait, elle souhaitait sans doute que je regarde chacun d'entre eux.

Une fois, tout en effectuant ce rangement, je pris une feuille au hasard, et d'un bref coup d'œil, je compris aussitôt que les deux visages-clés du dessin étaient censés représenter Missy et la fille aux longs bras de la réunion interactive. Il y avait, bien sûr, différentes inexactitudes, mais l'intention de Josie était claire. Les sœurs étaient devant, l'air méchant, tandis que d'autres visages moins achevés se pressaient autour d'elle. Et malgré l'absence de détails d'ameublement, je sus que le cadre était le Plan Ouvert. Sans l'énorme bulle au-dessus d'elle, il aurait été facile de ne pas remarquer la petite créature insignifiante coincée entre les sœurs. Au contraire de l'Image Missy et de l'Image Fille-aux-Longs-Bras, cette créature était dénuée des traits humains tels que le visage, les épaules et les bras, et ressemblait à l'une des taches d'eau qui se formaient à la surface de l'îlot près de l'évier. En fait, sans la bulle suspendue au-dessus, un passant n'aurait même pas deviné que cette forme était supposée représenter quelqu'un. Les sœurs ignoraient totalement la Personne Tache d'Eau, malgré sa proximité. À l'intérieur de la bulle, Rick avait écrit :

« Ces petits génies pensent que je n'ai pas de forme. Mais c'est faux. En fait, je la tiens cachée. Qui voudrait la leur montrer ? »

J'entrevis ce dessin à peine une seconde, mais Josie comprit que je l'avais remarqué, et elle dit d'une voix endormie :

« Tu ne trouves pas que c'est une remarque bizarre de sa part ? »

Je laissai échapper un petit rire, continuant de ranger, et elle poursuivit :

« Tu crois qu'il pense que c'est lui ? Le petit

bonhomme entre les deux méchantes ? Tu crois que c'est pour ça qu'il a écrit cette bulle ?

— C'est possible.

— Mais tu ne le penses pas. Hein, Klara ? » Puis elle dit : « Klara, tu m'entends ? Allons. Tu as bien quelque chose à dire là-dessus ?

— Il est sans doute plus vraisemblable que la petite personne soit Josie. »

Elle ne dit rien d'autre pendant que je rangeais en tas les différentes feuilles pour les placer avec les dessins précédents dans un espace au-dessous de la coiffeuse. Je crus qu'elle s'était endormie quand elle demanda brusquement :

« Qu'est-ce qui te fait croire ça ?

— Ce n'est qu'une supposition. À mon avis, Rick a pensé que la petite personne était Josie. Et je suis persuadée que Rick essayait d'être gentil.

— Gentil ? En quoi c'est gentil ?

— Je crois que Rick s'inquiète pour Josie. Car elle semble parfois changer d'une situation à l'autre. Mais dans ce dessin, Rick fait preuve de gentillesse. Parce qu'il laisse entendre que Josie a l'intelligence de se protéger, et ne change pas vraiment.

— Et si j'ai quelquefois envie de me comporter autrement ? Qui voudrait être tout le temps pareil ? Le problème avec Rick, c'est qu'il prend un ton accusateur quand je m'exprime d'une manière qui ne lui plaît pas. Il veut que je reste comme j'étais quand nous étions petits.

— Je ne pense pas que Rick souhaite vraiment cela.

— Alors c'est quoi, tout ça ? Ce truc sans forme qui se cache ? Je ne vois pas ce qu'il y a de gentil là-dedans. C'est le problème de Rick. Il ne veut pas grandir. C'est le souhait de sa mère et il s'en accommode. L'idée, c'est qu'il habite chez sa mère pour toujours. En quoi ça va aider notre plan ? Chaque fois que je fais mine de grandir, il se fâche. »

Je ne répondis rien à cela, et Josie resta allongée les yeux fermés. Elle s'endormit alors, mais juste avant de s'assoupir, elle dit tout bas :

« Peut-être. Peut-être qu'il voulait écrire quelque chose de gentil. »

Je me demandai si Josie aborderait le sujet de ce dessin particulier – et les mots à l'intérieur de la bulle – pendant la visite suivante de Rick. Mais elle ne le fit pas, et je me rendis compte qu'il existait entre eux une sorte de règle imposant de ne parler ouvertement d'aucun des dessins ou mots de bulles une fois qu'ils étaient achevés. Peut-être qu'un tel accord était nécessaire pour leur permettre de dessiner et d'écrire librement. Même ainsi, comme je l'ai dit, j'avais considéré dès le début que leur jeu de bulles était une source de danger, et ce fut ce qui provoqua la fin soudaine des visites de Rick.

■

C'était un après-midi pluvieux, mais les motifs du Soleil pénétraient encore faiblement dans la chambre. Il y avait eu alors une succession de visites assez détendues, et l'humeur de cette journée avait aussi été très confortable. Puis, douze minutes après le début de cette visite – ils jouaient de nouveau au jeu de bulles – Josie dit depuis son lit :

« Qu'est-ce qui se passe là-dessous ? Tu n'as pas encore fini ?

— Je réfléchis encore.

— Ricky, l'idée c'est que tu ne dois pas réfléchir. Tu écris la première chose qui te vient à l'esprit.

— D'accord. Mais celui-ci exige plus de réflexion.

— Pourquoi ? Qu'est-ce qu'il a de différent ? Dépêche-toi. J'ai presque terminé le suivant. »

Dans les reflets de la fenêtre, je voyais Rick à sa place habituelle sur le sol, les genoux repliés afin d'y appuyer le dessin, les mains posées de chaque côté. Il fixait l'image avec une expression perplexe. Au bout d'un moment, sans s'arrêter de dessiner, Josie dit :

« Tu sais, j'ai toujours voulu te demander. Pourquoi ta mère ne veut plus conduire ? Vous avez encore la voiture, non ?

— Personne ne l'a démarrée depuis des années. Mais oui, elle est encore dans le garage. Quand j'aurai mon permis, je la ferai peut-être réviser.

— C'est parce qu'elle a peur des accidents ?

— Josie, on en a déjà parlé.

— Oui, mais je ne m'en souviens pas. C'est parce qu'elle a eu trop peur ?

— Quelque chose comme ça.

— Ma mère, c'est tout le contraire. Elle conduit beaucoup trop vite. » Il ne réagit pas, et elle demanda : « Ricky, tu n'as encore rien écrit dans cette bulle ?

— Je vais m'y mettre. Laisse-moi une minute.

— Ne pas conduire c'est une chose. Mais ça ne dérange pas ta mère de ne pas avoir d'amis ?

— Elle a des amies. Cette Mme Rivers vient tout le temps. Et elle est amie avec ta mère, je me trompe ?

— Ce n'est pas exactement ce que je veux dire. N'importe qui peut avoir un ou deux amis *individuels*. Mais ta mère, elle n'a pas de *vie sociale*. Ma propre mère n'a pas beaucoup d'amis non plus. Mais elle a une vie sociale.

— Une vie sociale ? Ça paraît bien désuet. Ça veut dire quoi ?

— Ça veut dire que tu rentres dans un magasin ou que tu montes dans un taxi et que les gens te prennent au sérieux. Qu'ils te traitent bien. Avoir une vie sociale. C'est important.

— Écoute, Josie, tu sais que ma mère ne va pas toujours très bien. C'est pas comme si elle l'avait décidé.

— Pourtant elle prend des décisions. D'abord, elle a pris une décision à propos de *toi*. Il y a longtemps.

— Je ne sais pas pourquoi on parle de ça.

— Tu sais ce que je pense, Ricky ? Arrête-moi si c'est injuste. Je pense que ta mère n'est jamais allée de l'avant avec toi parce qu'elle voulait te garder pour elle. Et maintenant c'est trop tard.

— Je ne vois pas pourquoi nous en parlons. Et quelle importance ? De toute façon, qui a envie de cette vie sociale ? Rien de tout ça ne doit nous empêcher de faire quoi que ce soit.

— Bien sûr que si, Ricky. D'abord, ça retarde notre plan.

— Écoute, je fais de mon mieux...

— Non, sûrement pas, Ricky. Tu parles tout le temps de notre plan, mais tu fais quoi en réalité ? Chaque jour qui passe on prend de l'âge, et des tas de choses continuent d'arriver. Je donne le maximum, mais pas toi, Rick.

— Alors je dois faire quoi, d'après toi ? Assister à d'autres réunions interactives ?

— Tu pourrais au moins essayer encore. Te conformer à ce qu'on a dit. Étudier plus dur. Poser ta candidature à Atlas Brookings.

— À quoi bon parler d'Atlas Brookings ? Je n'ai pas la moindre chance.

— Bien sûr que tu as une chance, Ricky. Tu es brillant. Même ma mère dit que tu as une chance.

— Une chance en théorie. Atlas Brookings peut en faire toute une montagne, mais c'est moins de deux pour cent. C'est tout. Leur admission de nonrelevés est inférieure à deux pour cent.

— Mais tu es plus intelligent que n'importe

lequel des autres nonrelevés qui essaient d'être admis. Alors pourquoi ne pas te lancer ? Je vais te le dire. C'est parce que ta mère veut que tu restes avec elle pour toujours. Elle ne veut pas que tu partes à l'université et que tu deviennes un adulte à part entière. Hé, tu n'as pas encore terminé là-dessous ? Le suivant est prêt. »

Rick se taisait, fixant l'image. Josie, malgré son annonce, continua de peaufiner son dessin.

« De toute manière, poursuivit-elle, comment ça va fonctionner ? Notre plan, je veux dire. Comment ça va se passer si j'ai une vie sociale et pas toi ? Ma mère conduit trop vite. Mais au moins elle a du courage. Ça tourne mal avec Sal, mais après, elle trouve le courage de tout recommencer avec moi et d'aller de l'avant. Ça demande du courage, non ? »

Rick se pencha brusquement et se mit à écrire sur le dessin. Il utilisait souvent un magazine pour s'y appuyer, mais cette fois je vis que la page était posée directement sur sa cuisse, et se froissait déjà. Il continua d'écrire d'une main rapide, puis il se leva, laissant tomber son crayon pointu sur le sol. Au lieu de tendre le dessin à Josie, il le jeta en direction du lit, où il atterrit sur la couette posée devant elle. Ensuite il recula jusqu'à la porte, sans cesser de l'observer avec de grands yeux où se lisaient à la fois la colère et la peur. Josie se tourna vers lui, l'air surpris. Elle posa son crayon pointu et tendit la main vers la feuille. Elle la fixa un long moment sans expression pendant que Rick l'observait depuis le seuil.

« Je ne peux pas croire que tu aies écrit ça, dit-elle enfin. Pourquoi faire une chose pareille ? »

Je me retournai sur le canapé Bouton, estimant que la tension avait atteint un degré qui ne pouvait plus justifier une intimité totale. Peut-être Rick avait-il oublié ma présence, car mon mouvement parut le décontenancer. Son regard se posa sur moi une seconde, encore plein de colère et de peur, puis il quitta la pièce sans un mot. Nous écoutâmes ses pas dans l'escalier.

Une fois que le bruit de la porte d'entrée eut retenti, Josie bâilla, jeta au bas du lit tout son matériel et s'allongea sur le ventre, comme si la visite s'était terminée de la même façon que toutes les autres.

« Il est si épuisant quelquefois », dit-elle contre son oreiller.

Je me levai du canapé Bouton et je commençai à ranger la chambre. Josie gardait les yeux fermés et ne dit rien d'autre, mais je vis qu'elle ne s'était pas endormie. Je poursuivis ma tâche et, naturellement, je jetai un coup d'œil à la feuille qui avait causé cette tension.

Comme prévu, le dessin présentait des versions de Josie et de Rick. Il y avait beaucoup d'inexactitudes, mais assez de ressemblances pour ne laisser aucun doute sur l'identité des personnages. Image Josie et Image Rick avaient l'air de flotter dans le ciel, très au-dessus des arbres, des routes et des maisons en miniature tout en bas. Derrière eux, dans une partie du ciel, sept oiseaux volaient en formation. Image Josie tenait des deux mains un oiseau beaucoup plus grand, l'offrant à Image Rick comme un cadeau spécial. Image Josie avait un grand sourire, et Image Rick un air de stupéfaction ravie.

Il n'y avait pas de bulle pour Image Rick. La seule visible était consacrée aux pensées d'Image Josie, et Rick avait écrit à l'intérieur :

« Je voudrais pouvoir sortir, marcher, courir, faire du skate et nager dans les lacs. Mais je ne peux pas parce que ma mère a du Courage. Alors au lieu de cela je dois rester au lit et être malade. J'en suis très heureuse, vraiment. »

J'ajoutai ce dessin à la collection que je rassemblais dans mes mains, prenant soin de ne pas la glisser trop haut dans la pile. Josie se taisait, immobile, les yeux fermés, mais je savais qu'elle ne dormait pas. Avant Morgan Falls, je lui aurais peut-être parlé à ce moment-là, et elle aurait répondu en toute honnêteté. Mais les choses avaient changé entre nous, et je décidai de me taire. Je m'approchai de la coiffeuse et je me baissai pour ranger cette dernière pile en dessous, à côté des autres.

■

Rick ne réapparut ni le lendemain ni le surlendemain. Mais quand Gouvernante Melania demanda : « Garçon parti ? Malade ? », Josie se contenta de hausser les épaules et ne répondit pas.

Les jours passèrent, Rick ne revenait pas,

Josie devint plus silencieuse encore et fit en sorte de me tenir à l'écart. Elle dessinait au lit, comme avant, mais, sans Rick et le jeu de bulles, son enthousiasme retombait aussitôt et elle jetait souvent des dessins inachevés sur le sol, puis s'étirait et fixait le plafond.

Un après-midi où elle était allongée dans cette position, je lui dis : « Si vous le souhaitez, Josie, nous pourrions jouer au jeu de bulles. Si Josie veut bien faire les dessins, je m'efforcerai de trouver les mots appropriés. »

Elle continua de regarder en l'air. Puis elle se tourna et répondit : « Écoute. Ça ne marchera pas. Ça m'est égal que tu entendes les conversations. Mais il est hors de question que tu écrives à la place de Rick. Absolument hors de question.

— Je vois. Je suis désolée. Je n'aurais pas dû suggérer…

— Non. Tu n'aurais pas dû. »

Le temps passait, Rick ne revenait pas, Josie devint léthargique, et je craignis que son état ne s'aggrave de nouveau. C'était le moment idéal pour que le Soleil envoie son aide spéciale, et lorsque son motif changeait dans la chambre, ou quand il reparaissait dans le ciel après un passage nuageux, je l'observais avec une attention particulière. Il continuait de délivrer son nutriment habituel, mais son aide spéciale ne venait pas.

■

Un matin, je remontai dans la chambre après avoir rapporté son plateau de petit déjeuner, et je la trouvai calée contre ses oreillers, occupée à dessiner avec une ardeur qui rappelait son enthousiasme d'avant. Elle avait aussi une expression sérieuse que je ne lui avais jamais vue quand elle travaillait à un dessin, et lorsque j'essayai de faire la conversation, elle ne répondit pas. Comme je m'approchais du lit en rangeant la pièce, elle rectifia sa posture pour m'empêcher de voir sa feuille.

Au bout d'un moment elle arracha la page, la roula en boule, et la jeta dans un repli de sa couette, entre elle et le mur. Elle commença alors un dessin tout neuf, les yeux grands ouverts, l'air tendue. Je m'assis sur le canapé Bouton, face à elle cette fois-ci, pour lui faire savoir que j'étais disposée à converser si elle le souhaitait.

Au bout d'une heure environ, elle reposa son crayon pointu et contempla son dessin un instant.

« Klara ? Tu vois le tiroir du bas, à gauche ? Tu peux me prendre une grande enveloppe renforcée ? »

J'étais accroupie devant le tiroir quand je vis Josie lever de nouveau son crayon pointu, et d'après ses mouvements, je sus qu'elle ne dessinait plus mais écrivait des mots. Puis elle plia le dessin au milieu, glissant une feuille blanche entre les moitiés pour éviter les bavures, elle prit l'enveloppe que je tenais et y glissa le dessin avec soin. Retirant la fine bande de papier, elle la ferma, appuyant sur le bord pour plus de sûreté.

« Voilà une bonne chose de faite », dit-elle, tournant l'enveloppe dans ses mains comme si cela lui apportait du réconfort. Mais quand je fis mine de m'éloigner du lit, elle me la tendit brusquement. « Tu peux la ranger dans le même tiroir ? En bas à gauche ?

— Bien sûr », répondis-je en la prenant, mais je ne la déposai pas tout de suite dans le tiroir. Au lieu de cela je restai au milieu de la pièce, l'enveloppe dans les mains, et je regardai Josie. « Je me demande si ce dessin est un cadeau spécial pour Rick.

— Qu'est-ce qui te fait dire ça ?

— C'était juste une hypothèse.

— Eh bien, ton hypothèse est juste. Je voulais le donner à Rick. La prochaine fois qu'il viendra. »

Elle m'observa en silence, et je me demandai si elle était juste impatiente de me voir placer l'enveloppe dans le tiroir selon son désir, ou si elle attendait que je fasse un autre commentaire sur Rick et ses visites. À la fin je dis :

« Peut-être qu'il reviendra bientôt.

— Peut-être que oui. Mais aucun signe ne l'indique.

— Je pense que Rick sera content de voir le dessin. Il saura que Josie l'a fait avec un soin particulier.

— Je n'y ai consacré aucun soin particulier. »

Elle me lança un regard furieux. « J'en ai eu assez et j'ai fait un autre dessin. C'est tout. Mais tu as raison. Il est destiné à Rick. Le problème, c'est qu'il devra venir le chercher ici. Et il ne vient plus. »

Elle continuait de me fixer. Je restai immobile au milieu de la pièce.

« Josie, dis-je au bout d'un moment. Si vous voulez, je pourrais lui apporter le dessin. »

Je lus dans ses yeux la surprise, puis l'excitation. « Tu veux dire que tu vas aller le lui donner ? Chez lui ?

— Oui. Ce n'est que la maison voisine après tout.

— Ça ne serait pas si bizarre que ça si tu te chargeais de cette tâche. Les AA d'autres gens vont tout le temps faire des courses pour eux, non ?

— Je serais ravie d'y aller. Je pense que je serai capable de trouver le bon chemin jusqu'à sa maison.

— Et tu pourrais le faire aujourd'hui ? Avant le déjeuner ?

— À l'heure qui conviendra à Josie. Si vous voulez, je peux m'y rendre maintenant. Sur-le-champ.

— Tu crois que c'est une bonne idée ? »

Je soulevai légèrement l'enveloppe. « Cela me plairait beaucoup d'apporter le dessin de Josie à Rick. Ça me ferait du bien d'explorer l'extérieur. Et si Rick reçoit le dessin spécial, il va peut-être pardonner à Josie et redevenir son meilleur ami.

— Me pardonner ? Qu'est-ce que tu racontes ? C'est à moi de lui pardonner. C'est vraiment stupide, Klara. Je ne suis pas sûre de vouloir que tu ailles le lui donner maintenant.

— Je suis désolée. J'ai commis une erreur. Je ne comprends pas encore les règles du pardon. Même ainsi, je pense qu'il vaudrait mieux lui apporter le dessin. Je pense qu'il va lui plaire. »

La colère disparut de son visage. « OK. Vas-y. Fais-le. » Puis, comme je tournais le dos, elle ajouta tout bas : « Tu as sans doute raison. Je suppose que c'est à lui de me pardonner.

— Je vais le lui apporter et nous verrons comment il réagit.

— OK. » Elle sourit. « S'il se montre grossier à ce propos, tu le déchires simplement, d'accord ? » Son sourire ressemblait presque à ceux que je lui avais connus avant Morgan Falls. Je lui souris en retour, et je dis : « J'espère que ce ne sera pas nécessaire. »

Elle se laissa retomber sur son oreiller en manière de plaisanterie. « OK, vas-y. J'ai besoin de me reposer maintenant. »

Mais comme je quittais la pièce, serrant l'enveloppe renforcée contre moi, elle dit tout d'un coup : « Hé, Klara ?

— Oui ?

— Ça doit être ennuyeux, non ? De vivre ici avec une fille malade. »

Elle souriait encore, mais je perçus la frayeur sous le sourire.

« Ce n'est jamais ennuyeux d'être avec Josie.

— Tu m'as attendue tout ce temps dans le magasin. Je parie que tu regrettes aujourd'hui de ne pas être partie avec un autre enfant.

— Je n'ai jamais souhaité une chose pareille. Mon souhait était de devenir l'AA de Josie. Et mon souhait s'est réalisé.

— Oui, mais… » Elle émit un petit rire plein de tristesse. « C'était avant d'arriver ici. J'avais promis que ce serait super.

— Je suis très heureuse ici. Je souhaite être l'AA de Josie et rien d'autre.

— Si je vais mieux, nous pourrons sortir ensemble tout le temps. Nous irons en ville voir mon père. Peut-être qu'il nous emmènera dans d'autres villes.

— Ce sont des possibilités pour l'avenir. Mais Josie doit savoir. Je n'aurais pas pu trouver de meilleure maison que celle-ci. Ni une meilleure enfant que Josie. Je suis si heureuse d'avoir attendu. Gérante m'a permis d'attendre. »

Josie médita ma réponse. Et quand elle sourit de nouveau, c'était avec une grande gentillesse, sans frayeur aucune. « Alors on est amies, hein ? Meilleures amies.

— Oui, bien sûr.

— OK. Parfait. Alors souviens-toi. Te laisse pas faire par Rick. »

Je souris moi aussi et je levai l'enveloppe renforcée pour montrer que j'en prendrais bien soin.

■

Gouvernante Melania ne fit aucune objection à ce que je me rende seule chez Rick pour lui remettre le message. Cependant, lorsque je traversai les cailloux en direction du portail en forme de cadre, elle resta sur le seuil pour m'observer, et ne rentra qu'après m'avoir vue pénétrer dans le premier champ.

Je suivis le sentier informel et le terrain devint bientôt imprévisible, un sol dur succédant souvent à un sol mou. L'herbe m'arrivait aux épaules, et je craignis de perdre mes repères. Cette partie du champ avait été divisée en boîtes bien ordonnées, de telle sorte qu'en passant d'une boîte à l'autre, je distinguais mieux celles qui s'alignaient devant moi. La façon dont l'herbe jaillissait de part et d'autre me gênait beaucoup plus, et je parvins à la repousser de mon bras tendu. Si j'avais eu les deux bras libres, j'aurais pu progresser plus vite, mais bien sûr, je tenais l'enveloppe de Josie d'une main et je ne voulais pas risquer de l'abîmer. Puis l'herbe haute disparut autour de moi et je me retrouvai devant la maison de Rick.

En l'observant de loin, j'avais déjà estimé que la maison de Rick n'était pas aussi haut de gamme que celle de Josie. Une bonne partie de ses bardeaux peints en blanc avait viré au gris – et même au marron en certains endroits – et trois de ses fenêtres étaient des rectangles noirs sans rideaux ni stores à l'intérieur. Je gravis un escalier dont chaque planche ployait sous mes pas, puis j'arrivai sur une plate-forme construite avec des planches identiques, mais disjointes, à travers lesquelles j'apercevais le sol boueux. Près de la porte d'entrée je vis, poussé sur le côté, un réfrigérateur dont l'arrière était exposé aux passants, et je remarquai que des araignées avaient élu domicile à l'intérieur du réseau compliqué de fils métalliques. Je m'étais arrêtée pour étudier le tissage délicat de leurs toiles quand la porte s'ouvrit – alors que je n'avais appuyé sur aucun bouton – et que Rick s'avança sur la plate-forme.

« Excusez-moi, dis-je aussitôt. Je ne voulais pas faire intrusion dans votre intimité. J'ai un message important à vous remettre. »

Il ne paraissait pas fâché, mais se tut et continua de m'observer.

« Les AA sont souvent chargés de missions importantes, dis-je. Josie m'a priée de vous apporter ceci. » Je montrai l'enveloppe.

Des signes d'excitation apparurent sur son visage, puis s'estompèrent. « Alors vous avez bien fait de venir », répondit-il.

Il s'attendait peut-être à ce que je lui tende l'enveloppe pour repartir ensuite. Mais j'avais anticipé cette possibilité et je ne fis aucun geste dans ce sens. Nous restâmes ainsi face à face, debout sur la plate-forme en planches, le vent s'engouffrant dans les fissures.

« Dans ce cas, dit-il enfin, veuillez entrer. Mais je vous préviens. Rien de luxueux ici. »

Le plancher du vestibule était en bois foncé,

et dans une malle ouverte s'entassaient divers objets, lampes cassées et chaussures dépareillées. Rick m'introduisit dans une grande pièce dont la fenêtre donnait sur les champs. Le mobilier n'était ni moderne ni interconnecté comme celui du Plan Ouvert : il y avait une garde-robe massive, des tapis aux motifs passés, des chaises dures et des fauteuils rembourrés de formes et de tailles variées. Certains des innombrables petits tableaux sur les murs étaient des photographies, d'autres dessinés au crayon pointu, et ici, deux araignées avaient tissé leur toile dans les angles des cadres. Il y avait des livres, des horloges au cadran arrondi, des tables basses. Je vis qu'il serait difficile de naviguer dans la pièce, aussi je choisis un endroit où le plancher était relativement dégagé, et j'allai m'y placer, le dos tourné à la fenêtre.

« Voilà, c'est ici que je vis avec ma mère, dit Rick. Ma mère et moi.

— C'est gentil de m'avoir permis d'entrer.

— Je vous ai regardée venir depuis le premier étage. Je vais devoir remonter bientôt. » Il indiqua le plafond d'un simple regard. Puis il dit tristement : « Je suppose que vous avez remarqué l'odeur.

— Je ne peux pas sentir.

— Oh, désolé. Je croyais que l'odorat était une faculté importante. Je veux dire pour la sécurité. Si quelque chose brûle, des choses comme ça.

— C'est peut-être pour cette raison qu'on a

doté les B3 d'un odorat limité. Mais je n'en ai aucun.

— Eh bien c'est une chance pour vous dans l'instant présent. Parce que cet endroit pue encore. Pourtant j'ai nettoyé l'entrée ce matin. Encore et encore et encore. » Des larmes lui montaient aux yeux, mais il continua de me fixer.

« La mère de Rick ne va pas bien ?

— C'est à peu près ça. Mais elle n'est pas malade comme Josie. Je préfère ne pas parler de maman si vous voulez bien. Comment va Josie en ce moment ?

— Je crains qu'elle n'aille pas mieux.

— Elle va plus mal ?

— Pas exactement. Mais je crois que son état est très grave.

— C'est ce que je pensais. » Il soupira et s'assit sur le canapé, face à moi. « Donc elle vous a chargée de m'apporter quelque chose.

— Oui. Elle m'a demandé de vous donner ceci. Elle y a travaillé très dur. »

Je tendis l'enveloppe pour lui permettre de la saisir sans bouger du canapé. Mais il se leva, alors qu'il venait à peine de s'asseoir, et prenant l'enveloppe, il l'ouvrit avec soin.

Il contempla le dessin un long moment, un sourire au bord des lèvres. « Rick et Josie pour toujours, dit-il enfin.

— C'est ce qui est écrit ? À l'intérieur de la bulle ?

— Oh, je croyais que vous l'aviez vu.

— Josie l'a glissé dans l'enveloppe sans me le montrer. »

Il continua de le regarder, puis tourna le dessin vers moi.

Il était différent de tous ceux que j'avais vus pendant les jeux de bulles. La plus grande partie de la feuille était remplie d'objets tranchants, le plus souvent avec des pointes saillantes, agressives, enchevêtrées dans un maillage impénétrable. Josie avait utilisé des crayons de nombreuses couleurs pour créer ce maillage, mais l'effet global était sombre et menaçant. Cependant, un espace clair et tranquille avait été préservé dans le coin gauche inférieur, et on y voyait les silhouettes de deux petits personnages tournant le dos aux passants, qui s'éloignaient main dans la main. Ils étaient trop simplifiés pour être identifiables autrement que comme un garçon et une fille, mais ils paraissaient heureux, l'esprit léger. Il y avait une bulle juste au-dessus d'eux, et sans la queue ni les points habituels, les mots à l'intérieur ressemblaient plus à un slogan d'affiche, ou à une publicité sur une portière de taxi, qu'aux pensées de l'une ou l'autre de ces personnes.

« Alors, vous en pensez quoi ? demanda-t-il.

— C'est très joli. Je trouve que c'est un dessin généreux.

— Oui, sans doute. Et un gentil message. »

Brusquement de la musique et des voix électroniques retentirent bruyamment à l'étage et l'agacement de Rick se lut sur son visage. Il se rua hors de la pièce, sans lâcher le dessin de Josie. « Bon sang, maman ! Baisse le son s'il te plaît ! »

Une voix dit quelque chose au premier, et Rick répondit plus doucement : « Je monte dans une minute. Mais s'il te plaît. Baisse le son. »

Le volume de la musique diminua, et quand Rick revint dans la grande pièce, il regardait de nouveau le dessin de Josie.

« Oui, c'est un dessin généreux. Remerciez Josie pour moi.

— Je pense que Josie espérait que Rick viendrait la remercier en personne. »

Son sourire disparut. « Mais ce n'est pas si simple, hein ? dit-il. Vous êtes toujours là, à nous observer. Alors vous le savez aussi bien que moi. La façon dont elle me cherche sans arrêt. Il n'y a aucune raison que j'encaisse tout ça. Elle pousse le bouchon trop loin, et ensuite elle s'imagine que ça peut s'arranger avec un joli dessin. Elle envoie l'AA me l'apporter. Eh bien il faut qu'elle comprenne. Les choses ne s'arrangent pas aussi facilement.

— Si Rick venait lui rendre visite une fois encore, je pense que Josie voudra peut-être s'excuser.

— Vraiment ? Écoutez, je connais Josie et je pense qu'elle est tout à fait persuadée que c'est moi qui dois présenter des excuses.

— Josie et moi nous avons déjà eu cette discussion ; je pense qu'elle désire s'excuser auprès de Rick.

— Je suppose que j'ai craqué moi aussi. Mais elle ne peut pas s'empêcher de dire tout ça sur ma mère. Ce n'est pas juste. Ma mère fait de son mieux et elle s'améliore. »

La version de Rick ouvrant la porte pour se trouver nez à nez avec moi sur la plate-forme ressemblait beaucoup à celle du garçon qui m'ignorait pendant ses visites, mais je vis avec intérêt qu'il se rapprochait à présent du personnage à qui j'avais parlé lors de la réunion interactive, après le départ des autres enfants. En fait, j'eus l'impression de rencontrer cette version-là de Rick pour la première fois depuis l'après-midi passé dans le Plan Ouvert, et de poursuivre aujourd'hui la conversation que nous avions alors entamée.

« Je reconnais que les paroles de Josie ont parfois été méchantes, dis-je. Mais c'est peut-être parce que Josie sent que la mère de Rick le retient trop près d'elle. Trop près pour permettre au plan de Josie et de Rick de se réaliser plus tard.

— Mais pourquoi Josie s'obstine à blâmer maman ? Ce n'est pas juste.

— Josie s'inquiète pour le plan. Je pense que, selon elle, la mère de Rick est réticente à le laisser partir parce qu'elle redoute la solitude qui sera alors la sienne.

— Écoutez, vous êtes sans doute une AA très intelligente. Mais il y a un tas de choses que vous ignorez. Si vous n'écoutez que l'avis de Josie, vous n'aurez jamais une vue d'ensemble de la situation. Et il ne s'agit pas seulement de ma mère. Josie essaie sans arrêt de me piéger.

— Vous piéger ?

— Vous avez dû l'entendre. Elle le fait tout le temps à présent. Soit elle m'accuse de trop penser à ces trucs. Soit elle se vexe parce que je ne pense pas assez à elle de cette façon. Toujours en train de me piéger, quoi que je dise. Elle affirme que je désire ces filles que je vois sur ma DS, et la fois suivante, quand elle aborde le sujet et que je ne réagis pas, elle déclare que je ne tourne pas rond, que mon comportement n'est pas naturel. Elle répète sans cesse qu'on se connaissait trop bien quand on était enfants et que la chose sexuelle pourrait ne pas marcher du tout entre nous. Quoi que j'essaie de dire ou de faire, c'est mal et je suis piégé. Et cette manière qu'elle a de s'en prendre à maman. Ça va trop loin. Plan ou pas, ce n'est pas juste, point. »

Il se rassit, et le motif du Soleil l'enveloppa. Il posa soigneusement le dessin de Josie près de lui sur le canapé, et continua de le fixer bien que la feuille fût retournée.

« De toute manière, dit-il doucement, Josie est malade aujourd'hui. Rien de tout ça, notre plan, rien n'aura plus d'importance si elle ne se remet pas rapidement. Et vu comment ça évolue… Je ne sais plus quoi penser ces jours-ci. » Il leva les yeux vers moi. « Écoutez, Klara. Vous êtes censée être super intelligente. Alors quel est votre, euh, votre avis ? À quel point Josie est-elle vraiment malade ?

— Je crois, ainsi que je l'ai dit, que la maladie de Josie est grave. Il est possible qu'elle devienne si faible qu'elle doive mourir, exactement comme sa sœur. Mais je crois qu'il existe un moyen de la guérir que les adultes n'ont pas encore envisagé. Je crois aussi que la situation est urgente et que nous ne pouvons plus attendre. Même si cela semble brutal, et intrusif, c'est peut-être le moment d'agir. Je suis venue aujourd'hui, bien sûr, à cause de cette importante mission. Mais j'espérais aussi que Rick me donnerait un conseil utile.

— Vous êtes super intelligente et je suis un gamin imbécile qui n'a même pas été relevé. Mais d'accord. Si vous voulez, je vais essayer de vous conseiller. Je vous écoute.

— Je désire traverser les champs jusqu'à la grange de M. McBain. Je pense que Rick y est allé au moins une fois. Josie m'en a parlé.

— Vous voulez dire la grange là-bas ? On y est allés quand on était encore très jeunes. Avant qu'elle tombe malade. J'y suis retourné d'autres fois depuis, tout seul. C'est rien de spécial. Un endroit où s'asseoir à l'ombre si vous avez l'occasion de marcher jusque-là. En quoi ça va aider Josie ?

— Je ne devrais pas le confier tout de suite, au cas où ça reste un secret. Peut-être même que j'irais trop loin en me rendant à la grange de M. McBain. Mais je sens que je dois essayer.

— Vous voulez parler à M. McBain ? De la santé de Josie ? Vous aurez de la chance si vous tombez sur lui là-bas. Il habite à huit kilomètres, dans sa propriété principale. Il ne vient presque jamais ici.

— Ce n'était pas à M. McBain que je souhaitais parler. Mais excusez-moi, je ne dois pas me confier, sinon nous courrons le risque de ne pas obtenir l'aide spéciale que Josie peut encore recevoir. Tout ce que je souhaite de la part de Rick, c'est un conseil utile. » Je me tournai alors pour regarder moi aussi par la fenêtre. « S'il vous plaît, dites-moi s'il existe dans l'herbe un sentier informel qui mène à la grange, comme celui que j'ai pris pour venir ici, jusqu'à la maison de Rick ? »

Il se mit debout et s'approcha de la fenêtre. « Il existe une sorte de sentier. Il y a des jours où il est plus praticable qu'à d'autres. Comme vous l'avez dit vous-même, il est informel. Personne ne l'entretient particulièrement ni rien. Quelquefois on passe par là et il est envahi de broussailles. Mais si un chemin est infranchissable ou spongieux, on en trouve d'habitude un autre. Il y a toujours un passage, même en hiver. » Il se mit tout à coup à me regarder de la tête aux pieds, comme s'il me voyait pour la première fois. « Je ne sais pas grand-chose sur les AA. Donc j'ignore à quel point ce sera difficile pour vous. Si vous voulez, je peux vous accompagner. Si ça doit vraiment aider Josie, même si nous sommes en froid ces temps-ci, je serai ravi de participer.

— C'est très gentil de la part de Rick. Mais je

pense que je ferais mieux d'y aller seule. Comme je l'ai dit, il y a une possibilité…

— Bon sang… » Rick se retourna brusquement et alla vers la porte.

J'avais déjà entendu le bruit des pas à l'intérieur de la maison, mais à présent ils résonnaient dans le vestibule. Miss Helen – dont je ne connaissais pas encore le nom – fit alors son entrée. Elle regarda autour d'elle mais ne parut pas me remarquer. Elle n'avait pas encore enfilé les manches du léger manteau posé sur ses épaules, semblable à celui porté en extérieur par les employés de bureau, et s'y cramponnait pour l'empêcher de glisser. Elle se dirigea alors vers un coffre en bois placé sous le rebord de la fenêtre.

« Où est-ce qu'elle peut bien être ? Comme je suis bête. » Elle souleva le couvercle et se mit à fouiller.

« Maman, qu'est-ce que tu cherches ? »

Rick parut agacé, comme si sa mère avait enfreint une règle. Il vint à côté de moi, et nous observâmes ensemble Miss Helen courbée au-dessus du coffre.

« Je sais, je sais, dit-elle. Nous avons une visiteuse. J'en ai pour une minute. »

Lorsqu'elle se redressa pour nous faire face, elle tenait une paire de chaussures dont l'une se balançait au bout d'un lacet entortillé.

« Je suis désolée, dit-elle, me regardant directement à présent. J'ai des manières épouvantables. Bienvenue.

— Merci.

— On ne sait jamais comment accueillir une invitée de votre sorte. Êtes-vous seulement une invitée ? Ou bien est-ce que je vous traite comme un aspirateur ? Je suppose que c'est ce que je viens de faire. Je suis désolée.

— Maman, dit doucement Rick.

— Ne fais pas d'histoires, chéri. Laisse-moi faire connaissance avec notre visiteuse à ma manière. »

La chaussure qui se balançait tomba dans le coffre, emportée par son poids. Miss Helen la regarda, l'autre chaussure encore dans la main. Je vis que Rick était de plus en plus mal à l'aise, et je fis mine de partir pour les laisser entre eux, mais Miss Helen continuait de me parler.

« Je sais qui vous êtes. La petite compagne de Josie. Quel succès ! Chrissie m'a tout raconté. Elle vient très souvent ici, vous savez. N'est-ce pas, Rick ? Asseyez-vous donc.

— Vous êtes très aimable. Mais je pense que je dois rentrer.

— Pas à cause de moi, j'espère. Je suis descendue pour passer un moment agréable avec vous.

— Maman, Klara a des responsabilités. Et tu es sans doute encore fatiguée.

— Je me sens bien, chéri. » Puis elle s'adressa à moi : « Apparemment, je n'allais pas fort hier soir. Donc, Klara. Je suppose que vous êtes curieuse de me connaître. Chrissie dit que vous êtes curieuse de tout. Dans ce cas, vous avez dû remarquer que j'étais anglaise. Êtes-vous équipée pour identifier les accents ? Ou peut-être que vous pouvez voir au fond de moi, jusqu'à mes gènes.

— Maman, s'il te plaît.

— Il y avait souvent des Anglais qui venaient dans le magasin, dis-je en souriant. Donc tous les AA se sont familiarisés avec votre façon de parler. Nous la trouvions très agréable et Gérante, la dame qui veillait sur nous, disait qu'il fallait en tirer des leçons.

— Dire que des robots recevaient des cours d'élocution ! Comme c'est charmant !

— Maman…

— À propos de leçons, Klara. C'est votre nom, n'est-ce pas ? À propos de leçons, il y a une idée qui mijote ici, sous ce toit.

— Maman. Non, stop. Klara ne s'intéresse pas à…

— Laisse-moi parler, chéri. La voici en personne, alors saisissons notre chance. Je dois dire, chéri, que depuis quelque temps tu as tendance à faire la loi. C'est très agaçant. Klara, avez-vous envie de savoir de quoi il s'agit ?

— Bien entendu. »

Rick commença à s'éloigner, l'air dégoûté. Mais il s'arrêta sur le seuil, de telle sorte que, de ma place, je ne voyais qu'une partie de son dos et ses coudes.

« Je ne participe pas à cette discussion », lança-t-il, comme s'il s'adressait à quelqu'un dans l'entrée.

Miss Helen me sourit, puis s'assit sur le canapé

que Rick avait occupé plus tôt. Elle ajusta son manteau léger d'une main, tenant encore sa chaussure de l'autre.

« Rick fréquentait un lycée, vous savez. Je veux dire un vrai lycée, comme autrefois. C'était assez illégal, mais il s'est fait quelques bons amis là-bas. N'est-ce pas, chéri ?

— Je ne participe pas.

— Alors pourquoi tu restes là à hésiter ? Tu as l'air bizarre, chéri. Tu sors ou tu restes, il faut choisir. »

Rick ne bougea pas, gardant le dos tourné, l'épaule appuyée au chambranle.

« Bref, Rick a quitté le lycée pour suivre des cours à domicile comme tous les enfants les plus brillants. Mais ensuite, eh bien, comme vous le savez sans doute déjà, les choses se sont compliquées. »

Miss Helen se tut brusquement et regarda derrière mon épaule. Je crus qu'elle avait vu quelque chose par la fenêtre, et j'étais sur le point de me retourner, quand elle dit :

« Il n'y a rien dehors, Klara. J'étais juste perdue dans mes pensées. Je me souvenais d'un incident. Ça m'arrive de temps à autre. Rick vous le dira. J'ai besoin qu'on me bouscule un peu quand je suis dans cet état.

— Bon sang, maman…

— Où en étions-nous ? Ah oui, donc le projet était que Rick prenne des cours en ligne avec des professeurs comme tous les autres enfants brillants. Mais bien sûr, comme vous le savez sans doute, tout est devenu compliqué. Et voici où nous en sommes. Chéri, tu veux bien raconter la suite de l'histoire ? Non ? Eh bien, pour faire court, bien que Rick n'ait jamais été relevé, il lui reste une option décente. Atlas Brookings accepte un petit nombre d'étudiants non relevés. C'est la seule université de bon niveau qui procède encore de la sorte. Dieu merci, ils croient à ce principe. Il y a très peu de places disponibles chaque année, et bien sûr, la compétition est féroce. Mais Rick est intelligent et s'il faisait lui-même sa demande, et recevait peut-être quelques conseils éclairés, que je ne suis pas en mesure de lui donner, il aurait toutes ses chances. Mais oui, chéri ! Ne secoue pas la tête ! Pour faire court, nous ne lui trouvons pas de professeurs en ligne. Ce sont soit des membres de TWE, qui interdit à ses membres de prendre des étudiants non relevés, ou bien ce sont des brigands qui demandent des honoraires ridicules que nous ne sommes bien entendu pas en mesure d'offrir. Mais ensuite nous avons appris que vous étiez arrivée chez nos voisins et j'ai eu une idée merveilleuse.

— Maman ! Cette conversation ne mène nulle part ! » Rick revint dans la pièce, s'avançant à grands pas vers sa mère comme s'il voulait la soulever dans ses bras pour l'emmener ailleurs.

« Très bien, chéri, si ça te dérange autant, nous allons arrêter. »

Rick était revenu près du canapé et il fusillait Miss Helen du regard. Elle rectifia un peu sa posture pour me garder dans son champ de vision.

« Bien, Klara, tout à l'heure j'ai donné l'impression d'être dans un rêve. Ce n'était pas un rêve, vous savez. Je regardais dans cette direction – elle pointa sa chaussure vers la fenêtre – et je me suis souvenue. Vous pouvez vous retourner, je vous assure qu'il n'y a rien du tout dehors. Mais une fois, il y a longtemps, je regardais par cette fenêtre et j'ai vu quelque chose.

— Maman », dit Rick, mais à présent que Miss Helen avait changé de sujet, sa voix était moins pressante. Il se tourna à demi vers moi, reculant de façon à ne plus lui boucher la vue.

« C'était une belle journée, disait Miss Helen. Vers quatre heures de l'après-midi, j'ai appelé Rick et il l'a vue aussi, n'est-ce pas, chéri ? Même s'il a prétendu être arrivé trop tard.

— Ça aurait pu être n'importe quoi, intervint Rick. Absolument n'importe quoi.

— J'ai donc vu Chrissie, la mère de Josie, vous savez. Je l'ai vue sortir de l'herbe, juste là, tenant quelqu'un par le bras. Je m'explique mal. Ce que je veux dire, c'est que cette autre personne donnait l'impression d'avoir essayé de s'enfuir, et que Chrissie la poursuivait. Elle avait réussi à l'attraper, mais pas vraiment à la retenir. Et elles s'étaient toutes les deux écroulées dans l'herbe, juste devant chez nous.

— Maman n'était peut-être pas en assez bon état pour bien voir ce qui se passait.

— Tu te trompes, j'ai tout vu dans les

moindres détails. Rick n'aime pas cette histoire, alors il essaie d'insinuer toutes sortes de choses.

— Vous entendez par là, demandai-je, que vous avez vu la mère de Josie sortir de l'herbe avec un enfant qui n'était pas Josie ?

— Chrissie essayait de retenir cette personne et ensuite elle est parvenue à la contrôler plus ou moins. Juste là. Chrissie entourait la fille de ses deux bras. Rick est arrivé à temps pour voir cette partie. Ensuite elles ont toutes les deux disparu dans l'herbe.

— Ça aurait pu être n'importe qui. » Rick, plus détendu maintenant, s'assit à côté de sa mère, et regarda lui aussi par la fenêtre à laquelle je tournais le dos. « OK, l'une d'elles était la maman de Josie. Je veux bien. Mais l'autre…

— L'autre ressemblait à Sal, dit Miss Helen. La sœur de Josie. C'est pour cette raison que j'ai appelé Rick. Ça se passait deux bonnes années *après* la date supposée de la mort de Sal. »

Rick éclata de rire, et posant le bras sur ses épaules, il attira sa mère contre lui d'un geste affectueux.

« Maman a des théories bizarres. Comme celle à propos de Sal qui habiterait toujours dans cette maison, cachée dans un placard.

— Je n'ai pas dit ça, Rick. Je n'ai jamais suggéré cela sérieusement. Sal est morte, c'était une tragédie, et nous ne jouerons pas à des jeux idiots avec sa mémoire. Ce que je dis, c'est que la personne que j'ai vue, essayant d'échapper à Chrissie, *ressemblait* à Sal. Je n'ai rien dit d'autre.

— Mais c'est une étrange histoire, remarquai-je.

— Klara, intervint Rick, il me semble que Josie doit se demander ce qui vous est arrivé.

— Ah, mais notre petite amie ne peut pas déjà s'en aller, insista Miss Helen. Je viens juste de me rappeler le sujet de notre discussion. Il s'agissait des études de Rick.

— Non, maman, ça suffit !

— Mais mon chéri, Klara est ici et je tiens à lui en parler. Oh, qu'est-ce que c'est ? » Miss Helen avait découvert le dessin de Josie que Rick avait laissé sur le canapé, posé à l'envers sur l'enveloppe.

« Ça suffit ! » Avant que Miss Helen eût pris le dessin, Rick s'en était emparé, et il se leva aussitôt.

« Tu recommences, chéri. Tu essaies de faire la loi. Tu dois arrêter ça. »

Tournant le dos à Miss Helen pour cacher ce qu'il faisait, il remit le cadeau de Josie dans l'enveloppe avec précaution. Puis il sortit de la pièce, sans s'arrêter sur le seuil cette fois-ci. Nous entendîmes son pas assuré dans le vestibule, et la porte d'entrée claqua derrière lui.

« Un peu d'air lui fera du bien, dit Miss Helen. Il reste cloîtré ici. Et maintenant il a même arrêté de rendre visite à Josie dans la maison voisine. »

Elle regardait encore par la fenêtre, et quand je me retournai, je vis la silhouette de Rick devant la maison, appuyée contre la balustrade à l'endroit où l'escalier en planches descendait de la plate-forme. Enveloppé du motif du Soleil, il contemplait l'étendue des champs. Le vent soulevait ses cheveux, mais il restait très immobile.

Miss Helen se leva du canapé, fit quelques pas et vint se placer à côté de moi, face à la fenêtre. Elle mesurait cinq centimètres de plus que la mère. Mais une fois debout, elle ne se tenait pas aussi droite qu'elle, se courbant un peu comme les hautes herbes penchées sous le vent. À ce moment-là elle n'était pas du tout compartimentée, et à la clarté de la fenêtre, je distinguai le minuscule duvet blanc sur le contour de son menton.

« Je ne me suis pas présentée en bonne et due forme, dit-elle. Je vous en prie, appelez-moi Helen. Mes manières sont épouvantables.

— Pas du tout. Vous avez été très aimable. Mais je crains que ma venue ait causé des frictions.

— Oh, il y a toujours des frictions. Au fait, avant que vous posiez la question, la réponse est oui. L'Angleterre me manque. Les haies en particulier. En Angleterre, dans la région d'où je viens, la nature est verdoyante, et toujours divisée par des haies. Des haies, des haies partout. Si ordonnées. Regardez ce paysage. Ces champs à perte de vue. Je suppose qu'il existe des haies quelque part au milieu de tout ça, mais comment le savoir ? »

Elle se tut, et je dis : « En réalité, je pense qu'il y a des clôtures. Il y a trois champs distincts, divisés par des clôtures.

— On peut abattre une clôture en un

instant, répondit-elle. Et en placer une autre ailleurs. Changer toute la configuration du terrain en un jour ou deux. Un terrain quadrillé de clôtures est si temporaire. On peut changer les choses aussi aisément qu'un décor de théâtre. Je jouais la comédie, vous savez. Parfois dans de bons théâtres. Dans des théâtres misérables aussi. Les clôtures, qu'est-ce que c'est ? Un décor de théâtre. C'est ce qu'il y a d'agréable en Angleterre. Les haies donnent le sentiment que l'histoire est bien ancrée dans la terre. Quand je jouais je n'oubliais jamais mes répliques. Mes partenaires oubliaient sans arrêt les leurs. Dans l'ensemble ils n'étaient pas très bons. Moi, je n'oubliais jamais. Pas une seule ligne. Toutes ces années, j'ai souvent eu envie d'interroger Chrissie sur ce que j'avais vu. Elle vient me voir de temps en temps et nous bavardons toujours un bon moment. J'ai souvent envisagé de lui poser la question, mais je m'en suis abstenue. Je me suis dit non, il ne vaut mieux pas. En quoi cela me concerne-t-il de toute façon ?

— Je crois que la mère de Rick souhaitait maintenant discuter des études de Rick.

— Je vous en prie, appelez-moi Helen. Oui, en effet. Comme vous le voyez, Rick répugne même à évoquer le sujet. À demander votre aide, je veux dire. Je suppose que je devrais d'abord en parler à Chrissie. Ou même à Josie. Je n'en ai aucune idée. Les règles à respecter sont si floues. Si on empruntait un aspirateur… Mais ce n'est pas pareil, je sais. Pardonnez-moi. Quelles manières épouvantables. Rick a juste besoin de quelques conseils, c'est tout. Je lui ai acheté les meilleurs manuels. Ils datent de l'époque où les enfants n'étaient pas relevés et ils sont parfaits pour lui. Mais ils partent tous du principe qu'il y a une sorte de précepteur qui rôde autour. Rick a de réelles capacités, surtout en physique, en ingénierie, ce genre de choses, mais quand il tombe sur un passage qu'il ne comprend pas, il n'y a personne pour le lui expliquer, et c'est à ce moment-là qu'il se décourage. Je lui disais toujours d'aller demander à Josie, mais bien sûr il se fâche.

— Miss Helen souhaite donc que j'aide Rick avec ses manuels ?

— C'est juste une idée. Ces manuels seraient un jeu d'enfant pour vous. C'est juste pour l'aider à passer ces examens. Vous voyez, il a vraiment besoin d'être admis à Atlas Brookings. C'est sa seule chance. Je n'ai pas d'autre objectif. Je suppose que je devrais vraiment en parler d'abord à Chrissie.

— Si Rick pouvait aller dans la bonne université ce serait très bien. En tout cas, oui, je serais ravie d'aider Rick, dans la mesure où ça ne perturbe pas du tout les fonctions dont je dois m'acquitter envers Josie. Peut-être que si Rick reprenait ses visites, il pourrait quelquefois apporter ses livres. »

Je vis que ma réponse n'avait pas satisfait Miss Helen. Elle continua d'observer Rick sur la plate-forme – il n'avait pas bougé du tout –, puis elle dit :

« Pour être honnête, ce n'est pas ça la question. Oui, quelques conseils pourraient l'aider. Mais le véritable obstacle pour le moment, en l'état actuel des choses, c'est que *Rick ne veut pas essayer.* Si seulement il s'y donnait à fond, je sais qu'il aurait cette chance. En particulier, vous voyez, parce que j'ai une arme secrète pour l'aider. Pour lui donner un petit coup de pouce, c'est-à-dire le faire entrer à Atlas Brookings. Mais il refuse d'essayer en s'y prenant comme il faut. Il refuse d'essayer à cause de moi.

— À cause de vous ?

— Il est convaincu qu'il ne peut pas partir et me laisser ici. Bien sûr, je peux parfaitement me débrouiller. Mais il aime prétendre que je suis totalement démunie, et susceptible de faire un tas de bêtises en son absence.

— Est-ce que l'université d'Atlas Brookings est très éloignée ?

— À une journée de voiture. Mais la distance n'est pas un problème. Il est persuadé qu'il ne peut pas me laisser seule plus d'une heure. Comment pourra-t-il grandir et aller dans le monde s'il refuse de me laisser seule plus d'une heure ? »

Dehors, Rick commença à descendre l'escalier en planches en direction de l'herbe. Il le fit lentement, comme s'il rêvait tout éveillé, et je vis, à la position de son bras plaqué contre sa poitrine, qu'il tenait encore le dessin de Josie.

Sa tête et ses épaules disparurent de ma vue. Miss Helen continua :

« Voici ce que je voulais vous demander en réalité, Klara. Ma vraie requête, celle qui me tient à cœur. Pourriez-vous demander à Josie de tenter de convaincre Rick ? Elle est la seule personne qui pourrait lui faire changer d'avis. Il est très têtu, vous voyez, et aussi – je le soupçonne – assez effrayé. Qui peut l'en blâmer ? Il sait que le monde du dehors ne sera pas facile. Josie est la seule capable de lui présenter les choses sous un angle différent. Vous voudrez bien lui parler ? Je sais que vous avez une forte influence sur elle. Vous feriez ça pour moi ? Et ne le faites pas une seule fois, mais encore et encore, pour qu'elle exerce une réelle pression sur lui.

— Je le ferais bien sûr avec plaisir. Mais je pense que Josie a déjà parlé à Rick dans ce sens. Leur désaccord actuel a peut-être un rapport avec le fait que Josie s'est exprimée trop fermement à ce sujet.

— C'est une information intéressante. Si ce que vous dites est exact, ce que je vous demande est plus important que jamais. Josie a peut-être l'impression qu'elle doit céder pour se réconcilier avec lui. Elle peut en arriver à se dire qu'elle a eu tort d'adopter une telle attitude. Alors vous devez parler avec elle. La prier de persévérer, sans tenir compte de ses coups de colère. Il y a un problème, mon petit ?

— Je suis désolée. C'est juste que je suis un peu surprise.

— Ah ? Pourquoi donc, ma chère ?

— Eh bien je… Franchement, je suis surprise parce que la requête de Miss Helen concernant Rick paraît très sincère. Je suis surprise qu'une personne souhaite avec autant de vigueur suivre une voie qui la plongera dans la solitude.

— Et c'est ce qui vous surprend ?

— Oui. Jusqu'à ces derniers temps, je ne pensais pas que les humains pouvaient choisir la solitude. Que le désir de ne pas être seul pouvait être balayé par une force plus puissante. »

Miss Helen sourit. « Vous êtes vraiment mignonne. Vous ne parlez pas beaucoup, mais je vois que vous réfléchissez. L'amour d'une mère pour son fils. Un sentiment si noble, pour surmonter la peur de la solitude. Et peut-être que vous avez raison. Mais voyez-vous, il existe toutes sortes d'autres très bonnes raisons pour lesquelles, dans une vie comme la mienne, on pourrait préférer la solitude. J'ai souvent fait ce choix dans le passé. Je l'ai fait, par exemple, plutôt que de rester avec le père de Rick. *Feu* son père, malheureusement, bien que Rick n'ait aucun souvenir de lui. Même ainsi, il est resté mon mari quelque temps, et il ne s'est pas montré tout à fait inutile dans ce rôle. C'est grâce à lui que nous nous en sortons de cette façon, même si nous ne vivons pas exactement dans le luxe. Voici Rick qui revient. Ah non. Il préfère rester dehors et bouder encore. »

En effet, Rick venait de gravir l'escalier en planches et il avait jeté un coup d'œil vers la maison, mais il s'était assis sur la marche du haut, nous tournant le dos une fois de plus.

« Je dois rentrer, dis-je alors. Miss Helen a été très aimable de se confier à moi. Je vais faire ce que vous demandez et parler à Josie.

— Et parlez-lui à maintes reprises. C'est la seule chance de Rick. Et comme je l'ai dit, j'ai une arme secrète. Un contact. Peut-être, la prochaine fois que Chrissie emmènera Josie en ville pour une nouvelle séance de pose, peut-être que Rick et moi nous pourrions profiter de l'occasion. Rick fera alors la connaissance de mon arme secrète, et saura l'impressionner, espérons-le. Chrissie et moi, nous en avons souvent parlé. Mais tout cela ne sert à rien tant que Rick ne changera pas d'attitude.

— Je comprends. Je vous dis donc au revoir. Je dois y aller maintenant. »

Lorsque je sortis sur la plate-forme, le vent qui soufflait entre les fissures du plancher avait gagné en force. Les champs n'étaient plus divisés en boîtes, et je voyais une seule image dégagée jusqu'à l'horizon. Les angles avaient changé, mais la grange de M. McBain se trouvait à l'endroit où je m'attendais à la voir, même si sa forme semblait un peu différente de ce que j'avais observé depuis la fenêtre arrière de Josie.

Je passai devant le réfrigérateur à toiles d'araignées, et j'atteignis la marche du haut où Rick était assis. Je crus qu'il était peut-être encore en colère et allait m'ignorer, mais il leva les yeux avec douceur.

« Je regrette que ma visite ait causé de la friction, dis-je.

— Vous n'y êtes pour rien. C'est souvent comme ça. »

Nous observions tous les deux les champs devant nous, et je me rendis compte au bout d'un moment que son regard, comme le mien, était posé sur la grange de M. McBain.

« Vous disiez quelque chose, reprit-il. Avant que maman descende. Vous disiez que pour une raison particulière, vous vouliez aller jusqu'à cette grange.

— Oui. Et je dois m'y rendre le soir. Il est essentiel de planifier un tel trajet avec précision.

— Et vous êtes sûre de ne pas vouloir que je vous accompagne ?

— C'est très gentil de la part de Rick. Mais s'il y a des sentiers informels qui mènent à la grange de M. McBain, il vaut mieux que j'y aille seule. Il est important que je me débrouille par moi-même.

— OK. Si vous le dites. » Il me fixait en plissant les yeux, en partie à cause du motif du Soleil sur son visage, mais aussi pour m'étudier attentivement une fois encore, et peut-être évaluer ma capacité à faire un pareil trajet. « Écoutez, dit-il enfin, je ne comprends pas vraiment de quoi il s'agit. Mais si ça doit aider Josie à aller mieux, eh bien alors, bonne chance.

— Merci. À présent je dois rentrer à la maison.

— Vous savez, reprit-il, j'ai bien réfléchi. Vous pourriez peut-être dire à Josie que son dessin m'a beaucoup plu. Que je lui en suis reconnaissant. Et que si elle est d'accord, j'aimerais venir bientôt pour le lui dire en personne.

— Josie sera très heureuse de l'apprendre.

— Peut-être demain, même.

— Oui, bien sûr. Eh bien, au revoir. Cette promenade a été très instructive pour moi. Merci pour vos précieux conseils.

— À bientôt, Klara. Soyez prudente. »

▪

Comme je l'avais dit à Rick, le timing de mon trajet jusqu'à la grange de M. McBain était crucial, et lorsque je franchis les cailloux en direction du portail en forme de cadre d'image pour la seconde fois ce jour-là, je fus gagnée par la peur de m'être trompée sur l'heure. Le Soleil était déjà bas dans le ciel – et je ne pouvais pas être sûre que le deuxième et le troisième champ seraient aussi faciles à traverser que le premier.

Mon trajet commença sereinement, le sentier informel jusqu'à la maison de Rick n'ayant pas changé depuis le matin. Je disposais cette fois de mes deux mains pour écarter l'herbe à mesure que j'avançais, et je voyais alors s'envoler devant moi les insectes nocturnes. Certains planaient dans l'air, virevoltant en tous sens, mais veillant à ne pas s'écarter de leur nuée protectrice.

Craignant de ne pas atteindre à temps la grange de M. McBain, je jetai à peine un bref coup d'œil à la maison de Rick avant de m'aventurer sur le sentier informel, au-delà d'une limite que je n'avais jamais franchie. Je poussai un autre portail en forme de cadre d'image, puis l'herbe devint trop haute et la grange disparut de ma vue. Le champ se divisa en boîtes, certaines plus grandes que d'autres, et je pressai le pas, consciente des atmosphères contrastées d'une boîte à l'autre. L'herbe était douce et souple, le sol malléable sous les pas ; mais un instant plus tard je dépassais une limite et tout devenait sombre, l'herbe résistait à ma poussée, des bruits étranges résonnaient autour de moi, me faisant craindre d'avoir commis une grave erreur d'appréciation, de n'avoir aucune raison légitime de troubler l'intimité du Soleil, et redouter que mes efforts aient des conséquences négatives très graves pour Josie. Alors que je traversais une boîte particulièrement hostile, j'entendis autour de moi les cris de douleur d'un animal, et me vint à l'esprit l'image de Rosa assise à même le sol inégal, des petits bouts de métal éparpillés autour d'elle, tendant les deux mains pour attraper une de ses jambes allongée toute raide devant elle. L'image demeura présente une seconde à peine, mais l'animal continua de crier, et je sentis le sol s'écrouler sous moi. Je me souvins du terrible taureau aperçu sur le chemin de Morgan Falls, surgi sans aucun doute des profondeurs de la terre, et un bref instant, je pensai même que le Soleil n'était pas du tout généreux, et que c'était la vraie raison de la dégradation de l'état de Josie. Au milieu de cette confusion, je restai convaincue que si je parvenais à me hisser dans une boîte plus accueillante, je serais en sécurité. J'entendais aussi une voix qui m'appelait, et je repérai un objet – qui avait la forme de l'un des cônes de chantier des agents de terrassement – posé dans l'herbe en face de moi. La voix venait de derrière ce cône, et quand j'essayai de m'en approcher, je me rendis compte qu'en réalité il y en avait deux imbriqués l'un dans l'autre, ce qui permettait à celui du dessus de se balancer, sans doute pour attirer l'attention des passants.

« Klara ! Venez ! Par ici ! »

Je me rapprochai, et je compris alors qu'il ne s'agissait pas du tout de cônes mais de Rick, qui retenait l'herbe d'une main et me tendait l'autre. À présent que je l'avais reconnu, je me sentis plus encouragée à aller vers lui, mais mes pieds s'enfoncèrent encore, et je sus que si je faisais un pas de plus je perdrais l'équilibre et glisserais dans la boue. Je savais aussi que même si Rick semblait très proche, la frontière féroce qui séparait nos boîtes le rendait inaccessible. Malgré cela il continua de me tendre la main, et à l'endroit où son bras pénétra dans ma boîte, il parut étiré et tordu.

« Klara, allez ! »

Mais j'étais prête à m'enfoncer dans le sol, j'acceptais la colère, l'injustice peut-être, du Soleil à mon encontre, et la déception que j'avais causée à Josie. Je commençai à perdre l'orientation, alors que le bras de Rick s'étirait et se tordait encore pour m'atteindre enfin. Il me retint, et mes pieds se stabilisèrent un peu.

« OK, Klara. Par ici. »

Il me guida – me portant presque – jusqu'à l'autre côté, je me retrouvai dans une gentille boîte, enveloppée du motif généreux du Soleil, et mes pensées se remirent en ordre.

« Merci. Merci d'être venu à mon aide.

— Je vous ai vue de ma fenêtre. Ça va ?

— Oui, tout va bien maintenant. Le champ a posé plus de problèmes que je ne l'avais prévu.

— Ces petits fossés sont traîtres. Je dois reconnaître que, de loin, vous m'avez fait penser à une de ces mouches qui viennent se cogner à la vitre en bourdonnant. Mais ce n'est pas gentil, excusez-moi. »

Je souris en répondant : « Je me sens si bête. » Puis, me souvenant, je levai les yeux pour vérifier la position du Soleil. « Ce voyage est tellement important, dis-je en le regardant de nouveau. Mais mon estimation était incorrecte et je n'arriverai pas à temps. »

L'herbe était encore trop haute pour que la grange de M. McBain soit visible au loin, mais Rick regardait droit dans cette direction, s'abritant les yeux d'une main, et il me vint à l'esprit qu'il était assez grand pour la voir.

« J'aurais dû quitter la maison plus tôt, dis-je, sans tenir compte des problèmes qui se poseraient à mon retour. Mais j'ai attendu que Josie s'endorme, et j'ai fait croire à Gouvernante

Melania que j'avais un autre message à apporter chez Rick. J'ai cru que j'aurais assez de temps, mais la traversée des champs a été plus compliquée que prévu. »

Rick regardait encore dans la direction de la grange de M. McBain. « Vous répétez que vous n'arriverez pas à temps, dit-il. À quelle heure devez-vous y être ?

— À l'instant précis où le Soleil entre dans la grange de M. McBain. Mais avant qu'il disparaisse pour aller se reposer.

— Écoutez, je ne comprends rien à tout ça. Et je sais que, pour une raison ou pour une autre, vous ne pouvez pas m'en dire plus. Mais si vous voulez, je vous y conduirai.

— C'est très aimable. Mais même si Rick me guide, je crois qu'il est déjà trop tard.

— Je ne vais pas vous guider. Je vais vous porter. Sur mon dos. Nous avons encore du trajet, mais en nous dépêchant, nous y serons à temps.

— Vous feriez ça ?

— Vous dites sans arrêt que c'est important. Important pour Josie. Alors oui, je voudrais aider. Ça me dépasse, mais je suis habitué. Si on y va, il va falloir se dépêcher. »

Il se tourna et se baissa pour s'accroupir. Je compris que je devais grimper sur ses épaules, et je m'exécutai – m'agrippant à lui avec mes mains et mes jambes – et il se mit en route.

■

À présent que j'étais en hauteur, je voyais mieux le ciel nocturne et le toit de la grange de M. McBain devant nous. Rick marchait d'un pas assuré, se frayant un chemin dans les herbes, et comme ses bras étaient occupés à me tenir, l'impact était en grande partie absorbé par sa tête et ses épaules. J'en étais désolée, et je ne pouvais pas faire grand-chose moi-même pour écarter l'herbe.

Puis je regardai au-dessus de la tête de Rick et je vis que le ciel s'était divisé en segments de forme irrégulière. Certains étaient orangés ou rose brillant, tandis que d'autres contenaient des morceaux du ciel nocturne, et dans un angle ou sur un bord, des sections de la lune. À mesure que Rick avançait, les segments se chevauchaient et se remplaçaient entre eux, même lorsque nous franchîmes un autre portail-cadre. Puis l'herbe, au lieu d'être délicate et ondulante, apparut sous la forme de plaques horizontales, peut-être fabriquées en lourdes planches comme celles utilisées pour les publicités de rue, et je craignis qu'elles ne blessent Rick quand il plongeait au milieu d'elles. Enfin les segments disparurent du ciel et du champ qui s'unirent en un vaste tableau, et la grange de M. McBain se dressa devant nous.

Je ne pouvais plus écarter la pensée embarrassante qui s'imposait à mon esprit. Avant même que Rick me fût venu en aide, j'avais commencé à me demander si le lieu de repos du Soleil se situait réellement à l'intérieur même de la grange. Bien sûr, c'était moi, et non Josie, qui l'avais suggéré, la fois où nous avions contemplé le couchant depuis la fenêtre arrière, donc une telle méprise m'incombait totalement. Certes, Josie ne m'avait à aucun moment induite en erreur. Même ainsi, il était décourageant de penser que le Soleil ne s'apprêtait pas à descendre à l'endroit que je cherchais à atteindre coûte que coûte, mais en un lieu encore plus éloigné.

Ce que j'observai alors m'obligea à accepter le fait que ma frayeur était justifiée. La grange de M. McBain était différente de tous les bâtiments que j'avais vus. Elle ressemblait à l'ossature d'un bâtiment encore inachevé. Il y avait un toit gris avec, comme toujours, un pignon creux soutenu à gauche et à droite par des murs d'une nuance plus sombre. Mais en dehors des sections encadrant le toit, la structure ne comportait aucun autre mur. Le vent, je le savais, la traversait sans rencontrer aucun obstacle, ou presque. Et le Soleil, je le vis, était maintenant tombé derrière la grange, et projetait ses rayons vers nous par l'ouverture du fond.

Pendant ce temps nous étions parvenus dans une clairière assez semblable à celle où la maison de Rick était construite. Il y avait de l'herbe, mais elle avait été coupée, peut-être par M. McBain lui-même, juste au-dessus du niveau des pieds. La coupe avait été réalisée habilement, selon un motif qui s'entrelaçait vers l'entrée de la grange dont l'ombre se déployait sur l'herbe, car le Soleil en illuminait l'intérieur à cet instant.

Bien que cela parût impoli, j'envoyai un signal urgent à Rick en resserrant mes bras et mes jambes.

« Arrêtez-vous s'il vous plaît ! chuchotai-je à son oreille. Arrêtez-vous ! S'il vous plaît, laissez-moi descendre. »

Il me déposa sur le sol avec précaution, et nous contemplâmes tous les deux le spectacle qui s'offrait à nous. J'avais à présent accepté le fait que la grange ne pouvait pas être le véritable lieu de repos du Soleil, mais je m'autorisai une supposition encourageante : quel que fût l'endroit où il se couchait, la grange de M. McBain était l'endroit qu'il mettait un point d'honneur à visiter en dernier chaque soir, exactement comme Josie qui se rendait toujours dans sa salle de bains avant de se mettre au lit.

« Je suis si reconnaissante, dis-je en prenant soin de parler tout bas malgré l'acoustique extérieure. Mais à partir de maintenant, il vaut mieux que Rick parte et que je continue seule.

— Comme vous voulez. Si vous le souhaitez, je vous attendrai ici. Combien de temps ça va prendre, à votre avis ?

— Il vaut mieux que Rick rentre chez lui. Sinon Miss Helen va s'inquiéter.

— Maman s'en sort très bien. Je pense que je ferais mieux d'attendre. Vous vous rappelez ce qui s'est passé avant que j'arrive ? Et la nuit sera sans doute tombée quand vous repartirez.

— Je dois me débrouiller seule. Rick a déjà été trop gentil. Et je préfère aller seule. En réalité, je crains que le seul fait de rester ici à discuter soit une intrusion dans l'intimité. »

Rick lança encore un regard à la grange de M. McBain, puis il haussa les épaules.

« OK. Je vous laisse. Faites ce que vous avez à faire.

— Merci.

— Bonne chance, Klara. Je le pense sincèrement. »

Il fit demi-tour, s'éloigna dans les hautes herbes, et disparut bientôt de ma vue.

Une fois seule, je me concentrai pleinement à la tâche qui m'attendait. Il me vint à l'esprit que si un passant s'était arrêté ici à peine cinq minutes plus tôt, il aurait pu voir par l'ouverture du fond non seulement le ciel nocturne et le prolongement du champ, mais aussi une grande partie de l'intérieur obscur de la grange. À présent, les rayons du Soleil arrivaient directement sur moi, et je distinguais à peine quelques formes floues rectangulaires empilées les unes sur les autres. Je me rendis compte à cet instant que, malgré la grande générosité du Soleil, ce que je m'apprêtais à faire comportait un risque, et exigeait toute ma concentration. J'entendais la brise dans les herbes et les cris des oiseaux au loin, et mettant de l'ordre dans mes pensées, je m'avançai sur le gazon en direction de la grange de M. McBain.

■

L'intérieur baignait dans une clarté orangée. Des particules de foin flottaient dans l'air comme des insectes nocturnes, et les motifs du Soleil se déposaient sur le plancher de la grange. Lorsque je jetai un coup d'œil derrière moi, mon ombre ressemblait à un grand arbre frêle sur le point de se briser sous le vent.

Je notai autour de moi certains détails curieux. En entrant dans la grange, j'avais été confrontée à une répartition si contrastée de la lumière et de l'ombre que ma vue avait mis plusieurs minutes à s'ajuster. Les blocs de foin, que j'avais remarqués depuis l'entrée, se trouvaient empilés à ma gauche pour créer une sorte de plate-forme – qui atteignait mes épaules – sur laquelle les passants pouvaient grimper ou même s'allonger pour se reposer. Mais les blocs de foin avaient été entassés de façon à créer un espace entre eux et le mur du fond, peut-être pour ménager un accès à M. McBain de ce côté-là. Regardant par-dessus la plate-forme, j'aperçus, fixées à cette paroi et courant tout le long du mur, les étagères rouges de notre magasin avec, alignées et posées à l'envers, les tasses à café en céramique.

De l'autre côté – à ma droite –, où les ombres étaient les plus denses, je vis une section de mur presque identique à l'alcôve de façade. En fait, j'étais sûre que si je m'en approchais, je découvrirais dans l'obscurité un AA fièrement posté à l'endroit où – peu importe ce qu'en disait Gérante – les clients seraient le plus susceptibles de regarder en premier.

Également sur ma droite, mais plus près que l'alcôve, se trouvait le seul objet de la grange pouvant être considéré comme un meuble : une petite chaise pliante en métal, en position ouverte, divisée par une diagonale séparant la partie très éclairée de celle plongée dans l'ombre. Cette chaise rappelait aussi celles que Gérante gardait dans l'arrière-boutique et dépliait à l'occasion dans le magasin, sauf que la peinture avait commencé à s'écailler, dénudant le métal par endroits.

Je décidai, après mûre réflexion, qu'il ne serait pas impoli de m'asseoir sur cette chaise en attendant le Soleil. Lorsque je le fis, je m'attendais à découvrir une version révisée de mon environnement à cause de ce nouvel angle de vue, mais je fus surprise de découvrir qu'au lieu de cela, tout l'espace s'était divisé – pas seulement en boîtes, comme d'habitude, mais en segments de forme irrégulière. À l'intérieur de plusieurs d'entre eux, je voyais certaines parties des outils agricoles de M. McBain : un manche de bêche, la moitié inférieure d'une échelle métallique. Dans un autre segment se trouvaient ce que je savais être les embouchures de deux seaux en plastique placés côte à côte, mais, peut-être en raison de l'éclairage insuffisant, ils étaient simplement présentés comme deux ovales entrecroisés.

Je savais que le Soleil était désormais tout près de moi, et même si j'envisageai une ou deux fois de me lever, comme pour accueillir un client, quelque chose me disait que si je restais assise je ferais moins intrusion dans l'intimité et causerais sans doute moins de dérangement. Je me calai donc le mieux possible sur la chaise pliante et j'attendis. Les rayons du Soleil devinrent plus intenses, et plus orangés, et je pensai qu'ils étaient capables de libérer des brins de foin de leurs blocs pour les faire flotter dans l'air, car je voyais à présent beaucoup plus de particules voltiger devant moi.

Ensuite me vint l'idée que si j'avais raison, et que le Soleil traversait à cet instant la grange de M. McBain pour se rendre dans son lieu de repos, je ne pouvais pas me permettre d'être trop polie. Je devais saisir ma chance avec audace, sinon tous mes efforts – et l'aide de Rick – seraient réduits à néant. Je rassemblai donc mes idées et je me mis à parler. Je ne prononçai pas réellement les mots à voix haute, car je savais que le Soleil n'en avait aucun besoin. Mais je voulais être aussi claire que possible, et très vite, je formulai mentalement ces mots, ou quelque chose d'approchant :

« Je vous en prie, faites que Josie aille mieux. Comme pour l'Homme Mendiant. »

Je levai un peu la tête et je vis, à côté des fragments d'outils agricoles et des blocs de foin, une section de panneau de signalisation, et une partie de l'aile de l'un des oiseaux-drones de Rick, et je me souvins de la voix de Gérante disant « Ça ne va pas être possible » et de Boy AA Rex jetant : « Tu es tellement égoïste, Klara. » Et je dis :

« Mais Josie est une enfant et elle n'a rien fait de méchant. »

Je me souvins de la mère me scrutant alors que j'étais assise sur le banc de pique-nique à Morgan Falls, et du taureau me fixant avec colère, comme si je n'avais aucun droit de passer devant son champ, et je me rendis compte que j'avais peut-être contrarié le Soleil en interférant de cette manière, au moment précis où il avait besoin de se reposer. Je lui présentai mes excuses en pensée, mais les ombres étaient encore plus longues à présent, et je sus que si j'écartais les doigts devant moi, elles s'étendraient jusqu'à l'entrée de la grange. Il était évident que le Soleil ne souhaitait pas faire la moindre promesse au sujet de Josie, car en dépit de toute sa bonté, il n'était pas en mesure de la différencier des autres humains, dont certains l'avaient fortement contrarié à cause de leur pollution et de leur manque de respect, et je me sentis brusquement stupide d'être venue dans cet endroit pour présenter une telle requête. Une clarté orangée plus intense encore inonda la grange, et je revis Rosa sur le sol dur, une expression de douleur sur le visage, le bras tendu pour toucher sa jambe allongée. Je courbai la tête pour me recroqueviller et me faire toute petite sur la chaise pliante, mais je me rappelai à quel point la chance la plus infime de lancer un tel appel serait fugace, et rassemblant mon courage une fraction de seconde, je me forçai à articuler les mots inaboutis qui se bousculaient dans mon esprit :

« Je comprends à quel point j'ai été effrontée et grossière en venant ici. Le Soleil a tous les droits d'être en colère, et je comprends parfaitement votre refus d'accorder la moindre considération à ma requête. Même ainsi, à cause de votre grande bonté, j'ai cru pouvoir vous prier de retarder votre voyage encore un instant. D'écouter encore une proposition. À supposer que je puisse faire quelque chose de plus pour vous. Quelque chose qui vous rende particulièrement heureux. Si je pouvais accomplir cela, pourriez-vous envisager en retour de faire preuve d'une bonté particulière à l'égard de Josie ? Comme vous l'avez fait cette fois-là avec l'Homme Mendiant et son chien ? »

Tandis que ces mots me traversaient l'esprit, un changement se produisit autour de moi. Le rougeoiement à l'intérieur de la grange était toujours intense, mais empreint de douceur à présent, au point que les différents segments qui compartimentaient mon environnement semblaient flotter entre les derniers rayons du Soleil. Je repérai la partie basse de la vitrine roulante – je la reconnus – s'élevant lentement jusqu'au moment où elle fut cachée par un segment voisin, et j'eus beau lever la tête et regarder autour de moi, je ne vis aucune trace du terrible taureau. Je sus alors que j'avais acquis un avantage vital, mais je ne pouvais pas gaspiller même un bref instant et je poursuivis, cessant de formuler des moitiés de mots car le temps me manquait :

« Je sais combien le Soleil déteste la pollution. Combien cela vous attriste et vous met en colère. Eh bien, j'ai vu et identifié la machine qui la crée. À supposer que je sois capable de trouver cette machine et de la détruire. Pour mettre fin à cette pollution. Pourriez-vous envisager en retour d'accorder votre aide spéciale à Josie ? »

L'intérieur de la grange s'assombrissait, mais c'était une obscurité amicale, et les segments ne tardèrent pas à disparaître, libérant l'espace de ses cloisons. Je savais que le Soleil s'était déplacé, et me levant de la chaise pliante, je m'avançai pour la première fois jusqu'à l'ouverture arrière de la grange de M. McBain. Je vis alors que le champ se prolongeait jusqu'à une rangée d'arbres – une sorte de clôture végétale – derrière laquelle le Soleil, fatigué et perdant de son intensité, s'enfonçait dans le sol. Le ciel plongea dans la nuit, les étoiles apparurent, et je vis que le Soleil me souriait gentiment avant de se reposer.

En signe de gratitude et de respect, je restai debout à la même place jusqu'à ce que sa dernière lueur eût disparu dans le sol. Puis je retraversai l'intérieur obscur de la grange de M. McBain, repartant comme j'étais venue.

■

Les hautes herbes bougèrent un peu lorsque je m'avançai. Traverser les champs dans la nuit était une perspective redoutable, mais encouragée par ce qui venait de se passer, je ne ressentais aucune frayeur. Le sol inégal me rappela les dangers qui me guettaient, et je fus ravie d'entendre soudain la voix de Rick tout près de moi.

« C'est vous, Klara ?

— Où êtes-vous ?

— Par ici. À votre droite. Je n'ai pas écouté vos conseils et je vous ai attendue. »

Je m'orientai vers la voix, l'herbe disparut et je me retrouvai dans une clairière. C'était comme si un aspirateur avait dégagé cet espace – une petite zone circulaire dont l'herbe ne dépassait pas la hauteur d'une chaussure, et il y avait un croissant de lune dans le ciel nocturne. Rick était assis là, apparemment à même le sol, mais quand je m'approchai, je vis qu'il était installé sur une grosse pierre en partie enfouie dans la terre. Il paraissait calme et me sourit.

« Merci de m'avoir attendue, dis-je.

— Pur égoïsme. Imaginez que vous soyez coincée ici toute la nuit et que vous vous abîmiez. Je serais dans une sacrée merde pour vous avoir amenée ici.

— Je pense que Rick m'a attendue par gentillesse. Je suis très reconnaissante.

— Vous avez trouvé ce que vous cherchiez en venant ici ?

— Oh oui. Du moins, c'est ce que je crois. Et je crois que nous avons maintenant une raison d'espérer. Pour Josie. Pour qu'elle aille mieux. Mais d'abord je dois m'acquitter d'une tâche.

— Quel genre de tâche ? Peut-être que je peux vous aider.

— Je regrette. Il ne m'est pas possible de discuter de cette question avec Rick. Je pense qu'un accord a été conclu ce soir. Un contrat, si vous préférez. Mais il pourrait être compromis si j'en parlais librement.

— D'accord. Je ne veux pas mettre en péril quoi que ce soit. Mais si je peux faire quelque chose…

— Si je puis parler franchement. La chose la plus importante que puisse faire Rick, c'est de s'efforcer d'entrer à l'université d'Atlas Brookings. Ensuite Josie et Rick pourront rester côte à côte et les souhaits exprimés par le généreux dessin se réaliseront.

— Bon sang, Klara, je vois que maman vous a travaillée au corps. À l'écouter, c'est tellement simple. Mais vous n'avez aucune idée de ce que quelqu'un comme moi doit faire pour être accepté dans un endroit comme ça. Et même si je réussissais, qu'est-ce que maman deviendrait ? Je la laisse ici toute seule ?

— Miss Helen est peut-être plus forte que Rick ne l'imagine. Et même si Rick n'est pas relevé, il possède des talents spéciaux. S'il se donnait à fond, je suis certaine qu'il serait accepté par l'université d'Atlas Brookings. D'ailleurs, Miss Helen dit qu'elle dispose d'une arme secrète pour l'aider.

— Son arme secrète ? Un taré qu'elle connaît ; il assiste la direction de la fac. Un ex à elle. Je ne veux pas m'impliquer là-dedans. Écoutez, Klara, on devrait rentrer.

— Vous avez raison. Nous sommes restés longtemps dehors. Miss Helen s'inquiète peut-être. Et si je pouvais être de retour avant l'arrivée de la mère de Josie, j'éviterais des questions embarrassantes. »

■

Le lendemain, lorsque la sonnette retentit vers le milieu de la matinée, Josie parut deviner qui était le visiteur, et quittant son lit, elle se précipita sur le palier. Je la suivis, et quand Rick passa devant Gouvernante Melania dans le vestibule, Josie se tourna vers moi avec un sourire excité. Puis elle prit un air absent et alla se poster en haut de l'escalier.

« Hé, Melania, appela-t-elle. Tu sais qui est ce drôle de type ?

— Salut, Josie. » Rick, levant les yeux vers nous, arborait un sourire prudent. « J'ai entendu dire qu'on pourrait redevenir amis. »

Josie s'assit sur la marche du haut. Je me tenais derrière elle, mais je sus qu'elle lui adressait son plus joli sourire.

« Vraiment ? C'est curieux. Je me demande qui a fait courir ce bruit. »

Le sourire de Rick devint plus confiant.

« Juste des ragots, je suppose. Soit dit en

passant, ce dessin m'a vraiment plu. Je l'ai encadré hier soir.

— Ah oui ? Un de ces cadres que tu fabriques toi-même ?

— Pour être honnête, j'ai utilisé l'un des anciens de maman. Il y en a tellement dans la maison. J'ai retiré une photo de zèbre et j'ai mis ton dessin à la place.

— Tu gagnes au change. »

Gouvernante Melania était repartie dans la cuisine. Rick et Josie se souriaient à travers l'escalier. Puis Josie donna le signal, et ils se mirent tous les deux en mouvement, elle se releva, et Rick empoigna la rampe.

Lorsqu'ils entrèrent ensemble dans la chambre, je me souvins de la recommandation de Gouvernante Melania et je les suivis. Comme autrefois, je restai assise sur le canapé Bouton face à la fenêtre du fond, tournant le dos à Rick et Josie qui riaient de bêtises. À un moment donné, j'entendis Josie :

« Hé, Rick, je me demande si c'est la bonne façon de tenir cette sorte de couteau. » Dans le reflet, je la vis prendre un couteau qui était resté après son petit déjeuner. « Ou bien c'est mieux comme ça ?

— C'est à moi que tu poses la question ?

— Je pensais que tu le savais puisque tu es anglais et tout ça. Ma professeure de chimie a dit qu'il fallait le tenir comme *ceci*. Mais qu'est-ce qu'elle en sait ?

— Et moi, comment je le saurais ? Et

pourquoi est-ce que tu répètes sans arrêt que je suis anglais ? Je n'ai jamais habité là-bas, tu le sais très bien.

— C'est toi qui le disais, Rick. Il y a deux, trois ans ? Tu insistais toujours sur le fait que tu étais anglais jusqu'au bout des ongles.

— Vraiment ? Ça devait être une phase.

— Ah oui, ça a duré des mois. Tu étais genre, je vous prie ici, pardonne-moi là. Alors j'ai pensé que tu saurais pour cette histoire de couteau.

— Mais pourquoi un Anglais en saurait plus long que les autres ? »

Quelques minutes plus tard, j'entendis Rick se déplacer dans la chambre et dire :

« Tu sais pourquoi j'aime tant cette chambre ? Elle a ton odeur, Josie.

— Comment ? J'y crois pas, tu oses dire une chose pareille !

— Uniquement comme un compliment.

— Rick, ça se fait pas de dire ça à une fille !

— Je ne m'adresse pas à n'importe quelle fille. Mais à toi.

— Pardon ? Donc je ne suis plus une fille ?

— Eh bien, pas *n'importe quelle* fille. Ce que j'essaie de dire, ce que j'entends par là, c'est que je ne suis pas venu ici depuis longtemps, et que j'ai oublié certains détails de cette chambre. Son apparence, son odeur.

— Punaise, Rick, c'est vraiment insultant. »

Mais sa voix était rieuse, et après un moment de silence, Rick observa :

« Au moins on n'est plus fâchés. J'en suis très heureux. »

Il y eut un autre silence, puis Josie répondit :

« Moi aussi j'en suis heureuse. » Et elle ajouta : « Je regrette d'avoir dit tous ces trucs sur ta mère et le reste. C'est une bonne personne et je ne pensais rien de tout ça. Et je suis désolée d'être malade tout le temps. De t'inquiéter. »

Dans la vitre, je vis Rick faire un pas vers Josie et l'entourer d'un bras. Une seconde plus tard, il l'enlaça de son autre bras. Elle ne résista pas mais ne répondit pas à son geste, ainsi qu'elle le faisait avec sa mère quand elles se disaient au revoir.

« Tu me sens mieux comme ça ? » demanda-t-elle au bout d'un moment.

Rick ne répondit pas, mais dit :

« Klara ? Vous êtes là ? »

Lorsque je me tournai, ils s'écartèrent un peu l'un de l'autre pour me regarder.

« Oui ?

— Peut-être que vous devriez, vous savez… Respecter notre intimité, comme vous le dites toujours.

— Bien sûr. »

Ils m'observèrent quand je me levai du canapé Bouton pour passer devant eux. Une fois sur le seuil, je me retournai pour dire :

« J'ai toujours voulu respecter votre intimité. C'est juste qu'on s'inquiétait à cause des galipettes. » Ils eurent l'air perplexes tous les deux, alors je continuai : « On m'a recommandé de m'assurer qu'il n'y ait pas de galipettes. C'est pourquoi je suis toujours restée dans la chambre, même pendant le jeu de bulles.

— Klara, dit Josie, Rick et moi on ne va pas coucher ensemble, OK ? On a deux ou trois choses à se dire, c'est tout.

— Bien sûr. Alors je vous laisse. »

Puis je sortis sur le palier, refermant la porte derrière moi.

■

Les jours qui suivirent, je pensai souvent à la machine Cootings et à la manière dont je pourrais la retrouver et la détruire. Je testai mentalement divers prétextes susceptibles de me permettre d'accompagner la mère en ville, et une fois là-bas, d'être livrée à moi-même assez longtemps, mais aucun ne me parut convaincant. Josie, remarquant mon inattention fréquente, disait quelque chose du genre : « Klara, tu as encore la tête ailleurs. Tu es peut-être en manque de solaire. » J'envisageai même de me confier à la mère, mais j'écartai cette option car elle risquerait de déclencher la colère du Soleil, et aussi parce que la mère ne comprendrait rien à l'accord que j'avais conclu et ne me croirait pas. Alors se présenta une opportunité, sans aucune initiative de ma part.

Un soir, une heure après que le Soleil fut parti se reposer, j'étais debout près du réfrigérateur, écoutant ses bruits réconfortants. Les lampes du plafond avaient été éteintes, et je me tenais dans la faible clarté venant du couloir. La mère était rentrée tard du bureau un instant auparavant, et pour la laisser seule avec sa fille, j'étais redescendue au rez-de-chaussée. Au bout d'un moment, j'entendis ses pas résonner dans l'escalier et se diriger vers la cuisine. Sa silhouette apparut sur le seuil, rendant la pièce plus obscure encore, et elle dit :

« Klara, je voulais te prévenir. Après tout, tu es impliquée.

— Oui ?

— Jeudi prochain, j'ai pris ma journée. Je vais conduire Josie en ville et nous y passerons la nuit. Nous en parlions à l'instant. Josie a un rendez-vous.

— Un rendez-vous ?

— Comme tu le sais, Josie allait à des séances de pose pour son portrait. Les fois où elle est passée devant ton magasin, c'était pour cette raison que nous venions en ville. Il y a eu une longue interruption à cause de sa santé, mais elle est plus forte à présent et je veux qu'elle se rende à une nouvelle séance. M. Capaldi s'est montré très patient et il a laissé son travail en attente.

— Je vois. Est-ce que Josie devra rester immobile longtemps ?

— M. Capaldi prend soin de ne pas la fatiguer. Il peut prendre des photographies et s'en inspirer. Mais il a tout de même besoin qu'elle vienne de temps en temps. Je te le dis parce que je veux que tu accompagnes Josie cette fois-ci. Je pense que ça lui ferait plaisir de t'avoir avec elle.

— Oh oui, ça me plairait beaucoup. »

La mère s'avança encore dans la cuisine et j'aperçus un côté de son visage éclairé par la lueur du couloir.

« Klara, je veux que tu sois auprès d'elle quand elle ira voir M. Capaldi. En fait, M. Capaldi veut te rencontrer. Il s'intéresse particulièrement aux AA. C'est une passion chez lui. Tu es d'accord ?

— Bien entendu. Je serais ravie de rencontrer M. Capaldi.

— Il aura peut-être quelques questions à te poser. En rapport avec ses recherches. Comme je viens de le dire, il est fasciné par les AA. Ça ne te dérange pas ?

— Non, bien sûr que non. Et je pense que cela fera du bien à Josie d'aller en ville à présent qu'elle est un peu plus forte.

— Parfait. Oh, et nous aurons sans doute d'autres passagers. Dans la voiture, je veux dire. Nos voisins ont besoin d'aller en ville.

— Rick et Miss Helen ?

— Ils ont quelque chose à faire en ville et elle ne conduit plus. Ne t'inquiète pas, il y a assez de place dans la voiture. Tu n'auras pas besoin de voyager dans le coffre. »

J'entendis encore parler de ce voyage le dimanche suivant quand Rick, accompagné de sa mère, vint à la maison en début d'après-midi. Je me retirai une fois encore sur le palier pour respecter l'intimité de Rick et de Josie dans la chambre. Debout près de la rampe, une oreille tendue vers l'entrée, j'entendis les rires de la mère et de Miss Helen résonner dans la cuisine. Je ne distinguais pas très bien leurs paroles, sauf quand l'une d'elles poussait une exclamation. Une fois, Miss Helen s'écria : « Oh, Chrissie, c'est vraiment scandaleux ! » avant d'éclater de rire. Un peu plus tard j'entendis la mère, riant elle aussi, dire très fort : « C'est vrai, c'est vrai, absolument ! »

La plupart des mots m'échappaient, et je ne voyais pas non plus les expressions de la mère, aussi m'était-il impossible de faire une estimation sérieuse, mais j'eus l'impression de n'avoir jamais connu la mère aussi détendue depuis mon arrivée. J'essayais d'écouter plus attentivement quand la porte de la chambre s'ouvrit et que Rick sortit.

« Josie est aux toilettes, dit-il en s'approchant de moi. J'ai pensé qu'il serait plus poli de venir ici en attendant.

— Oui, c'est une attention délicate. »

Il suivit mon regard par-dessus la balustrade et hocha la tête en direction des voix des adultes.

« Elles se sont toujours bien entendues, dit-il. C'est dommage que Mme Arthur ne soit pas là plus souvent. Ça fait tellement de bien à maman d'avoir quelqu'un à qui parler comme ça. Elle est toujours joyeuse en compagnie de Mme Arthur. Je fais de mon mieux. Mais je n'arrive jamais à la faire rire comme ça. Je suppose que comme je suis son fils, j'ai du mal à me détendre.

— Rick est sûrement un merveilleux compagnon pour Miss Helen. Mais vous voyez que si vous n'étiez pas là, elle serait capable de trouver d'autres personnes avec qui rire et bavarder.

— Je n'en sais rien. Peut-être. Écoutez, poursuivit-il, j'ai réfléchi de nouveau à tout ça. À ce que vous avez dit l'autre soir. Et j'ai donné mon accord. J'ai promis à maman d'essayer. De me donner du mal, de faire le maximum, pour être admis à Atlas Brookings.

— C'est magnifique ! »

Il se penchait encore plus, s'efforçant peut-être de capter quelques mots, et je craignis qu'il ne bascule en raison de sa haute taille. Mais il se redressa, posant les deux mains sur la balustrade.

« J'ai même accepté de rencontrer cet... *homme*, dit-il, baissant la voix. Son ex.

— La personne de l'arme secrète ?

— Ouais. L'arme secrète de maman. Elle croit qu'il peut me pistonner. Même ça, je l'ai accepté.

— Mais ça pourrait aboutir à la meilleure solution. Les souhaits du généreux dessin de Josie pourraient se rapprocher de la réalité.

— Peut-être qu'elles en parlent en bas en ce moment même. Du fait que je me suis rangé à l'avis de maman après tout ce temps. C'est peut-être ce qu'elles trouvent si amusant.

— Je ne pense pas qu'elles rient par méchanceté.

Je pense que Miss Helen doit être heureuse à cause de la promesse de Rick. Et pleine d'espoir. »

Il resta silencieux un moment, écoutant les voix monter. Puis il dit : « Je crois que Josie et Mme Arthur vont nous emmener en ville.

— Oui, je suis au courant. On m'a priée de venir moi aussi.

— Eh bien, c'est une bonne chose. Josie et vous pourrez m'apporter votre soutien moral. Je n'ai aucune envie de supplier ce type de m'aider. »

La voix de Josie résonna dans la chambre : « Super ! Alors tout le monde m'a abandonnée ! » Puis, comme Rick se tournait vers la porte : « Hé, Klara, tu peux revenir aussi. Pas de problème. On n'est pas en train de s'envoyer en l'air. »

■

Deux jours plus tard, je devais en apprendre plus sur le voyage en ville, et d'une façon surprenante cette fois-ci.

C'était un jour de semaine pluvieux, sans visites. Josie était allée dans le Plan Ouvert pour un cours d'oblong, et j'étais montée dans la chambre. Je me trouvais assise par terre, entourée de magazines, lorsque Gouvernante Melania apparut sur le seuil. Elle me regarda d'un air qui n'était ni aimable ni sévère, et je crus qu'elle était venue me réprimander pour les fois où j'avais laissé Rick et Josie sans surveillance malgré ses recommandations au sujet des galipettes. Mais elle s'avança dans la pièce, puis me dit avec une sorte de chuchotement rauque :

« AA. Tu veux aider Josie comme il faut ?

— Oui, bien sûr.

— Alors écoute. Madame emmène mademoiselle Josie jeudi. Je dis je veux venir avec elles, madame répond non. Je dis si. Madame dit encore non. Elle dit non parce qu'elle voit très bien que j'ai idée derrière la tête. Elle dit qu'elle veut emmener AA à la place. Alors écoute bien. Tu quittes pas Miss Josie d'une semelle en ville. Compris ?

— Oui, Gouvernante. » Je parlais doucement moi aussi, bien qu'il n'y eût aucune chance que Josie nous entendît. « Mais s'il vous plaît, expliquez-moi encore. Qu'est-ce qui vous inquiète ?

— Écoute, AA. Madame emmène Josie voir M. Capaldi. Le type du portrait. Ce M. Capaldi c'est un salopard fils de pute. Madame dit que tu observes bien. Alors observe très très bien M. Fils de Pute. Tu veux aider Miss Josie. On est même côté. » Elle jeta un coup d'œil à la porte derrière elle, bien qu'on n'entendît pas Josie émerger de son cours au rez-de-chaussée.

« Mais Gouvernante, M. Capaldi ne désire-t-il pas simplement peindre le portrait de Josie ?

— Peindre portrait, mon cul. AA, surveille bien M. Fils de Pute ou il arrive malheur à Miss Josie.

— Mais sûrement... » Je baissai encore la voix. « Sûrement que la mère ne voudrait jamais...

— Madame aime Miss Josie. Mais Miss Sal est morte et madame dans tous ses états. Pigé, AA ?

— Oui. Donc je vais observer très attentivement comme vous dites, surtout en présence de M. Capaldi. Mais… ?

— C'est quoi ce *mais*, AA ?

— Si M. Capaldi est tel que vous le décrivez. Suffira-t-il que je sois la seule à l'observer ? »

Gouvernante Melania me dévisagea de telle manière qu'un passant aurait pu croire qu'elle me menaçait, mais je compris alors qu'elle était terrifiée.

« Comment je saurais putain ? Je veux aller avec Miss Josie, madame dit pas question. Prend AA à la place. Peux pas comprendre. Alors tu restes près Miss Josie, surtout quand M. Fils de Pute est par là. Fais au mieux, AA. Nous même côté.

— Gouvernante, dis-je. J'ai un plan, un plan spécial pour sauver Josie. Je ne peux pas en parler ouvertement. Mais si je peux aller en ville avec Josie et sa mère, j'aurai peut-être l'opportunité de le réaliser.

— Un plan ? Écoute bien, AA. Tu fous le bordel, je te démolis.

— Mais si mon plan fonctionne, Josie deviendra forte et en bonne santé. Elle pourra aller à l'université et devenir une adulte. Malheureusement, je ne suis pas libre de vous en dire plus. Mais si je peux aller en ville, j'aurai une chance.

— OK. Surtout, AA, ouvre bien les yeux. Sur

Miss Josie dans ville la semaine prochaine. T'entends ?

— Oui, Gouvernante.

— Et, AA. Ton super plan. Si l'état de Miss Josie empire je te démolis. Je te fous dans poubelle.

— Gouvernante, dis-je en lui souriant avec assurance pour la première fois depuis mon arrivée dans la maison, merci pour cette conversation et pour votre mise en garde. Et merci de me faire confiance. Je ferai tout ce que je peux pour protéger Josie.

— OK, AA. Nous même côté. »

■

Il y eut un autre épisode notable pendant la période précédant le voyage en ville, et j'en tirai une importante leçon. Au milieu de la nuit, je fus réveillée par un son venu de Josie. La chambre était sombre, mais comme Josie détestait être dans le noir, le store de la fenêtre était relevé d'un tiers, et la lune et les étoiles projetaient des motifs sur le mur et le sol. Lorsque je regardai vers le lit, je vis qu'elle avait formé une sorte de monticule avec sa couette, et j'entendis un bourdonnement à l'intérieur, comme si elle essayait de se souvenir d'un air et ne voulait pas déranger le reste de la maisonnée.

Je m'approchai pour examiner ce monticule de plus près, et je le touchai légèrement. Il explosa aussitôt, la couette se désintégrant dans l'obscurité ambiante, et les sanglots de Josie emplirent la chambre.

« Josie, que se passe-t-il ? » Je parlais tout bas, le ton pressant. « La douleur est revenue ?

— Non ! Pas de douleur ! Je veux maman ! Va la chercher ! J'ai besoin d'elle ici ! »

Non seulement elle parlait fort, mais sa voix semblait s'être repliée sur elle-même, de telle sorte que deux versions de cette voix résonnaient ensemble, mais pas tout à fait au même diapason. Je ne l'avais jamais entendue avec cette voix, et j'hésitai une seconde. Elle se redressa pour se mettre à genoux, et je vis que la couette ne s'était pas désintégrée en fin de compte, et formait un énorme ballon derrière elle.

« Va chercher maman !

— Mais votre mère a besoin de se reposer, chuchotai-je. Je suis votre AA. C'est exactement pour cette raison que je suis là. Je suis toujours là.

— Je n'ai pas dit que je te voulais toi. J'ai besoin de maman !

— Mais Josie… »

Je sentis un mouvement derrière moi, et on me poussa si fort que je faillis perdre l'équilibre. Lorsque je repris mes esprits, je vis devant moi, au bord du lit, une énorme forme mouvante, rendue plus complexe encore par les taches d'ombre et de clair de lune qui oscillaient dessus. Je me rendis compte qu'il s'agissait de la mère et de Josie, dans les bras l'une de l'autre – la mère vêtue de ce qui ressemblait à un survêtement pâle, Josie habillée de son habituel pyjama bleu marine. Leurs cheveux étaient aussi emmêlés que leurs membres, puis leur forme se mit à se balancer doucement, un peu comme lorsqu'elles prolongeaient leurs adieux.

« J'veux pas mourir, maman. J'veux pas que ça m'arrive.

— Tout va bien. Tout va bien. » La mère parlait aussi bas que moi un instant plus tôt.

« J'veux pas que ça m'arrive, maman.

— Je sais, je sais. Tout va bien. »

Je m'éloignai sans bruit et je sortis sur le palier obscur. Je m'arrêtai près de la rampe, regardant les étranges motifs nocturnes sur le plafond et dans l'entrée, et je réfléchis aux conséquences de ce qui venait de se produire.

Au bout d'un moment, la mère sortit en silence de la chambre et, sans me regarder, elle tourna dans le petit couloir sombre qui conduisait à sa propre chambre. Le silence régnait à présent derrière la porte de Josie, et quand je revins à l'intérieur, la couette et le lit étaient en ordre et Josie dormait, respirant à nouveau paisiblement.

QUATRIÈME PARTIE

L'appartement de l'Amie se trouvait à l'intérieur d'une maison de ville. De la fenêtre du Grand Salon, je voyais d'autres maisons semblables, alignées de l'autre côté de la rue. J'en comptai six, et chaque façade avait été peinte d'une couleur un peu différente, pour éviter qu'un riverain se trompe de perron et entre chez un voisin par erreur.

J'en fis la remarque à Josie, quarante minutes avant notre départ pour l'atelier de M. Capaldi, l'homme du portrait. Elle était allongée sur le canapé en cuir, lisant un livre de poche qu'elle avait pris sur les étagères noires. Le motif du Soleil s'étendait sur ses genoux repliés, et elle était si absorbée par sa lecture qu'elle émit un vague murmure en guise de réponse. Cela me fit plaisir car l'attente l'avait rendue très nerveuse. Elle s'était sensiblement détendue quand j'étais allée me poster derrière la triple fenêtre, sachant que je l'alerterais dès l'instant où le taxi du père s'arrêterait devant la porte.

La mère aussi était nerveuse, mais je ne pus déterminer si la cause en était le rendez-vous avec M. Capaldi ou l'arrivée imminente du père. Elle avait quitté le Grand Salon un instant plus tôt, et j'entendais sa voix au téléphone dans l'autre pièce. J'aurais pu écouter ce qu'elle disait en collant mon oreille contre le mur, et supposant qu'elle parlait à M. Capaldi, j'envisageai même de le faire. Mais je me dis que cela risquerait de rendre Josie plus anxieuse encore, et l'idée me vint alors que la mère devait être en train de donner au père des indications sur le chemin à prendre.

Quand j'eus compris que Josie dépendait de moi pour guetter le taxi du père, je renonçai à mon projet d'en apprendre davantage au sujet de l'appartement de l'Amie pour me concentrer sur la rue. Ça ne me dérangeait pas, surtout parce qu'il y avait toujours une chance que la machine Cootings passe sous la triple fenêtre, et que, même si je n'avais aucun moyen de me lancer à sa poursuite, le seul fait de la voir serait une avancée décisive.

J'avais fini par accepter que les chances de voir surgir la machine Cootings devant la maison de l'Amie étaient minces. Plus tôt, pendant le trajet en voiture, alors que nous étions encore à la périphérie de la ville, j'avais été gagnée par un espoir démesuré car nous avions vu de nombreux agents de terrassement en chemin, et quand ils n'étaient pas visibles, leurs barrières fermaient une rue ou une autre. Je commençai alors à me dire que la machine Cootings pouvait apparaître à tout moment. Mais j'eus beau regarder par la fenêtre, et apercevoir toutes sortes de machines, je ne la repérai nulle part. Puis la circulation ralentit et il y eut moins d'agents de terrassement. À l'avant, la mère et Miss Helen bavardaient comme d'habitude, très détendues, tandis qu'à côté de moi, à l'arrière, Josie et Rick se montraient des choses qu'ils voyaient dehors, parlant tout bas. Parfois l'un d'eux donnait un coup de coude à l'autre pour lui faire remarquer un détail et ils riaient ensemble, sans avoir échangé un seul mot. Nous longeâmes un parc rempli de fleurs roses, puis un bâtiment avec un panneau indiquant « Stationnement réservé aux camions », et à l'avant Miss Helen et la mère riaient aussi, tout en gardant un ton prudent. « Sois stricte avec lui, Chrissie », recommanda Miss Helen. Ensuite je vis des pancartes en chinois, des bicyclettes enchaînées à des poteaux, et il se mit à pleuvoir – pourtant le Soleil faisait son possible –, des couples à parapluie firent leur apparition, ainsi que des touristes avec des magazines sur la tête, et j'aperçus un AA se hâtant de rejoindre son adolescent pour se mettre à l'abri. « Rick, c'est ridicule », dit Josie à propos de quelque chose, pouffant de rire. La pluie cessa alors que nous entrions dans une rue dont les immeubles étaient si hauts que les trottoirs restaient plongés dans l'ombre, et je remarquai des hommes en maillot de corps, assis sur leur perron en train de bavarder, nous regardant passer. « Chrissie, tu peux nous déposer n'importe où, disait Miss Helen. Nous t'avons déjà obligée à faire un détour beaucoup trop long. » Je vis deux immeubles gris côte à côte qui n'avaient pas la même hauteur, et quelqu'un avait peint une caricature dans la partie supérieure du mur du bâtiment le plus élevé, sans doute pour rendre leur différence moins gênante. Je me réjouissais chaque fois que j'apercevais un panneau de stationnement interdit, même s'ils étaient un peu différents de ceux que j'avais vus devant notre magasin. Josie se pencha et fit une remarque humoristique, et les deux adultes éclatèrent de rire. « Alors on se retrouve demain au restaurant de sushis, dit la mère à Miss Helen. Juste à côté du théâtre. Vous ne pouvez pas le rater. » Et Miss Helen répondit : « Merci, Chrissie, je sais que ça va beaucoup m'aider. Et Rick aussi, ça va l'aider. » Nous traversâmes une place avec une fontaine, puis un parc rempli de feuilles où je repérai deux autres AA, avant de prendre une rue animée avec de hauts immeubles.

« Il est en retard, dit Josie sur le canapé, et j'entendis le bruit sourd du livre de poche qui tombait sur le tapis. Mais je suppose que ce n'est pas inhabituel. »

Je me rendis compte qu'elle essayait de faire de l'humour, et je ris en disant :

« Je suis sûre qu'il est très impatient de revoir Josie. Ça roulait très lentement quand nous sommes venues, vous vous souvenez ? C'est sans doute pareil pour lui à présent.

— Papa n'arrive jamais à l'heure. En plus, maman a promis de lui payer son taxi. OK. Je vais oublier tout ce qui le concerne pendant un moment. Pas la peine d'en faire une histoire. »

Elle tendit la main pour ramasser son livre de poche, et je me tournai de nouveau vers la triple fenêtre. La vue de la rue depuis l'appartement de l'Amie était très différente de celle du magasin. Les taxis étaient rares, mais d'autres sortes de véhicules – de toutes les tailles, formes et couleurs – filaient à toute allure, s'arrêtant à l'extrême gauche de mon champ de vision, à l'endroit où un feu de circulation fixé à un long câble était suspendu au-dessus de la rue. Il y avait moins de coureurs et de touristes ici, mais plus de promeneurs avec des écouteurs – et plus de cyclistes, dont certains tenaient des objets d'une main et le guidon de l'autre. Une fois, peu de temps après la remarque de Josie sur son père, un cycliste passa avec, calée sous un bras, une large planche en forme d'oiseau aplati, et je craignis qu'un coup de vent ne lui fît perdre l'équilibre. Mais il était habile et s'élança entre les voitures pour se retrouver devant, juste sous le feu suspendu.

Dans la pièce voisine, l'inquiétude perçait dans la voix de la mère, et je savais que Josie l'entendait, mais quand je jetai un coup d'œil, elle parut encore absorbée par sa lecture. Une femme tirée par son chien passa, et ensuite un break portant l'inscription « Gio's Coffee Shop Deli » sur le côté. Puis un taxi ralentit juste devant la maison. Le Grand Salon était plus haut que le trottoir, donc il me fut impossible de voir l'intérieur du taxi, mais la voix de la mère se tut, et je sus que le père venait d'arriver.

« Josie, le voilà. »

Au début elle continua de lire. Puis elle respira profondément, se rassit et laissa à nouveau le livre tomber sur le tapis.

« Je parie que tu le prends pour un abruti, dit-elle. Il y a des gens qui le pensent. Mais en réalité il est super intelligent. Tu dois lui donner une chance. »

Je vis une silhouette longue et voûtée en imperméable gris émerger du taxi, un sac en papier à la main. Il posa un regard incertain sur notre maison de ville, et je supposai qu'il se demandait laquelle c'était, car de part et d'autre de la rue, elles se ressemblaient toutes. Il tenait avec précaution le sac en papier, comme si c'était un petit chien trop fatigué pour marcher. Il choisit le bon escalier, et aurait pu m'apercevoir, mais j'étais repartie dans la pièce après avoir prévenu Josie. Je crus que la mère allait revenir dans le Grand Salon et j'entendis ses pas, mais elle resta dans l'entrée. Pendant ce qui parut être un long moment, Josie et moi – et la mère près de la porte – attendîmes en silence. Puis la sonnette retentit, la porte s'ouvrit, et ils se mirent à chuchoter.

Ils se parlaient tout bas. La porte entre le

vestibule et le Grand Salon était entrouverte, et Josie et moi – debout au milieu de la pièce – guettions le moindre signe. Puis le père entra, sans son imperméable, mais tenant encore son sac en papier dans les mains. Il portait une veste de bureau assez chic, mais dessous, un pull marron fatigué dont le col montait jusqu'au menton.

« Hé, Josie ! Mon animal sauvage préféré ! »

Il voulait manifestement embrasser sa fille, et il chercha autour de lui un endroit où poser son paquet, mais Josie s'avança vers lui pour le serrer dans ses bras avec le sac en papier et le reste. Pendant cette étreinte, il laissa errer son regard dans la pièce et m'aperçut. Il détourna les yeux et ferma les paupières, posant la joue sur le sommet de la tête de Josie. Ils restèrent ainsi un moment, très immobiles, sans même se balancer doucement comme le faisaient parfois la mère et la fille lors des adieux du matin.

La mère était elle aussi figée sur place, un peu en retrait, les épaules encadrées par deux étagères noires, observant la scène sans sourire. L'étreinte se prolongea, et quand je regardai de nouveau la mère, toute cette section de la pièce était compartimentée, ses yeux plissés reproduits d'une boîte à l'autre, et dans certaines boîtes les yeux examinaient Josie et le père, tandis que dans d'autres ils me fixaient.

Ils se séparèrent enfin, le père sourit et leva plus haut le sac en papier, qui avait sans doute besoin d'oxygène.

« Tiens, animal, dit-il à Josie. Je t'ai apporté ma dernière petite création. »

Il présenta le sac à Josie, le tenant par-dessous jusqu'à ce qu'elle tendît les mains pour le prendre, puis ils s'assirent ensemble sur le canapé et elle regarda à l'intérieur. Au lieu de retirer l'objet du sac, elle déchira le papier sur les côtés, découvrant un petit miroir circulaire, d'aspect rustique, monté sur un minuscule support. Elle le posa sur son genou et dit :

« À quoi ça sert, papa ? À se maquiller ?

— Si tu veux. Mais tu ne l'as pas bien regardé. Examine-le bien.

— Ouah ! C'est sensationnel ! Comment c'est possible ?

— C'est curieux qu'on tolère ça, non ? Tous ces miroirs dont le reflet ne nous renvoie pas notre véritable image ? Celui-ci te montre telle que tu es. Il ne pèse pas plus qu'un poudrier classique.

— C'est brillant ! Tu l'as inventé ?

— Je voudrais bien en être l'auteur, mais le mérite en revient à mon ami Benjamin, l'un des autres gars de la communauté. Il a trouvé l'idée, mais il ne savait pas très bien comment la réaliser concrètement. Je me suis donc occupé de cette partie-là. Tout juste sorti du four la semaine dernière. Qu'est-ce que tu en penses, Josie ?

— Ouah, c'est un chef-d'œuvre. Maintenant je vais passer mon temps à examiner mon visage en public. Merci ! Tu es un vrai génie ! Ça fonctionne à piles ? »

Pendant les quelques minutes suivantes, le père et Josie continuèrent de parler du miroir, s'interrompant pour échanger des salutations rigolotes comme s'ils se rencontraient pour la première fois. Leurs épaules se touchaient, et tout en bavardant ils s'appuyaient souvent l'un contre l'autre. Je restai debout au milieu de la pièce, le père me jetant un coup d'œil de temps à autre, et je crus que Josie allait me présenter. Mais l'arrivée du père l'avait excitée, elle continuait de lui parler à toute vitesse, et il cessa de se tourner vers moi.

« Mon nouveau professeur de physique, papa, je parie qu'il ne sait même pas la moitié de ce que tu sais toi. Et il est bizarre. S'il n'était pas super accrédité, je dirais genre, maman, on doit faire arrêter ce type. Non, non, pas de panique, il ne se montre pas incorrect. C'est juste tellement évident qu'il met au point un truc dans son appentis, tu sais, pour nous faire tous sauter. Hé, comment va ton genou ?

— Oh, beaucoup mieux, merci. En fait il va très bien.

— Tu te rappelles ce biscuit que tu as mangé la dernière fois qu'on est sortis ? Celui qui ressemblait au président chinois ? »

Les paroles de Josie étaient décousues, son débit précipité, mais je voyais qu'elle testait chaque mot mentalement avant de le prononcer. Puis la mère – qui était partie dans l'entrée – reparut vêtue de son manteau, tenant la grosse veste de Josie en l'air. Interrompant net la conversation entre père et fille, elle dit :

« Paul, allons. Tu n'as pas salué Klara. Voici Klara. »

Le père et Josie se turent, me regardant tous les deux. Puis le père dit :

« Klara. Bonjour. »

Le sourire qui ne l'avait pas quitté depuis son entrée dans l'appartement s'était évanoui.

« Désolée de vous bousculer, reprit la mère. Mais tu es arrivé en retard, Paul. Nous avons un rendez-vous à respecter. »

Le sourire du père revint mais il y avait maintenant de la colère dans ses yeux.

« Je n'ai pas vu ma fille depuis près de trois mois et je ne peux pas lui parler cinq minutes ?

— Paul, c'est toi qui as insisté pour venir.

— J'en ai le droit, il me semble.

— Personne ne dit le contraire. Mais ne nous mets pas en retard.

— Ce type est si occupé que…

— Ne nous mets pas en retard, Paul. Et une fois là-bas, tiens-toi à carreau. »

Le père regarda Josie et haussa les épaules.

« Tu vois, les problèmes commencent, dit-il en riant. En route, animal, on ferait mieux d'y aller.

— Paul, dit la mère, tu n'as pas encore parlé à Klara.

— Je viens de la saluer.

— Allons. Encore un effort.

— Elle fait partie de la famille, c'est ça l'idée ? »

La mère le fusilla du regard, puis elle parut penser à autre chose et agita la veste de Josie.

« Allons, chérie. On doit y aller. »

■

Pendant que nous attendions dehors la voiture de la mère, le père – qui avait remis son imperméable – entourait Josie de son bras. Ils se tenaient au bord du trottoir, et moi plus en retrait, devant la grille, laissant le passage aux piétons. À cause de la distance et de l'acoustique en plein air à laquelle je n'étais pas habituée, j'avais des difficultés à saisir leurs paroles. À un moment donné, le père se tourna vers moi, mais continua de parler à Josie tout en m'examinant. Puis une femme à la peau noire, avec de grosses boucles d'oreilles, passa entre nous, et quand elle eut disparu, le père avait de nouveau tourné le dos.

Lorsque la voiture de la mère arriva, je montai à l'arrière avec Josie et j'essayai de croiser son regard, afin de la rassurer au cas où elle aurait été préoccupée par sa séance de pose. Mais elle observait la rue de son côté et m'ignora.

La voiture de la mère roulait au pas, quittant une voie pour se retrouver bloquée dans une autre. Nous passions devant des portes d'entrée murées et des immeubles aux fenêtres condamnées. Il se remit à pleuvoir, les couples à parapluie reparurent et les maîtres de chiens en laisse hâtèrent le pas. Je vis surgir de mon côté – si près que j'aurais pu le toucher si j'avais baissé ma vitre – un mur détrempé recouvert de textes de bulles écrits d'une main coléreuse.

« Ce n'est pas si mal, disait la mère. Nous ne sommes pas assez nombreux. Le budget par campagne a baissé de près de quarante pour cent. Nous sommes en conflit chronique avec les gens des RP. Mais autrement, oui, tout va bien.

— Steven fait toujours sentir sa présence ?

— Absolument. Il est toujours aussi sympathique.

— Tu sais, Chrissie. Je me demande vraiment si ça en vaut la peine. Que tu t'accroches comme ça.

— Je ne suis pas sûre de comprendre. Je m'accroche à quoi exactement ?

— À Goodwin. À ton cabinet juridique. À tout ce… monde du travail. À chaque instant de ton existence déterminé par un contrat que tu as signé autrefois.

— Je t'en prie, ne revenons pas là-dessus. Je suis désolée de ce qui t'est arrivé, Paul. Je suis désolée, et encore en colère. Mais je continue de *m'accrocher*, comme tu dis, parce que le jour où je m'arrêterai, l'univers de Josie, *mon univers*, va s'effondrer.

— Pourquoi en es-tu aussi sûre, Chrissie ? Écoute, c'est un grand pas à faire, je le sais. Je te suggère seulement d'y réfléchir un peu plus. Essaie de voir les choses avec un œil neuf.

— Un œil neuf ? Allons, Paul. Ne commence pas à prétendre que tu es satisfait de la manière dont les choses ont tourné. Tout ce talent. Toute cette expérience.

— Honnêtement ? Je pense que les substitutions ont été la meilleure chose qui me soit arrivée. C'est derrière moi à présent.

— Comment peux-tu dire ça ? Tu étais un ingénieur de haut vol. Un savoir unique, des compétences professionnelles. En quoi est-il juste que personne ne puisse faire appel à toi ?

— Chrissie, il faut que je te dise, tu es beaucoup plus amère que moi à ce sujet. Les substitutions m'ont permis de poser sur le monde un regard neuf, et je crois sincèrement qu'elles m'ont permis de distinguer ce qui est important de ce qui ne l'est pas. Et là où je vis à présent, il y a des tas de gens formidables qui ressentent exactement la même chose. Ils ont tous suivi le même chemin, certains avec des carrières beaucoup plus grandioses que la mienne. Et nous sommes tous d'accord, et je crois honnêtement que nous ne nous berçons pas d'illusions. Nous nous en sortons beaucoup mieux qu'avant.

— Vraiment ? Tout le monde le pense ? Même ton ami, celui qui était juge à Milwaukee ?

— Je ne dis pas que c'est toujours facile. Nous avons tous nos mauvais jours. Mais en comparaison de ce que nous avions avant, nous avons l'impression de… de vivre vraiment pour la première fois.

— C'est agréable à entendre de la part d'un ex-mari.

— Désolé. Écoute, peu importe. J'ai des questions. À propos de ce portrait.

— Pas maintenant, Paul. Pas ici.

— Hum. OK.

— Hé, papa, lança Josie à côté de moi. Vas-y, demande ce que tu veux. Je n'écoute pas.

— Ça j'en suis sûr, répondit le père en riant.

— Plus de discussions sur le portrait, Paul, intervint la mère. Tu me dois ça.

— Je te le dois ? Je ne vois vraiment pas pourquoi je te devrais quelque chose, Chrissie.

— Pas maintenant, Paul. »

À cet instant précis, je me rendis compte que le panneau de stationnement interdit que nous dépassions était celui que je connaissais si bien, et au même instant, le RPO apparut du côté de Josie, et je vis le flot de taxis familier autour de nous. Mais quand je me retournai tout excitée vers le magasin, je vis qu'il y avait quelque chose d'anormal.

Bien sûr, je n'avais jamais aperçu le magasin depuis la rue, mais je ne vis ni AA, ni canapé rayé en vitrine. Au lieu de cela, il y avait un étalage de bouteilles colorées et une pancarte indiquant : « Éclairage encastré ». Je me retournais pour continuer de regarder quand Josie fit :

« Klara, tu sais où nous sommes ?

— Oui, bien sûr. » Mais nous avions déjà dépassé le passage piétons, et je n'avais même pas vérifié si les oiseaux étaient perchés sur le feu de circulation. En fait, j'avais été si déroutée par la nouvelle apparence du magasin que je n'avais pas observé les environs autant que je l'aurais voulu. Nous étions déjà dans une autre section de la rue, et je me retournai encore pour voir, à travers la vitre arrière, le bâtiment du RPO devenir tout petit.

« Tu sais ce que je pense ? » Il y avait de l'inquiétude dans la voix de Josie. « Je pense que ton ancien magasin a peut-être déménagé.

— Oui. Peut-être. »

Mais le temps me manqua pour penser au magasin, car j'aperçus ensuite – entre les deux sièges avant – la machine Cootings. Je la reconnus avant que nous soyons assez proches pour voir le nom écrit dessus. Elle était là, projetant de la pollution par ses trois cheminées, ainsi qu'elle l'avait toujours fait. Je savais que j'aurais dû ressentir de la colère, mais en la découvrant après la surprise causée par le magasin, j'éprouvai presque de la bonté envers la terrible machine. Alors que nous l'avions dépassée, et que la mère et le père continuaient d'échanger des propos tendus, Josie dit à côté de moi :

« Ces magasins, la façon dont ils changent sans arrêt. Le jour où je suis venue te chercher, c'est ce que je craignais. Que le magasin ait disparu, avec toi et tous tes amis. »

Je lui souris, mais je me tus. À l'avant, les voix des adultes devinrent plus fortes.

« Écoute, Paul, nous en avons discuté encore

et encore. Il est entendu que Josie, Klara et moi nous y allons, et les choses se dérouleront comme prévu. Tu as donné ton accord, tu t'en souviens ?

— J'ai donné mon accord, mais je peux malgré tout faire un commentaire, non ?

— Certainement pas ici ! Pas maintenant et pas dans cette putain de voiture ! »

Josie avait continué de me parler, mais elle s'était laissé distraire. Les adultes se taisaient à présent, et elle dit :

« Si tu veux, Klara, on peut aller à sa recherche demain, à condition qu'on ait le temps. »

Je faillis croire qu'elle parlait de la machine Cootings, puis je me rendis compte qu'elle faisait allusion au nouveau local où Gérante et les autres AA avaient pu aller. Je pensai qu'elle concluait un peu vite qu'ils avaient tous déménagé simplement parce que la vitrine avait changé, et je m'apprêtais à le lui dire quand elle se pencha vers les adultes.

« Maman ? Juste si on a du temps demain ? Klara veut aller chercher ce qui est arrivé à son ancien magasin. Tu serais d'accord ?

— Si tu veux, chérie. C'était le deal. Aujourd'hui on va voir M. Capaldi et tu fais ce qu'il demande. Demain nous ferons ce que tu veux. »

Le père secoua la tête et se tourna vers sa propre fenêtre, mais Josie était assise derrière lui et ne pouvait pas voir son expression.

« Ne t'inquiète pas, Klara. » Elle se pencha

pour me toucher le bras. « On va le trouver demain. »

■

La mère tourna dans une petite cour enfermée par des barbelés. Un panneau interdisant de se garer était fixé à une clôture, mais elle s'arrêta juste en face, à côté d'un autre véhicule. Quand nous descendîmes de voiture, le sol était dur et craquelé en beaucoup d'endroits. Josie s'avança prudemment à côté de son père, en direction d'un bâtiment en brique qui dominait la cour, et peut-être à cause du sol inégal, il lui prit le bras. Debout près de la voiture, la mère les regarda, immobile un instant. Puis à ma surprise, elle vint glisser son bras sous le mien et nous leur emboîtâmes le pas, comme pour imiter Josie et son père.

Il n'y avait pas de dépendances de part et d'autre de l'immeuble que je ne qualifiai pas de maison, constatant que son briquetage n'était pas peint et que des escaliers de secours obscurs s'élevaient en zigzag. Les cinq étages s'arrêtaient au toit plat, et j'eus l'impression qu'un événement malheureux était à l'origine de la disparition des bâtiments annexes, qui avaient dû être détruits par les agents de terrassement. Je m'avançais sur le sol fissuré quand la mère se pencha vers moi.

« Klara, dit-elle doucement. Rappelle-toi. M. Capaldi voudra te poser des questions. En fait, il en aura un certain nombre. Il suffit que tu y répondes. D'accord, chérie ? »

C'était la première fois qu'elle m'appelait ainsi.

« Oui, bien sûr », répondis-je, puis le bâtiment en brique se dressa devant nous, et je vis que chaque fenêtre reproduisait un motif de papier quadrillé.

Il y avait une porte de plain-pied à côté de deux poubelles, et lorsque Josie et le père l'atteignirent, ils se retournèrent pour nous attendre, comme si c'était à la mère de nous guider à l'intérieur. Le remarquant, elle me lâcha le bras et s'approcha seule de la porte. Elle resta très immobile un moment, puis elle appuya sur le bouton.

« Henry, dit-elle dans le haut-parleur mural. Nous sommes là. »

■

L'intérieur de la maison de M. Capaldi n'avait aucun rapport avec l'extérieur. Dans sa Grande Salle les sols avaient presque la même nuance de blanc que ses gigantesques murs. De puissants projecteurs fixés au plafond nous éclairaient, de telle sorte qu'il était difficile de lever les yeux sans être ébloui. Il y avait très peu de meubles pour un espace aussi vaste : un grand canapé noir, et devant, une table basse sur laquelle M. Capaldi avait disposé deux appareils photo et leurs objectifs. La table basse, comme la vitrine d'exposition de notre magasin, avait des roulettes qui permettaient de la déplacer en douceur sur le sol.

« Henry, nous ne voulons pas que Josie se fatigue, disait la mère. Peut-être pourrions-nous commencer ?

— Bien sûr. » M. Capaldi agita la main en direction de l'angle du fond où deux graphiques étaient fixés côte à côte sur la paroi. Je voyais sur chacun d'eux de multiples lignes droites s'entrecroiser à différents angles. Une chaise légère en métal était restée devant les graphiques, ainsi qu'un lampadaire à trépied, éteint pour l'instant. L'angle du fond paraissait donc obscur et solitaire. Josie et la mère le fixaient avec appréhension, et M. Capaldi, le remarquant, toucha un interrupteur sur la table basse ; le lampadaire illumina l'angle tout entier, créant de nouvelles ombres.

« Ce sera une séance tout à fait détendue », dit M. Capaldi. Il avait le crâne dégarni et une barbe qui cachait presque entièrement sa bouche. J'estimai qu'il devait avoir cinquante-deux ans. L'ébauche d'un sourire figée sur ses traits. « Rien d'éprouvant. Donc si Josie est prête, on pourrait s'y mettre. Josie, tu veux bien venir par ici ?

— Henry, attendez, dit la mère, sa voix résonnant dans l'espace. J'espérais voir le portrait d'abord. Ce que vous avez fait jusqu'à présent.

— Bien sûr, répondit M. Capaldi. Mais vous devez comprendre que c'est encore inachevé. Et il n'est pas toujours facile pour un profane de saisir de quelle façon ces choses se mettent peu à peu en place.

— Je voudrais tout de même le voir.

— Je vais vous conduire en haut. En fait, Chrissie, vous savez que vous n'avez pas besoin de ma permission. Vous êtes la patronne ici.

— C'est plutôt effrayant, dit Josie, mais moi aussi j'aimerais bien y jeter un coup d'œil.

— Euh… chérie, j'ai promis à M. Capaldi que tu ne verrais rien pour l'instant.

— Je suis assez d'accord, dit M. Capaldi. Si tu n'y vois pas d'inconvénient, Josie. D'après mon expérience, si le sujet voit le portrait trop tôt, tout part à vau-l'eau. J'ai besoin que tu restes totalement naturelle.

— Naturelle en quoi, exactement ? » demanda le père d'une voix retentissante. Il avait gardé son imperméable, bien que M. Capaldi lui eût proposé à deux reprises de le suspendre à l'une des patères dans l'entrée. Il s'était approché des graphiques et les examinait en fronçant les sourcils.

« Ce que je veux dire, Paul, c'est que si le sujet, Josie dans le cas présent, devient trop emprunté, il risque de prendre une pose qui n'est pas naturelle. C'est tout ce que j'entendais par là. »

Le père continuait de fixer les graphiques sur le mur. Puis il secoua la tête comme il l'avait fait dans la voiture.

« Henry ? insista la mère. Je peux aller visiter votre atelier maintenant ? Pour voir ce que vous avez fait ?

— Bien sûr. Suivez-moi. »

M. Capaldi guida la mère jusqu'à un escalier métallique qui s'élevait en direction d'un balcon. Je regardai leurs pieds monter à travers les espaces entre les marches. En arrivant sur le balcon, M. Capaldi tapota un clavier à côté d'une porte violette, il y eut une légère vibration, et ils entrèrent tous les deux.

La porte violette se referma derrière eux et j'allai m'installer sur le canapé noir où Josie était assise. Je voulus faire une remarque humoristique pour la détendre, mais le père se mit à parler depuis l'angle éclairé de la pièce :

« Je suppose que l'idée, animal, est de te photographier encore et encore devant ces graphiques. » Il fit un pas vers elle. « Regarde ça. Les mesures indiquées le long de chaque ligne.

— Tu sais, papa, répondit Josie. Maman nous a dit que c'était cool de ta part de nous accompagner aujourd'hui. Mais peut-être que ce n'était pas une aussi bonne idée que ça. On aurait pu se retrouver ailleurs. Faire quelque chose de différent.

— Ne t'inquiète pas, on fera autre chose après. Mieux que ça. » Puis il se tourna pour lui sourire gentiment. « Ce portrait. Partons du principe qu'il sera terminé un jour. Ce qui m'embête, c'est que je ne pourrai pas le garder chez moi. Parce que ta mère le voudra auprès d'elle.

— Tu pourrais venir le voir n'importe quand, dit Josie. Ce serait une sorte de prétexte. Pour venir plus souvent.

— Écoute, Josie, je suis désolé. De la façon dont les choses ont tourné. J'aimerais passer plus de temps avec toi. Beaucoup plus de temps.

— Ça ne fait rien, papa. Ça se passe bien maintenant. Hé, Klara. Qu'est-ce que tu penses de mon papa ? Pas si dingue que ça, hein ?

— J'ai eu beaucoup de plaisir à rencontrer M. Paul. »

Le père continua de regarder les graphiques comme si je n'avais pas parlé, désignant un détail d'un geste. Lorsqu'il se tourna enfin vers moi, le sourire de ses yeux avait disparu.

« Enchanté moi aussi de vous rencontrer, Klara. » Puis il regarda Josie. « Tu sais quoi, animal. Finissons-en vite avec tout ça. Ensuite, juste nous deux, on pourra aller quelque part pour manger un morceau. Je connais un endroit qui va te plaire.

— Ouais, super. Si maman et Klara sont d'accord. »

Elle regarda par-dessus son épaule, et à ce moment précis, sur le balcon, la porte violette s'ouvrit et M. Capaldi sortit.

« Restez-y aussi longtemps que vous voulez, lança-t-il par la porte ouverte de l'atelier. Je ferais mieux d'aller voir Josie. »

J'entendis la mère répondre quelque chose, puis elle sortit elle aussi sur le balcon. Son dos, si droit d'ordinaire, s'était affaissé et M. Capaldi lui tendit une main, comme pour la retenir au cas où elle trébucherait.

« Tout va bien, Chrissie ? »

La mère le repoussa et commença à descendre les marches, cramponnée à la rampe. Arrivée au milieu, elle s'arrêta pour rejeter ses cheveux en arrière, puis elle poursuivit jusqu'en bas.

« Alors tu en penses quoi ? demanda Josie avec un regard inquiet.

— Ça va, répondit la mère. Ça ira. Paul, si tu veux le voir, vas-y.

— Peut-être dans un instant, dit le père. Capaldi, je vous serais reconnaissant d'en finir rapidement avec nous aujourd'hui. Je veux emmener Josie prendre un café et un gâteau.

— Pas de problème, Paul. La situation est sous contrôle. Chrissie, vous êtes sûre que ça va ?

— Oui oui, répondit la mère, qui se hâta cependant de regagner le canapé noir.

— Josie, reprit M. Capaldi, juste avant de commencer, je voudrais que Klara me fasse une faveur. J'ai une petite mission pour elle. Je pensais qu'elle pourrait peut-être s'en acquitter pendant que nous prendrons nos photos. Ça vous va ?

— Ça me convient, répondit Josie. Mais vous devriez poser la question à Klara. »

M. Capaldi s'adressa néanmoins au père :

« Paul, en tant que collègue scientifique, vous serez d'accord avec moi. Je suis convaincu que les AA ont tellement plus à nous donner que nous n'en avons réellement conscience. Nous ne devrions pas redouter leurs pouvoirs intellectuels. Nous devrions apprendre d'eux. Les AA ont tant de choses à nous enseigner.

— J'étais ingénieur, et je n'ai jamais été un *scientifique.* Je pense que vous le savez. En tout cas, les AA n'ont jamais fait partie de mon territoire. »

M. Capaldi haussa les épaules, et portant une main à sa barbe, il parut en vérifier la texture. Puis il se tourna vers moi en disant :

« Klara, j'ai préparé une enquête pour vous. Une sorte de questionnaire. Il se trouve sur l'écran là-haut, prêt à démarrer. Si vous voulez bien le compléter, je vous en serais très reconnaissant. »

Sans me laisser le temps d'ouvrir la bouche, la mère dit :

« C'est une bonne idée, Klara. Ça vous donne une occupation pendant que Josie pose pour ses photos.

— Bien sûr. Je serai heureuse de vous apporter mon aide.

— Merci. Ce n'est rien de difficile, je sous assure. En fait, ce que je voudrais, Klara, c'est que vous n'y accordiez aucun effort particulier. Tout cela fonctionne mieux si vous répondez d'une manière spontanée.

— Je comprends.

— Ce ne sont même pas de vraies questions. Venez donc avec moi en haut, et je vous montrerai, vous voulez bien ? Mes amis, Josie, ça ne prendra qu'un instant. Je vais installer Klara et je reviens tout de suite. Josie, tu as l'air en pleine forme aujourd'hui. Par ici, Klara. »

Je crus qu'il allait me conduire moi aussi à la porte violette, mais il m'entraîna vers le côté opposé de la salle, où un escalier en métal différent menait à une autre section du balcon. M. Capaldi le gravit en premier et je le suivis, abordant chaque marche avec précaution. Lorsque je regardai en bas, je vis Josie, le père et la mère – encore assise sur le canapé noir – les yeux levés vers nous. Je fis un signe de la main à Josie mais personne ne bougea au-dessous. Puis Josie me lança :

« Courage, Klara !

— Par ici je vous prie, Klara. » Le balcon était étroit, fait du même métal foncé que l'escalier. M. Capaldi maintenait ouverte une porte en verre donnant sur une pièce plus petite encore que la chambre de Josie, où trônait un siège de bureau capitonné face à l'écran. « Asseyez-vous je vous prie. Tout est prêt. »

Je m'assis, l'épaule calée contre un mur blanc. Sous l'écran se trouvait un étroit rebord avec trois commandes.

La pièce était trop exiguë pour que M. Capaldi entre lui aussi, et la porte en verre resta ouverte pendant qu'il me donnait ses instructions, tendant parfois la main pour manipuler les appareils. Je l'écoutai avec attention, mais je ne tardai pas à remarquer que le ton montait entre le père et la mère. J'entendis la mère s'écrier :

« Personne ne tient à ce que tu restes, Paul.

— Ce n'est pas cohérent, disait le père. Je souligne simplement l'incohérence.

— Je n'essaie pas d'être cohérente, j'essaie juste de trouver la bonne voie pour nous.

Pourquoi rendre les choses plus difficiles qu'elles ne le sont, Paul ? »

À côté de moi, M. Capaldi rit, s'interrompant dans ses explications, puis il s'exclama : « Bigre. On dirait que je ferais mieux de descendre pour calmer le jeu. Vous avez tout ce qu'il vous faut, Klara ?

— Merci. Tout est très clair.

— J'en suis ravi. Si vous avez le moindre problème, appelez-moi. »

Lorsqu'il referma la porte, elle me heurta l'épaule, mais je voyais assez bien à travers la vitre pour observer M. Capaldi en train de descendre sous le balcon. Puis je posai le regard plus loin, au-delà du vide, sur le balcon d'en face et la porte violette que la mère venait de franchir.

Je commençai à répondre au questionnaire de M. Capaldi. Parfois je voyais une question en train de s'écrire sur l'écran. Ou bien il y avait des diagrammes changeants, ou encore l'écran s'assombrissait et des sons aux couches multiples sortaient des haut-parleurs. Un visage – celui de Josie, de la mère, d'un inconnu – apparaissait avant de s'évanouir. Au début, de courtes réponses d'une douzaine de chiffres et de symboles étaient appropriées, mais à mesure que les questions devenaient plus complexes, je me surprenais à composer des réponses plus longues, dont certaines atteignaient plus de cent chiffres et symboles. Pendant tout ce temps, les voix restèrent tendues en dessous, mais avec la porte fermée, je ne distinguais plus les mots.

Au milieu de mon travail, je perçus un mouvement derrière la vitre et je vis M. Capaldi guider le père jusqu'au balcon d'en face. Je poursuivis ma tâche, dont j'avais à présent saisi l'objectif. Je n'avais plus besoin d'y consacrer toute mon attention, et je pus donc observer le père qui s'approchait de la porte violette, se drapant nerveusement dans son imperméable. Il me tournait le dos, et je le voyais à travers une vitre en verre dépoli, mais j'eus l'impression qu'il se trouvait mal tout d'un coup.

M. Capaldi, qui se tenait avec lui sur le balcon, ne parut pas s'en préoccuper et continua de sourire et de parler gaiement. Ensuite il tendit la main vers le clavier de la porte violette. J'entendis depuis mon réduit la vibration du déverrouillage, mais lorsque je levai de nouveau les yeux, le père était entré et M. Capaldi se penchait sur le seuil, disant quelque chose. Je le vis alors reculer brusquement, le père ressortit, et d'après ce que je devinai à travers le verre dépoli, il n'était plus malade du tout mais animé d'une énergie nouvelle. Il ne parut pas gêné d'avoir manqué de renverser M. Capaldi et il dévala l'escalier quatre à quatre. M. Capaldi le suivit du regard, hochant la tête comme l'aurait fait le parent d'un enfant qui fait une crise dans un magasin, puis il referma la porte violette.

Sur l'écran, les images changeaient de plus en plus vite à présent, ce qui ne compliquait en rien les tâches dont je devais m'acquitter, et au bout de plusieurs minutes, sans perdre ma concentration, j'entrebâillai la porte en verre. J'entendis alors plus clairement les voix en dessous.

« Ce que vous soulignez ici, Paul, disait M. Capaldi, c'est que notre travail, quel qu'il soit, nous range sous une étiquette. C'est votre argument, je me trompe ? Et parfois, cette étiquette est injuste.

— C'est une manière très brillante de déformer mon propos, Capaldi.

— Paul, je t'en prie, dit la mère.

— Je regrette, Capaldi, si ça semble impoli. Mais franchement ? Je pense que vous faites exprès d'interpréter mes paroles de travers.

— Non, Paul, vous n'y êtes pas du tout. Il y a toujours des choix éthiques, quel que soit votre travail. C'est la vérité, que vous soyez payé pour ça ou non.

— Très aimable de votre part, Capaldi.

— Paul, je t'en prie, répéta la mère. Henry fait juste ce que nous lui avons demandé. Ni plus ni moins.

— Rien d'étonnant, Capaldi – désolé, *Henry* –, qu'un type comme vous s'efforce de comprendre ce que je dis. »

Je repoussai ma chaise à roulettes et je sortis par la porte vitrée. J'avais déjà compris que le balcon était un circuit rectangulaire longeant les quatre murs. J'en choisis la partie arrière et me tenant près du mur blanc, je pris soin de ne pas faire grincer le grillage en métal sous mes pas et d'éviter les faisceaux de projecteurs susceptibles de créer des ombres mouvantes en dessous. J'atteignis la porte violette sans encombre et je rentrai le code que j'avais déjà observé à deux reprises. Il émit une légère vibration, comme la fois précédente, mais en bas personne n'avait rien remarqué. Je me retrouvai à l'intérieur de l'atelier de M. Capaldi et je refermai la porte derrière moi.

La pièce était en forme de L et décrivait un angle pour se prolonger au-delà de la limite normale du bâtiment. De part et d'autre du passage qui conduisait à cet angle, deux plans de travail encombrés de formes, de tissus, de petits couteaux et d'outils étaient fixés aux murs. Je n'avais pas le temps de les examiner de plus près et je me dirigeai avec précaution vers l'angle, me souvenant que le sol était fait du même grillage métallique.

Je contournai l'angle du L et je découvris Josie, suspendue en l'air. Pas très haut – ses pieds étaient au niveau de mes épaules – mais penchée en avant, les bras déployés, les doigts écartés, elle donnait l'impression d'être en chute libre. Des petits rayons l'illuminaient sous différents angles, ne lui laissant aucune échappatoire. Son visage était très semblable à celui de la vraie Josie, mais ses yeux privés de leur douceur souriante et la courbe supérieure de ses lèvres lui donnaient une expression que je ne lui connaissais pas. Sur son visage se lisaient la peur et la déception. Ses vêtements, faits en papier de soie pour ressembler à un T-shirt sur le torse et à un short ample dessous, n'étaient pas de vrais vêtements. Le papier de soie était jaune pâle et translucide, et sous cet éclairage aveuglant il faisait paraître les bras et les jambes de Josie d'autant plus fragiles. Ses cheveux étaient noués sur sa nuque, ce qu'elle avait l'habitude de faire quand elle était malade, et c'était le seul détail qui clochait ; les cheveux étaient fabriqués avec un matériau que je n'avais jamais vu sur aucun AA, et je savais qu'ils ne plairaient pas à cette Josie.

Ayant fait mes observations, j'avais l'intention de retourner dans le réduit avant que mon absence attire l'attention. Je m'avançai avec précaution entre les deux plans de travail et j'entrouvris la porte violette. Elle émit sa vibration habituelle, mais je sus au bruit des voix que personne ne l'avait entendue. Je sentis aussi que la tension avait encore augmenté dans la pièce.

« Paul, criait presque la mère, depuis le début tu es déterminé à nous mettre des bâtons dans les roues.

— Viens, Josie, dit le père. On s'en va. Tout de suite.

— Mais papa…

— Josie, on s'en va tout de suite. Crois-moi, je sais ce que je fais.

— Je ne crois pas », intervint la mère, et derrière elle M. Capaldi lança :

« Enfin, Paul, calmez-vous. S'il y a un

malentendu, j'en assume toute la responsabilité et je m'en excuse.

— Vous avez besoin de quoi encore comme information ? demanda le père qui s'était mis à crier lui aussi, mais c'était peut-être parce qu'il se déplaçait dans la pièce. Je suis surpris que vous ne réclamiez pas un échantillon de son sang.

— Paul, sois raisonnable », dit la mère. Le père et Josie parlaient en même temps, mais M. Capaldi dit alors, couvrant leurs voix :

« C'est bon, Chrissie, laissez-les partir, ça ne change rien.

— Maman ? C'est mieux que je m'en aille avec papa, non ? Comme ça, au moins, vous pourrez arrêter de hurler. Si je reste ici, ça va empirer.

— Je ne suis pas en colère contre toi, chérie. Je suis en colère contre ton père. C'est lui l'enfant ici.

— Viens, animal. On y va.

— À plus tard, maman, OK ? Au revoir, monsieur Capaldi. »

Lorsque la porte d'entrée se referma derrière eux, l'écho résonna dans tout le bâtiment. Je me souvins alors que la voiture appartenait à la mère, et je me demandai si le père avait de l'argent pour se rendre en taxi à l'endroit où il voulait emmener Josie. C'était un peu étrange que Josie n'eût pas songé à m'emmener, mais la mère était encore là, et je me rappelai la journée où nous étions allées à Morgan Falls.

Je sortis sur le balcon, ne faisant plus aucun effort pour me dissimuler ni étouffer mes pas. Me penchant au-dessus de la rampe en acier, je vis que la mère avait pris la place de Josie – s'asseyant sur la chaise métallique devant les graphiques. M. Capaldi traversa la pièce, s'arrêtant juste en dessous de moi, et je pus voir son crâne dégarni mais pas son expression. Puis il continua de marcher lentement vers la mère, comme si sa lenteur était le signe de sa bonté, et il s'arrêta à côté de la lampe à trépied.

« Je vois que vous avez des doutes, dit-il d'une voix nouvelle, pleine de douceur. Je vais vous dire une chose. J'ai vu ce genre de situation se produire de nombreuses fois déjà. Et ce sont ceux qui tiennent bon et gardent la foi qui triomphent à la fin.

— J'ai des doutes, ça c'est sûr.

— Vous ne devez pas laisser Paul vous influencer. Souvenez-vous. Vous avez réfléchi à tout cela, mais pas lui. Paul ne sait pas où il en est.

— Ce n'est pas Paul. Qu'il aille se faire foutre. C'est ce… portrait là-haut. »

En disant ces mots, elle regarda dans ma direction et me vit. Elle me fixa, éblouie par les lampes au plafond, puis M. Capaldi se tourna lui aussi et leva la tête vers moi. Il lança un coup d'œil interrogateur à la mère. Elle continua de me fixer, s'abritant les yeux de la main.

« Bien, Klara, dit-elle enfin. Rejoins-nous. »

En descendant les marches en métal, je constatai avec intérêt que la mère ne paraissait pas en colère mais semblait anxieuse. Je traversai la pièce mais je m'arrêtai au bout de quelques pas. Ce fut M. Capaldi qui parla le premier :

« Qu'en pensez-vous, Klara ? Je fais du bon travail ?

— Elle ressemble à Josie au détail près.

— J'en conclus que c'est oui. Et dites-moi, Klara, comment vous en êtes-vous tirée avec l'enquête ?

— Je l'ai terminée, monsieur Capaldi.

— Alors je vous suis reconnaissant d'avoir coopéré. Vous avez sauvegardé les données ?

— Oui, monsieur Capaldi. Mes réponses sont sauvegardées. »

Il y eut un silence pendant que la mère et M. Capaldi continuaient de me regarder, elle de sa chaise, et lui de sa place à côté de la lampe à trépied. Je me rendis compte qu'ils attendaient que je dise autre chose, donc je poursuivis :

« C'est dommage que Josie et le père soient partis. Le travail de monsieur Capaldi sur le portrait risque d'être momentanément ralenti.

— Ça ne fait rien, dit-il. Ce contretemps n'est pas grave.

— J'ai besoin d'entendre, intervint la mère. Klara, j'ai besoin d'entendre ce que tu penses. Sur ce que tu as vu.

— Je m'excuse d'avoir examiné le portrait sans permission. Mais étant donné les circonstances, j'ai senti qu'il valait mieux le faire.

— OK », dit la mère, et je perçus cette fois encore de la peur chez elle, pas de la colère.

« Maintenant dis-nous ce que tu as pensé. Ou plutôt, ce que tu crois avoir vu là-haut.

— Je me doutais depuis un moment que le portrait de monsieur Capaldi n'était ni un tableau ni une sculpture, mais une AA. Je suis entrée pour confirmer mon hypothèse. Monsieur Capaldi a reproduit avec précision l'apparence extérieure de Josie. Mais les hanches devraient sans doute être un peu plus étroites.

— Merci, répondit M. Capaldi. Je garderai cela en mémoire. Mon ouvrage est encore en chantier. »

La mère plongea soudain son visage dans ses mains, laissant pendre ses cheveux. M. Capaldi se tourna vers elle, l'air inquiet, mais ne bougea pas de sa place. Pourtant elle ne pleurait pas, et elle dit à travers ses doigts, d'une voix étouffée :

« Peut-être que Paul a raison. Peut-être que tout ce projet a été une erreur.

— Chrissie. Vous ne devez pas perdre la foi. »

Elle releva la tête, les yeux pleins de colère.

« Ce n'est pas une question de foi, Henry. Enfin, bordel, pourquoi êtes-vous si sûr que je serai capable d'accepter cette AA là-haut, même si vous la réussissez à la perfection ? Ça n'a pas marché avec Sal, pourquoi ça marcherait avec Josie ?

— Ce que nous avons fait avec Sal n'est pas comparable. Nous en avons déjà parlé, Chrissie. Ce que nous avons fait avec Sal, c'était une poupée. Une poupée de consolation, rien de plus. Nous avons parcouru un très long chemin depuis. Voici ce que vous devez comprendre : la nouvelle Josie ne sera pas une imitation. *Ce sera vraiment Josie.* Une *continuation* de Josie.

— Vous voulez que je croie ça ? Vous y croyez vraiment, vous ?

— Je le crois. Mon avis vaut ce qu'il vaut, mais c'est ce que je crois. Je suis heureux que Klara soit allée regarder. Nous avons besoin d'elle à bord maintenant, c'est ce que nous attendions depuis longtemps. Parce que c'est Klara qui va faire la différence. Rendre les choses très, très différentes cette fois-ci. Vous devez garder confiance, Chrissie. Ce n'est pas le moment de faiblir.

— Mais est-ce que je vais y croire ? Le jour venu. Je vais vraiment y croire ?

— Pardonnez-moi, dis-je. Je voudrais préciser qu'il se peut que vous n'ayez jamais besoin de la nouvelle Josie. L'actuelle Josie peut retrouver la santé. Je suis certaine qu'il y a de fortes chances que cela arrive. J'aurai besoin, bien sûr, de l'opportunité, de l'occasion de le mettre en œuvre. Mais puisque vous êtes si bouleversée, voici ce que je voudrais vous dire. Si un jour aussi triste doit arriver, et que Josie soit obligée de mourir, je ferai tout ce que je pourrai. M. Capaldi a raison. Ce ne sera pas comme la dernière fois avec Sal parce que cette fois je serai là pour vous aider. Je comprends maintenant pourquoi vous m'avez constamment demandé d'observer et d'apprendre Josie. J'espère que ce jour très triste ne viendra jamais, mais s'il arrive, j'utiliserai tout ce que j'ai appris pour former la nouvelle Josie là-haut afin qu'elle ressemble autant que possible à l'ancienne.

— Klara », dit la mère d'une voix plus ferme, et brusquement elle se retrouva compartimentée dans de nombreuses boîtes, beaucoup plus que dans l'appartement de l'Amie lorsque le père était entré. Dans plusieurs des boîtes ses yeux étaient plissés, alors que dans d'autres ils étaient grands ouverts, immenses. Dans une boîte, il n'y avait de place que pour un seul globe oculaire fixé sur moi. Je voyais des fragments de M. Capaldi sur les bords de certaines boîtes, et je me rendis compte qu'il levait la main, ébauchant un geste.

« Klara, disait la mère. Les déductions que tu as faites sont les bonnes. Et je te suis reconnaissante de ce que tu viens de dire. Mais il y a quelque chose que tu dois savoir.

— Non, Chrissie, pas encore.

— Pourquoi pas ? Hein ? Pourquoi pas ? Vous avez dit vous-même que nous avions besoin d'elle à bord. Que c'est elle qui fera la différence. »

Il y eut un moment de silence, puis M. Capaldi répondit :

« OK. Si c'est ce que vous souhaitez. Dites-le-lui.

— Klara, commença la mère. Nous sommes venus ici aujourd'hui pour une raison importante. Ce n'était pas pour que Josie pose encore. Nous sommes venus à cause de toi.

— Je comprends, dis-je. J'ai compris l'objet

de l'enquête. C'était pour tester à quel point je connais bien Josie. À quel point je comprends comment elle prend ses décisions et pourquoi elle éprouve tel ou tel sentiment. Je pense que les résultats montreront que je suis parfaitement en mesure de former la Josie d'en haut. Mais je répète que c'est une erreur de renoncer à espérer.

— Vous n'avez pas encore vraiment compris », intervint M. Capaldi. Il se tenait juste devant moi mais sa voix semblait sortir de l'extrême limite de mon champ de vision, car je ne voyais toujours rien d'autre que les yeux de la mère. « Je vais le lui expliquer, Chrissie. Ce sera plus facile si ça vient de moi. Klara, nous ne vous demandons pas de former la nouvelle Josie. Nous vous demandons de *devenir* cette Josie. Celle que vous avez vue là-haut est vide, ainsi que vous l'avez remarqué. Si ce jour arrive – j'espère que ce ne sera pas le cas, mais s'il arrive – nous voulons que vous habitiez la Josie d'en haut avec tout ce que vous avez appris.

— Vous souhaitez que je l'habite ?

— Chrissie vous a choisie spécialement avec cette idée en tête. Elle a pensé que vous étiez la mieux équipée pour apprendre Josie. Pas juste de façon superficielle, mais en profondeur, avec rigueur. L'apprendre jusqu'à ce qu'il n'y ait plus de différence entre la première Josie et la seconde.

— Henry te dit cela, intervint la mère, qui cessa brusquement d'être compartimentée, comme si tout avait été planifié avec soin. Mais ça ne s'est jamais passé comme ça. Je n'étais même pas sûre d'être convaincue que ça pourrait marcher. J'ai peut-être cru que oui au début. Mais après avoir vu ce portrait là-haut, je ne sais plus.

— Donc vous voyez ce qu'on attend de vous, Klara, dit M. Capaldi. Vous n'êtes pas simplement tenue d'imiter le comportement extérieur de Josie. On vous demande de la continuer pour Chrissie. Et pour tous ceux qui aiment Josie.

— Mais est-ce que ça va être possible ? dit la mère. Est-ce qu'elle peut vraiment continuer Josie pour moi ?

— Oui, elle le peut, répliqua M. Capaldi. Et maintenant que Klara a répondu à l'enquête là-haut, je vais pouvoir vous en fournir la preuve scientifique. La preuve qu'elle est déjà bien partie pour accéder de manière exhaustive à tous les désirs et impulsions de Josie. Le problème, Chrissie, c'est que vous êtes comme moi. Nous sommes tous les deux des êtres sensibles. Nous ne pouvons pas nous en empêcher. Notre génération reste attachée aux sentiments d'avant. Une partie de nous-mêmes refuse de lâcher. C'est la partie qui s'obstine à croire qu'il y a quelque chose d'inatteignable au fond de chacun d'entre nous. Quelque chose d'unique, qu'il est impossible de transférer. Mais il n'existe rien de tel, nous le savons à présent. *Vous* le savez. Pour les gens de notre âge, c'est difficile de l'accepter. Nous *devons* lâcher prise, Chrissie. Il n'y a rien ici. Rien à l'intérieur de Josie que les Klara de ce monde ne soient capables de continuer. La seconde Josie ne sera pas une copie. Elle sera exactement la même et vous aurez le droit de l'aimer autant que vous aimez Josie aujourd'hui. Ce n'est pas de foi dont vous avez besoin. Mais de rationalité. J'ai dû le faire, c'était dur, mais à présent ça fonctionne très bien pour moi. Et ce sera pareil pour vous. »

La mère se leva et commença à traverser la pièce.

« Vous avez peut-être raison, Henry, mais je suis trop fatiguée pour réfléchir encore. Et j'ai besoin de parler à Klara, seule à seule. Je suis désolée que les choses se soient mal passées ici. »

Elle alla chercher son sac qu'elle avait suspendu à l'une des patères de l'entrée.

« Je suis vraiment heureux que Klara soit au courant, dit M. Capaldi. En fait, je suis soulagé. » Il suivait la mère, comme s'il répugnait à rester tout seul. « Klara, les données vont peut-être mettre l'accent sur les points que vous devrez améliorer encore un peu. Mais je suis heureux que nous puissions parler plus ouvertement.

— Dépêche-toi, Klara. On y va.

— Donc, Chrissie. Nous sommes toujours d'accord ?

— Bien sûr. Mais j'ai besoin de faire une pause maintenant. »

Elle effleura l'épaule de M. Capaldi, puis nous partîmes par l'entrée principale, qu'il s'empressa de nous ouvrir. Il nous suivit jusqu'à l'ascenseur et nous salua d'un geste amical avant la fermeture des portes.

Pendant la descente, la mère prit son oblong dans son sac et le consulta. Puis elle le remit à sa place une fois au rez-de-chaussée, et nous sortîmes, marchant sur le béton fissuré où le Soleil déployait ses motifs du soir à travers le grillage des clôtures. Je m'étais dit que Josie et le père seraient peut-être là à nous attendre, mais il n'y avait que l'ombre d'un arbre sur la voiture de la mère et les bruits de la ville voisine.

« Klara, chérie. Monte devant. »

Mais quand nous fûmes assises côte à côte, regardant le panneau d'interdiction de stationner à travers le pare-brise, la mère ne mit pas le contact. J'examinai le bâtiment de M. Capaldi, les motifs du Soleil sur le mur et ses escaliers de secours, et je trouvai curieux que l'extérieur fût aussi crasseux. La mère consultait de nouveau son oblong.

« Ils sont allés dans un fast-food. Josie dit qu'elle va bien. Et *lui* aussi.

— J'espère qu'ils passent un bon moment.

— J'ai des choses à te dire. Mais quittons cet endroit. »

Lorsque nous sortîmes de la cour, nous dûmes nous arrêter pour laisser une dame traverser sur son vélo à panier. Quelques minutes plus tard nous attendîmes sous un feu de circulation à longue portée, bien qu'il n'y eût aucune autre voiture en vue. Le feu passa au vert, et peu après nous longeâmes un grand bâtiment marron sans fenêtres, mais avec une énorme cheminée centrale, situé en retrait du trottoir, avant de nous engouffrer sous un pont, dans une zone pleine d'ombres, de flaques et de skateurs. Nous ressortîmes sous les motifs du Soleil, à côté d'un immeuble avec une affiche indiquant « On embauche ». Des piétons marchaient sur le trottoir bordé de petits arbres. La mère ralentit enfin, puis s'arrêta près d'une pancarte avec l'inscription « Bœuf haché maison ». Les autres véhicules devaient nous contourner bruyamment mais il n'y avait aucun panneau d'interdiction de stationner. À travers le pare-brise, nous voyions une autre zone sous un pont, et les voitures qui nous dépassaient faisaient la queue pour y pénétrer.

« C'est là. Ils sont à l'intérieur. » Puis elle dit : « Paul a raison. Ils ont besoin d'être ensemble de temps en temps. Juste tous les deux. Ils en ont besoin. Nous ne devrions pas être toujours avec eux. Tu vois, Klara ?

— Bien sûr.

— Son père lui manque. C'est naturel. Donc restons ici encore un moment. »

Au-dessus de nous le feu changea de couleur et nous regardâmes les voitures s'enfoncer dans l'obscurité sous le pont.

« Ce doit être un choc pour toi, dit-elle. Tu dois avoir des questions.

— Je pense que je comprends.

— Oh ? Tu comprends ? Tu comprends ce que je te demande ? Et c'est *moi* qui le demande.

Ni Capaldi, ni Paul. À la fin, c'est moi. C'est à moi que ça revient. Je te demande de faire en sorte que ça fonctionne. Parce que si ça arrive, si ça recommence, je n'aurai aucun autre moyen de survivre. J'ai traversé cette épreuve avec Sal, mais je ne peux pas le faire de nouveau. Je te le demande donc, Klara. Fais de ton mieux pour moi. Dans le magasin, ils m'ont dit que tu étais remarquable. Je t'ai suffisamment observée pour savoir que c'est peut-être vrai. Si tu y mets vraiment du tien, alors qui sait ? Ça pourrait marcher. Et je serai capable de t'aimer. »

Nous ne nous regardions pas, les yeux toujours fixés sur le pare-brise. De mon côté, je vis émerger du bâtiment du Bœuf haché maison un homme en tablier qui se mit à balayer le trottoir.

« Je ne fais pas de reproches à Paul. Il a le droit d'avoir ses propres opinions. Après Sal, il a dit que nous ne devrions pas courir ce risque. Et si Josie n'est pas relevée ? Beaucoup de gamins ne le sont pas. Mais je ne pourrais jamais le supporter pour Josie. Je voulais le meilleur pour elle. Je voulais qu'elle ait une belle vie. Tu comprends, Klara ? Je l'ai prédit et maintenant elle est malade. À cause de ce que j'ai décidé. Tu vois ce que ça représente pour moi ?

— Oui. Je suis désolée.

— Je ne te demande pas d'être désolée. Je te demande de faire ce qui est en ton pouvoir. Et de réfléchir à ce que cela signifiera pour toi. Tu seras aimée plus que n'importe quoi d'autre dans ce monde. Peut-être qu'un jour je tomberai amoureuse d'un autre homme. Qui sait ? Mais je te promets que je ne l'aimerai jamais comme je t'aimerai toi. Tu seras Josie et je t'aimerai toujours. Par-dessus tout. Alors fais-le pour moi. Je te demande de le faire pour moi. Continue Josie pour moi. Allons, dis quelque chose.

— Je m'interrogeais. Si je devais continuer Josie, si je devais habiter la nouvelle Josie, alors qu'est-ce qui arriverait à… tout cela ? » Je levai les bras, et pour la première fois, la mère me regarda. Elle jeta un coup d'œil à mon visage, et à mes jambes. Puis elle détourna les yeux et répondit :

« Quelle importance ? C'est juste du tissu. Écoute, il y a autre chose que tu pourrais considérer. Peut-être que mon amour pour toi n'a pas beaucoup de sens à tes yeux. Mais il y a autre chose. Ce garçon, Rick. Je vois qu'il compte pour toi. Ne dis rien, laisse-moi parler. Je veux dire que Rick vénère Josie, qu'il l'a toujours vénérée. Si tu continues Josie, tu ne m'auras pas seulement moi, mais lui aussi. Peu importe qu'il ne soit pas relevé. Nous trouverons un moyen de vivre ensemble. Loin de… tout. Nous resterons là-bas, rien que nous, loin de tout ça. Toi, moi, Rick, sa mère si elle veut bien. Ça pourrait marcher. Mais il faudra que tu y arrives. Tu dois apprendre Josie comme il faut. Tu m'entends, chérie ?

— Jusqu'à aujourd'hui, dis-je. Jusqu'à aujourd'hui, je croyais que j'avais le devoir de sauver Josie, de l'aider à guérir. Mais il existe peut-être une meilleure manière. »

La mère se tourna lentement sur son siège, tendit les bras pour m'étreindre. L'équipement du véhicule nous séparait, et elle eut des difficultés à m'attirer contre elle. Mais ses yeux étaient fermés exactement comme les fois où elle et Josie se balançaient doucement pendant une longue embrassade, et je me sentis imprégnée par sa douceur.

■

Les conducteurs souhaitant entrer dans la zone sous le pont étaient agacés d'être obligés de contourner la voiture de la mère. Beaucoup me lançaient des regards hostiles au passage, même s'ils voyaient que je n'étais en rien responsable de cette situation.

Ce qui me préoccupait alors ne concernait ni ces voitures, ni leurs conducteurs hostiles, mais ce qui avait lieu à cet instant à l'intérieur du Bœuf haché maison. Si je n'avais pas eu l'esprit absorbé momentanément par les paroles de la mère et son étreinte, j'aurais peut-être pu la dissuader d'entrer dans le restaurant. Mais à peine m'avait-elle lâchée – et malgré ses remarques sur le temps dont Josie et le père avaient besoin pour se retrouver – qu'elle s'échappa soudain du véhicule, claquant la portière derrière elle.

Quelques minutes s'écoulèrent, je me souvins des moments tendus chez M. Capaldi, et je me demandai si, en dépit de l'impolitesse du geste, mon arrivée inopinée dans le restaurant n'était pas requise afin de produire un effet de diversion qui épargnerait à Josie des scènes susceptibles de la contrarier. Mais je n'eus pas le temps de me décider car le père apparut sur le trottoir. Il pointa sa clé vers la voiture, et n'obtenant aucun résultat, il l'examina plus attentivement et appuya de nouveau. Cette fois il y eut des déclics autour de moi – la mère avait dû m'enfermer – il fit le tour jusqu'à la portière du conducteur, côté rue, et entra aussitôt dans la voiture. Il s'installa sur le siège, me regardant à peine. Au lieu de cela, il fixait la zone sous le pont. Puis il posa une main sur le volant et commença à pianoter dessus avec ses doigts.

« C'est incroyable qu'elle ait gardé ce véhicule, dit-il. Je l'ai aidée à le choisir. Elle a eu envie d'une voiture allemande pendant quelque temps, mais je lui ai expliqué que celle-ci serait plus fiable. Eh bien, je ne me trompais pas. Au moins, elle a duré plus longtemps que moi.

— Puisque monsieur Paul est un ingénieur expert, dis-je, il doit donner de très bons conseils si on choisit une voiture.

— Pas vraiment. Les moteurs de voiture n'ont jamais été mon domaine. » Il continua de tapoter le volant, l'air maintenant un peu triste.

« Josie et la mère vont-elles sortir elles aussi ? demandai-je.

— Comment ? Non, non. Je ne pense pas qu'elles sortent avant un bon moment. » Puis il dit : « En fait, Chrissie m'a suggéré d'aller faire un tour en voiture. Elle veut m'éloigner pendant qu'elle parle à Josie. » Il semblait moins en colère que chez M. Capaldi ; en fait, il paraissait un peu rêveur à présent. « Pour être honnête, je n'ai pas été mécontent de voir Chrissie faire irruption. J'aurais pu être fâché, vous voyez. Mais en vérité, notre conversation n'était pas vraiment joyeuse. J'étais en mauvaise posture. Écoutez – il me regarda enfin – je regrette de m'être mal comporté avec vous. J'ai l'impression d'avoir été impoli.

— Je vous en prie, ne vous inquiétez pas. Je comprends très bien à présent pourquoi monsieur Paul a hésité à me saluer chaleureusement.

— Je n'ai jamais été doué pour, euh, communiquer avec votre espèce. Vous devez m'excuser. Non, ça ne me dérange pas que Chrissie nous ait interrompus. Parce que Josie était en train de poser des questions difficiles et que je n'avais pas la moindre idée, vraiment pas la moindre, de comment lui répondre. Elle n'est pas stupide, cette Josie. » Il regarda encore la zone sous le pont et continua de tambouriner sur le volant. « Après cette *visite*, je voulais passer avec elle un moment de détente. Boire un café, manger quelque chose. Mais voilà qu'elle me demande. Puisque Capaldi essaie de nous aider, comme je l'ai prétendu, pourquoi est-ce que je le déteste à ce point ?

— Qu'a répondu monsieur Paul ?

— J'ai toujours été incapable de lui mentir. Alors j'essayais sans doute de changer de sujet, voyez-vous. Et je savais qu'elle voyait clair dans mon jeu. C'est à ce moment-là que Chrissie est entrée.

— Josie soupçonne-t-elle quelque chose... à propos de ce projet ? Au cas où elle disparaîtrait ?

— Je n'en sais rien. Peut-être qu'elle s'en doute mais n'ose pas l'envisager. Elle n'est pas stupide. Toutes ces questions difficiles. Pourquoi m'opposer à quelqu'un qui fait son portrait ? Eh bien, laissons Chrissie essayer de lui répondre. » Il glissa brusquement le dispositif clé dans la fente d'allumage. « On nous a priés d'aller faire un tour. Pour être précis – il consulta sa montre – jusqu'à dix-sept heures quarante-cinq. Ensuite nous devons nous retrouver dans ce restaurant de sushis. Nous tous, apparemment. Josie, Chrissie, et aussi les voisins. À moins que vous ayez envie de rester assise dans une voiture à l'arrêt pendant une heure, je suggère que nous allions faire un tour. »

Il mit le moteur en marche mais la file de véhicules s'était tellement allongée qu'il était impossible d'avancer. J'attachai ma ceinture de sécurité et j'attendis. Puis le feu changea et la voiture démarra.

■

Les motifs d'ombre et de lumière dansaient autour de nous, puis la voiture sortit de la zone sous le pont pour s'engager dans une avenue bordée de hauts immeubles marron. J'aperçus au passage une énorme créature avec quantité d'yeux et de membres. En l'observant, je vis apparaître une fissure au milieu. Puis la forme se scinda, et je compris alors qu'il s'agissait de deux personnes distinctes – un coureur et une femme qui promenait son chien – se déplaçant dans des directions opposées, qui s'étaient croisées un bref instant. Je vis ensuite un magasin avec l'enseigne « Sur place ou à emporter », et sur le trottoir, une casquette de base-ball abandonnée.

« Vous vouliez vous rendre dans un endroit particulier ? demanda le père. Josie a parlé de votre ancien magasin. Elle a dit que nous étions passés devant aujourd'hui. »

Dès que j'entendis cette proposition, je sautai sur l'occasion sans hésiter, et je m'exclamai un peu trop fort :

« Oh oui ! » Puis, me contrôlant, je dis plus doucement : « Si ça ne vous ennuie pas, ça me plairait beaucoup.

— Elle disait qu'il n'était peut-être plus là. Qu'il avait peut-être changé de quartier.

— Je n'en suis pas certaine. Malgré tout, si monsieur Paul pouvait m'emmener là-bas, j'en serais très heureuse.

— Parfait. Nous avons du temps à tuer. »

Au carrefour suivant il tourna à droite, et me dit alors : « Je me demande comment Chrissie s'en sort. Et de quoi elles sont en train de parler. Peut-être qu'elle a réussi à changer de sujet. »

Il y avait maintenant plus de circulation et

nous roulions au pas derrière d'autres véhicules. Le Soleil était parfois visible, mais déjà très bas, et les hauts immeubles nous le cachaient par moments. Des employés de bureau sortant du travail se pressaient sur les trottoirs, et je vis un homme perché sur une échelle en train d'arranger les lettres d'une enseigne d'un rouge lumineux qui indiquait : « Poulet rôti ». Les passages piétons et les panneaux de stationnement interdit se succédaient et je sentis que nous approchions du magasin.

« Je peux vous poser une question ? demanda le père.

— Oui, bien sûr.

— Je pense que Josie est encore dans le flou. Mais dans votre cas, je n'ai aucune idée de ce que vous aviez déjà deviné. De ce que vous avez découvert aujourd'hui. Peut-être accepteriez-vous de me dire ce que vous savez ?

— Avant de rendre visite à M. Capaldi aujourd'hui, je me doutais de certaines choses, dis-je, mais j'en ignorais beaucoup d'autres. Maintenant, après cette visite, je comprends le malaise de monsieur Paul. Et je comprends aussi sa froideur initiale à mon égard.

— Je m'en excuse à nouveau. Donc. Ils vous ont tout expliqué. La place qui vous revient dans ce projet.

— Oui. Je crois qu'ils m'ont tout dit.

— Et vous en pensez quoi ? Vous croyez que vous allez réussir ? Être capable de jouer ce rôle ?

— Ça ne va pas être facile. Mais je crois que si

je continue à observer Josie attentivement, j'en aurai la capacité.

— Alors permettez-moi de vous demander autre chose. De vous poser cette question. Croyez-vous au cœur humain ? Je ne me réfère pas simplement à l'organe, bien sûr. Je parle dans le sens poétique. Le cœur humain. Pensez-vous qu'une telle chose existe ? Cette chose qui rend chacun de nous spécial et unique ? Et à supposer que ce soit le cas. Ne croyez-vous pas que pour apprendre Josie comme il faut, vous devrez étudier non seulement ses traits particuliers, mais ce qui est enfoui en elle ? Ne devrez-vous pas apprendre son cœur ?

— Oui, sans aucun doute.

— Et ça pourrait être difficile, non ? Ça dépasserait même vos capacités exceptionnelles. Parce qu'une imitation, si habile soit-elle, ne ferait pas l'affaire. Vous devriez apprendre son cœur, et l'apprendre entièrement, sinon vous ne deviendrez jamais Josie dans ce qu'elle a d'authentique. »

Un bus était arrêté près de plusieurs cageots de fruits abandonnés. Lorsque le père le contourna, la voiture derrière nous klaxonna furieusement. D'autres klaxons retentirent, mais plus loin, et ils ne nous étaient pas destinés.

« Le cœur dont vous parlez, dis-je. Il est possible que ce soit la partie de Josie la plus difficile à apprendre. Comme une maison avec beaucoup de pièces. Même ainsi, une AA dévouée, si elle dispose d'un certain temps, pourrait visiter chacune de ces pièces, les étudier tour à tour avec soin, et finir par les habiter comme sa propre maison. »

Le père se mit à klaxonner une voiture qui débouchait d'une rue latérale et essayait de s'introduire dans la file.

« Mais supposez que vous entriez dans l'une de ces pièces, dit-il, pour en découvrir une autre à l'intérieur. Et à l'intérieur de cette pièce, encore une autre. Des pièces cachées dans des pièces cachées dans des pièces. Essayer d'apprendre le cœur de Josie ressemblerait peut-être à cela ? Même si vous erriez sans fin dans ces pièces, il en resterait toujours de nouvelles à visiter ? »

J'y réfléchis un moment, puis je répondis :

« Un cœur humain est forcément complexe. Mais il doit être limité. Même si monsieur Paul parle dans le sens poétique, il y aura une fin à ce qu'il faut apprendre. Le cœur de Josie ressemble sans doute à une étrange maison avec des pièces à l'intérieur d'autres pièces. Mais si c'était la meilleure manière de sauver Josie, je ferais mon maximum. Il y a de fortes chances que j'y parvienne, j'en suis convaincue.

— Hum. »

Il continua de rouler, et nous gardâmes le silence pendant quelques minutes. Puis, lorsque la voiture longea un bâtiment avec l'enseigne « Manucure », et tout de suite après, une succession de murs couverts d'affiches en partie décollées, il dit : « D'après Josie, votre ancien magasin est dans ce quartier. »

C'était peut-être le cas, mais je n'en reconnaissais pas encore les abords immédiats. Je lui répondis :

« Monsieur Paul a parlé très franchement. Peut-être me permettra-t-il à son tour de parler avec franchise.

— Je vous en prie.

— Mon ancien magasin n'était pas la vraie raison pour laquelle je vous ai demandé de me conduire dans ce quartier.

— Ah oui ?

— Quand nous sommes passés plus tôt ce matin, il y avait une machine ici. Des agents de terrassement l'utilisaient et elle créait une horrible pollution.

— D'accord. Continuez.

— Ce n'est pas facile à expliquer. Mais c'est très important que monsieur Paul croie ce que je vais dire. Cette machine doit être détruite. C'est la vraie raison pour laquelle je vous ai demandé de me conduire ici. Elle doit se trouver à proximité. Il est facile de l'identifier parce que le nom Cootings est écrit dessus. Elle a trois cheminées et chacune d'elles rejette une horrible pollution.

— Et vous voulez trouver cette machine maintenant ?

— Oui. Et la détruire.

— Parce que c'est une source de pollution.

— C'est une horrible machine. »

Je me penchai, regardant déjà à droite et à gauche.

« Et comment exactement avez-vous l'intention de vous y prendre pour la détruire ?

— Je ne sais pas encore. C'est pourquoi je souhaitais être franche avec monsieur Paul. Je demande son aide. Monsieur Paul est un ingénieur expert, et un adulte.

— Vous me demandez de vandaliser une machine ?

— Mais nous devons d'abord la trouver. Par exemple, pourrions-nous tourner dans cette rue, s'il vous plaît ?

— Impossible. C'est un sens unique. Je n'aime pas non plus la pollution. Mais est-ce que ça ne va pas un peu trop loin ?

— Je ne peux pas donner plus d'explications. Mais monsieur Paul doit me faire confiance. C'est très important, dans l'intérêt de Josie. De sa santé.

— En quoi cela va-t-il aider Josie ?

— Je regrette. Je ne peux pas l'expliquer. Monsieur Paul doit me faire confiance. Si seulement nous parvenions à trouver la machine Cootings et à la détruire, je pense que cela mènerait à la guérison complète de Josie. Après cela nous n'aurons plus besoin de nous occuper de M. Capaldi, de son portrait, ni de ma capacité à apprendre Josie. »

Le père médita ma réponse.

« Très bien, dit-il enfin. Pourquoi ne pas essayer ? Rappelez-moi où vous avez vu cette chose la dernière fois. »

Nous poursuivîmes notre route et je repérai

le RPO et le bâtiment des Escaliers de Secours qui s'approchaient rapidement de nous. Le Soleil était en train de disparaître derrière les deux immeubles, puis la voiture passa devant le magasin. Je revis l'étalage de bouteilles colorées et la pancarte indiquant « Éclairage encastré », mais j'étais si soucieuse de ne pas manquer la machine Cootings que je n'y prêtai guère attention. Quand la voiture franchit le passage piétons, le père observa :

« Je me demande si cette rue est réservée aux taxis. Regardez-les. Il y en a partout.

— Ce tournant peut-être. S'il vous plaît, si c'est possible. »

La machine Cootings n'était plus à l'endroit où je l'avais vue auparavant, et comme les rues cessaient de m'être familières, je me mis à regarder de tous côtés. Parfois le Soleil brillait dans l'étroit intervalle entre les immeubles, et je me demandai s'il souhaitait m'encourager ou s'il se contentait de m'observer et de contrôler mes progrès. Lorsque le père s'engagea dans une autre rue, et que cette fois encore je ne vis aucune trace de la machine Cootings, ma panique s'intensifia et devint évidente, car d'une voix différente de celle qu'il avait prise jusqu'alors pour s'adresser à moi, il me demanda gentiment :

« Vous y croyez vraiment, n'est-ce pas ? Vous croyez que ça va aider Josie.

— Oui. Oui, vraiment. »

Quelque chose parut changer en lui. Il

s'avança sur son siège et, comme moi, il se mit à regarder à droite et à gauche d'un air anxieux.

« L'espoir, reprit-il. Ce putain d'espoir ne nous lâche jamais. » Il secoua la tête avec une sorte de rancœur, mais une énergie nouvelle émanait de lui. « Bon. Vous avez parlé d'un véhicule. D'une machine qu'utilisent les ouvriers du bâtiment.

— Elle a des roues, mais je ne pense pas que ce soit un véhicule à part entière. Elle a besoin d'être remorquée partout où elle va. Elle est jaune pâle, avec le nom Cootings écrit dessus. »

Il jeta un coup d'œil à sa montre.

« Les gars du bâtiment ont sans doute fini leur journée. Je vais essayer deux ou trois emplacements. »

Le père se mit à conduire plus adroitement. Nous laissâmes derrière nous les autres véhicules, les passants, les vitrines de magasins, pour prendre des petites rues plongées dans l'ombre par des immeubles aveugles et de larges parois animées par des bulles de bande dessinée. Quelquefois le père s'arrêtait, faisait demi-tour pour manœuvrer dans d'étroites ruelles, le long de clôtures en barbelés derrière lesquelles étaient garés des voitures sales et des camions.

« Vous voyez quelque chose ? »

Chaque fois que je secouais la tête, la voiture tournait brusquement, au risque d'emboutir une bouche d'incendie ou l'angle d'un bâtiment. Nous jetâmes un coup d'œil dans d'autres cours, et malgré la pancarte « Entrée strictement interdite » accrochée à l'un des battants tordus d'un portail resté ouvert, nous le franchîmes pour faire le tour d'un espace encombré de caisses empilées, de véhicules avec, garée au fond, une grue de chantier. Mais je ne vis aucune machine Cootings, et le père nous conduisit alors dans un quartier fantôme avec des trottoirs défoncés et des piétons solitaires. Il tourna dans une étroite ruelle le long d'un haut bâtiment d'Étages à Louer, derrière lequel se trouvait une autre cour délimitée par les clôtures en barbelés.

« Là ! Monsieur Paul, la voilà ! »

Le père freina brusquement. La cour était de mon côté et je plaquai mon visage contre la vitre tandis qu'il changeait de position pour mieux voir.

« Celle-là ! Avec les cheminées !

— Oui. Nous l'avons trouvée. »

Je gardai les yeux fixés sur la machine Cootings pendant que le père reculait lentement. Puis il s'arrêta encore une fois.

« L'entrée principale est bloquée par une chaîne, dit-il. Mais l'entrée latérale plus loin...

— Oui, la petite entrée est ouverte. Un passant peut la franchir à pied. »

Je détachai ma ceinture de sécurité et j'allais sortir quand je sentis la main du père sur mon bras.

« À votre place, je ne me risquerais pas à entrer avant d'avoir décidé exactement ce que j'ai l'intention de faire. Tout ça semble déglingué, mais on ne sait jamais. Il y a peut-être des alarmes et un système de surveillance. Vous n'aurez peut-être pas le temps de rester là à réfléchir.

— Vous avez raison.

— Vous êtes tout à fait certaine que c'est la bonne machine ?

— Très certaine. Je la vois distinctement d'ici et ça ne fait aucun doute.

— Et la désactiver aiderait Josie, d'après vous ?

— Oui.

— Alors comment comptez-vous procéder ? »

Je regardai la machine Cootings en évidence près du milieu de la cour, à l'écart des autres véhicules garés. Un peu plus loin, le Soleil se glissait entre deux silhouettes d'immeubles, dominant la cour. Pour l'instant ses rayons n'étaient arrêtés par aucun des bâtiments, et les contours des véhicules garés étincelaient.

« Je me sens très bête, dis-je enfin.

— Non, ce n'est pas facile, poursuivit le père. Par-dessus le marché, ce que vous proposez serait considéré comme du vandalisme.

— Oui. Mais si les gens qui habitent derrière ces hautes fenêtres voyaient quelque chose, je suis sûre qu'ils seraient enchantés d'assister à la destruction de la machine Cootings. Ils sauraient que c'est une machine horrible.

— Sans doute. Mais comment comptez-vous y parvenir ? »

Le père était calé contre le dossier de son siège, le bras détendu, posé sur le volant, et j'eus l'impression qu'il envisageait déjà une solution possible mais hésitait à la révéler.

« Monsieur Paul est un ingénieur expert, dis-je en me tournant face à lui. J'espérais qu'il pourrait avoir une idée. »

Mais le père continua de fixer la cour à travers le pare-brise.

« Je n'ai pas pu l'expliquer à Josie tout à l'heure dans le café, commença-t-il. Je n'ai pas pu lui expliquer pourquoi je déteste Capaldi à ce point. Pourquoi je ne peux pas me résoudre à être courtois avec lui. Mais j'aimerais essayer de vous l'expliquer à vous, Klara. Si ça ne vous ennuie pas. »

Ce changement de sujet était fort malvenu, mais ne souhaitant pas m'aliéner sa bonne volonté, je me tus et j'attendis la suite.

« Je pense que je déteste Capaldi parce que je soupçonne qu'au fond il a raison. Que ce qu'il prétend est vrai. Que la science a désormais prouvé sans conteste que ma fille n'a rien de si exceptionnel, rien que les outils modernes ne puissent creuser, copier, transférer. Que les gens ont vécu ensemble tout ce temps, des siècles entiers, qu'ils se sont aimés et haïs, sur une base totalement erronée. Une sorte de superstition que nous avons entretenue faute de mieux. C'est ainsi que Capaldi voit les choses, et une partie de moi craint qu'il n'ait raison. Chrissie, quant à elle, ne réagit pas comme moi. Elle n'en sait rien encore, mais elle ne s'est jamais laissé persuader. Si ce moment doit arriver, peu importe que vous jouiez votre rôle à la perfection, Klara, peu importe que Chrissie tienne à voir aboutir ce projet, elle sera incapable de l'accepter. Elle est trop… vieux jeu. Même si elle sait qu'elle va à l'encontre de la science et des mathématiques, elle ne pourra pas s'y résoudre. Elle n'ira pas jusque-là. Je suis différent. J'ai en moi une sorte de froideur qui lui manque. Peut-être parce que je suis un ingénieur expert, comme vous dites. C'est pour ça que j'ai autant de mal à me montrer courtois avec des gens comme Capaldi. Quand ils font ce qu'ils font, disent ce qu'ils disent, j'ai l'impression qu'ils m'enlèvent ce que j'ai de plus précieux dans la vie. Est-ce que je me fais bien comprendre ?

— Oui, je comprends les sentiments de monsieur Paul. » Je marquai une pause de quelques secondes, puis je poursuivis : « Il semble, si j'en crois monsieur Paul, qu'il est d'autant plus important de ne jamais mettre en œuvre ce que propose M. Capaldi. Si nous parvenons à guérir Josie, nous pourrons oublier le portrait, et je n'aurai plus besoin d'apprendre Josie. Rien de tout cela ne comptera plus. Alors je vous le demande une fois encore. S'il vous plaît, expliquez-moi comment je peux détruire la machine Cootings. J'ai le sentiment que monsieur Paul a une idée précise de la façon de procéder.

— Oui, une possibilité m'est apparue. Mais j'espérais qu'une meilleure idée me viendrait. Malheureusement, ce n'est pas le cas.

— Expliquez-moi je vous prie. Tout peut changer d'un moment à l'autre et cette opportunité nous aura échappé.

— OK. Eh bien voilà. Cette machine contient une unité de génération Sylvestre qui génère des gaz toxiques. Vendue sur le marché intermédiaire. Économe en carburant et assez robuste, mais sans véritable protection. Cela signifie que la machine peut supporter n'importe quelle quantité de poussière, de fumée, de pluie. Mais si un produit quelconque, disons, avec une teneur élevée en acrylamide, s'introduisait dans son système, par exemple un PEG-9, il n'y résisterait pas. Comme si on mettait de l'essence dans un moteur diesel, en bien pire. Si vous introduisez du PEG-9 là-dedans, il se polymérisera rapidement. Les dégâts seront sans doute définitifs.

— PEG-9.

— Oui.

— Monsieur Paul sait-il comment nous pouvons nous procurer du PEG-9 dans un délai très court ?

— En fait, oui. » Il continua de me regarder un instant, et reprit : « Vous êtes porteuse d'une certaine quantité de PEG-9. Juste là, dans votre tête.

— Je vois.

— Je crois qu'il y a d'ordinaire une petite cavité. Juste là, derrière votre tête, au sommet de la nuque. Ce n'est pas mon domaine d'expertise. Capaldi en saurait beaucoup plus long. Mais je suppose que vous pourriez vous permettre de perdre une quantité minime de PEG-9 sans que cela affecte sérieusement votre bien-être.

— Si… si nous réussissions à extraire la

solution de ma tête, cela suffirait-il à détruire la machine Cootings ?

— Ce n'est pas vraiment mon domaine. Mais il me semble que vous devez disposer de cinq cents millilitres environ. La moitié seulement devrait suffire à rendre inopérante une machine du marché intermédiaire comme celle-ci. Cela dit, je dois insister. Je ne suis pas partisan de prendre cette voie. Tout ce qui met vos capacités en péril risque de compromettre le plan de Capaldi. Et ce n'est pas ce que souhaite Chrissie. »

J'étais gagnée par une immense frayeur, mais je répondis :

« Pourtant, monsieur Paul pense que si nous parvenons à extraire cette solution, nous serons en mesure de détruire la machine Cootings.

— C'est ce que je crois. En effet.

— Est-il possible que monsieur Paul ait suggéré ce procédé non seulement pour détruire la machine Cootings, mais aussi pour endommager Klara, et le plan de M. Capaldi par la même occasion ?

— Cette idée m'a aussi traversé l'esprit. Mais si j'avais vraiment voulu vous endommager, Klara, je pense qu'il existe des moyens beaucoup plus simples. La vérité, c'est que vous avez éveillé un nouvel espoir en moi. L'espoir que ce que vous dites pourrait se réaliser.

— Comment allons-nous extraire la solution ?

— Juste une petite incision. Sous l'oreille. Peu importe laquelle. Il nous faudra un outil, avec une pointe ou un bord aiguisé. Il sera seulement nécessaire de percer la couche extérieure. Au-delà, il devrait y avoir une petite valve que je pourrai desserrer, puis resserrer avec mes doigts. » Tout en parlant, il fouillait dans la boîte à gants de la mère, d'où il sortit une bouteille d'eau en plastique. « Bien, ça servira à recueillir la solution. Tenez, ce n'est pas l'outil idéal, mais voici un minuscule tournevis. Si j'en aiguisais le bord un peu plus… » Il s'interrompit, examinant l'objet à la lumière. « Après tout, il s'agit juste de faire quelques pas et de verser délicatement la solution dans l'un de ces becs. Nous devrions choisir celui du centre. Il est sans doute relié directement à l'unité Sylvestre.

— Est-ce que je vais perdre mes capacités ?

— Comme je l'ai dit, votre performance générale ne devrait pas être très impactée. Mais ce n'est pas mon domaine. Il peut y avoir un effet sur vos capacités cognitives. Puisque votre source principale d'énergie est solaire, vous ne devriez pas être affectée à un degré significatif. »

Il baissa la vitre de son côté et tendit le bras dehors pour vider l'eau de la bouteille en plastique sur le sol.

« À vous de décider, Klara. Si vous le souhaitez, nous pouvons repartir d'ici comme nous sommes venus. Il nous reste, voyons, vingt minutes avant notre rendez-vous avec le reste du groupe. »

Je fixai de nouveau la cour à travers les barbelés, essayant de contrôler ma peur. La vision que j'en avais depuis la voiture était restée décloisonnée, et le Soleil continuait de nous observer entre les deux silhouettes d'immeubles.

« Vous savez, Klara. Je ne sais même pas de quoi il s'agit. Mais je veux ce qu'il y a de mieux pour Josie. Exactement comme vous. Alors je suis prêt à saisir toutes les chances qui s'offrent à nous. »

Je me tournai vers lui avec un sourire et je hochai la tête : « Bien. Alors essayons. »

■

Assise près de la fenêtre du restaurant de sushis, regardant les ombres s'allonger devant le théâtre, j'avais été très excitée à l'idée que le Soleil pourrait logiquement déverser tout de suite son nutriment spécial, par cette même fenêtre, sur Josie installée à présent en face de moi. Mais je me rendis compte que le Soleil devait être très fatigué – il était loin d'avoir fini sa journée – et qu'il était à la fois irrespectueux et déraisonnable de s'attendre à une réponse aussi immédiate. Un léger espoir persista dans mon esprit, et j'observai Josie avec attention, mais je dus bientôt reconnaître qu'il me faudrait attendre au moins le lendemain matin.

Je compris aussi que si je ne voyais pas très bien à travers la vitre du restaurant de sushis, c'était parce qu'elle était poussiéreuse et souillée, et non à cause de ce qui venait de se passer dans la cour. Malgré le souffle constant de la brise qui gonflait le tissu de la large banderole suspendue au-dessus de l'entrée du théâtre, je pus lire les mots « Admirable, brillant ! » qui s'y étalaient. Et je n'eus aucun mal à déchiffrer les paroles des arrivants se joignant aux spectateurs qui se pressaient déjà devant le théâtre, échangeant avec eux des salutations et des cris amusés. Je n'entendais pas les mots distinctement, mais une vitre épaisse nous séparait, ce qui était logique étant donné les circonstances.

Notre tâche dans la cour ne nous avait pas trop retardés, mais lorsque le père et moi avions enfin localisé le bon restaurant de sushis, Josie, Rick, la mère et Miss Helen étaient déjà assis depuis plusieurs minutes autour de la table proche de la fenêtre. Le père avait salué tout le monde chaleureusement, comme s'il n'y avait eu aucune tension chez M. Capaldi, mais peu après, la mère s'était levée et avait rejoint la foule au-dehors, son oblong collé à l'oreille.

À l'autre bout de la table, le père tournait les pages du cahier de Rick avec un murmure approbateur. Mais j'étais préoccupée par le silence inhabituel de Josie, et le père ne tarda pas à le remarquer lui aussi.

« Tout va bien, animal ?

— Oui, papa.

— Ça fait un bon moment qu'on est dehors. Tu veux rentrer à l'appartement ?

— Je ne suis pas fatiguée. Je ne suis pas malade. Je vais bien, papa. J'ai juste envie d'être tranquille. »

Rick, assis à côté d'elle, la fixait lui aussi avec inquiétude.

« Hé, Josie, tu as envie de finir mon assiette ? » Il prononça ces mots tout bas, chuchotant presque à son oreille, tout en poussant le reste de son carrot cake vers elle. « Ça te donnera de l'énergie.

— Je n'ai pas besoin d'énergie, Ricky, je me sens bien. J'ai juste envie de rester tranquille, c'est tout. »

Le père examina attentivement Josie, puis se replongea dans le cahier de Rick.

« Ces croquis sont vraiment intéressants, Rick.

— Ricky, mon chéri, dit Miss Helen, ça me revient. C'était une excellente idée de les apporter. Mais peut-être qu'il vaudrait mieux ne pas les présenter à Vance à moins qu'il te le demande expressément.

— Maman, on en a déjà parlé.

— C'est juste que ça pourrait paraître inapproprié. Trop insistant. C'est censé être simplement un rendez-vous informel. Une rencontre spontanée.

— Maman, comment ça pourrait être spontané alors que tout a été planifié avec soin et que nous sommes venus exprès pour ça ?

— Je veux juste dire, chéri, que tu dois essayer de te comporter *comme si* c'était spontané. C'est ce qui marchera le mieux avec Vance. Seulement s'il demande expressément à voir une partie de ton travail…

— Je comprends, maman. Tout est sous contrôle. »

Rick avait l'air crispé, et j'eus envie de faire quelque chose pour le réconforter mais j'étais à l'autre bout de la table et je ne pouvais pas tendre la main pour lui toucher le bras ou l'épaule. Le père regardait de nouveau Josie, pourtant elle ne me parut pas souffrante, seulement perdue dans ses pensées.

« Les drones n'ont jamais été mon domaine, dit le père au bout d'un moment. Mais ceci, Rick, est vraiment impressionnant et excitant. » Puis il s'adressa à Miss Helen : « Relevé ou pas, il fait preuve d'une capacité qui mérite d'être remarquée. À moins que ce monde soit devenu *complètement* dingue.

— Vous m'avez toujours encouragé, monsieur Arthur, dit Rick. Depuis le jour où j'ai commencé à étudier tout ça. Une partie considérable de ce que vous m'avez montré constitue le fondement de ce que vous voyez là.

— C'est gentil, Rick, mais je suis certain que c'est tout à fait injustifié. La technologie des drones n'a jamais été mon domaine, et je ne crois pas t'avoir été d'un grand secours. Mais ça me fait plaisir que tu me le dises. »

Le jour tombait et je voyais par la fenêtre les derniers motifs du Soleil se déposer sur les femmes en costume noir et nœud papillon, les employés du théâtre en gilet distribuant des prospectus, les couples en tenue éclatante, et les musiciens évoluant avec de petites guitares dans la foule, des bribes de notes audibles à l'intérieur du café.

« Hé, animal. Ta mère t'a dit quelque chose qui t'a perturbée ? Ça ne te ressemble pas de rester aussi silencieuse.

— Je vais bien, papa. Je ne suis pas un théâtre, OK ? Je ne peux pas briller et divertir le public du matin au soir. Quelquefois j'ai juste envie de rester tranquille et de me détendre.

— Tu sais que tu nous manques, Paul, dit Miss Helen. Quatre ans déjà ? Oh, regarde, il y a encore des gens qui arrivent. Je me demande quand on va les laisser entrer. Heureusement que la circulation est interdite par ici. Où est Chrissie ? Encore dehors ?

— Je la vois, maman. Toujours au téléphone.

— Je suis si contente qu'elle soit avec nous aujourd'hui. Elle est si rassurante. Et j'apprécie que vous soyez tous ici en notre compagnie, pour nous offrir votre soutien, à Rick et à moi. » Elle regarda autour de la table, mettant un point d'honneur à m'inclure dans le groupe. « Je ne vais pas prétendre que je ne me sens pas nerveuse. Le moment décisif approche. Et pas seulement pour Rick, je l'avoue. Je ne te l'ai jamais raconté, Paul ? L'homme que nous allons rencontrer, eh bien, lui et moi nous avons eu autrefois une relation *passionnée.* Pas juste pour un week-end ou quelques mois, mais pendant des années…

— Maman, s'il te plaît…

— Si tu avais l'occasion de parler avec lui,

Paul, je pense que tu t'apercevrais que vous avez certains points communs. Par exemple, il a lui aussi des tendances fascistes. Il les a depuis toujours, mais j'ai toujours essayé de ne pas le remarquer…

— Maman, s'il te plaît…

— Helen, du calme, intervint le père. Tu entends par là que…

— C'est seulement à cause de ce que tu as dit il y a un instant, Paul. À propos de ta communauté.

— Non, Helen, je ne peux pas laisser passer ça. Et devant les enfants, en plus. Ce que je disais tout à l'heure n'a rien à voir avec le fascisme. Nous n'avons aucune intention agressive, sauf si nous devons nous défendre en cas de danger. Là où tu habites, Helen, peut-être que tu n'as pas encore besoin de t'en inquiéter, et j'espère sincèrement que ça durera très longtemps. Là où je suis, c'est différent.

— Alors, papa, pourquoi est-ce que tu ne déménages pas ? Pourquoi continuer de vivre dans un endroit où il y a des gangs et des armes ? »

Le père parut satisfait que Josie se fût enfin décidée à participer.

« Parce que c'est ma communauté, Josie. Ce n'est pas tout à fait aussi terrible qu'il y paraît. Ça me plaît d'y vivre. Je partage ma vie avec des personnes remarquables, et la plupart d'entre elles ont suivi le même parcours que moi. Il est devenu évident pour nous tous qu'il existe de nombreuses manières différentes de mener une vie décente et bien remplie.

— Tu veux dire que tu es heureux d'avoir perdu ton emploi, papa ?

— Oui, Josie, sous beaucoup d'aspects. Et ce n'est pas comme si j'avais vraiment *perdu* mon poste. Tout cela a fait partie des changements. Chacun de nous a dû trouver une nouvelle façon de vivre sa vie.

— Je m'excuse, Paul, intervint Miss Helen, d'avoir laissé entendre que toi et tes nouveaux amis étiez des fascistes. Je n'aurais pas dû dire ça. C'est juste que tu as précisé que vous étiez tous des Blancs issus des rangs des élites professionnelles d'avant. Tu l'as mentionné. Et que vous deviez vous armer lourdement contre d'autres *catégories* de gens. Ce qui n'est pas si éloigné que ça du discours fasciste…

— Helen, je refuse de laisser passer ça. Josie sait très bien que c'est faux, mais ça ne me plaît pas qu'elle entende ce que tu dis. Ça ne me plaît pas non plus que Rick l'entende. Ce n'est pas vrai, point. Là où nous vivons il y a des groupes différents, je ne le nie pas. Je n'ai pas établi les règles et c'est ainsi que les gens se sont répartis naturellement. Et si un autre groupe ne nous respecte pas, et ne respecte pas ce qui nous appartient, ils doivent savoir qu'ils devront mener un combat.

— Maman dépasse les bornes, dit Rick. Elle est anxieuse, c'est tout. Il faut l'excuser.

— Ne t'inquiète pas, Rick. Je connais ta mère depuis longtemps et je l'aime beaucoup.

— Il s'appelle Vance, reprit Miss Helen. L'homme que nous allons rencontrer. Nous sommes si reconnaissants, Rick et moi, que vous soyez tous là pour nous soutenir, mais à partir de maintenant nous sommes seuls. Tu sais, Paul, il y a eu une époque où Vance était follement épris de moi. Rick, chéri, ne fais pas cette grimace. Rick ne l'a jamais rencontré, c'était avant sa naissance. Oh, il y a eu cette fois-là, mais ça ne compte pas vraiment. Quand tu le verras, Paul, tu te demanderas ce que j'ai bien pu lui trouver. Mais je t'assure, autrefois il était encore plus beau que toi. Bizarrement, plus il a réussi dans la vie, plus il est devenu laid. Aujourd'hui il est riche, influent et affreux. Mais j'essaie encore de voir sous ces replis de chair le beau jeune homme qu'il a été. Je me demande s'il pense la même chose de moi.

— Que se passe-t-il dehors, animal ? Tu vois ta mère ?

— Elle est encore au téléphone.

— Je pense qu'elle est furieuse contre moi. Elle ne reviendra sans doute pas tant que je serai encore là. »

Le père espérait peut-être que quelqu'un le contredirait, mais personne ne le fit. Miss Helen haussa les sourcils avec un petit rire. Puis elle dit :

« C'est presque l'heure, Rick chéri. On devrait y aller maintenant. »

Lorsque j'entendis ses paroles, je fus gagnée par la panique, redoutant que les effets de l'épisode de la cour ne s'aggravent d'une minute à l'autre et que mon nouvel état ne retienne l'attention de tous si je me hasardais sur le sol peu familier du dehors.

« Je me demande, dit Miss Helen, si Vance savait, quand il a proposé ce rendez-vous, qu'un spectacle était prévu à cette heure-là et qu'il y aurait une foule devant le théâtre. Nous devons sortir. Il risque d'être en avance et d'être perturbé en voyant tout ce monde. »

Rick posa une main sur l'épaule de Josie et lui demanda tout bas :

« Josie, tu es sûre que ça va ?

— Je te jure que oui. Alors vas-y et donne ton maximum, Ricky. C'est ce que je souhaite de tout mon cœur.

— C'est vrai, observa le père. Et rappelle-toi. Tu as du talent. Eh bien, peut-être qu'on devrait tous partir maintenant. »

Il se leva, et me voyant, il m'examina plus attentivement qu'il n'aurait dû. Je craignis aussitôt que les autres le remarquent, même si l'incision était cachée sous mes cheveux. Puis le regard du père se posa de nouveau sur Josie.

« Animal, il faut qu'on te ramène. Allons trouver ta mère. »

■

Quand nous sortîmes du restaurant de sushis, le Soleil composait les derniers motifs de sa journée, et je renonçai à l'espoir infime qu'il envoie son aide spéciale avant de se coucher. J'entendais à présent sans problème les voix des gens et la musique, et je remarquai que l'unique source de lumière était le réverbère à l'entrée du théâtre. En réalité, je crus un moment que les gens essayaient de décrire un cercle autour de ce réverbère en enchaînant des figures convenues d'avance, mais leur motif s'estompa et je vis que la forme de la foule évoluait de façon aléatoire.

Le père et Miss Helen étaient à quelques mètres de moi, se dirigeant à grands pas vers la foule, et Rick et Josie me suivaient de si près que si j'avais dû m'arrêter tout d'un coup, ils m'auraient heurtée. J'entendis alors Josie qui disait :

« Non, Rick, plus tard. Je t'en parlerai à ce moment-là. Disons juste que maman est particulièrement bizarre aujourd'hui.

— Mais qu'est-ce qu'elle a dit ? Explique-moi !

— Écoute, Ricky, ce n'est pas si important pour l'instant. Ce qui compte c'est le type que tu vas rencontrer et ce que tu vas lui dire.

— Mais je vois que tu es perturbée…

— Je ne suis pas perturbée, Ricky. Mais je le serai vraiment si tu ne te concentres pas pour donner ton maximum avec ce type. C'est important. Important pour toi et important pour *nous.* »

J'avais imaginé que lorsque je ne les observerais plus à travers une vitre, les gens du théâtre deviendraient plus distincts. Mais à présent j'étais parmi eux, et les silhouettes, plus simplifiées, me paraissaient construites avec des cônes et des cylindres en carton lisse. Leurs vêtements, par exemple, étaient dénués des plis et replis habituels, et même leurs visages, à la clarté du réverbère, semblaient avoir été créés en disposant habilement des surfaces plates en un assemblage complexe de façon à produire un effet harmonieux.

Nous continuâmes de marcher jusqu'à ce que le vacarme nous engloutît. À un moment donné je m'arrêtai et cherchai le bras de Josie derrière moi, mais elle n'était plus là. J'entendais pourtant sa voix disant à Rick « Maman est là-bas », et quand je me tournai vers elle, je ne vis ni Josie ni Rick, mais un front lisse s'approchant de mon visage. Quelqu'un me poussa dans le dos, sans méchanceté, et me retournant, je vis Miss Helen debout près du coude d'un inconnu, et le père qui expliquait :

« Je ne voulais pas le dire devant les enfants. Mais Helen, écoute. C'est facile de me traiter de fasciste. Appelle-moi comme tu veux. Mais là où tu habites maintenant, ça ne va pas toujours rester aussi calme. Tu as su ce qui s'était passé dans cette ville la semaine dernière ? Je ne dis pas que tu es en danger pour le moment, mais tu dois anticiper. Lorsque j'en parle à Chrissie, elle se contente de hausser les épaules. Mais tu dois y réfléchir. Pour Rick autant que pour toi-même.

— Ah, mais je pense à l'avenir, Paul. Pourquoi sommes-nous ici aujourd'hui, à ton avis ? Pour quelle raison serais-je en train de chercher mon amour perdu ? J'anticipe, et je planifie, et si je l'ai fait comme il se doit, Rick sera bientôt ailleurs. Et pas dans une communauté qui se barricade avec des armes, je l'espère. Je veux que Rick fasse de bonnes études, et pour cela j'ai besoin de l'aide de Vance. Ah, où a-t-il pu aller ? Peut-être qu'il s'est trompé de théâtre.

— Rick est devenu un jeune homme bien. J'espère qu'il pourra trouver sa voie dans le gâchis que nous avons légué à cette génération. Mais si les choses ne se passent pas comme prévu pour toi ou pour lui, Helen, je veux que tu prennes contact avec moi. Je peux vous trouver une place au sein de ma communauté.

— C'est adorable de ta part, Paul. Et je regrette d'avoir été grossière tout à l'heure. Ça va peut-être te surprendre, mais ce que nous sommes devenus ne me met pas vraiment en colère. Si un enfant a plus de capacités qu'un autre, il est juste normal que le plus brillant bénéficie des opportunités qu'on lui offre. Et aussi des responsabilités. Je l'accepte. Mais je ne vois pas pourquoi Rick ne pourrait pas mener une existence décente. Je refuse d'accepter que le monde soit devenu si cruel. Rick n'a pas été relevé, mais il peut encore aller loin, réussir très bien.

— Je lui souhaite le meilleur. Tout ce que je dis, c'est qu'il y a toutes sortes de manières de réussir sa vie. »

De nombreux visages se pressaient autour de moi, et à cet instant j'en vis un nouveau apparaître devant les autres et s'approcher si près qu'il touchait presque le mien. Alors seulement je reconnus Rick et laissai échapper un cri de surprise.

« Klara, est-ce que vous savez ce qui arrive à Josie ? demanda-t-il. Il s'est passé quelque chose ?

— Je ne sais pas ce qui s'est dit entre Josie et la mère, répondis-je. Mais j'ai de très bonnes nouvelles. La tâche qui m'a été attribuée le soir où vous m'avez aidée à atteindre la grange de M. McBain. Elle est désormais accomplie. Je souhaitais tant y parvenir, mais pendant longtemps je ne voyais pas comment m'y prendre. Rick, j'y suis vraiment arrivée.

— C'est magnifique. Mais je ne suis pas sûr de savoir de quoi vous parlez.

— Je ne peux pas encore l'expliquer. Et j'ai été obligée de renoncer à quelque chose. Mais c'est sans importance, parce que maintenant nous pouvons de nouveau avoir de l'espoir. »

De plus en plus de cônes et de cylindres – ou de fragments détachés, semblait-il – se glissaient dans tous les espaces encore libres autour de moi. Je me rendis compte alors que l'un de ces fragments – une forme qui venait remplacer Rick – était en fait Josie. Une fois que je l'eus reconnue, elle devint aussitôt plus distincte, et je n'eus plus de difficulté à la garder dans mon esprit.

« Hé, Klara, voici Cindy. C'est elle qui nous a servis au restaurant. Elle sait ce qu'est devenu ton ancien magasin. »

Je sentis qu'on me touchait le bras et j'entendis quelqu'un s'exclamer : « Hé, j'adorais votre magasin ! » Lorsque je me tournai vers la voix, je vis deux cheminées encastrées, la plus haute légèrement inclinée vers moi. Quand je souris, disant : « Enchantée », les cheminées continuèrent :

« J'étais en train de raconter à votre propriétaire. Je suis passée devant le week-end dernier et c'est devenu un magasin d'ameublement. Hé, vous savez, je suis sûre de vous avoir vue une fois dans cette vitrine.

— Klara veut savoir où ils ont déménagé. Tu le sais, Cindy ?

— Ah je ne suis pas sûre qu'ils aient *déménagé…* »

On me tirait le bras, mais il y avait tant de fragments devant moi qu'ils semblaient constituer une solide paroi. Je soupçonnais déjà que la plupart de ces formes n'étaient même pas tridimensionnelles mais avaient été ébauchées sur des surfaces planes grâce à d'habiles techniques de clair-obscur pour donner une illusion d'arrondi et de profondeur. Je me rendis compte alors que la silhouette qui m'entraînait avec elle était la mère. Elle disait, me chuchotant presque à l'oreille :

« Klara, je sais que nous avons parlé d'un tas de choses auparavant. Dans la voiture, j'entends. Mais tu dois comprendre que je pensais à trois ou quatre choses à la fois. Je veux seulement que tu ne prennes pas trop au sérieux ce que nous avons dit tout à l'heure. Tu comprends, n'est-ce pas ?

— Vous voulez dire quand nous étions seules dans la voiture ? Garées près du pont ?

— Oui, c'est ça. Non, je ne dis pas que nous allons revenir sur quoi que ce soit. Mais je veux juste que tu le saches, d'accord ? Ah, toute cette histoire devient si confuse. Et Paul n'aide pas. Regarde-le. Qu'est-ce qu'il est en train de lui raconter ? »

Un peu plus loin, le père se penchait pour rapprocher son visage de celui de Josie, lui parlant avec sérieux.

« Il ne fait que des conneries ces temps-ci », dit la mère, se dirigeant vers eux. Mais à cet instant un bras jaillit de la foule et une main s'empara de son poignet.

« Chrissie, dit la voix de Miss Helen, laisse-les encore une minute. Ils ont rarement l'occasion d'être ensemble ces temps-ci.

— Il me semble que Paul a assez prêché sa vision de la sagesse pour aujourd'hui, reprit la mère. Et regarde. Ils sont en train de se disputer.

— Ils ne se disputent pas du tout, Chrissie. Je t'assure que non. Alors laisse-les se parler.

— Helen, je n'ai vraiment pas besoin de ton interprétation. Je peux encore déchiffrer ma fille et mon mari.

— *Ex*-mari, Chrissie. Et les ex sont insondables, j'en veux pour preuve ce qui m'arrive en ce moment même. Vance a juré de ne pas nous faire attendre, et regarde. Nous n'étions pas mariés comme toi et Paul, donc l'amertume qui subsiste n'a pas le même goût. Mais ne le sous-estime pas, Chrissie. Je ne l'ai pas vu depuis quatorze ans, et seulement de manière fugace, tout à fait par hasard. Est-il possible que nous nous soyons croisés dans cette foule sans nous reconnaître ?

— Tu regrettes, Helen ? demanda brusquement la mère. Tu sais ce que je veux dire. Tu regrettes ? de ne pas être allée jusqu'au bout avec Rick ? »

Miss Helen continua un instant de regarder en direction du père et de Josie qui parlaient ensemble. Puis elle répondit :

« Oui. Si je suis honnête, Chrissie, la réponse est oui. Même après avoir vu ce que ça t'a apporté. Je sens… je sens que je n'ai pas fait tout mon possible pour lui. Je sens que je n'y ai même pas réfléchi, comme toi et Paul l'avez fait. J'avais la tête ailleurs et j'ai laissé le moment passer. C'est peut-être ce que je regrette plus que toute autre chose. De ne jamais l'avoir assez aimé pour prendre la bonne décision dans un sens ou dans l'autre.

— Ça ne fait rien. » La mère posa doucement sa main sur le bras de Miss Helen. Ça ne fait rien. C'est difficile. Je le sais.

— Mais je fais de mon mieux à présent. Je fais de mon mieux pour lui cette fois-ci. J'ai juste besoin que l'ex-amant apparaisse. Oh ! C'est lui là-bas. Vance ! Vance ! Excuse-moi…

— Vous voulez bien signer notre pétition ? » L'homme qui avait surgi devant la mère avait des cheveux noirs et le visage peint en blanc. Elle recula aussitôt d'un pas, comme si le maquillage pouvait déteindre sur elle, et elle répondit :

« De quoi s'agit-il ?

— Nous protestons contre le projet de détruire l'Oxford Building. Il y a actuellement quatre cent vingt-trois chômeurs qui y vivent, dont quatre-vingt-six enfants. Ni Lexdell ni la ville n'ont proposé de solution raisonnable pour les reloger. »

Je n'entendis plus rien de ce que l'homme noir et blanc expliquait à la mère car le père passa devant moi et lui demanda :

« Bon sang, Chrissie, qu'est-ce que tu as raconté à notre fille ? » Il parlait tout bas, mais paraissait agacé. « Son comportement est vraiment étrange. Est-ce que tu le lui aurais *dit* par hasard ?

— Mais non, Paul, pas du tout ! » Le ton de la mère était inhabituellement indécis. « Du moins, pas en ce qui concerne… *tout ça.*

— Donc, qu'as-tu exactement…

— Nous avons juste parlé du portrait, c'est tout. Nous ne pouvons pas continuer à tout lui cacher. Elle soupçonne un tas de choses, et si nous évitons d'aborder le sujet avec elle, nous perdrons sa confiance.

— Tu lui as parlé du *portrait* ?

— Je lui ai seulement expliqué que ce n'était pas un tableau. Mais une sorte de sculpture. Elle se souvient de la poupée de Sal, bien sûr…

— Nom de Dieu, je croyais qu'on s'était mis d'accord…

— Josie n'est plus une petite fille. Elle peut comprendre les choses. Et elle a raison de s'attendre à ce que nous lui parlions en toute honnêteté...

— Rick ! » Je reconnus la voix de Miss Helen derrière moi. « Rick ! Viens ! Vance est là, je l'ai trouvé. Viens dire bonjour. Oh, Chrissie, je veux te présenter Vance. Un vieil ami très cher. Le voici. »

M. Vance portait un costume élégant avec une chemise blanche boutonnée jusqu'en haut et une cravate bleue. Il était aussi chauve que M. Capaldi et plus petit que Miss Helen. Il regardait autour de lui d'un air perplexe.

« Bonjour, enchanté », dit-il à la mère. Puis, à Miss Helen : « Alors, vous faites quoi ici ? Est-ce que tout le monde va voir cette pièce ?

— Rick et moi nous t'attendions, Vance. Comme convenu avec toi. C'est merveilleux de te revoir ! Tu as à peine changé.

— Toi aussi tu as l'air en pleine forme, Helen. Mais qu'est-ce qu'il se passe ici ? Où est ton fils ?

— Ricky ! Viens ! »

Je vis alors Rick, un peu à l'écart, levant la main en guise de réponse. Il entreprit de traverser les fragments pour nous rejoindre. Je ne parvins pas à déterminer si M. Vance, qui regardait dans la bonne direction, avait identifié Rick ou non. En tout état de cause, à ce moment précis, un des fonctionnaires du théâtre vint se placer entre Vance et le garçon qui s'approchait.

« Vous avez déjà un billet ? demanda l'homme en gilet. À moins que vous en ayez un, mais que vous souhaitiez une meilleure place ? »

M. Vance le dévisagea sans répondre. Rick passa alors devant l'employé en gilet et M. Vance s'exclama :

« Hé ! C'est ton fils ? Il est super.

— Merci, Vance, dit doucement Miss Helen.

— Bonjour monsieur, dit Rick, et son sourire me fit penser à celui qu'il avait eu en saluant les adultes à la réunion interactive de Josie.

— Salut, Rick. Je me présente : Vance. Un très, très ancien ami de ta mère. J'ai beaucoup entendu parler de toi.

— C'est gentil de votre part d'avoir accepté de nous rencontrer, monsieur.

— Te voilà enfin ! » Josie occupa brusquement l'espace devant moi. À côté d'elle se tenait une fille de dix-huit ans qui, je le compris alors, était Cindy, la serveuse, beaucoup moins simplifiée que la dernière fois où je l'avais vue.

« Ouais, je ne crois pas que ton magasin ait vraiment *déménagé*, expliqua Cindy. Mais un nouveau magasin a ouvert à l'intérieur de Delancey's et peut-être que certains des AA de ton ancienne boutique y ont été transférés.

— Excusez-moi. » Une dame vêtue d'une élégante robe bleue, âgée de quarante-six ans selon mon estimation, arriva devant moi et interpella Josie et Cindy. « Nous étions en train de nous demander si vous aviez l'intention d'entrer dans le théâtre avec votre machine.

— Hé, répliqua Cindy, qu'est-ce que ça peut vous faire ?

— Ce sont des sièges très recherchés, répondit la dame. Ils ne devraient pas être occupés par des machines. Si vous emportez cette machine dans le théâtre, nous serons dans l'obligation de soulever une objection.

— Je ne vois pas en quoi ça vous concerne…

— Pas de problème, intervint Josie. Klara ne va pas voir cette pièce et moi non plus…

— Ce n'est pas la question, insista Cindy. Ça me met en colère. » Puis elle s'adressa à la dame : « Je vous connais pas ! Vous êtes qui ? Vous avez le culot de nous parler comme ça…

— Donc c'est votre machine ? demanda la dame à Josie.

— Klara est mon AA, si c'est ce que vous voulez savoir.

— D'abord ils nous prennent nos emplois. Et ensuite ils occupent les fauteuils de notre théâtre ?

— Klara ? » Le visage du père était tout près du mien. « Vous vous sentez bien ? Comme avant ?

— Oui. Ça va.

— Vous êtes sûre ?

— J'étais peut-être un peu désorientée tout à l'heure. Mais à présent ça va.

— Parfait. Je suis sur le point de partir. Je me demandais si vous accepteriez de me dire maintenant… ce que nous avons fait exactement là-bas. Et quel résultat nous pouvons escompter ?

— Monsieur Paul m'a fait confiance et c'est formidable. Malheureusement, ainsi que je l'ai dit auparavant, je ne peux rien vous dire de plus sans mettre en péril ce que nous avons accompli. Mais je crois qu'il existe un véritable espoir à présent. S'il vous plaît, soyez patient et attendez la bonne nouvelle.

— Comme vous voudrez. Je passerai à l'appartement dans la matinée pour dire au revoir à Josie. Je vous verrai peut-être à ce moment-là. »

La voix de la mère retentit quelque part derrière moi :

« Nous en parlerons à l'appartement. Nous ne pouvons pas le faire ici.

— Mais c'est tout ce que j'avais à dire, répondit la voix de Josie. Je refuse que vous l'enfermiez comme vous l'avez fait avec Sal. Je veux que vous fassiez en sorte que Klara dispose seule de ma chambre et puisse se déplacer librement.

— Mais pourquoi sommes-nous en train de parler de ça ? Tu vas guérir, ma chérie. Nous n'avons pas besoin de nous préoccuper de *tout cela*…

— Oh, Klara, tu es là. » Miss Helen surgit à mes côtés. « Klara, écoutez, je viens de discuter avec Chrissie. Vous devez venir avec nous à présent.

— Avec vous ?

— Chrissie veut ramener Josie à l'appartement et parler tranquillement avec elle, en tête à tête. Donc vous restez avec nous pour l'instant. Chrissie viendra vous chercher dans une demi-heure. » Puis, se penchant en avant, elle me parla tout bas à l'oreille : « Vous voyez ? Rick et Vance ont vraiment l'air de bien s'entendre ! Mais quand même, Rick appréciera que vous soyez auprès de lui pendant qu'il traverse ce moment particulier. Ça peut encore être une sorte d'épreuve.

— Oui, bien sûr. Mais la mère…

— Elle viendra vous chercher en temps voulu, ne vous inquiétez pas. Elle a juste besoin de rester seule quelques minutes avec Josie.

— Ce que je souhaite le plus au monde, dit M. Vance avec un rire en venant vers nous, c'est m'extraire de cette cohue. Là-bas, ce restaurant. C'est parfait. Juste un endroit où nous pourrons nous asseoir, nous regarder vraiment et parler. »

Des bras m'enlacèrent, et je me rendis compte que Josie me serrait contre elle, un peu comme le jour de la grande décision dans le magasin. Mais cette fois elle se pencha pour me chuchoter à l'oreille, pour que je sois la seule à l'entendre :

« Ne t'inquiète pas. Je ne permettrai jamais qu'il t'arrive du mal. Je vais parler à maman. Va avec Rick pour l'instant. Fais-moi confiance. »

Puis elle me libéra, et Miss Helen m'entraîna doucement.

« Venez, Klara, mon petit. »

Nous parvînmes à nous extraire de la foule du théâtre, M. Vance nous guidant vers le restaurant, et Miss Helen se hâta de le rejoindre pour marcher à côté de lui. Rick et moi suivions les adultes quelques pas en arrière, et retrouvant l'espace et l'air frais, je pus m'orienter de nouveau. Lorsque je me retournai, je fus surprise de constater qu'à part la grappe de gens serrés autour du réverbère, la rue était calme et obscure. À mesure que nous nous éloignions, cette foule – dont j'avais fait partie un instant plus tôt – m'apparut comme l'une de ces nuées d'insectes que j'avais vues au-dessus du champ, planant dans le ciel, chaque bestiole virevoltant dans tous les sens pour changer de position et en choisir une meilleure, mais ne s'égarant jamais au-delà de la limite définie par la forme de son groupe. J'aperçus Josie un peu en retrait de la foule, me saluant de la main d'un air perplexe, et la mère debout derrière elle, une main posée sur chacune des épaules de sa fille, le regard vide.

■

L'obscurité s'intensifia, la rumeur devant le théâtre s'atténua, mais je pus constater que mes capacités d'observation n'avaient pas été trop affectées car je voyais toujours nettement le restaurant illuminé vers lequel nous nous dirigions. Je remarquai qu'il avait la forme d'une part de tarte, dont la pointe était tournée vers nous ; la rue bifurquait de chaque côté, les deux trottoirs longeant les fenêtres, de telle sorte que, dans un sens comme dans l'autre, les passants pouvaient jeter un coup d'œil à l'intérieur éclairé : les sièges en cuir brillant, le dessus des tables poli, et le comptoir transparent derrière lequel le gérant attendait les clients avec son tablier et son calot blancs.

Aucun véhicule n'approchait, et les immeubles environnants étaient si obscurs que ce restaurant était la seule source de lumière, projetant des formes obliques sur les pavés. Je me demandai quel trottoir allait choisir M. Vance, mais arrivée plus près, je remarquai la porte située à la pointe de l'angle aigu. Si je ne l'avais pas repérée plus tôt, c'était uniquement parce qu'elle ressemblait aux fenêtres : presque entièrement vitrée, avec des mots peints dessus. M. Vance l'ouvrit, puis s'écarta pour laisser passer Miss Helen.

Lorsque j'entrai un instant après, emboîtant le pas à Rick, les lumières étaient si jaunes, si éblouissantes qu'il me fallut un moment pour m'y adapter. Peu à peu, je parvins à distinguer les parts de tartes aux fruits, dont chacune avait la forme du restaurant, exposées à l'intérieur du comptoir transparent, et le gérant – un homme imposant à la peau noire – qui se tenait très immobile, le visage tourné ailleurs. Je compris alors qu'il observait M. Vance et Miss Helen en train de choisir leur box et de s'y installer, l'un en face de l'autre.

Je vis la silhouette de Rick traverser le sol brillant et s'asseoir à côté de sa mère. À cet instant, les paroles de Josie au moment de nous séparer me revinrent à l'esprit et je me demandai quel était le sujet si important dont la mère voulait discuter avec sa fille dans l'appartement de l'Amie, et pourquoi mon absence était requise.

Miss Helen et M. Vance continuèrent de se dévisager pendant tout le temps qu'il me fallut pour les rejoindre. Je ne connaissais pas assez bien M. Vance pour prendre place à côté de lui. De plus, il occupait le milieu d'une banquette prévue pour deux, et je vis qu'il me serait impossible de m'y installer sans le déranger. Au lieu de cela, j'allai m'asseoir dans le box voisin, de l'autre côté de l'allée.

M. Vance cessa enfin de contempler Miss Helen et, se tournant sur son siège, donna des instructions au gérant. Je m'aperçus seulement alors que même si nous étions les seuls clients, toutes les tables avaient été dressées avec soin au cas où il y aurait d'autres arrivées. Je pensai alors que le gérant devait être bien solitaire, du moins quand il se trouvait dans son restaurant illuminé de tous côtés, sous les yeux des passants de la nuit.

« Monsieur ? dit Rick. Je vous suis très reconnaissant de m'accorder un peu de votre temps. Et d'envisager même de m'aider.

— Vous savez, Rick, répondit M. Vance d'un air rêveur, je n'ai pas vu votre mère depuis pas mal de temps.

— Je comprends, monsieur. Et vous ne m'avez jamais rencontré auparavant, sauf une fois, brièvement, quand j'avais environ deux ans. C'est d'autant plus généreux de votre part d'accepter de me voir. Maman dit toujours que vous êtes quelqu'un de très généreux.

— Je suis soulagé que votre mère ait dit du

bien de moi. Elle vous a peut-être aussi raconté une ou deux choses négatives ?

— Oh non. Elle a toujours parlé de vous en des termes positifs.

— Vraiment ? Et toutes ces années j'ai pensé… Bon, peu importe. Helen, je suis déjà impressionné par ton garçon. »

Miss Helen observait M. Vance avec attention.

« Je n'ai pas besoin de te dire, Vance, à quel point je te suis reconnaissante moi aussi. Je te remercierais bien plus longuement, mais c'est la chance de Rick et je ne souhaite pas parler en son nom.

— C'est bien dit, Helen. Alors, Rick. Pouvez-vous me dire de quoi il s'agit ?

— Eh bien, je ne sais pas par où commencer, mais voilà. Je m'intéresse particulièrement à la technologie des drones. On peut dire que c'est une passion. J'ai développé mon propre système, et j'ai maintenant ma propre équipe d'oiseaux-drones…

— Une seconde. Quand vous dites “mon propre système”, Rick, vous entendez par là que vous êtes allé au-delà de tout ce qui a été fait jusqu'à présent ? »

Je lus la panique sur le visage de Rick, et il me lança un coup d'œil. Je lui répondis par un sourire, essayant de lui montrer que je souriais aussi au nom de Josie. Qu'il l'eût compris ou non, il parut encouragé.

« Non monsieur, certainement pas, dit-il avec un petit rire. Je ne prétends pas être un génie.

Mais je dirais que ce système de drones, je l'ai mis au point tout seul, sans l'aide d'aucun professeur. J'ai utilisé diverses sources d'information que j'ai trouvées en ligne. Et ma mère m'a beaucoup soutenu en commandant des ouvrages coûteux. En fait, j'ai apporté plusieurs dessins, au cas où vous souhaiteriez avoir une petite idée de mes travaux.

— Je vous suis. Donc vous aspirez à entrer dans une bonne université. Afin de rendre justice à votre talent.

— Euh, quelque chose comme ça. Ma mère et moi avons tous les deux pensé que peut-être Atlas Brookings, qui est une université généreuse et libérale…

— Assez généreuse et libérale pour être ouverte à tous les étudiants de haut niveau, même quelques-uns qui n'ont pas bénéficié de l'édition génétique.

— Exactement, monsieur.

— Et sans aucun doute, Rick, vous comprenez, comme votre mère a dû vous le dire, que je préside actuellement le Comité des fondateurs de l'université. C'est-à-dire le corps qui contrôle les bourses.

— Oui monsieur. C'est ce qu'elle m'a dit.

— Bien, Rick. J'espère que votre mère n'a pas laissé entendre que la procédure de sélection à Atlas Brookings pratique le favoritisme.

— Ni ma mère ni moi ne vous demanderions de m'aider par favoritisme, monsieur. Je vous prie seulement de m'aider si vous jugez que je suis digne d'être accepté à Atlas Brookings.

— C'est bien dit. D'accord, jetons un coup d'œil à ce que vous avez apporté. »

Rick avait déjà posé son cahier sur la table, et M. Vance l'ouvrit au hasard. Il examina le schéma exposé sur la page, puis tourna la suivante et en en découvrant un autre, l'étudia avec attention. Il continua de feuilleter lentement le cahier, revenant parfois en arrière. À un moment donné, il murmura sans lever les yeux :

« Tout cela se réfère à ce que vous avez l'intention de créer dans le futur ?

— Oui, en grande partie. Mais j'ai déjà réalisé certains projets. Comme celui de la page suivante. »

Miss Helen observait en silence, un sourire bienveillant sur le visage, regardant tour à tour M. Vance et le cahier de Rick. À cet instant, j'éprouvai une fois encore la sensation fugace mais vive de la main du père inclinant ma tête à l'angle requis, et j'entendis le goutte-à-goutte du liquide dans la bouteille en plastique qu'il tenait contre mon visage de son autre main.

« Écoutez, Rick, dit M. Vance, je suis très ignorant dans ce domaine. Mais j'ai l'impression que vos drones ont des capacités de surveillance élevées.

— Les oiseaux récoltent des données, c'est exact. Mais ça ne signifie pas nécessairement qu'ils doivent être utilisés pour une activité portant atteinte à la vie privée. Ils ont beaucoup de fonctions potentielles. La sécurité, et même le baby-sitting. Et bien sûr, il y a peut-être des gens sur qui il vaut mieux garder un œil.

— Je vous suis. Oui, ils sont tous très intéressants. Vous ne voyez aucun réel problème d'éthique dans ce projet ?

— Je suis certain, monsieur, qu'il existe toutes sortes de problèmes éthiques. Mais en fin de compte, c'est aux législateurs de décider comment ces choses doivent être réglementées, pas à des gens comme moi. Pour l'instant, je veux juste apprendre le plus possible, afin d'améliorer mes connaissances et de passer au niveau supérieur.

— C'est bien dit. » M. Vance hocha la tête et continua de parcourir le cahier de Rick.

Le gérant solitaire était venu avec son plateau et il commença à poser des verres sur la table devant M. Vance, Miss Helen et Rick. Ils le remercièrent tous d'une voix sourde, et il repartit.

« Vous comprenez, Rick, dit M. Vance. Je n'essaie pas de vous ennuyer. Je me contente, eh bien, de vous tester un peu, de voir de quoi vous êtes capable. » Puis il s'adressa à Miss Helen : « Et jusqu'ici, il s'en tire de façon très impressionnante.

— Vance, chéri. Tu as peut-être envie d'une douceur avec ton café ? Par exemple un de ces beignets que je vois là-bas ? Tu as toujours eu un faible pour les beignets.

— Merci, Helen, mais je dois retrouver des gens pour le dîner. » Il consulta sa montre puis se tourna de nouveau vers Rick. « Maintenant réfléchissez bien, Rick. Atlas Brookings pense qu'il y a beaucoup de jeunes talentueux comme vous, qui pour des raisons financières ou autres n'ont jamais pu bénéficier de l'édition génétique artificielle. L'université considère aussi qu'à l'heure actuelle la société commet une grave erreur en ne permettant pas à ces talents de se réaliser pleinement. Hélas, la plupart des autres établissements ne partagent pas ce point de vue. Ce qui veut dire que nous recevons beaucoup plus de demandes d'étudiants comme vous que nous ne pouvons en accepter. Nous avons la possibilité d'éliminer les bons à rien, mais après ça, franchement, ça devient une loterie. Dites-moi, Rick. Vous venez d'affirmer que vous ne recherchez pas le favoritisme. Je vous pose donc la question suivante. Si c'est vraiment le cas, *pourquoi suis-je assis en face de vous en ce moment ?* »

Avec ces mots, M. Vance changea si soudainement l'atmosphère que je faillis laisser échapper un cri de surprise. Rick parut lui aussi stupéfait. Miss Helen fut la seule à ne pas sembler prise de court, comme si l'éclat qu'elle avait redouté depuis le début s'était produit à la fin. Elle sourit et dit :

« Je vais répondre pour lui à cette question, Vance. Oui, nous te *demandons* une faveur. Nous savons que tu en as le pouvoir. Nous te prions donc de nous aider. Je vais reformuler ma phrase. *Je* t'en prie. Je te demande de donner à mon fils une chance de se battre dans ce monde.

— Maman…

— Non, Rick chéri, c'est bien ainsi. C'est à moi, et non à toi, de m'adresser à Vance. Et nous le prions de nous accorder cette faveur. Bien sûr que oui. »

Je m'étais trompée en croyant que nous étions les seuls clients du gérant. Je me rendis bientôt compte que dans le troisième box à partir du mien, une dame de quarante-trois ans était assise toute seule. Je ne lui avais pas prêté attention parce qu'elle s'appuyait contre la fenêtre, le front plaqué sur la vitre, pour fixer l'obscurité. Le gérant du restaurant ne l'avait peut-être pas remarquée, et convaincue qu'il l'ignorait délibérément, elle s'était sentie encore plus seule.

« Tu sais, Helen, dit M. Vance, tu adoptes là une tactique bien étrange. Le favoritisme, comme toute autre forme de corruption, fonctionne mieux quand il reste inavoué. Mais laissons ça de côté. » M. Vance se pencha en avant. « Lorsque j'ai pensé que cela venait de Rick, c'était autre chose. C'est un garçon charmant et impressionnant. Tout allait bien. Mais regarde ce que tu viens de faire. Tu m'as dit à l'instant que je devais t'accorder une faveur à toi, Helen. Après toutes ces années. Toutes ces années où tu ne répondais pas à mes messages. Toutes ces minutes, toutes ces heures, tous ces jours, tous ces mois, toutes ces années où je pensais à toi.

— Faut-il que tu en parles ici ? Devant Rick ? » Miss Helen souriait encore gentiment mais sa voix tremblait.

« Rick est un jeune homme intelligent. C'est lui qui perd ou qui gagne à la fin. Alors pourquoi lui cacher des choses ? Donne-lui une vue d'ensemble de la situation. Laisse-le comprendre ce dont il s'agit. »

Rick se tourna encore une fois pour me regarder de l'autre côté de l'allée, et je m'efforçai de l'encourager en retour avec un sourire qui venait aussi de Josie.

« C'est quoi cette histoire, Vance ? demanda Miss Helen. C'est vraiment si compliqué ? Je te demande simplement d'aider mon fils. Si tu ne souhaites pas le faire, nous pouvons nous saluer poliment et on n'en parle plus.

— Qui a dit que je ne voulais pas aider Rick ? Je peux voir que c'est un jeune homme talentueux. Ses dessins sont très prometteurs. J'ai toutes les raisons de croire qu'il réussirait à Atlas Brookings. Le problème c'est que c'est *toi* qui me le demandes, Helen.

— Alors j'aurais dû me taire. Avant que j'ouvre la bouche, tout se passait bien. Je voyais que vous vous entendiez à merveille, et Rick te parlait avec un respect sincère. Mais ensuite je suis intervenue, et maintenant nous avons un problème.

— Bon sang, y a un problème, ça c'est sûr, Helen. Un problème qui dure depuis vingt-sept ans. Vingt-sept ans pendant lesquels tu as refusé de communiquer avec moi. Je n'ai pas harcelé ta mère à cette période, Rick. Je ne veux pas que tu t'imagines ça. Au début, j'étais, euh, disons que j'ai pu avoir un ton hyper émotif. Mais je ne l'ai jamais harcelée, jamais menacée, je ne lui ai jamais fait de reproches. Je l'ai seulement suppliée. C'est juste, Helen ? Ma description est juste ?

— Tout à fait juste. Tu étais tenace, mais jamais d'une façon désagréable. Enfin, Vance, c'est vraiment nécessaire de raconter tout ça devant Rick ?

— OK. Je respecte ça. Je devrais peut-être cesser de parler. Il est peut-être temps que tu t'exprimes à ton tour, Helen.

— Monsieur ? J'ignore ce qui est arrivé dans le passé. Mais si vous pensez qu'il est inapproprié de vous demander de…

— Une minute, Rick, intervint M. Vance. Je veux vous aider. Mais je crois qu'il est temps de donner à votre mère une chance de s'expliquer. »

Pendant plusieurs secondes, aucun d'eux ne parla. Je regardai le gérant, me demandant s'il avait écouté, mais il contemplait la nuit par les fenêtres, ne laissant paraître aucun signe indiquant que la conversation aurait pu l'intéresser.

« J'admets, dit Miss Helen, que je me suis mal comportée envers toi, Vance. Je l'accepte. Mais je me suis aussi mal comportée envers moi-même, envers tout le monde. Tu ne dois pas te sentir isolé. Ma cruauté a été universellement distribuée.

— C'est possible. Mais je n'étais pas tout le monde. Nous avons vécu cinq ans ensemble…

— Oui. Et je voudrais tant m'excuser. Quelquefois, Vance – Rick aussi, ça ne me dérange pas de le dire devant toi –, j'ai envie d'aligner tous les gens que j'ai traités de façon mesquine, de les disposer sur une longue ligne. Ensuite je m'avancerais pas à pas, tu sais, comme le ferait un monarque. Je m'arrêterais devant chaque personne pour lui serrer la main et je lui dirais, en la regardant droit dans les yeux : Je suis tellement désolée, j'ai été horrible.

— Génial. Donc je dois faire la queue maintenant. Pour avoir l'honneur de recevoir les excuses de Sa Majesté.

— Oh non, je me suis mal exprimée. J'essaie juste d'expliquer… ce que je ressens. Je sais que dit comme ça, ce n'est pas terrible. Mais quand je repense à ce qui s'est passé, c'est si accablant et je me dis, il doit y avoir une sorte de solution. Si j'étais une reine, alors oui, je pourrais…

— Maman, vraiment, je sais ce que tu essaies de dire. Mais peut-être que ce n'est pas la meilleure manière…

— Autrefois tu étais une sorte de reine, Helen. Une reine superbe. Et tu croyais que tu pouvais agir à ta guise en toute impunité. Je suis un peu triste, mais plutôt content aussi. De voir que tu ne t'en es pas tirée en fin de compte. Que ça t'a rattrapée et que tu as dû en payer le prix.

— Quel prix ai-je donc payé, Vance ? Tu veux parler de ma pauvreté ? Parce que ça ne me dérange pas tant que ça, tu sais.

— Peut-être que ça ne te dérange pas d'être

pauvre, Helen. Mais tu es devenue fragile. Et je pense que ça te perturbe beaucoup plus. »

Miss Helen se tut plusieurs secondes pendant que M. Vance continuait de la fixer avec de grands yeux. Elle répondit enfin :

« Oui. Tu as raison. Depuis l'époque où tu m'as connue, je suis devenue… fragile. Si fragile qu'un souffle de vent suffirait à me briser. J'ai perdu ma beauté, pas à cause des années, mais en raison de cette fragilité. Mais Vance, cher Vance. Tu ne veux pas me pardonner juste un peu ? Tu ne veux pas aider mon fils ? Vance. Je t'offrirais tout, n'importe quoi, mais il n'y a rien que je puisse t'offrir. Rien du tout, excepté cette prière. J'implore ton aide, Vance, pour mon fils.

— Maman, s'il te plaît. Arrête. Il n'y a aucun moyen…

— Tu vois dans quelle difficulté je me trouve, Rick. Je ne sais pas à quoi ta mère se réfère exactement. Elle dit qu'elle veut s'excuser, mais de quoi ? Tout est si vague. Je pense que ça deviendra peut-être plus clair, Helen, si nous entrons dans le vif du sujet.

— Je te demande simplement d'aider mon fils, Vance, ce n'est pas assez clair ?

— Le vif du sujet, Helen. Par exemple, cette soirée dans la maison de Miles Martin. Tu sais de quoi je parle.

— Oui, oui. Quand j'ai dit à tout le monde que tu n'avais pas encore lu le rapport Jenkins…

— Ça t'a valu un franc succès à mes dépens,

Helen. Et tu savais parfaitement ce que tu faisais…

— Eh bien, Vance, je m'excuse pour cette soirée. J'étais hors de contrôle, je voulais me venger. Je souhaite…

— Un autre détail. Dans le désordre, je choisis au hasard dans la liste. Ce message que tu m'as laissé à l'hôtel. À Portland, dans l'Oregon. Tu crois que ça ne m'a pas blessé ?

— C'était très blessant. Ce message était odieux et je ne l'ai pas oublié. Je… je l'entends encore dans ma mémoire, même aujourd'hui, il m'envahit lorsque je m'y attends le moins. Je passe un moment tranquille et je me revois décrocher le combiné et te laisser ce message encore et encore, sauf que cette fois je le change. Je l'améliore pour le rendre un peu moins horrible. Je ne l'ai jamais entendu moi-même, je me suis seulement entendue le prononcer, c'est pourquoi je pense quelquefois qu'il n'est pas trop tard pour le modifier. Je ne peux pas m'en empêcher, c'est mon esprit qui me joue ce tour et après je me sens de nouveau lamentable. Crois-moi, Vance, je me suis punie maintes fois à propos de ce message. Et tu dois comprendre qu'à cette époque je ne savais pas comment, techniquement, on peut effacer un message après l'avoir envoyé…

— Maman, arrête. Monsieur ? Je ne pense pas que ça fasse beaucoup de bien à ma mère. Elle allait beaucoup mieux ces derniers temps, mais… »

Miss Helen toucha le bras de Rick pour le faire taire.

« Vance, je m'excuse, poursuivit-elle. Je t'implore. Je dis que je me suis mal comportée envers toi et si tu veux, je vais te jurer que je me punirai encore et encore jusqu'à ce que tu me pardonnes.

— Maman, allons-y. Ce n'est pas bon pour toi.

— Si tu veux, Vance, nous pouvons organiser un autre rendez-vous. Disons, dans deux ans, ici même. Tu pourras alors vérifier si j'ai tenu ma promesse. Tu pourras m'examiner et t'assurer que je me suis punie comme il faut…

— Ça suffit, Helen. Si Rick n'était pas là, je te dirais ce que j'en pense.

— Monsieur ? Je ne souhaite pas que vous fassiez quoi que ce soit pour m'aider. Je ne veux plus en entendre parler.

— Non, Rick, tu ne sais pas ce que tu dis, s'écria Miss Helen. Ne l'écoute pas, Vance. »

M. Vance se leva et dit :

« Je dois y aller.

— Maman, s'il te plaît, calme-toi. Ce n'est pas si important que ça.

— Tu ne sais pas ce que tu dis, Rick ! Vance, ne pars pas encore. Ne nous séparons pas fâchés. Tu aimais beaucoup les beignets. Tu n'en veux pas un ?

— Je suis d'accord avec Rick. Rien de tout cela n'est bon pour toi. Il vaut mieux que je m'en aille. Rick ? J'aime bien tes dessins et je t'aime bien toi. Prends soin de toi. Au revoir, Helen. »

M. Vance s'éloigna dans l'allée entre les box sans se retourner vers nous, puis il franchit la porte vitrée et disparut dans la nuit. Miss Helen et Rick restèrent assis côte à côte, fixant la table. Puis Rick me dit :

« Klara. Venez vous asseoir avec nous.

— Je me demande », commença Miss Helen.

Rick s'approcha d'elle, posant un bras sur ses épaules.

« Quoi, maman ?

— Je me demande si c'était suffisant. Si ça va le satisfaire.

— Honnêtement, maman. Si j'avais su que ça serait même deux fois moins pire que ça, jamais de la vie. »

Je me glissai sur la banquette libérée par M. Vance, mais ni Miss Helen ni Rick ne levèrent les yeux vers moi. Je regardai Miss Helen et je pensai qu'elle et M. Vance avaient été autrefois follement épris et amoureux. Je me demandai si Miss Helen et M. Vance avaient été à une époque aussi attentionnés l'un avec l'autre que Josie et Rick aujourd'hui. Et s'il était possible qu'un jour, Josie et Rick se montrent aussi méchants l'un envers l'autre. Je me rappelai ce qu'avait dit le père dans la voiture au sujet du cœur humain et de sa complexité, et je le revis debout dans la cour, face au soleil bas, sa silhouette et son ombre du soir s'entremêlant en une seule forme allongée quand il avait levé le bras et dévissé le capuchon de protection de l'embout de la machine Cootings tandis que j'attendais nerveusement derrière lui, tenant la bouteille d'eau minérale en plastique contenant la précieuse solution.

« Que s'est-il passé ? demanda Miss Helen. Que va faire Vance ? Est-ce qu'il va nous aider ? Il aurait pu au moins nous donner une réponse claire.

— Excusez-moi, dis-je. Je ne souhaite pas susciter un espoir injustifié. Mais d'après ce que j'ai observé, je crois que M. Vance va décider d'aider Rick.

— Vous le pensez vraiment ? demanda Miss Helen. Pourquoi ?

— Je peux me tromper. Mais je crois que M. Vance aime encore beaucoup Miss Helen et va décider d'aider Rick.

— Oh, robot chérie ! J'espère de tout mon cœur que tu as raison. Je ne sais pas ce que j'aurais pu faire d'autre.

— Maman, qu'il aille au diable. Je m'en sortirai de toute façon.

— Il n'était pas aussi laid que je l'avais imaginé, reprit Miss Helen, regardant la rue déserte et obscure. En fait, il n'était pas moche du tout. J'aurais seulement aimé qu'il nous donne une réponse. N'importe laquelle. »

■

Notre box devait être visible de la rue quand la mère se gara près du trottoir de ce côté du restaurant. Mais elle baissa ses phares et resta dans la voiture, peut-être par respect pour notre intimité, bien qu'elle vît que M. Vance était parti.

Lorsque nous sortîmes pour monter dans la voiture et commencer à rouler dans la nuit, je remarquai qu'elle était inquiète à l'idée d'avoir laissé Josie seule dans l'appartement de l'Amie, et impatiente de m'y déposer le plus vite possible avant de conduire Rick et Miss Helen à leur hôtel abordable. La mère nous avait demandé « Comment ça s'est passé » dès notre arrivée, et Miss Helen avait répondu « Pas si bien que ça, on va voir », mais ensuite personne n'avait dit grand-chose pendant le trajet, chacun s'absorbant dans ses pensées.

De nuit, l'appartement de l'Amie était encore plus difficile à distinguer de ses voisins. La mère m'accompagna au sommet du perron, et du haut de la dernière marche, je jetai un coup d'œil à la voiture qui attendait sous le réverbère. Je distinguai les formes de Miss Helen et de Rick à l'intérieur, et je me demandai ce qu'ils pouvaient bien se dire à présent qu'ils étaient seuls.

L'appartement de l'Amie était tel que nous l'avions laissé en partant pour notre rendez-vous avec M. Capaldi, sauf qu'à présent il était plongé dans l'obscurité. Depuis l'entrée, je voyais le salon principal, et les motifs de la nuit dansant sur le canapé où Josie avait attendu l'arrivée du père. Son livre de poche était encore sur le tapis, là où elle l'avait laissé tomber, un coin illuminé par un pâle reflet.

La mère indiqua le couloir, disant tout bas :

« Elle devrait être endormie, fais attention à ne pas faire de bruit en entrant. Si quelque chose t'inquiète, appelle-moi. Je serai de retour dans vingt minutes. »

Elle s'apprêtait à ressortir, et je ne voulais pas retarder le retour de Rick et de Miss Helen à l'hôtel abordable, mais je dis doucement :

« Nous pouvons peut-être espérer.

— Qu'est-ce que tu entends par là ?

— Demain matin, au lever du Soleil. Nous pouvons espérer.

— D'accord. Je suppose que cela nous aide que tu sois toujours optimiste. » Elle s'approcha de la porte. « N'allume aucune lampe. Ça pourrait la perturber, même à l'intérieur. » Puis la mère resta étrangement immobile, son nez touchant presque la surface de la porte. Sans se retourner, elle poursuivit : « Josie et moi avons eu tout à l'heure une conversation qui a pris un tour étrange. Je crois que nous étions fatiguées toutes les deux. Si elle se réveille et te dit quelque chose de bizarre, n'y prête pas trop attention. Oh, et souviens-toi. Ne mets pas la chaîne, sinon je ne pourrai pas rentrer. Bonne nuit. »

■

J'entrai dans la deuxième chambre avec précaution et je trouvai Josie profondément endormie. La pièce était plus étroite que sa chambre à la maison, mais le plafond plus haut. Elle avait laissé le store à moitié relevé, et la lumière de la rue jouait sur la garde-robe et le mur. Je m'approchai de la fenêtre et regardai dehors pour me faire une idée de la trajectoire que prendrait le Soleil le lendemain matin, et voir s'il lui serait facile de pénétrer ici. La fenêtre était haute et étroite, comme la chambre. L'arrière de deux larges immeubles me parut étonnamment proche, et je discernai les lignes verticales des tuyaux de descente et les fenêtres répétées dont la plupart étaient vides ou cachées par des stores. Je voyais la rue entre les deux bâtiments, et je fus certaine qu'elle serait très animée le matin. En ce moment même, un flot régulier de véhicules empruntaient ce passage. Il y avait au-dessus de ce fragment de rue une haute colonne de ciel nocturne, et j'estimai que le Soleil n'aurait aucune difficulté à y déverser son nutriment spécial, malgré son diamètre exigu. Je me rendis compte aussi que je devais faire preuve de vigilance, afin de relever le store au maximum dès l'apparition du Soleil.

« Klara ? » Josie remua derrière moi. « Maman est rentrée ?

— Elle ne sera pas longue. Elle ramène Rick et Miss Helen à leur hôtel. »

Josie parut se rendormir. Mais quelques instants plus tard, j'entendis les couvertures remuer.

« Je ne permettrai jamais qu'on te traite mal. » Ses respirations devinrent plus profondes et je crus qu'elle s'était assoupie. Puis elle annonça d'une voix plus claire : « Rien ne change. »

Elle était mieux réveillée à présent, et je lui demandai :

« La mère a discuté d'une nouvelle idée avec vous ?

— À mon avis, ce n'était pas une *idée*. Je lui ai répondu que ce qu'elle proposait n'arriverait jamais.

— Je me demande ce qu'a suggéré la mère.

— Elle ne t'en a pas déjà parlé ? Ce n'était rien. Des trucs vagues qui lui tournaient dans la tête. »

J'attendis qu'elle en dise plus long. Puis la couette bougea de nouveau.

« Elle essayait de... trouver une solution, j'imagine. Elle a dit qu'elle pouvait renoncer à son emploi et passer tout son temps avec moi. Si j'en avais envie. Elle deviendrait la personne qui veillerait constamment sur moi. Elle le ferait si je le voulais vraiment, elle le ferait et laisserait tomber son travail, mais j'ai répondu, que va-t-il arriver à Klara ? Et elle a dit quelque chose du genre, on n'aura plus besoin de Klara puisque je serai avec toi en permanence. On voyait bien qu'elle n'y avait pas réfléchi. Mais elle n'arrêtait pas de le répéter, comme si c'était à moi de prendre la décision, et à la fin je lui ai dit, écoute, maman, ça ne marchera pas. Tu n'as pas envie de renoncer à ton emploi et je ne veux pas renoncer à Klara. C'est à peu près tout. Ça n'arrivera pas et maman est d'accord. »

Nous restâmes silencieuses un moment, Josie

cachée dans l'ombre et moi debout près de la fenêtre.

« Peut-être que la mère a pensé que si elle restait tout le temps avec sa fille, Josie se sentirait moins seule, dis-je enfin.

— Qui prétend que je me sens seule ?

— Si c'était la vérité, si Josie se sentait vraiment moins seule avec la mère, je m'en irais volontiers.

— Mais qui pense que je me sens seule ? C'est faux.

— Peut-être que tous les humains se sentent seuls. Ou pourraient souffrir de la solitude.

— Écoute, Klara, maman a juste eu une idée merdique. Je lui parlais du portrait, elle s'est embrouillée et elle m'a sorti cette idée. Mais ce n'était même pas une idée, c'était du vent. Alors s'il te plaît, oublions ça. »

Elle se tut et s'endormit. Je décidai que si elle se réveillait encore, je devrais dire quelque chose pour la préparer à ce qui se produirait peut-être le lendemain matin, du moins pour m'assurer qu'elle ne ferait rien pour entraver cette aide spéciale. Mais à présent, peut-être parce que j'étais dans la chambre avec elle, son sommeil devint plus profond, et je finis par quitter la fenêtre pour me tenir près de la garde-robe, d'où je verrais les premiers signes du retour du Soleil.

■

Nous reprîmes les mêmes places qu'à l'aller. À cause de la hauteur des dossiers, je ne voyais qu'en partie la mère au volant, et pas du tout Miss Helen, sauf quand elle jetait un coup d'œil à l'arrière pour souligner ses paroles. Une fois – nous étions encore en ville, ralentis par la circulation du matin – elle se tourna vers nous pour lancer :

« Non, Ricky chéri, je refuse que tu dises quoi que ce soit de désagréable sur lui. Tu ne le connais pas du tout et tu ne comprends pas. Comment le pourrais-tu ? » Puis son visage disparut, mais sa voix poursuivit : « Je suppose que j'ai dit un tas de choses hier soir. Mais ce matin je me rends compte à quel point j'ai été injuste. Quel droit aurais-je d'attendre quelque chose de lui ? »

Miss Helen avait paru adresser cette dernière question à la mère, mais celle-ci semblait ailleurs. En traversant un autre carrefour, elle murmura :

« Paul n'est pas si mauvais. Je pense que je suis quelquefois trop dure avec lui. Ce n'est pas un mauvais type. Aujourd'hui il me fait pitié.

— C'est drôle, dit Miss Helen, mais ce matin je me suis réveillée avec plus d'espoir. Je sens qu'il est encore tout à fait possible que Vance nous aide. Il s'est pas mal énervé hier soir, mais une fois qu'il se sera calmé et aura réfléchi, il pourrait décider de se comporter autrement. Il aime se donner l'image d'un homme bien, tu vois. »

Rick s'agita à côté de moi.

« Maman, je te l'ai dit, je n'ai plus rien à faire avec cet homme. Et toi non plus.

— Helen, intervint la mère, est-ce que ça te mène vraiment quelque part ? De tourner en rond de cette façon ? Pourquoi ne pas simplement attendre de voir. Pourquoi te torturer ? Vous avez tous les deux fait de votre mieux. »

Josie, qui était assise de l'autre côté de Rick, lui prit la main et entrecroisa ses doigts avec les siens. Elle lui adressa un sourire encourageant, mais un peu triste aussi, me sembla-t-il. Rick lui rendit son sourire, et je me demandai s'ils échangeaient des messages secrets rien qu'en se regardant.

Je me tournai à nouveau vers ma fenêtre, appuyant le front contre la vitre. Depuis les prémices de l'aube, j'avais observé le ciel et attendu. Les premiers rayons du Soleil apparus entre les deux immeubles avaient pénétré directement dans la seconde chambre, mais je n'avais pas cru une seconde qu'il s'agissait de son nutriment spécial. Je me souvenais bien sûr que je devais être reconnaissante, comme d'habitude, mais je n'avais pas réussi à chasser ma déception. J'avais continué de guetter les signes et d'attendre pendant le petit déjeuner, la préparation des bagages, et le tour de l'appartement avec la mère pour vérifier la sécurité. Je me penchai devant Rick et Josie pour regarder le ciel et je vis le Soleil en ascension étinceler entre les hauts bâtiments à notre passage. Je songeai alors au père claquant la portière de cette même voiture, jetant un dernier coup d'œil vers la cour et la machine Cootings, disant : « Ne vous inquiétez pas. Je l'ai entendu. Le petit pétillement. C'est le signal révélateur. Ce monstre ne se relèvera pas. » Et un instant plus tard, sa tête en gros plan devant la mienne, sa voix demandant : « Ça va ? Vous voyez mes doigts ? Vous en voyez combien ? » et je fus à nouveau submergée par une vague d'anxiété qui ne m'avait pas quittée depuis l'aube, craignant que le Soleil ne tienne pas la promesse faite dans la grange de M. McBain.

« Écoute, Rick, dit la mère. Peu importe ce qui s'est passé hier soir ; ton travail, ton *portfolio*, a été applaudi. Tu dois te sentir encouragé. Tu as d'autant plus de raisons de croire en toi.

— Maman, s'il te plaît, dit Josie. Rick n'a pas besoin de grands discours pour l'instant. » Les adultes ne pouvaient pas le voir, mais elle étreignit plus fort la main de Rick et lui sourit de nouveau. Il lui rendit son regard, puis il dit :

« Je vous remercie, madame Arthur. Vous avez toujours été bienveillante à mon égard. Merci.

— On ne peut pas savoir, dit Miss Helen. On ne peut pas savoir avec Vance. »

Depuis quelques instants j'avais senti la présence du haut bâtiment qui s'approchait de mon côté. Il avait quelques caractéristiques en commun avec le RPO, et était même plus élevé ; la circulation avait ralenti, aussi je pus l'étudier attentivement. Le Soleil projetait ses rayons sur la façade, dont une section s'était transformée en miroir, renvoyant un reflet intense de sa clarté matinale. Les nombreuses fenêtres de l'immeuble avaient été organisées en rangées verticales et horizontales, pourtant le résultat était chaotique, les rangées souvent alignées de travers, et même se chevauchant. Je vis derrière certaines de ces fenêtres des employés de bureau qui passaient et s'approchaient parfois de la vitre pour regarder dans la rue. Mais il était difficile de distinguer la plupart des fenêtres à cause d'une brume grisâtre qui flottait devant, et ensuite, un peu plus loin, entre les véhicules qui roulaient près de nous, je découvris la Machine installée dans son propre espace, protégée de la circulation par les barrières des agents de terrassement. La Machine crachait la pollution par ses trois cheminées et le début de son nom – les lettres « C-O-O » – était visible sur son corps. Alors que la déception envahissait mon esprit, je pus observer que ce n'était pas celle que j'avais détruite avec le père. La nuance de jaune était différente, les dimensions un peu supérieures, et sa capacité à polluer n'avait rien à envier à la première machine Cootings.

« Prends patience, Helen, dit la mère. Peut-être qu'il y a d'autres options pour Rick de toute manière. » Elle doubla la nouvelle machine Cootings, la brume de pollution grisâtre flottant autour du pare-brise et, le remarquant, elle marmonna : « Vous avez vu ça ? Comment est-ce qu'on les laisse faire ?

— Même s'il y en avait, maman, dit Josie,

est-ce que tu me laisserais aller dans l'une de ces universités ?

— Je ne comprends pas pourquoi Rick et toi avez besoin d'aller dans la même université, dit la mère. Vous êtes quoi ? Déjà mariés ? Les jeunes vont étudier dans toutes sortes d'endroits et ils peuvent rester en contact.

— Maman, il faut vraiment qu'on parle de ça maintenant ? Rick n'en a sûrement pas besoin. »

Je me retournai pour regarder par la vitre arrière. Le haut bâtiment était encore visible mais la nouvelle machine Cootings était cachée par d'autres véhicules. Je sus alors pourquoi le Soleil n'avait pas agi, et un instant, je relâchai ma posture et je laissai tomber ma tête. Josie, se penchant sur son siège, me regarda.

« Tu vois, maman, dit-elle, tu as aussi perturbé Klara. Et elle l'était déjà assez, avec la disparition de son magasin. Parlons de choses plus gaies maintenant. »

CINQUIÈME PARTIE

Josie commença à perdre ses forces onze jours après notre retour de la ville. Au début cette phase ne parut pas plus sérieuse que celles qu'elle avait traversées auparavant, mais de nouveaux signes apparurent : une respiration bizarre, et son état de demi-éveil le matin, les yeux ouverts mais vides. Si je lui parlais pendant ces absences, elle ne réagissait pas, et la mère prit l'habitude de monter dans la chambre très tôt. Si Josie était dans son état de demi-sommeil, la mère se tenait debout près du lit, répétant tout bas, « Josie, Josie, Josie », comme si c'était un fragment de chanson qu'elle apprenait par cœur.

Elle avait de meilleurs jours où elle s'asseyait et bavardait, et suivait même des cours en ligne sur son oblong, mais il y en avait d'autres où elle dormait constamment. Le Dr Ryan venait chaque jour, et son expression n'était plus souriante. La mère partait travailler de plus en plus tard dans la matinée, et elle avait de longues conversations avec le Dr Ryan dans le Plan Ouvert, une fois les portes coulissantes fermées.

Il avait été convenu, tout de suite après notre visite en ville, que j'aiderais Rick dans ses études les jours où Josie se sentait mieux, et à cette période il venait souvent à la maison. Mais lorsque l'état de Josie empira, il cessa de s'intéresser aux leçons et prit l'habitude de traîner dans l'entrée en attendant que la mère ou Melania l'appelle dans la chambre. Même si cela se produisait, on l'autorisait juste à rester quelques minutes debout sur le seuil, pour regarder Josie endormie. Une fois où il l'observait ainsi, elle ouvrit les yeux et sourit :

« Hé, Rick. Désolée. Trop fatiguée pour faire des dessins aujourd'hui.

— Ça ne fait rien. Repose-toi, tu vas t'en sortir.

— Comment vont tes oiseaux, Rick ?

— Ils vont bien, Josie. Très bien. »

Ce fut tout ce qu'ils purent échanger avant que se referment les paupières de Josie.

Après cette visite, Rick parut si découragé que je l'accompagnai au bas de l'escalier et sortis avec lui devant la maison. Je restai debout dans la pierraille, les yeux posés sur le ciel gris. Je vis qu'il voulait poursuivre la conversation, mais se rendant peut-être compte qu'on pouvait nous entendre de la chambre, il se tut, poussant les cailloux avec la pointe de sa chaussure de sport. Je proposai alors :

« Est-ce que Rick accepterait de faire quelques

pas avec moi ? » et j'indiquai le portail en forme de cadre d'image.

Quand nous entrâmes dans le premier champ, je remarquai que l'herbe était beaucoup plus jaune qu'elle ne l'avait été le soir où nous l'avions traversée pour nous rendre à la grange de M. McBain. Nous marchions lentement le long de la première partie du sentier informel, le vent couchant les herbes par intermittence, laissant entrevoir la maison de Rick dans le lointain.

Nous atteignîmes un endroit où le chemin informel devenait plus large, créant une sorte de pièce en plein air, où Rick s'arrêta et se tourna vers moi dans un bruissement d'herbes.

« Josie n'a jamais été aussi mal avant, dit-il, fixant le sol. Vous n'avez pas arrêté de dire qu'il y avait des raisons d'espérer. Vous avez répété sans arrêt qu'il y avait une raison *spéciale.* Alors vous m'avez donné de l'espoir à moi aussi.

— Je suis désolée. Peut-être que Rick est en colère. En vérité, j'ai été déçue moi aussi. Mais je crois tout de même qu'il y a encore des raisons d'espérer.

— Klara. Son état ne fait qu'empirer. Le médecin, Mme Arthur, vous voyez bien. Ils viennent de renoncer.

— Malgré cela, je pense qu'il y a encore de l'espoir. Je suis convaincue que l'aide peut venir d'un endroit que les adultes n'ont pas encore envisagé. Mais nous devons maintenant intervenir très vite.

— Je ne sais pas de quoi vous parlez, Klara. Je suppose que c'est en rapport avec l'affaire si importante dont vous ne pouvez parler à personne.

— Pour être honnête, depuis que nous sommes revenus de la ville, j'ai eu des doutes. J'ai attendu et hésité, espérant que l'aide spéciale viendrait quand même. Mais aujourd'hui, je crois que la seule manière de procéder est pour moi d'y retourner pour expliquer. Si je lance un appel spécial... Mais je ne devrais plus en parler. J'ai besoin que Rick me fasse confiance une fois encore. Je dois retourner dans la grange de M. McBain.

— Vous voulez que je vous porte aussi cette fois ?

— Je dois y aller le plus tôt possible. Si Rick ne peut pas m'emmener, j'essaierai toute seule.

— Attendez une minute. Bien sûr que je vais vous aider. Je ne vois pas en quoi ça aide Josie, mais si vous dites que c'est le cas, bien sûr que je vais le faire.

— Merci ! Alors nous devrons nous y rendre sans délai, ce soir même. Et comme la dernière fois, nous devons y arriver à l'instant précis où le Soleil va se coucher. Rick doit me retrouver ici, au même endroit, à sept heures quinze ce soir. S'il vous plaît, vous serez là ?

— À cent pour cent.

— Merci. Il y a encore autre chose. Lorsque j'atteindrai la grange, je présenterai mes excuses, bien sûr. J'ai commis une erreur. J'ai sous-estimé ma tâche. Mais j'aurai aussi besoin d'autre chose, d'un élément supplémentaire pour plaider ma cause. C'est pourquoi je dois demander ceci à Rick, même si c'est peut-être une intrusion dans son intimité. Vous devez me dire si l'amour entre Rick et Josie est sincère, s'il est vrai et durable. Je dois le savoir. Parce que si la réponse est oui, j'aurai quelque chose à négocier, sans tenir compte de ce qui s'est passé en ville. Réfléchissez bien, Rick, s'il vous plaît, et dites-moi la vérité.

— Je n'ai pas besoin de réfléchir. Josie et moi nous avons grandi ensemble et nous faisons partie l'un de l'autre. Et nous avons notre plan. Bien sûr que notre amour est sincère et éternel. Peu nous importe qui a été relevé et qui ne l'a pas été. Vous avez votre réponse, Klara, et il n'y en aura pas d'autre.

— Merci. Maintenant j'ai un argument très spécial. Alors n'oubliez pas, s'il vous plaît. Retrouvez-moi ici à sept heures quinze. À l'endroit même où nous sommes. »

■

J'étais un peu plus habituée à voyager sur le dos de Rick, et je tendais souvent ma main libre pour l'aider à écarter l'herbe. Elle était plus jaune que la fois précédente, mais aussi plus douce et malléable, et les nuées d'insectes nocturnes glissaient le long de mon visage quand nous les traversions. Les champs ne se compartimentèrent pas une seule fois, et après avoir franchi le troisième portail en forme de cadre d'image, j'eus une vue dégagée sur la grange de M. McBain, le vaste ciel orangé – et le Soleil déjà proche du pignon du toit.

Quand nous atteignîmes l'herbe coupée à ras, je priai Rick de s'arrêter pour me poser sur le sol. Puis, alors que nous regardions le Soleil descendre de plus en plus bas, l'ombre de la grange s'allongea sur le motif tissé de l'herbe, comme l'autre fois. Quand le Soleil fut caché par la toiture, je me souvins à quel point il était important de ne pas trop interférer dans son intimité, et je priai Rick de me laisser seule.

« Qu'est-ce qui se passe là-dedans ? » demanda-t-il, mais, sans me laisser le temps de lui proposer une quelconque réponse, il me toucha gentiment l'épaule, disant : « Je vous attendrai. Au même endroit que la dernière fois. »

Il s'en alla donc, me laissant seule, et j'attendis que réapparût le Soleil sous le niveau du toit pour envoyer ses derniers rayons à travers la grange. Il me vint alors à l'esprit que non seulement le Soleil était peut-être en colère à cause de mon échec en ville, mais que c'était peut-être aussi ma dernière chance de le supplier de m'accorder son aide spéciale – et je pensai aux conséquences pour Josie si j'échouais. La peur m'envahit, mais je me rappelai son immense bonté, et m'avançai sans plus hésiter vers la grange de M. McBain.

■

Comme avant, la grange était illuminée par une clarté orangée, et au début j'eus de la difficulté à voir ce qui m'entourait. Mais je distinguai les blocs de foin empilés à ma gauche, et je m'aperçus que le muret bas qu'ils formaient avait encore baissé. Les mêmes particules de foin étaient suspendues dans les rayons du Soleil, et au lieu de flotter dans l'air, elles voletaient dans tous les sens comme si l'un des blocs de foin venait de s'écraser sur le plancher en bois dur et de se désintégrer. Lorsque je levai le bras pour les effleurer, je remarquai que mes doigts projetaient des ombres qui s'allongeaient jusqu'à l'entrée de la grange.

Au-delà des blocs de foin se trouvait le vrai mur de la grange, et je fus heureuse d'y voir fixées les étagères rouges de notre ancien magasin, même si ce soir elles étaient de travers, obliquant nettement vers le fond du bâtiment. Les tasses à café en céramique étaient toujours alignées impeccablement, mais je remarquai des signes de confusion : par exemple, un peu plus loin, au même niveau, je vis un objet qui, à n'en pas douter, était le mixeur de Gouvernante Melania.

Je me souvenais que la dernière fois où j'avais attendu le Soleil, je m'étais assise sur une chaise pliante en métal, et je me tournai vers l'autre côté de la grange, espérant voir non seulement la chaise, mais aussi l'alcôve de façade de notre magasin, et peut-être même un AA s'y tenant fièrement debout. En réalité, je vis les rayons du Soleil déferler devant moi, suivant une trajectoire presque horizontale, d'une entrée de la grange à l'autre. J'eus l'impression d'observer la circulation d'une rue passante, et quand je parvins à projeter mon regard vers l'autre côté, je découvris qu'il était compartimenté en de nombreuses boîtes de dimensions inégales. Au bout de quelques secondes je repérai enfin la chaise pliante en métal – ou plutôt, différents fragments répartis dans plusieurs boîtes – et me rappelant le confort qu'elle m'avait procuré la fois précédente, je me dirigeai vers elle. Mais je m'avançais à peine dans les rayons du Soleil quand il me vint à l'esprit que si je souhaitais retenir son attention avant qu'il poursuive sa route, je devais agir sans délai. Je commençai donc à formuler des mots mentalement, debout dans le flot intense de sa clarté.

« Vous devez être si fatigué, et je suis très désolée de vous déranger. Vous vous souvenez, je suis déjà venue une fois pendant l'été, et vous avez eu la bonté de m'accorder quelques minutes de votre temps. J'ose revenir ce soir pour évoquer le même sujet d'une grande importance. »

Ces mots venaient à peine de s'articuler quand surgit dans ma mémoire le souvenir du jour de la réunion interactive de Josie, et de la mère en furie faisant irruption dans le Plan Ouvert pour crier : « Danny a raison ! Vous ne devriez pas du tout être ici ! » Presque simultanément, je remarquai, dans l'une des boîtes à ma droite, des textes de bulles écrits d'une main coléreuse comme ceux que j'avais vus depuis la voiture sur un immeuble de la ville. Je ne m'en souciai pas, laissant d'autres mots inachevés se bousculer dans mon esprit.

« Je sais que je n'ai aucun droit de venir m'imposer ici. Et je sais que le Soleil doit être fâché contre moi. Je l'ai laissé tomber en échouant totalement à arrêter la pollution. En fait, je vois à présent combien j'ai été stupide de ne pas envisager qu'il y aurait une autre effroyable machine permettant à la pollution de continuer sans interruption. Mais le Soleil observait la cour ce jour-là, et il sait que j'ai vraiment essayé, il sait quel sacrifice j'ai fait, sans la moindre hésitation, même si mes capacités ne sont peut-être plus les mêmes. Et vous avez sûrement vu que le père m'a aidée lui aussi et a donné son maximum, sans rien savoir de l'accord bienveillant du Soleil, parce qu'il a vu mon espoir et y a cru. Je m'excuse sincèrement d'avoir sous-estimé ma tâche. C'est moi et moi seule qui ai commis cette erreur et, bien que le Soleil ait raison d'être fâché contre moi, je lui demande de reconnaître que Josie est tout à fait innocente. Comme le père, elle n'a jamais été au courant de mon accord avec le Soleil, et n'en a pas la moindre idée. Maintenant, elle s'affaiblit de jour en jour. Je suis venue vous parler ce soir parce que je sais à quel point le Soleil peut se montrer généreux. Si seulement il pouvait témoigner de sa grande compassion envers Josie ainsi qu'il l'a fait ce jour-là envers l'Homme Mendiant et son chien. Si seulement il voulait bien envoyer à Josie le nutriment spécial dont elle a désespérément besoin. »

Tandis que ces mots déferlaient dans mon esprit, je songeai au terrible taureau au bord du chemin de Morgan Falls, à ses cornes et à ses yeux froids, et je me rappelai avoir pensé qu'en permettant à une créature animée d'une telle colère de fouler librement l'herbe ensoleillée, on avait commis une grave erreur. J'entendis derrière moi sur le sentier la voix de la mère crier : « Non, Paul, pas dans cette putain de voiture ! » et je revis la femme solitaire assise le front plaqué contre la vitre face à la rue obscure, que même le gérant du restaurant de M. Vance n'avait pas remarquée, et il me vint à l'esprit qu'elle ressemblait beaucoup à Rosa. Mais je compris que je ne pouvais pas me laisser distraire car le Soleil risquait de disparaître à tout moment, et je donnai libre cours à mes pensées, sans prendre la peine de les transcrire en mots formels.

« Peu m'importe d'avoir perdu ce fluide précieux. J'en aurais volontiers donné plus, j'aurais tout donné, si cela avait pu permettre à Josie de bénéficier de votre aide spéciale. Comme vous le savez, depuis la dernière fois où je suis venue, j'ai découvert l'autre manière de sauver Josie, et si c'était le dernier espoir, je ferais tout mon possible. Mais je ne suis pas encore certaine que cette autre manière fonctionne, même si je m'y emploie de toutes mes forces, et mon vœu le plus profond est que le Soleil m'accorde une fois encore sa grande bonté. »

La main que je tendais en traversant les rayons du Soleil heurta un objet dur et je me rendis compte que j'agrippais le cadre de la chaise pliante en métal. Je fus heureuse de l'avoir retrouvée, mais craignant de paraître irrespectueuse, je ne m'y assis pas. Au lieu de cela, je me plaçai derrière, les deux mains cramponnées au dossier.

Les rayons du Soleil venant du fond de la grange étaient trop intenses pour s'y exposer directement, et bien que cela pût sembler impoli, je tournai le regard vers les formes changeantes à ma droite, espérant peut-être apercevoir Rosa assise dans le box solitaire du restaurant. Maintenant le motif du Soleil s'était déposé sur l'alcôve de façade et l'illuminait un instant, et je n'y vis aucun AA, mais une grande photographie ovale fixée au mur. On y voyait un champ vert où s'égaillaient des brebis par une journée ensoleillée, et au premier plan je reconnus les quatre moutons que j'avais aperçus depuis la voiture de la mère à notre retour de Morgan Falls. Ils paraissaient encore plus doux que dans mon souvenir, alignés en rang d'oignons, la tête baissée pour partager l'herbe. Ces créatures m'avaient remplie de bonheur ce jour-là, m'aidant à effacer le souvenir du terrible taureau, et je fus enchantée de les revoir, même sur une simple photographie ovale. Mais quelque chose n'allait pas : les quatre moutons étaient alignés en rang d'oignons, exactement comme ceux que j'avais vus dans le champ, mais ici, curieusement suspendus, ils semblaient ne plus toucher le sol. Lorsqu'ils se penchaient pour manger, leur museau n'atteignait pas l'herbe, ce qui donnait à ces animaux, si joyeux dans la journée, un air mélancolique.

« Je vous en prie, ne partez pas tout de suite, dis-je. Accordez-moi encore un bref moment. Je sais que j'ai échoué à fournir le service que j'avais promis de vous rendre dans la ville, et que je n'ai aucun droit de vous demander quoi que ce soit d'autre. Mais je me souviens que vous étiez si heureux le jour où la Dame Tasse à Café et l'Homme à l'Imperméable se sont retrouvés. Vous étiez si heureux et vous ne pouviez pas vous empêcher de le montrer. Je sais combien c'est important pour vous que les gens qui s'aiment soient réunis, même après tant d'années. Je sais que le Soleil leur souhaite toujours bonne chance, et les aide peut-être même à se rencontrer. Je vous en prie, regardez Rick et Josie. Ils sont encore très jeunes. Si Josie venait à mourir aujourd'hui, ils seraient séparés à jamais. Si seulement vous pouviez lui donner votre nutriment spécial, comme je vous ai vu le faire pour l'Homme Mendiant et son chien, alors Josie et Rick pourraient commencer ensemble leur vie d'adultes ainsi qu'ils le souhaitaient dans leur dessin plein d'espoir. Je peux vous jurer que leur amour est fort et durable, exactement comme celui de la Dame Tasse à Café et de l'Homme à l'Imperméable.

Je remarquai alors, quelques pas devant l'alcôve, un petit objet triangulaire abandonné sur le sol. Je crus une seconde que c'était l'une des parts de tarte pointues que le gérant du restaurant exposait dans sa vitrine-comptoir. Et je me souvins du ton désagréable de la voix de M. Vance disant : « Si vous ne recherchez pas le favoritisme, pourquoi suis-je assis en face de vous en ce moment ? » et de Miss Helen répondant aussitôt, « Nous te prions de nous accorder cette faveur. Bien sûr que oui ». Je me rendis compte alors que le triangle sur le plancher n'était pas une part de tarte, mais un coin du livre de poche de Josie, celui qu'elle avait laissé glisser du canapé dans l'appartement de l'Amie en attendant le père. En fait, il n'était pas du tout triangulaire mais donnait cette impression uniquement parce que ce coin sortait de l'ombre. À gauche de l'alcôve de façade, des boîtes dérivaient et se chevauchaient, portées, semblait-il, par la brise du soir. Je vis dans plusieurs d'entre elles un flash de couleurs vives, et je remarquai qu'elles contenaient en arrière-plan les bouteilles que j'avais aperçues dans la nouvelle vitrine du magasin. Elles étaient illuminées par des couleurs contrastées et dans certaines boîtes je repérai ici et là des fragments de la pancarte indiquant « Éclairage encastré ».

Je sus alors qu'il me restait peu de temps et je continuai rapidement :

« Je sais que le favoritisme n'est pas souhaitable. Mais si le Soleil fait des exceptions, les jeunes gens qui s'aimeront toute leur vie méritent sûrement ce privilège. "Comment en avoir la certitude ? demandera peut-être le Soleil. Que savent les enfants du véritable amour ?" Je les ai observés avec soin, et je suis certaine que c'est vrai. Ils ont grandi ensemble, et ils font partie l'un de l'autre. Rick me l'a dit lui-même aujourd'hui à peine. Je sais que j'ai échoué en ville, mais je vous en prie, faites preuve de bienveillance une fois encore et accordez votre aide spéciale à Josie. Demain, ou le jour d'après, regardez-la et donnez-lui le nutriment qui a sauvé l'Homme Mendiant. Je vous le demande, même si c'est du favoritisme, et bien que j'aie échoué dans ma mission. »

Les rayons du Soleil avaient commencé à s'estomper, laissant pénétrer dans la grange les prémices de l'obscurité. J'avais essayé de rester face à l'ouverture du fond par laquelle entrait la lumière, mais depuis un instant j'avais repéré une autre source de clarté derrière moi, au-dessus de mon épaule droite. J'avais supposé au début qu'il s'agissait du miroitement des bouteilles colorées dans la vitrine, mais quand la luminosité du Soleil dans la grange continua de diminuer, il devint difficile d'ignorer ce nouveau rayonnement. Je me retournai pour en connaître l'origine, et j'eus la surprise de constater que le

Soleil lui-même, au lieu de s'en aller, était entré dans la grange de M. McBain et s'était installé, presque au niveau du plancher, entre l'alcôve de façade et l'entrée de la grange. Cette découverte était si inattendue – et la présence du Soleil dans ce coin de la grange si éblouissante – qu'un bref instant je courus le risque d'être désorientée. Puis ma vision s'ajusta, et mettant de l'ordre dans mon esprit, je me rendis compte qu'en réalité le Soleil n'était pas du tout dans la grange, mais qu'un objet réfléchissant avait été oublié ici par hasard et captait son reflet pendant les derniers moments de sa descente. En d'autres termes, un objet se transformait en miroir du Soleil, ce que faisaient parfois les fenêtres du RPO et d'autres bâtiments. Je m'approchai de la surface réfléchissante et la lumière perdit de son intensité, mais son rougeoiement orangé persista dans l'ombre qui se resserrait.

À ce moment-là m'apparut clairement la nature de l'objet-miroir. M. McBain – ou l'un de ses amis – avait laissé à cet endroit, posées à la verticale contre le mur, plusieurs plaques de verre rectangulaires empilées les unes sur les autres. Peut-être M. McBain avait-il enfin l'intention de remplacer les parois disparues, et espérait-il créer des fenêtres. En tout cas je voyais, réfléchi dans les rectangles de verre – j'estimai qu'il y en avait sept en tout –, le visage du Soleil au crépuscule. Je vins plus près encore, prononçant ces mots presque à voix haute :

« Je vous en prie, accordez à Josie votre bonté spéciale. »

Je fixai les plaques de verre. Le reflet du Soleil, d'un orangé soutenu, n'était plus aveuglant et, tandis que j'examinais plus attentivement le visage du Soleil encadré dans le rectangle extérieur, je saisis peu à peu que je ne regardais pas une image unique ; en fait il existait une version différente du visage du Soleil sur chacune des surfaces de verre, et ce que j'avais pris au début pour une image unifiée était en fait la superposition de sept images séparées que j'étudiai successivement, de la première à la dernière. Sur la vitre externe, son visage était austère et distant, et celui qui venait après me parut encore plus inamical, mais les deux suivants étaient doux et bienveillants. Il en restait encore trois derrière, que je ne pouvais donc pas voir en entier, mais je ne pus m'empêcher d'estimer que leur expression était chaleureuse et pleine d'humour. En tout cas, quelle que fût la nature des images sur chaque plaque de verre, lorsque j'en avais une vue d'ensemble, un seul visage m'apparaissait, avec une variété de contours et d'émotions.

Je continuai de le fixer intensément, puis tous les visages du Soleil s'estompèrent d'un seul coup, la lumière faiblit dans la grange de M. McBain, je ne distinguais plus le triangle du livre de poche de Josie, ni les moutons qui tendaient le museau vers l'herbe inaccessible. Je dis alors : « Merci de m'avoir reçue une fois encore. Je suis tellement désolée de n'avoir pas pu fournir le service promis. Je vous prie de prendre ma requête en considération. » Même en pensée, je prononçai ces mots tout bas car je savais que le Soleil était parti.

■

Les jours suivants, le Dr Ryan et la mère discutèrent souvent dans le Plan Ouvert au sujet d'une hospitalisation éventuelle de Josie, et même si leurs voix se heurtaient – je les entendais derrière les portes coulissantes –, ils semblaient toujours admettre à la fin qu'une telle décision ne ferait qu'empirer son état. Malgré cet accord, à chaque visite du Dr Ryan, ils s'enfermaient dans le Plan Ouvert et recommençaient cette discussion.

Rick venait tous les jours et prenait son tour de garde dans la chambre, veillant sur Josie pendant que la mère et Gouvernante Melania se reposaient. À ce stade, les deux adultes avaient cessé de respecter les horaires traditionnels, dormant seulement lorsqu'elles étaient au bord de l'épuisement.

Ma propre présence, fort appréciée, était pour une raison ou une autre jugée insuffisante, pourtant la mère savait que j'étais susceptible de déceler avant quiconque des signes de danger. En tout cas, à mesure que le temps passait, la mère et Gouvernante Melania étaient si lasses que la fatigue se sentait dans le moindre de leurs mouvements.

Puis, six jours après ma seconde visite dans la grange de M. McBain, le ciel s'assombrit de façon inhabituelle après le petit déjeuner. Je m'exprime ainsi alors que les routines de la maison étaient si perturbées qu'il n'y avait désormais ni petits déjeuners, ni aucun autre repas pris aux heures habituelles. Ce matin-là, l'obscurité céleste avait aggravé notre désorientation, et l'arrivée de Rick fut l'un des deux ou trois faits nous rappelant que la nuit n'était pas encore tombée.

La matinée se poursuivit et le ciel s'assombrit encore, les nuages devinrent plus denses, puis le vent gagna en puissance. Une partie descellée du bâtiment se mit à claquer à l'arrière de la maison, et quand je regardai la montée de la route par la fenêtre avant de la chambre, je vis les arbres ployer et onduler.

Mais Josie dormait paisiblement, la respiration rapide, superficielle. Au milieu de cette sombre matinée, alors que je veillais sur Josie avec Rick, Gouvernante Melania apparut, épuisée, les yeux mi-clos, disant que c'était son tour de prendre le relais. Je regardai Rick descendre l'escalier devant moi, les épaules lourdes de tristesse, puis s'asseoir sur la marche la plus basse. Décidant qu'il valait mieux lui accorder quelques instants d'intimité, je passais à côté de lui pour entrer dans le vestibule quand la mère sortit du Plan Ouvert. Vêtue du léger kimono noir qu'elle avait porté toute la nuit, et qui soulignait la fragilité de son cou, elle s'avança à grands pas comme si elle avait besoin de son café. Mais sur le seuil de la cuisine, elle se retourna, et remarquant Rick assis sur la marche du bas, elle le dévisagea. Il mit un moment à se rendre compte qu'elle l'observait, mais quand il le fit, il sourit avec courage.

« Madame Arthur, comment allez-vous ? »

La mère continua de le fixer. Puis elle dit :

« Suis-moi », et disparut dans la cuisine.

Rick me lança un regard perplexe en se levant. La mère ne m'y avait pas invitée, mais je jugeai préférable de lui emboîter le pas.

La cuisine semblait différente à cause du ciel assombri. La mère n'avait allumé aucune lampe et, quand nous entrâmes, elle regardait par les grandes baies la route qu'elle prenait normalement pour aller travailler. Rick s'arrêta en hésitant près de l'îlot, et je m'arrêtai à côté du réfrigérateur pour respecter leur intimité. De ma place, je voyais les baies, et derrière la silhouette de la mère, la route qui montait au loin et les arbres secoués par le vent.

« Je voulais te demander quelque chose, dit la mère. Ça ne t'ennuie pas, Rick ?

— Je vous en prie, madame Arthur.

— Je me demandais si tu avais maintenant l'impression d'être le vainqueur. D'avoir gagné, peut-être.

— Je ne comprends pas, madame Arthur.

— Je t'ai toujours bien traité, n'est-ce pas, Rick ? J'espère que oui.

— Sans aucun doute. Vous avez toujours été

très bonne pour moi. Et une grande amie de ma mère.

— Donc je te demande à présent. Je te demande, Rick, si tu as l'impression de t'en sortir gagnant. Josie a pris le risque. OK, j'ai lancé les dés pour elle, mais ce serait toujours elle qui perdrait ou gagnerait, pas moi. Elle a misé gros, et si le Dr Ryan a raison, elle pourrait bientôt être sur le point de perdre. Mais toi, Rick, tu es resté prudent. C'est pourquoi je te pose la question. Quelle impression ressens-tu à cet instant ? Tu penses vraiment avoir gagné ? »

La mère avait dit tout cela les yeux fixés sur le ciel assombri, mais elle se tourna alors face à Rick.

« Parce que si tu as le sentiment d'être gagnant, Rick, je voudrais que tu réfléchisses bien. D'abord, que crois-tu avoir gagné ici exactement ? Je te le demande parce que, depuis le premier instant où j'ai tenu Josie dans mes bras, tout en elle m'a dit son appétit de vivre. Le monde entier l'enthousiasmait. C'est ainsi que j'ai su depuis le début que je ne pouvais pas lui refuser cette chance. Elle réclamait un avenir digne de son âme. C'est ce que j'entendais quand j'ai dit qu'elle misait gros. Et toi, Rick ? Tu penses vraiment que tu as été si brillant ? Tu crois que, de vous deux, c'est toi le gagnant ? Parce que si c'est le cas, alors s'il te plaît, pose-toi cette question. Qu'est-ce que tu as gagné ? Jette un coup d'œil. Jette un coup d'œil à ton avenir. » Elle agita une main vers la fenêtre. « Tu n'as pris aucun risque et tes gains sont petits et médiocres. Tu te crois peut-être très supérieur aujourd'hui. Mais je vais te dire une chose, tu n'as aucune raison de croire ça. Absolument aucune. »

Pendant que la mère parlait, une lueur avait embrasé le visage de Rick, une lueur dangereuse, et il m'apparut tel qu'il avait été à la réunion interactive, quand il avait défié les garçons qui voulaient me jeter à travers la pièce. Il fit un pas vers la mère, et soudain elle parut elle aussi effrayée.

« Madame Arthur, dit Rick. La plupart des fois où je suis venu ces derniers temps, Josie n'était pas en état de parler. Mais jeudi dernier elle avait passé une bonne journée, et j'étais assis près de son lit pour être sûr de ne rien manquer. Elle a dit alors qu'elle voulait me confier un message. Un message pour vous, madame Arthur, mais qu'elle n'était pas encore prête à vous le transmettre. Je veux dire qu'elle me demandait de garder ce message jusqu'au moment que je jugerais approprié. Eh bien, je pense que c'est peut-être aujourd'hui le bon moment. »

Les yeux de la mère s'agrandirent, envahis par la peur, mais elle se tut.

« Le message de Josie, poursuivit Rick, était à peu près ceci. Quoi qu'il arrive, peu lui importe le tour que prendront les événements, elle vous aime et vous aimera toujours. Elle est très reconnaissante que vous soyez sa mère et n'a pas une seule fois souhaité en avoir une autre. C'est ce qu'elle a dit. Et ce n'est pas tout. Elle veut que vous sachiez qu'elle ne veut en aucun cas être relevée. Si elle avait le pouvoir de le refaire, et devait prendre la décision elle-même, elle dit qu'elle agirait exactement comme vous l'avez fait, et que vous serez toujours la meilleure mère qu'elle pourrait avoir. C'est à peu près tout. Comme je l'ai dit, elle souhaitait que j'attende le bon moment pour vous transmettre cela. J'espère donc avoir exaucé son vœu, madame Arthur, en vous faisant part aujourd'hui de ce message. »

La mère fixa Rick, le visage dénué d'expression, mais pendant qu'il parlait, j'avais repéré quelque chose – de très important peut-être – par les larges baies derrière elle, et profitant de cette pause, je levai la main. La mère ne détachait pas son regard de Rick, et m'ignora.

« Quel message, dit-elle enfin.

— Excusez-moi…

— Mon Dieu, s'exclama la mère avec un léger soupir. Quel message.

— Excusez-moi ! » Cette fois je criais presque, et la mère et Rick se tournèrent vers moi. « Je suis désolée de vous interrompre, mais il se passe quelque chose dehors. Le Soleil est en train de sortir ! »

La mère jeta un coup d'œil aux grandes baies, puis me regarda.

« Oui. Et alors ? Qu'est-ce qui te prend, chérie ?

— Nous devons monter ! Nous devons aller voir Josie tout de suite ! »

La mère et Rick me regardaient l'air perplexes, mais quand je prononçai ces mots ils parurent effrayés et me dépassèrent en hâte alors que je me dirigeais vers l'entrée, et je dus courir pour les rattraper dans l'escalier.

Ils n'avaient sans doute pas compris pourquoi je les avais interpellés de la sorte, et croyaient peut-être que Josie était brusquement en danger. En faisant irruption dans la chambre, ils furent soulagés de la trouver endormie comme avant, respirant paisiblement. Allongée sur le côté comme d'habitude, le visage presque entièrement caché par ses cheveux. Rien d'inattendu chez elle, mais la chambre offrait un curieux spectacle. Les motifs du Soleil se déposaient sur différentes sections du mur, du sol et du plafond avec une intensité anormale – un triangle orange foncé au-dessus de la commode, une courbe lumineuse traversant le canapé Bouton, des barres brillantes sur le tapis. Mais Josie couchée dans son lit était dans l'obscurité, comme beaucoup d'autres parties de la chambre. Puis les ombres commencèrent à bouger et je compris – accommodant peu à peu – qu'elles étaient créées par Gouvernante Melania, qui manipulait le store et les rideaux de la fenêtre avant. Le store était déjà baissé entièrement et elle tirait les rideaux pour obtenir une double épaisseur, mais une lumière vive parvenait à se glisser sur les bords pour créer ces formes.

« Satané Soleil ! criait Gouvernante Melania. Fiche le camp, satané Soleil !

— Non, non ! » Je me précipitai vers Gouvernante Melania. « Nous devons les ouvrir, il faut tout ouvrir ! Nous devons laisser le Soleil faire de son mieux ! »

J'essayai de lui arracher le tissu du rideau et elle résista au début, puis céda finalement avec un air surpris. Rick avait surgi à mes côtés et écoutant apparemment ce que lui dictait son intuition, il tendit lui aussi le bras pour relever le store et écarter les rideaux.

Le nutriment du Soleil se déversa alors dans la chambre avec une telle abondance que Rick et moi reculâmes brusquement, manquant de perdre l'équilibre. Gouvernante Melania, les mains sur le visage, s'exclama encore : « Satané Soleil ! » Mais elle ne tenta plus de bloquer son nutriment.

Je m'étais éloignée de la fenêtre, non sans remarquer que le vent soufflait plus fort que jamais, secouant les arbres, et que de multiples cheminées et pyramides miniatures voltigeaient rapidement dans le ciel, esquissées à grands traits de crayon pointu. Mais le Soleil perça à travers les nuages noirs, et tout d'un coup – comme si chacun de nous avait reçu un message secret – nous nous retournâmes vers Josie.

Le Soleil l'illuminait, ainsi que le lit tout entier, d'un implacable demi-disque orangé, et la mère qui se tenait le plus près du lit dut lever les mains vers son visage. Rick parut avoir deviné ce qui se passait, mais je remarquai avec intérêt que la mère et Gouvernante Melania semblaient aussi avoir saisi l'essence de l'événement. Nous restâmes tous figés quelques minutes, observant le Soleil qui concentrait sur Josie une clarté plus vive encore. Nous attendîmes, et même quand, à un moment donné, le demi-disque orangé parut sur le point de prendre feu, aucun de nous n'intervint. Puis Josie remua et, plissant les yeux, elle leva un bras.

« Hé. C'est quoi cette lumière ? »

Le Soleil continuait de briller et elle changea de position pour se caler contre les oreillers et la tête de lit.

« Qu'est-ce qu'il y a ?

— Comment te sens-tu, chérie ? » demanda la mère en un murmure, regardant sa fille avec un air effrayé.

Josie se laissa glisser sur les oreillers, se retrouvant presque face au plafond. Mais il était évident qu'une nouvelle énergie animait chacun de ses mouvements.

« Hé, dit-elle. Le store est coincé, c'est ça ? »

La partie descellée de la maison claquait encore quelque part, et lorsque je jetai un œil par la fenêtre, l'obscurité s'étendait de nouveau dans le ciel. Les motifs du Soleil s'estompèrent alors sur Josie, et la grisaille d'une matinée nuageuse l'enveloppa.

« Josie ? dit la mère. Tu te sens comment ? »

Josie la regarda avec une expression lasse, se redressant pour mieux nous faire face. La mère s'en aperçut et s'avança, sans doute dans l'intention de la prier de se recoucher. Mais quand elle arriva près du lit, elle sembla se raviser, et aida sa fille à trouver une position plus confortable.

« Tu as meilleure mine, chérie, dit-elle.

— Enfin, qu'est-ce qui se passe ? demanda Josie. Pourquoi vous êtes tous là ? Qu'est-ce que vous regardez comme ça ?

— Hé, Josie, s'exclama Rick d'une voix surexcitée, t'as une sale mine.

— Merci. Tu n'es pas mal non plus. » Puis elle ajouta : « Mais tu sais, je me sens mieux. J'ai un peu la tête qui tourne quand même.

— Ça suffit, intervint la mère. Vas-y doucement. Tu veux boire quelque chose ?

— De l'eau, peut-être ?

— Bon, rien alors. On va procéder par étapes. »

SIXIÈME PARTIE

Le nutriment spécial du Soleil se révéla aussi efficace pour Josie que pour l'Homme Mendiant, et après cette matinée au ciel obscur, non seulement elle devint plus forte, mais l'enfant se changea en adulte.

Les saisons – et les années – passèrent, les véhicules de M. McBain coupaient l'herbe des trois champs, qui prit une teinte marron clair. La grange semblait à présent plus haute, avec des contours plus distincts, mais M. McBain ne bâtit pas de murs supplémentaires, et les soirs sans nuages, à l'heure où le Soleil rejoignait son lieu de repos, je pouvais encore le voir sombrer de l'autre côté de la grange avant de disparaître dans le sol.

Josie travaillait dur pour ses cours en ligne, et il y avait de nombreuses discussions au sujet de l'université où elle pourrait aller. Josie et la mère avaient toutes les deux des opinions tranchées là-dessus, mais Atlas Brookings – où Rick ne souhaitait plus s'inscrire – était rarement mentionnée. Le père semblait en désaccord avec les idées de Josie comme avec celles de la mère, et fit une fois irruption dans la maison pour défendre ses arguments avec plus de force. Ce fut la seule fois où je le vis nous rendre visite, et même si j'étais contente de le revoir, nous comprîmes toutes les trois qu'il avait enfreint une règle en agissant ainsi.

Josie s'absentait de la maison beaucoup plus souvent, parfois pendant plusieurs jours d'affilée, pour rendre visite à de jeunes adultes, ou participer à des retraites. Ces voyages faisaient partie de ses préparatifs pour l'université, mais elle préférait m'en parler le moins possible, donc ils échappaient pour l'essentiel au domaine de mes connaissances.

Rick avait continué de venir régulièrement les premiers temps, après la guérison de Josie, mais à mesure que le temps passait, et en tout cas, au moment où M. McBain coupa l'herbe, ses visites se firent de plus en plus rares. Josie partait souvent à présent, mais Rick était lui-même très absorbé par ses projets. Il avait acheté une voiture qu'il appelait « l'Épave », et se rendait souvent en ville pour rencontrer ses nouveaux amis. Il préférait garer l'Épave sur les cailloux parce qu'il lui était plus facile de partir d'ici que de manœuvrer sur la route étroite et tortueuse depuis chez lui. C'était donc de plus en plus souvent la présence de l'Épave et non celle de Josie qui attirait Rick chez nous, et ce fut devant la maison, sur les cailloux, que j'eus ma dernière conversation avec lui.

Josie et la mère étaient sorties ce matin-là, et quand j'entendis son pas dehors, je ne vis pas de raison de ne pas sortir pour le saluer. Il n'était pas aussi pressé de démarrer que d'habitude, et nous bavardâmes quelques minutes sous une brise légère, Rick appuyé contre l'Épave tandis que je me tenais un peu à l'écart. Le ciel était couvert, ce qui explique peut-être pourquoi il se souvint de cette journée.

« Vous vous rappelez, Klara, ce matin où le temps était vraiment étrange, et où le Soleil s'est engouffré dans la chambre de Josie ?

— Bien sûr. Je ne l'oublierai jamais.

— J'y songe souvent. On croirait presque que Josie a commencé à aller mieux à partir de ce moment-là. Peut-être que j'ai tout compris de travers. Mais quand j'y repense, ça me donne cette impression.

— Oui, je suis d'accord.

— Vous vous rappelez ce jour-là ? On était tous tellement épuisés. Désespérés. Et puis tout a changé. J'ai toujours voulu vous poser la question, mais vous paraissiez si fermée à ce sujet. J'ai toujours voulu vous demander si ce qui s'est passé ce matin-là, le temps si bizarre et tout le reste, avait un rapport avec l'autre truc. Vous savez. Quand je vous ai portée dans les champs, et que vous avez conclu un marché secret. À l'époque, j'ai cru que c'était juste, euh, de la superstition d'AA. Un truc pour nous porter chance. Mais aujourd'hui, je n'arrête pas de me demander si ce n'était pas plus sérieux que ça. »

Il m'observait avec attention, mais je gardai le silence.

« Malheureusement, dis-je au bout d'un long moment, je n'ose pas aborder cette question, même aujourd'hui. C'était une faveur très spéciale, et je n'en ai parlé à personne, seulement à Rick, et je crains que l'aide accordée à Josie lui soit retirée.

— Alors arrêtez-vous là. Ne dites rien. Je ne veux pas courir le moindre risque de la voir retomber malade. Mais les médecins disent toujours qu'une fois franchie l'étape qu'elle a surmontée, on est hors de danger.

— Nous devons quand même rester prudents, car Josie était un cas si spécial. Mais puisque Rick parle de cela, je pourrais peut-être mentionner quelque chose qui me préoccupe à ce sujet.

— De quoi s'agit-il, Klara ?

— Rick et Josie ont encore de l'affection l'un pour l'autre. Et pourtant, chacun d'eux se prépare à un avenir très différent. »

Il se tourna vers la montée de la route, jouant avec le rétroviseur latéral de l'Épave.

« Je pense que je vous suis, dit-il. Je me souviens du jour où nous sommes retournés à la grange. Avant de partir, vous avez pris un air très sérieux pour demander si notre amour était sincère. L'amour entre Josie et moi. Et je crois vous avoir répondu qu'il était *réel*. Réel et durable. Je suppose donc que c'est ce qui vous inquiète aujourd'hui.

— Rick a raison. Cela me rend anxieuse de

voir que Rick et Josie ont des projets aussi distincts. »

Il poussa doucement les cailloux avec son pied. Puis il dit :

« Écoutez, je ne veux pas que vous m'appreniez quoi que ce soit qui puisse mettre en danger la santé de Josie. Mais laissez-moi vous expliquer. Quand vous avez transmis que l'amour entre Josie et moi était réel, c'était vrai à ce moment-là. Personne ne peut prétendre avoir été induit en erreur ou berné. À présent nous ne sommes plus des enfants, alors nous devons nous souhaiter bonne chance et partir chacun de notre côté. Ça n'aurait pas marché si j'étais allé à l'université, pour essayer de rivaliser avec tous ces gamins relevés. J'ai mes propres projets maintenant, Klara, et c'est ainsi que les choses doivent être. Mais ce n'était pas un mensonge. Et curieusement, ce n'est toujours pas un mensonge.

— Je me demande ce que Rick entend par là.

— Je veux dire que Josie et moi serons toujours ensemble à un certain niveau, sur un plan plus profond, même si nous partons dans le monde et cessons de nous voir. Je ne peux pas parler pour elle. Mais une fois que je serai parti, je sais que je chercherai toujours une personne comme elle. Au moins comme la Josie que j'ai connue. Donc ça n'a jamais été une supercherie, Klara. Quel que soit l'être avec lequel vous avez conclu un marché autrefois, s'il peut lire dans mon cœur et dans celui de Josie, il saura que vous n'avez pas essayé de lui jouer un mauvais tour. »

Après cela, debout sur les cailloux, nous nous tûmes un instant. Je pensai que d'une minute à l'autre, il allait se redresser et monter dans l'Épave. Mais il demanda d'un ton plus léger :

« Vous avez eu des nouvelles de Melania ? On m'a dit qu'elle était partie dans l'Indiana.

— Nous croyons qu'elle est aujourd'hui en Californie. La dernière fois qu'elle nous a appelées, elle espérait être acceptée dans une communauté là-bas.

— Cette dame me terrorisait. Mais j'ai fini par m'habituer à elle. J'espère qu'elle va bien. Et qu'elle a trouvé un endroit où elle sera en sécurité. Et vous, Klara ? Vous vous en sortirez ? Je veux dire, une fois que Josie sera partie à l'université.

— La mère est toujours très gentille avec moi.

— Écoutez, si vous avez besoin d'aide, dites-le-moi, d'accord ?

— Oui. Merci. »

Assise à même ce sol dur, j'ai encore réfléchi aux paroles de Rick ce matin-là et je suis sûre qu'il a raison. Je ne redoute plus que le Soleil se sente berné ou induit en erreur, ni qu'il envisage des représailles. En fait, il se pourrait qu'au moment où je lui présentais ma requête, il ait déjà su que Rick et Josie étaient destinés à suivre des voies distinctes, et déjà compris qu'en dépit de tout, leur amour allait durer. Lorsqu'il avait posé sa question – sur la capacité des enfants à saisir ce que signifiait vraiment l'amour –, je crois qu'il était déjà sûr de la réponse et soulevait simplement ce problème dans mon intérêt. Je pense même à cet instant qu'il avait peut-être songé à la Dame Tasse à Café et à l'Homme à l'Imperméable – après tout, nous en avions parlé à peine quelques minutes plus tôt. Peut-être le Soleil supposait-il qu'après tant d'années et tant de changements, Josie et Rick se rencontreraient peut-être une fois encore, comme la Dame Tasse à Café et l'Homme à l'Imperméable.

■

À l'approche de la rentrée universitaire de Josie, il y eut à la maison de fréquentes visites d'autres jeunes adultes. Des filles qui venaient le plus souvent seules, ou parfois à deux. Un chauffeur les amenait quelquefois, ou bien elles arrivaient au volant de leur propre voiture, mais elles n'étaient jamais accompagnées de leurs parents. Leurs visites n'excédaient jamais deux jours, parfois trois, et je savais quand elles étaient attendues car, la veille ou l'avant-veille, la Nouvelle Gouvernante transportait un futon ou un lit de camp dans la chambre de Josie.

Ce fut à cause des jeunes adultes que je découvris le Cagibi. Naturellement, il n'y avait pas assez de place pour moi dans la chambre pendant leurs visites, et de toute manière, je comprenais que ma présence n'était plus appropriée désormais. Si Gouvernante Melania avait encore été chez nous, je pense qu'elle aurait eu une solution à me proposer, mais en la circonstance je trouvai moi-même la pièce sur le palier du haut. « Personne n'a dit que tu devais te cacher », avait lancé Josie, mais elle ne suggéra aucun plan de rechange, et ce fut ainsi que je m'installai dans le Cagibi.

Ce furent des semaines animées, même quand Josie n'avait pas de visite. Je l'entendais aller et venir en hâte dans la maison, criant après la mère ou la Nouvelle Gouvernante. Puis, un après-midi, la porte du Cagibi s'ouvrit et Josie regarda à l'intérieur en souriant.

« Alors, dit-elle. C'est ici que tu te terres. Comment ça va ?

— Tout va bien, merci. »

Josie étira les bras, une main posée sur chaque tige verticale du cadre de la porte. Elle se courbait pour examiner la pièce, comme si elle craignait de se cogner la tête contre le plafond en pente. Son regard glissa rapidement sur les divers objets stockés, puis s'arrêta sur l'unique lucarne de l'endroit.

« Il t'arrive de jeter un coup d'œil par là ? demanda-t-elle.

— Malheureusement c'est trop haut. Ça permet d'aérer la pièce, pas de contempler la vue.

— On va arranger ça. »

Josie s'avança, la tête toujours baissée, regardant autour d'elle. Puis elle se mit au travail, souleva un objet, en poussa un autre, créant de nouvelles piles là où il n'en existait aucune. Une fois, incapable d'anticiper la rapidité de ses mouvements, je faillis me cogner contre elle, et elle éclata de rire.

« Klara ! Reste là. Ne bouge pas. J'essaie de faire quelque chose. »

En quelques minutes elle avait dégagé un espace juste au-dessous de la lucarne et poussé une malle en bois à cet endroit. Ensuite elle transporta une caisse en plastique au couvercle hermétique qu'elle déposa avec soin sur la malle.

« Et voilà. » Elle recula, satisfaite de ce qu'elle avait accompli, malgré le fouillis du reste de la pièce. « Tente le coup. Mais sois prudente. La seconde marche est très haute. Allez, je veux que tu fasses un essai. »

Je quittai ma place dans l'angle du Cagibi pour gravir sans difficulté les deux marches qu'elle avait créées, et je me postai sur le couvercle de la caisse en plastique.

« Ne t'inquiète pas, ces trucs sont vraiment solides, dit-elle. Prends ça comme un plancher. Crois-moi, tu ne crains rien. »

Elle rit encore et continua de m'observer, et je lui rendis son sourire, puis je regardai par la lucarne. La vue était semblable à celle de la fenêtre arrière de Josie, deux étages plus bas. Bien sûr, la trajectoire du Soleil en était modifiée, et une avancée du toit empiétait sur la partie droite de mon paysage. Mais je voyais le ciel gris s'étendre au-dessus des champs, jusqu'à la grange de M. McBain.

« Tu aurais dû me le dire plus tôt, dit Josie. Je sais combien tu aimes regarder dehors. »

Nous restâmes un instant face à face, échangeant un doux sourire. Puis elle jeta un coup d'œil aux objets éparpillés sur le sol.

« Mince, quel bazar ! OK, je promets de tout nettoyer. Mais pour l'instant je dois m'occuper de quelque chose. N'essaie pas de le faire toi-même. Je rangerai plus tard, d'accord ? »

■

Comme Josie, la mère communiqua moins souvent avec moi pendant cette période, et parfois, elle ne me lançait pas même un regard quand elle me croisait dans la maison. Je comprenais qu'elle était alors très occupée, et que ma présence lui rappelait peut-être de pénibles souvenirs. Mais il y eut une occasion où elle m'accorda une attention spéciale.

Josie était absente ce jour-là, c'était le week-end, et la mère se trouvait à la maison. J'avais passé la plus grande partie de la matinée dans le Cagibi, mais lorsque j'entendis les voix en bas, je m'avançai sur le palier du haut. Je compris très vite que l'homme qui parlait avec la mère dans le vestibule était M. Capaldi.

Je fus surprise parce que personne n'avait mentionné M. Capaldi depuis longtemps. Lui et la mère parlaient calmement, mais au cours de la conversation, je perçus une tension dans la voix de la mère. Puis ses pas résonnèrent, et je la vis lever les yeux vers moi depuis le rez-de-chaussée.

« Klara, appela-t-elle. M. Capaldi est ici. Tu te souviens de lui, bien sûr. Viens le saluer. »

Ensuite, alors que je descendais prudemment l'escalier, j'entendis la mère s'exclamer : « Ce n'était pas dans l'accord, Henry. Ce n'est pas ce que vous avez dit. »

À quoi M. Capaldi répliqua :

« Je veux juste lui en toucher deux mots. C'est tout. »

M. Capaldi avait pris du poids depuis la dernière fois où je l'avais vu et les cheveux autour de ses oreilles étaient d'un gris plus clair. Il me salua chaleureusement, puis me fit signe de le suivre dans le Plan Ouvert, disant :

« Je voulais juste vérifier deux ou trois choses avec vous, Klara. Vous pourriez nous apporter une aide précieuse. »

La mère resta silencieuse en entrant après nous. M. Capaldi s'assit sur le canapé modulable, se cala contre les coussins, et cette position détendue me rappela le garçon Danny, à la réunion interactive, assis sur le même canapé, une jambe allongée sur la banquette. Au contraire de M. Capaldi, la mère s'arrêta au milieu de la pièce, très droite, et quand il m'invita à m'asseoir, elle répondit :

« Je pense que Klara préfère rester debout. Finissons-en, Henry.

— Allons, Chrissie. Il n'y a pas de quoi s'angoisser. »

Puis il quitta sa posture détendue et se pencha vers moi.

« Vous vous souvenez, Klara, que j'ai toujours été fasciné par les AA. Je vous ai toujours considérés comme nos amis. Une source vitale d'éducation et d'éveil spirituel. Mais vous savez sûrement que votre existence inquiète certaines personnes là-dehors. Les gens sont effrayés et pleins d'animosité à votre égard.

— Henry, dit la mère. S'il vous plaît, allez droit au but.

— OK. Voilà. Klara, le fait est qu'il existe aujourd'hui une inquiétude croissante et généralisée à propos des AA. Les gens disent que vous êtes devenus trop intelligents. Ils ont peur parce qu'ils ne peuvent plus suivre ce qui se passe à l'intérieur. Ils voient ce que vous faites. Ils acceptent que vos décisions, vos recommandations, soient raisonnables et fiables, presque toujours justes. Mais ça leur déplaît de ne pas savoir comment vous vous y prenez. C'est de là que vient ce contrecoup, ce préjugé. Nous devons donc répliquer. Leur dire, bon, vous ne comprenez pas comment les AA pensent et ça vous inquiète. Très bien, allons faire un tour sous le capot. Désassemblons la machine. Ce que vous n'aimez pas, ce sont ces boîtes noires étanches. Bien, ouvrons-les. Une fois que nous en voyons l'intérieur, non seulement les AA deviennent beaucoup moins effrayants, mais nous apprenons des choses stupéfiantes. C'est là que vous intervenez, Klara. Ceux d'entre nous qui vous soutiennent recherchent de l'aide, des volontaires. Nous avons déjà réussi à ouvrir un certain nombre de boîtes noires, mais nous avons vraiment besoin d'en ouvrir beaucoup plus. Vous, les AA, vous êtes magnifiques. Nous découvrons des choses que nous n'aurions jamais crues possibles. C'est pour cette raison que je suis là aujourd'hui. Je ne vous ai jamais oubliée, Klara. Je sais que vous nous seriez d'une utilité exceptionnelle. S'il vous plaît, acceptez-vous de nous aider ? »

C'était moi qu'il fixait, et je répondis :

« Je veux bien apporter mon aide. Tant que ça ne dérange pas Josie ni sa mère…

— Attendez une minute. » La mère contourna rapidement la table basse pour venir près de moi. « Ce n'est pas du tout ce dont nous avons parlé au téléphone, Henry.

— Je voulais juste poser la question à Klara, c'est tout. C'est l'occasion pour elle d'apporter une contribution durable…

— Klara mérite mieux que ça.

— Vous avez peut-être raison, Chrissie. Et il se peut que j'aie commis une grave erreur de jugement. Mais à présent que je suis là, et que Klara se tient devant moi, m'accordez-vous la permission de lui poser la question ?

— Non, Henry, certainement pas. Klara mérite mieux. Elle mérite un lent déclin.

— Mais nous avons du travail à accomplir. Il nous faut résister au contrecoup…

— Alors allez résister ailleurs. Trouvez d'autres

boîtes noires à forcer. Laissez notre Klara tranquille. Laissez-la décliner doucement. »

La mère s'était mise devant moi, comme pour me protéger de M. Capaldi ; dans sa colère elle avait changé de place précipitamment et le dos de son épaule frôlait presque mon visage. Je perçus alors intensément la douceur du tissage de son pull-over noir, qui me rappela aussi le moment où elle m'avait attirée dans ses bras à l'avant de la voiture, le jour où nous étions garées à côté du restaurant Bœuf haché maison. Glissant un coup d'œil vers M. Capaldi, je le vis secouer la tête et se caler à nouveau contre les coussins.

« Je me rends bien compte que vous êtes encore furieuse contre moi, Chrissie. Que vous l'êtes depuis longtemps. Mais c'est injuste. À l'époque, c'est *vous* qui êtes venue me trouver. Vous vous souvenez ? Et j'ai fait de mon mieux pour vous aider. Je suis heureux qu'à la fin les choses aient bien tourné pour Josie. Sincèrement. Mais ce n'est pas une raison pour que vous soyez tout le temps en colère contre moi. »

■

Les derniers jours avant le départ de Josie, l'atmosphère fut tendue et surexcitée tout à la fois. Si Gouvernante Melania avait encore été chez nous, les choses se seraient sans doute passées plus calmement. Mais la Nouvelle Gouvernante laissait souvent ses tâches de côté jusqu'à la dernière minute, puis essayait d'en accomplir plusieurs à la fois, ce qui ajoutait à la nervosité ambiante. Je jugeai important de ne pas interférer, et je restai dans le Cagibi de longues périodes, debout sur la plate-forme que Josie avait construite pour moi, regardant les champs par la lucarne, écoutant les bruits de la maison. Puis un après-midi, deux jours avant le départ, j'entendis le pas de Josie sur le palier du haut, et elle apparut sur le seuil.

« Hé, Klara. Tu serais d'accord pour venir un moment dans la chambre ? Je veux dire, si tu n'es pas occupée, bien sûr. »

Je descendis donc avec elle et me retrouvai une fois encore dans l'ancienne chambre. Beaucoup de choses avaient changé. En plus du lit de Josie, il y avait un lit de camp permanent pour les visiteuses, et le canapé Bouton avait disparu. Je remarquai aussi certains détails mineurs – par exemple, Josie était maintenant assise sur un siège de bureau à roulettes, ce qui lui permettait, si elle le souhaitait, de se déplacer sans se lever. Mais les motifs du Soleil étaient en tous points identiques à ceux dont je me souvenais pour avoir passé ici d'innombrables après-midi avec elle. Je m'assis au bord du lit, et pendant un moment nous bavardâmes gaiement.

« Tous les amis à qui je parle affirment qu'ils n'ont pas peur de l'université, dit Josie au cours de la conversation. Mais tu n'imagines pas, Klara, à quel point certains d'entre eux sont terrifiés. Moi-même j'ai assez peur. Je ne vais pas prétendre le contraire. Mais tu sais quoi ? Je ne vais pas laisser la peur me détourner de mon chemin. Je me suis fait une promesse solennelle à ce sujet. Hé, je t'ai déjà dit ? On est tous censés définir des objectifs officiels. Deux objectifs dans chacune des cinq catégories. J'ai dû remplir un formulaire là-dessus, mais j'ai triché, parce que j'ai défini mes objectifs secrets qui n'ont rien à voir avec ceux du formulaire. Ça m'étonnerait que ma *vraie* liste leur plaise, tu vois ! Et pas question que maman apprenne ça ! » Elle rit gaiement. « Et toi non plus, Klara. Je ne partagerai pas mes objectifs secrets avec toi. Mais si tu es encore ici quand je reviendrai à Noël, je te dirai combien j'en aurai réalisé. »

Ce fut l'une des rares allusions que fit Josie à mon éventuel départ. Elle s'y référa encore le matin où elle partit finalement en voiture avec la mère.

Elle avait espéré que Rick viendrait la saluer au dernier moment. Mais il se trouvait alors à des kilomètres de là, pour rencontrer ses nouveaux amis et leur parler de ses dispositifs de collecte de données difficiles à détecter. Donc la Nouvelle Gouvernante et moi fûmes les seules, debout sur les cailloux, à regarder Josie et la mère mettre les derniers bagages dans la voiture.

Puis, une fois que la mère fut au volant, prête à partir, Josie revint vers moi du pas prudent qui caractérisait toujours sa démarche, ses pieds s'enfonçant bruyamment dans les cailloux à chaque mouvement. Elle paraissait excitée et forte, et avant de m'atteindre, elle leva les bras comme si elle essayait de former le Y le plus large possible. Puis elle me serra dans ses bras, une étreinte qui dura un long moment. Elle était devenue plus grande que moi et dut se baisser un peu, posant le menton sur mon épaule gauche, et sa longue chevelure luxuriante obscurcit une partie de ma vision. Lorsqu'elle s'écarta, elle souriait, mais je perçus de la tristesse en elle. Ce fut à ce moment qu'elle dit :

« Je suppose que tu ne seras plus là à mon retour. Tu as été super, Klara. Vraiment.

— Merci, répondis-je. Merci de m'avoir choisie.

— C'était une évidence.

— Au revoir, Josie. »

Elle fit encore un signe joyeux de la main en montant dans la voiture – à mon intention, et non à celle de la Nouvelle Gouvernante. Puis la voiture gravit la route, longeant les arbres secoués par le vent, avant de franchir la colline comme Josie et moi l'avions vue le faire tant de fois par le passé.

■

L'un des tout derniers jours, certains de mes souvenirs ont commencé à se chevaucher d'une curieuse manière. Par exemple, le matin du ciel obscur où le Soleil a sauvé Josie, le voyage à Morgan Falls et le restaurant illuminé choisi par M. Vance surgissent dans mon esprit, composant un décor unique. La mère est debout, le dos tourné vers moi, elle observe la vapeur de la cascade. Pourtant je ne la regarde pas depuis le banc de pique-nique en bois, mais depuis mon box dans le restaurant de M. Vance. Bien que M. Vance ne soit pas visible, j'entends ses paroles désagréables résonner à travers l'allée. En attendant, au-dessus de la mère et de la cascade, les nuages noirs se sont regroupés, les mêmes nuages noirs qui s'étaient regroupés le matin où le Soleil avait sauvé Josie, des cylindres et des pyramides miniatures volant dans le vent.

Je sais que ce n'est pas dû à la désorientation, parce que, si je le souhaite, je peux toujours distinguer un souvenir d'un autre, et replacer chacun d'eux dans le contexte approprié. D'ailleurs, même quand des souvenirs aussi composites me reviennent, je reste consciente de leurs limites grossières – qu'un enfant impatient aurait pu créer en les déchirant de ses mains au lieu d'utiliser des ciseaux – qui séparent, disons, la mère à la cascade de mon box au restaurant. Et si je regardais les nuages noirs avec attention, je remarquerais qu'en fait, ils n'étaient pas tout à fait à l'échelle de la mère ni de la cascade. Même ainsi, des souvenirs si composites ont parfois envahi mon esprit avec tant de clarté qu'il m'est arrivé d'oublier durant de longs moments que je suis en réalité assise ici, dans la Cour, sur ce sol dur.

La Cour est grande, et de l'endroit spécial où je me trouve, le seul objet élevé que je vois est une grue de chantier dans le lointain. Le ciel est immense et dégagé, et si Rick et moi traversions une fois encore les champs de M. McBain – surtout en cette saison, quand l'herbe vient d'être coupée –, le ciel nous apparaîtrait ainsi. Le vaste ciel signifie que je peux observer la trajectoire du Soleil sans obstacle, et que même par une journée nuageuse, je sais toujours où il est au-dessus de moi.

Lorsque je suis arrivée ici, j'ai trouvé que la Cour était mal entretenue, mais j'ai fini par apprécier son ordre impeccable. L'impression initiale était due au fait que beaucoup des objets présents avaient une identité hétéroclite – avec les morceaux de câbles sectionnés qui dépassaient, ou des panneaux de calandre dentelée. Si on y regarde de plus près, il devient évident que les agents de triage ont fait en sorte de disposer en rangées bien ordonnées chaque caisse, chaque paquet, chaque pièce de machine, de telle façon qu'un visiteur se promenant dans les longs couloirs créés de cette façon – même s'il doit prendre garde à ne pas trébucher sur une tige ou du fil à souder – pourra examiner les objets un à un.

À cause du vaste ciel et de l'absence d'objets élevés, je me rends rapidement compte de la présence de visiteurs dans la Cour. Je repère leurs silhouettes même s'ils sont très éloignés et ne m'apparaissent que comme des formes minuscules dans les rangées. Mais ils ne viennent pas souvent, et lorsque j'entends des voix humaines, ce sont le plus souvent celles des agents de triage qui s'interpellent.

Quelquefois des oiseaux descendent du ciel mais ils ne tardent pas à découvrir qu'il n'y a pas grand-chose d'intéressant à picorer dans la Cour. Il n'y a pas longtemps, un groupe d'oiseaux noirs est descendu en une élégante formation pour se percher sur une machine un peu plus loin devant moi, et j'ai cru un instant que c'était Rick qui les avait envoyés pour m'observer. Bien sûr que non, car il s'agissait d'oiseaux naturels, et ils sont restés calmement perchés quelque temps sur la machine, sans bouger du tout, alors que le vent soulevait leurs plumes. Puis ils se sont envolés tous ensemble.

Vers la même période, un aimable agent de triage s'est arrêté devant moi et m'a dit qu'il y avait trois AA du Côté Sud, et deux dans le Ring. Si je le souhaitais, il pouvait me transporter dans l'un ou l'autre de ces lieux. Mais je lui ai répondu que j'étais satisfaite de mon emplacement spécial, alors il a hoché la tête et s'en est allé.

Il y a plusieurs jours, un autre événement spécial s'est produit.

Bien que je ne puisse pas me déplacer d'un endroit à l'autre, je peux facilement tourner la tête pour regarder les environs. Depuis un moment j'avais donc perçu la présence d'une personne au long manteau se promenant derrière moi. En glissant un regard vers elle, je m'aperçus que la silhouette était à mi-distance, et qu'il s'agissait d'une femme tenant une sorte de pochette au bout d'une lanière. Chaque fois qu'elle se penchait pour examiner un objet sur le sol, la pochette se balançait devant elle. Comme elle se trouvait derrière moi, je ne pouvais pas la surveiller de près, et pendant un moment – peut-être qu'un autre souvenir avait surgi – je cessai de penser à elle. Puis j'entendis un son et la visiteuse au long manteau se dressa devant moi. Avant même qu'elle se fût penchée pour regarder mon visage, j'avais reconnu Gérante, et la joie m'envahit.

« Klara. C'est Klara, n'est-ce pas ?

— Oui, bien sûr, répondis-je en lui souriant.

— Klara. C'est merveilleux. Un instant. Je vais chercher quelque chose pour m'asseoir. »

Elle revint, traînant une petite caisse en métal qui fit un bruit aigu désagréable sur le sol dur. Lorsqu'elle la posa devant moi et s'y assit, malgré le vaste ciel derrière elle, je pus voir distinctement son visage.

« J'espérais te trouver ici. Une fois, oh, il y a presque un an aujourd'hui, j'ai trouvé quelque chose dans cette cour, et j'ai cru que c'était toi, Klara. Mais je me trompais. Cette fois, c'est vraiment toi. »

Elle continua de me sourire. Puis elle dit :

« Je me demande ce que tu es en train de penser à cet instant. En me voyant après tout ce temps. Ça doit être si troublant.

— Je ne ressens que de la joie en revoyant Gérante.

— Alors dis-moi, Klara. Est-ce que pendant tout ce temps – avant de venir ici, j'entends –, est-ce que tu es restée chez les gens avec lesquels tu es partie du magasin ? Pardonne-moi cette question, mais je ne peux plus accéder facilement à ce type d'information.

— Oui, bien sûr. Je suis restée tout ce temps avec Josie. Jusqu'à ce qu'elle parte à l'université.

— Ça a donc été une réussite. Une maison où tu as réussi.

— Oui. Je pense que j'ai fourni de bons services et que j'ai empêché Josie de se sentir seule.

— Je suis sûre que oui. Je suis certaine que grâce à toi elle n'a même pas su ce que signifiait la solitude.

— J'espère que oui.

— Tu sais, Klara. De tous les AA dont je me suis occupée, tu as sans aucun doute été l'une des plus remarquables. Tu avais une clairvoyance si inhabituelle. Et des capacités d'observation. Je m'en suis aperçue tout de suite. Je suis heureuse d'apprendre que tout s'est bien passé. Parce qu'on ne sait jamais, même avec des capacités aussi remarquables que les tiennes.

— Est-ce que Gérante s'occupe encore des AA ?

— Non. Oh non. Ça s'est terminé il y a quelque temps. » Elle passa la Cour en revue, puis me sourit de nouveau. « C'est pour ça que j'aime bien venir ici de temps à autre. Quelquefois je vais dans la cour du Memorial Bridge. Mais je préfère celle-ci.

— Gérante vient-elle… juste pour chercher les AA de son magasin ?

— Pas seulement. J'aime bien ramasser des petits souvenirs. » Elle indiqua sa pochette. « Ils ne nous autorisent pas à emporter des objets volumineux. Mais les petites choses, ils n'y voient pas d'inconvénient. Ici, les ouvriers me connaissent. Mais tu as raison. Chaque fois que je viens, j'espère tomber sur l'un de mes anciens AA.

— Il vous est arrivé de croiser Rosa ?

— Rosa ? Oui, en fait. Je l'ai trouvée ici, oh, il doit y avoir deux ans au moins. Les choses ne se sont pas aussi bien passées pour elle que pour toi.

— Donc elle n'a pas aimé son adolescent ?

— Ce n'était pas vraiment ça. Mais ne t'inquiète pas. Peu importe Rosa. Parle-moi de toi. Tu avais des capacités si spéciales. J'espère que ton enfant a su l'apprécier.

— Je pense que oui. Tout le monde dans la maison a été très gentil avec moi. J'ai pu apprendre tant de choses.

— Je me souviens du jour où elle est venue et t'a choisie. La dame qui t'a testée d'abord, et t'a demandé d'imiter la démarche de sa fille. Ça m'a inquiétée. Après ton départ, j'y ai repensé.

— Gérante n'avait pas besoin de s'inquiéter. C'était la meilleure maison pour moi. Et Josie la meilleure adolescente. »

Gérante resta un moment silencieuse, me regardant avec un sourire. Je continuai donc :

« J'ai fait tout mon possible pour aider Josie du mieux que je pouvais. J'y ai très souvent pensé depuis. Et si cela avait été nécessaire, je suis sûre que j'aurais pu continuer Josie. Mais les choses ont tourné autrement et c'est mieux comme ça, même si Rick et Josie ne sont plus ensemble.

— Je suis sûre que tu as raison, Klara. Mais qu'est-ce que tu entends par "continuer Josie" ? Ça veut dire quoi ?

— Gérante, j'ai fait tout mon possible pour apprendre Josie et, si cela avait été nécessaire, j'aurais fait le maximum. Mais je ne crois pas que ça aurait si bien marché. Bien sûr, j'aurais atteint l'exactitude requise. Mais malgré tous mes efforts, je crois qu'en fin de compte quelque chose m'aurait échappé. La mère, Rick, Gouvernante Melania, le père. Je n'aurais jamais eu accès à leurs sentiments profonds pour Josie. J'en suis certaine à présent, Gérante.

— Eh bien, Klara, tu sens que tout s'est passé pour le mieux, et j'en suis heureuse.

— M. Capaldi pensait qu'il n'y avait rien chez Josie qu'on ne puisse continuer. Il a dit à la mère qu'il avait cherché et cherché sans rien trouver de particulier. Mais je suis convaincue maintenant qu'il cherchait au mauvais endroit. Il y avait bien quelque chose de très spécial, mais pas chez Josie. C'était dans le cœur de ceux qui l'aimaient. C'est pourquoi je pense maintenant que M. Capaldi se trompait et que je n'aurais pas réussi. Donc je suis contente d'avoir pris cette décision.

— Je suis sûre que c'est juste, Klara. C'est ce que j'ai toujours envie d'entendre quand je retrouve mes AA. Que vous êtes satisfaits de la manière dont les choses se sont passées. Que vous n'avez pas de regrets. Tu sais, il y a plusieurs B3 là-bas, de l'autre côté de la Cour. Ils ne viennent pas de notre magasin, mais si tu as envie de compagnie, je peux demander aux hommes de te changer de place.

— Non, merci, Gérante. Vous êtes toujours aussi gentille. Mais j'aime bien cet emplacement. Et je dois passer en revue mes souvenirs et les remettre en ordre.

— C'est sans doute sage. Je ne l'aurais pas dit dans le magasin, mais je n'ai jamais ressenti à l'égard des B3 ce que m'a inspiré ta génération. Je pense souvent que les clients ont éprouvé un sentiment similaire. Malgré tous les progrès techniques des B3, ils ne les ont jamais vraiment appréciés. Je suis si heureuse de t'avoir trouvée aujourd'hui, Klara. J'ai si souvent pensé à toi. Tu as été l'une des AA les plus formidables que j'aie eues. »

Elle se leva, sa pochette dansant de nouveau devant elle.

« Avant que vous partiez, Gérante. Je dois vous rapporter encore une chose. Le Soleil a été très généreux à mon égard. Il l'a toujours été, depuis le début. Mais un matin, quand j'étais avec Josie, il s'est montré particulièrement généreux. Je voulais que Gérante le sache.

— Oui. Je suis sûre que le Soleil a toujours été bon envers toi, Klara. »

En prononçant ces mots, Gérante leva la tête vers le vaste ciel derrière elle, s'abritant les yeux de la main, et ensemble nous contemplâmes le Soleil un moment. Puis elle se tourna vers moi et dit :

« Je dois y aller. Bon, Klara. Au revoir.

— Au revoir, Gérante. Merci. »

Elle attrapa la caisse en métal sur laquelle elle s'était assise et la traîna jusqu'à son emplacement d'origine avec le même bruit désagréable. Elle s'éloigna dans le long passage entre les rangées, et je pus constater qu'elle n'avait plus la même démarche que dans le magasin. Un pas sur deux, elle se penchait à gauche au point que je craignis que le pan de son manteau ne touchât le sol poussiéreux. À mi-distance, elle s'arrêta et se retourna, je crus qu'elle allait me regarder une dernière fois, mais ses yeux étaient perdus dans le lointain, en direction de la grue de chantier sur l'horizon. Puis elle continua de marcher.

KAZUO ISHIGURO
PRIX NOBEL DE LITTÉRATURE 2017

Aux Éditions Gallimard

KLARA ET LE SOLEIL, 2021 (Folio n° 7183).

MA SOIRÉE DU XXe SIÈCLE ET AUTRES PETITES INCURSIONS. Conférence du Nobel, 2017.

AUPRÈS DE MOI TOUJOURS, 2015 (Folio n° 4659 ; 1re éd. Les Deux Terres, 2006).

NOCTURNES, 2011 (Folio n° 5307 ; 1re éd. Les Deux Terres, 2010).

LES VESTIGES DU JOUR, 2010 (Folio n° 5040 ; 1re éd. Belfond, 1994).

L'INCONSOLÉ, 2010 (Folio n° 5039 ; 1re éd. Calmann-Lévy, 1997).

QUAND NOUS ÉTIONS ORPHELINS, 2009 (Folio n° 4986 ; 1re éd. Calmann-Lévy, 2001).

UN ARTISTE DU MONDE FLOTTANT, 2009 (Folio n° 4862 ; 1re éd. Presses de la Renaissance, 1987).

LUMIÈRE PÂLE SUR LES COLLINES, 2009 (Folio n° 4931 ; 1re éd. Presses de la Renaissance, 1984).

Aux Éditions des Deux Terres

LE GÉANT ENFOUI, 2015 (Folio n° 6118).

COLLECTION FOLIO

Dernières parutions

6994.	Irène Némirovsky	*L'ennemie*
6995.	Marc Pautrel	*L'éternel printemps*
6996.	Lucie Rico	*Le chant du poulet sous vide*
6997.	Abdourahman A. Waberi	*Pourquoi tu danses quand tu marches ?*
6998.	Sei Shônagon	*Choses qui rendent heureux* et autres notes de chevet
6999.	Paul Valéry	*L'homme et la coquille* et autres textes
7000.	Tracy Chevalier	*La brodeuse de Winchester*
7001.	Collectif	*Contes du Chat noir*
7002.	Edmond et Jules de Goncourt	*Journal*
7003.	Collectif	*À nous la Terre !*
7004.	Dave Eggers	*Le moine de Moka*
7005.	Alain Finkielkraut	*À la première personne*
7007.	C. E. Morgan	*Tous les vivants*
7008.	Jean d'Ormesson	*Un hosanna sans fin*
7009.	Amos Oz	*Connaître une femme*
7010.	Olivia Rosenthal	*Éloge des bâtards*
7011.	Collectif	*Écrire Marseille.* 15 grands auteurs célèbrent la cité phocéenne
7012.	Fédor Dostoïevski	*Les Nuits blanches*
7013.	Marguerite Abouet et Clément Oubrerie	*Aya de Yopougon 5*
7014.	Marguerite Abouet et Clément Oubrerie	*Aya de Yopougon 6*
7015.	Élisa Shua Dusapin	*Vladivostok Circus*
7016.	David Foenkinos	*La famille Martin*
7017.	Pierre Jourde	*Pays perdu*

7018. Patrick Lapeyre — *Paula ou personne*
7019. Albane Linÿer — *J'ai des idées pour détruire ton ego*
7020. Marie Nimier — *Le Palais des Orties*
7021. Daniel Pennac — *La loi du rêveur*
7022. Philip Pullman — *La Communauté des esprits. La trilogie de la Poussière II*
7023. Robert Seethaler — *Le Champ*
7024. Jón Kalman Stefánsson — *Lumière d'été, puis vient la nuit*
7025. Gabrielle Filteau-Chiba — *Encabanée*
7026. George Orwell — *Pourquoi j'écris* et autres textes politiques
7027. Ivan Tourguéniev — *Le Journal d'un homme de trop*
7028. Henry Céard — *Une belle journée*
7029. Mohammed Aïssaoui — *Les funambules*
7030. Julian Barnes — *L'homme en rouge*
7031. Gaëlle Bélem — *Un monstre est là, derrière la porte*
7032. Olivier Chantraine — *De beaux restes*
7033. Elena Ferrante — *La vie mensongère des adultes*
7034. Marie-Hélène Lafon — *Histoire du fils*
7035. Marie-Hélène Lafon — *Mo*
7036. Carole Martinez — *Les roses fauves*
7037. Laurine Roux — *Le Sanctuaire*
7038. Dai Sijie — *Les caves du Potala*
7039. Adèle Van Reeth — *La vie ordinaire*
7040. Antoine Wauters — *Nos mères*
7041. Alain — *Connais-toi* et autres fragments
7042. Françoise de Graffigny — *Lettres d'une Péruvienne*
7043. Antoine de Saint-Exupéry — *Lettres à l'inconnue* suivi de *Choix de lettres dessinées*
7044. Pauline Baer de Perignon — *La collection disparue*
7045. Collectif — *Le Cantique des cantiques. L'Ecclésiaste*

7046.	Jessie Burton	*Les secrets de ma mère*
7047.	Stéphanie Coste	*Le passeur*
7048.	Carole Fives	*Térébenthine*
7049.	Luc-Michel Fouassier	*Les pantoufles*
7050.	Franz-Olivier Giesbert	*Dernier été*
7051.	Julia Kerninon	*Liv Maria*
7052.	Bruno Le Maire	*L'ange et la bête. Mémoires provisoires*
7053.	Philippe Sollers	*Légende*
7054.	Mamen Sánchez	*La gitane aux yeux bleus*
7055.	Jean-Marie Rouart	*La construction d'un coupable.* À paraître
7056.	Laurence Sterne	*Voyage sentimental en France et en Italie*
7057.	Nicolas de Condorcet	*Conseils à sa fille* et autres textes
7058.	Jack Kerouac	*La grande traversée de l'Ouest en bus* et autres textes beat
7059.	Albert Camus	*« Cher Monsieur Germain,... »* Lettres et extraits
7060.	Philippe Sollers	*Agent secret*
7061.	Jacky Durand	*Marguerite*
7062.	Gianfranco Calligarich	*Le dernier été en ville*
7063.	Iliana Holguín Teodorescu	*Aller avec la chance*
7064.	Tommaso Melilli	*L'écume des pâtes*
7065.	John Muir	*Un été dans la Sierra*
7066.	Patrice Jean	*La poursuite de l'idéal*
7067.	Laura Kasischke	*Un oiseau blanc dans le blizzard*
7068.	Scholastique Mukasonga	*Kibogo est monté au ciel*
7069.	Éric Reinhardt	*Comédies françaises*
7070.	Jean Rolin	*Le pont de Bezons*
7071.	Jean-Christophe Rufin	*Le flambeur de la Caspienne. Les énigmes d'Aurel le Consul*
7072.	Agathe Saint-Maur	*De sel et de fumée*

7073.	Leïla Slimani	*Le parfum des fleurs la nuit*
7074.	Bénédicte Belpois	*Saint Jacques*
7075.	Jean-Philippe Blondel	*Un si petit monde*
7076.	Caterina Bonvicini	*Les femmes de*
7077.	Olivier Bourdeaut	*Florida*
7078.	Anna Burns	*Milkman*
7079.	Fabrice Caro	*Broadway*
7080.	Cecil Scott Forester	*Le seigneur de la mer. Capitaine Hornblower*
7081.	Cecil Scott Forester	*Lord Hornblower. Capitaine Hornblower*
7082.	Camille Laurens	*Fille*
7083.	Étienne de Montety	*La grande épreuve*
7084.	Thomas Snégaroff	*Putzi. Le pianiste d'Hitler*
7085.	Gilbert Sinoué	*L'île du Couchant*
7086.	Federico García Lorca	*Aube d'été* et autres impressions et paysages
7087.	Franz Kafka	*Blumfeld, un célibataire plus très jeune* et autres textes
7088.	Georges Navel	*En faisant les foins* et autres travaux
7089.	Robert Louis Stevenson	*Voyage avec un âne dans les Cévennes*
7090.	H. G. Wells	*L'Homme invisible*
7091.	Simone de Beauvoir	*La longue marche*
7092.	Tahar Ben Jelloun	*Le miel et l'amertume*
7093.	Shane Haddad	*Toni tout court*
7094.	Jean Hatzfeld	*Là où tout se tait*
7095.	Nathalie Kuperman	*On était des poissons*
7096.	Hervé Le Tellier	*L'anomalie*
7097.	Pascal Quignard	*L'homme aux trois lettres*
7098.	Marie Sizun	*La maison de Bretagne*
7099.	Bruno de Stabenrath	*L'ami impossible. Une jeunesse avec Xavier Dupont de Ligonnès*
7100.	Pajtim Statovci	*La traversée*
7101.	Graham Swift	*Le grand jeu*
7102.	Charles Dickens	*L'Ami commun*

7103. Pierric Bailly — *Le roman de Jim*
7104. François Bégaudeau — *Un enlèvement*
7105. Rachel Cusk — *Contour. Contour – Transit – Kudos*
7106. Éric Fottorino — *Marina A*
7107. Roy Jacobsen — *Les yeux du Rigel*
7108. Maria Pourchet — *Avancer*
7109. Sylvain Prudhomme — *Les orages*
7110. Ruta Sepetys — *Hôtel Castellana*
7111. Delphine de Vigan — *Les enfants sont rois*
7112. Ocean Vuong — *Un bref instant de splendeur*
7113. Huysmans — *À Rebours*
7114. Abigail Assor — *Aussi riche que le roi*
7115. Aurélien Bellanger — *Téléréalité*
7116. Emmanuel Carrère — *Yoga*
7117. Thierry Laget — *Proust, prix Goncourt. Une émeute littéraire*
7118. Marie NDiaye — *La vengeance m'appartient*
7119. Pierre Nora — *Jeunesse*
7120. Julie Otsuka — *Certaines n'avaient jamais vu la mer*
7121. Yasmina Reza — *Serge*
7122. Zadie Smith — *Grand Union*
7123. Chantal Thomas — *De sable et de neige*
7124. Pef — *Petit éloge de l'aéroplane*
7125. Grégoire Polet — *Petit éloge de la Belgique*
7126. Collectif — *Proust-Monde. Quand les écrivains étrangers lisent Proust*
7127. Victor Hugo — *Carnets d'amour à Juliette Drouet*
7128. Blaise Cendrars — *Trop c'est trop*
7129. Jonathan Coe — *Mr Wilder et moi*
7130. Jean-Paul Didierlaurent — *Malamute*
7131. Shilpi Somaya Gowda — *« La famille »*
7132. Elizabeth Jane Howard — *À rude épreuve. La saga des Cazalet II*
7133. Hédi Kaddour — *La nuit des orateurs*

7134.	Jean-Marie Laclavetine	*La vie des morts*
7135.	Camille Laurens	*La trilogie des mots*
7136.	J.M.G. Le Clézio	*Le flot de la poésie continuera de couler*
7137.	Ryoko Sekiguchi	*961 heures à Beyrouth (et 321 plats qui les accompagnent)*
7138.	Patti Smith	*L'année du singe*
7139.	George R. Stewart	*La Terre demeure*
7140.	Mario Vargas Llosa	*L'appel de la tribu*
7141.	Louis Guilloux	*O.K., Joe !*
7142.	Virginia Woolf	*Flush*
7143.	Sénèque	*Tragédies complètes*
7144.	François Garde	*Roi par effraction*
7145.	Dominique Bona	*Divine Jacqueline*
7146.	Collectif	*SOS Méditerranée*
7147.	Régis Debray	*D'un siècle l'autre*
7148.	Erri De Luca	*Impossible*
7149.	Philippe Labro	*J'irais nager dans plus de rivières*
7150.	Mathieu Lindon	*Hervelino*
7151.	Amos Oz	*Les terres du chacal*
7152.	Philip Roth	*Les faits. Autobiographie d'un romancier*
7153.	Roberto Saviano	*Le contraire de la mort*
7154.	Kerwin Spire	*Monsieur Romain Gary. Consul général de France*
7155.	Graham Swift	*La dernière tournée*
7156.	Ferdinand von Schirach	*Sanction*
7157.	Sempé	*Garder le cap*
7158.	Rabindranath Tagore	*Par les nuées de Shrâvana* et autres poèmes
7159.	Urabe Kenkô et Kamo no Chômei	*Cahiers de l'ermitage*
7160.	David Foenkinos	*Numéro deux*
7161.	Geneviève Damas	*Bluebird*
7162.	Josephine Hart	*Dangereuse*
7163.	Lilia Hassaine	*Soleil amer*
7164.	Hervé Le Tellier	*Moi et François Mitterrand*
7165.	Ludmila Oulitskaïa	*Ce n'était que la peste*
7166.	Daniel Pennac	*Le cas Malaussène I Ils m'ont menti*

*Tous les papiers utilisés pour les ouvrages
des collections Folio sont certifiés
et proviennent de forêts gérées durablement.*

*Composition Nord Compo
Impression Grafica Veneta
à Trebaseleghe, le 22 septembre 2023
Dépôt légal : septembre 2023
1er dépôt légal dans la collection : décembre 2022*

ISBN : 978-2-07-300231-0 / Imprimé en Italie

625470